바보들을 위한 학교

SHKOLA DLIA DURAKOV
by Sasha Sokolov

Copyright © Sasha Sokolov 1976
Korean translation copyright © MUNHAKDONGNE Publishing Corp., 2010
All rights reserved.

Korean translation rights by arrangement with
Elena Kostioukovitch International Literary Agency
through Eric Yang Agency.

이 책의 한국어판 저작권은 에릭양 에이전시를 통해
Elena Kostioukovitch International Literary Agency와 독점 계약한 (주)문학동네에 있습니다.
저작권법에 의해 한국 내에서 보호를 받는 저작물이므로 무단 전재와 무단 복제를 금합니다.

이 도서의 국립중앙도서관 출판시도서목록(CIP)은
e-CIP 홈페이지(http://www.nl.go.kr/cip.php)에서 이용하실 수 있습니다.
(CIP제어번호: CIP2010004114)

세계문학전집
058

Саша Соколов : Школа для дураков

바보들을 위한 학교

사샤 소콜로프 장편소설

권정임 옮김

문학동네

나의 친구이자 이웃인
지적장애아 비차 플랴스킨에게

그러나 바울이라는 사울*이 성령으로 충만하여
그를 뚫어지게 쳐다보며 말했다.
"온갖 거짓과 악이 가득한 마귀의 자식이며
모든 의의 원수야! 주님의 길을 방해하는 짓을
당장 그치지 못하겠느냐?"
―사도행전 13장 9~10절

쫓다, 잡다, 달리다, 모욕하다,
듣다, 보다, 돌다, 숨쉬다,
미워하다, 의존하다, 참다.
규칙의 예외를 보여주는 러시아어 동사 그룹:
기억의 편의를 위해 리듬감 있게 배열되어 있다.

같은 이름! 같은 형상!
―에드거 앨런 포, 『윌리엄 윌슨』

1장
수련

그래, 그런데 도대체 무엇부터 시작하지, 어떤 단어들로? 상관없으니 아무 말로든 시작해. 저기 역에 딸린 연못에서. 역에 딸린? 하지만 그건 틀렸지. 문체상 실수야. '배수탑' 선생님이라면 틀림없이 고쳐줬겠지. 역에 딸렸다고 할 수 있는 것은 간이식당이나 신문판매대지, 연못은 아니죠, 연못은 역 근처에 있다고 해야죠, 하고 말이야. 그래, 역 근처 연못이라 부르도록 하자. 이게 문제는 아니니까. 좋아, 그럼 난 이렇게 시작할게. 저기 역 근처 연못에서. 잠깐! 역, 바로 역이 있었지. 어렵지 않다면 역을 묘사해줘. 역이 어떠했는지, 플랫폼은 어떠했는지—나무로 지어진 건지, 아니면 콘크리트로 지어진 건지—말이야. 옆에는 어떤 집들이 서 있었는지, 어쩌면 넌 그 집들의 색깔을 기억하는지, 그 안에 살던 사람들을 알고는 있는지? 그래, 난 알아. 심지어 역에 살던 몇몇 사람들도 알고 있어. 그리고 그들에 대해서 뭔가 이야기해줄 수도 있지. 하지만 지금은 아냐. 그 이야기는 나중에 언젠가. 지금은 역을 묘사할 거야. 역은 평범해. 검표원 초소, 숲, 매표소, 플랫폼. 게다가 이 플랫폼은 나무로 지어졌고, 삐거덕거리며, 널빤지를 붙여놓은 건데, 못이 종종 비어져 나와서 맨발로는 절대 거길 다녀서는 안 돼. 역 근처에는 나무들이 자라고 있어. 사시나무와 소나무, 다양한 나무들이 있지. 다양해. 평범한 역이지, 역 자체는 말이야. 하지만 역 뒤에 있는 바로 그것, 아주 특별하고 좋은 느낌이었던 그것은 바로 연못, 높이 자란 풀, 작은 무도장, 덤불, 휴양소 등등. 사람들은 보통 일이 끝난 저녁때 전차를 타고 와서 역 근처 연못에서 수영을 하곤 했지. 아니다, 처음에는 뿔뿔이 헤어져 자기네 다차*로 갔어. 지치고, 파김치가 되어, 손수건으로 얼굴을 닦으며, 가방과 장바구니 들을 끌고, 헐떡거리면서 말이야. 그 장바구니에 뭐가 들어 있었는지 너는 기억하지 못하니? 홍차, 설탕, 버터, 소시지. 꼬리를 펄떡이는 신선한 생선. 마카로니, 곡물, 양파, 반(半)제품들. 드물게는 소금도 들어 있었어. 다차로 가서, 베란다에서 홍차를 마시고, 잠옷을 입고, 등짐을 지고 정원을 산책하기도 하고, 소방용 물통에 담긴 푸르스름한 이끼가 낀 물을 들여다보기도 하고, 개구리들이 많아 놀라기도 하지―개구리들은 풀밭 어디에서나 뛰어오르지―아이들과 개를 데리고 놀기도 하고, 배드민턴도 치고, 냉장고에서 크바스**를 꺼내 마시기도 하고, 텔레비전도 보고, 이웃들과 이야기도 나누지. 그러다 아직 날이

---

* 시골 별장.
** 보리, 호밀 등으로 만든 러시아 전통음료.

12

어두워지지 않았다면, 몇몇 무리를 지어 연못으로 가서 수영을 해. 그런데 그들은 왜 강으로는 가지 않았지? 소용돌이와 물살 빠른 곳, 바람과 물결, 수렁과 깊은 강물 속 풀들이 무서웠기 때문이겠지. 아니면 강이 아예 없었던 것은 아닐까? 아마 그럴지도. 하지만 도대체 어떻게 불렸었지? 강에게 이름이 있었잖아.

사실 모든 오솔길과 샛길이 연못으로 이어졌어. 우리 지역의 모든 길이 말이야. 숲 가장자리에 자리잡아 가장 멀리 떨어져 있는 다차들에서부터 가느다랗고 약하고, 거의 길이라 할 수 없는 오솔길들까지 모두 연못에 이어져 있었어. 길들은 저녁때에는 아주 희미하게 빛났지, 반면 오래전부터 다져진 상당히 넓은 오솔길들, 그리고 너무 많이 밟혀서 그 어떤 풀도 자랄 수 없을 정도인 그런 평탄한 오솔길과 샛길들은 선명하고 하얗게 빛났어. 이건 석양 무렵이야. 그래, 당연히 석양 무렵이지. 일몰 직후 황혼이 질 때지. 바로 그때 하나의 길이 다른 길과 합쳐지면서, 모든 오솔길이 연못 방향으로 이어지지. 결국 연못가 몇백 미터 전에 이것들은 다 합쳐져서 하나의 멋진 길이 되지. 그리고 이 길은 건초 더미 모양으로 이어지다가 자작나무 숲으로 이어지지. 주위를 둘러보면 인정할걸. 잿빛으로 물든 저녁때 숲속으로 자전거를 타고 들어가는 것이 좋은지 나쁜지 말이야. 좋지. 왜냐하면 자전거는 어떤 날씨, 어떤 나이에 타건 항상 좋기 때문이야. 동료 파블로프를 예로 들어보자고. 그는 생리학자였지. 동물로 다양한 실험을 했고, 자전거도 많이 탔어. 어느 학교 교과서에는—아마도 이 책을 기억하고 있겠지—파블로프에 대한 특별한 장(章)이 있지. 첫 부분에 그림이 나오는데, 목에 특별한 시험관을 부착한 개들의 그림이야. 이 개들은 종이 울리면 먹이를 받아먹도록 길들여졌다는 설명이 나와 있지. 파블로프가 계속 종을 울리면서 먹이를 주었기 때문에 단지 종만 울려도 개들은 흥분하면서 침을 흘린다는 거야. 정말 놀랍지. 파블로프에게는 자전거가 있었지. 이 학술원 회원은 자전거를 자주 타고 다녔어. 그가 했던 어느 여행 이야기도 교과서에 소개되어 있지. 그 이야기 속 파블로프는 이미 노인이지만 건강해. 그는 여행하면서 자연을 관찰하지, 차 운전대에는 실험에 썼던 종과 똑같은 종이 매달려 있어. 게다가 파블로프는 긴 잿빛 턱수염을 기르고 있었지. 우리 다차 마을에 살았고, 아마 지금도 살고 있을 미혜예프처럼 말이야. 미혜예프와 파블로프, 이들 두 사람은 자전거를 사랑했어. 다만 이 둘의 차이점은 바로 이거야. 파블로프에게 자전거타기가 즐거움과 휴식을 위한 것이라면, 미혜예프에게 자전거타기는 항상 일이었지. 자전거를 타고 소식을 나르는 것이 그의 일이었으니까. 우체부 미혜예프에 대해서는—그런데 아마 그의 성(姓)은 메드베데프였는데, 지금도 그렇고 앞으로도 그럴 수 있을까?—특별히 일러둘 필요가 있어. 그에 대해서는 따로 몇 시간을 할애해야 해. 우리 중 누군가—너 아니면 내가—반드시 해야 할 거야. 그런데 내 생각으로는, 나보다 네가 그 우체부를 더 잘 알고 있어. 왜냐면 넌 나보다 훨씬 오래 다차에서 살았으니까. 하긴 이웃 사람들한테 물어보면 아마 말해주겠지. 마치 굉장히 어려운 질문이라도 되는 양 말이야. 물론 거의 알아들을 수는 없겠지만. 이웃 사람들이 이렇게 말하겠지. 우리는 너희들을—이때 너희들이란 우리를 말하는 거야—그다지 유심히 지켜보지는 않았단다.

그러곤 또 이렇게 말하겠지. 이렇게 이상한 질문을 다 하다니. 너희들은 왜 이런 바보 같은 것을 해명하려고 하니. 누가 얼마나 살았는지가 뭐가 중요하겠니. 그냥 싱거운 일이지. 너희들 일이나 열심히 하는 게 낫지. 지금은 오월인데, 보니까 너희 정원에 있는 나무들 주위의 흙은 조금도 갈아엎어지지 않았더구나. 그래놓고도 사과 먹는 건 좋아하지. 심지어 바람처럼 까불거리는 노르베고프조차도—이 사람들이 노르베고프에 대해 눈치채겠다—아침부터 앞뜰에서 열심히 땅을 파던데 말이야. 노르베고프 선생님한테는 이맘때쯤이면 소망이 있어요. 게다가 그에게는 정원도 있고 집도 있지만, 우리한테는 그 비슷한 어떤 것도—시간도, 정원도, 집도—이젠 없어요. 당신들은 그저 잊어버렸겠지만, 우리는 벌써 오래전부터, 아마도 한 구 년 전부터 여기 이 마을에서 살지 않아요. 우리는 다차를 팔아버렸거든요. 나보다 훨씬 더 대화하길 좋아하고 붙임성이 있는 네가 뭔가를 덧붙이고 싶어 하거나 잡담에 끼어들어서는 왜 다차를 팔아버렸는지, 또 네 생각으로는 팔지 않을 수 있었던 게 아니라 팔아서는 안 되었던 이유에 대해서 설명하려 한다는 의심이 들어. 하지만 그들에게서 벗어나 첫 전차를 타고 떠나는 것이 나아. 난 그들 목소리를 듣고 싶지 않아.

우리 아버지는 퇴직 연금을 받게 되셨을 때 다차를 팔아버렸지. 그 연금이 너무나 큰 액수라서, 평생 동안 좋은 새 자전거를 꿈꿔왔지만 충분한 돈을 모으지 못한 다차의 우체부 미헤예프는, 그는 씀씀이가 후하다기보다는 헤프기 때문에 돈을 못 모으지, 하여튼 미헤예프는 우리 이웃인 아버지의 동료 검사에게서 우리 아버지가 연금을 얼마나 받게 되는지 듣고는 자전거에서 거의 떨어질 뻔했어. 우체부는 조용히 그 이웃 사람의 다차 울타리를 지나갔지—참, 넌 그의 성(姓)을 기억하니? 아니, 그렇게 금방 기억해내지는 못하겠지. 이름을 잘 기억 못 해. 사실 이 모든 이름과 성을 기억한다는 것이 무슨 의미겠니, 그렇지? 물론, 그래도 우리가 그의 성을 안다면 이야기하는 데 더 편하겠지. 그러나 관습적인 성을 생각해낼 수 있어. 그것이 아무리 이상해도 모두 관습적인 거잖아, 심지어 진짜 성이라도 말이야. 그런데 다른 면에서 보면, 그를 관습적인 성으로 부른다면 마치 우리가 여기서 누군가를 속이려 뭔가를 꾸며대고 있으며 혼란 속으로 누군가를 끌어들이려 한다고 생각들 하겠지. 하지만 우린 절대 숨길 것이 없으며, 지금 하고자 하는 이야기는 이웃 사람, 즉 마을 사람들 모두가 아는 그이웃, 검사의 동료이자, 평범하고 그리 멋지지 않은 다차에 사는, 마을 사람들이 다 알고 있는 바로 그 이웃에 대한 이야기거든. 사람들이 쓸데없이 지껄여대기를, 그의 집은 훔친 벽돌로 지어졌다고 하던데, 넌 어떻게 생각하니? 어? 너 무슨 생각해? 내 말 안 듣고 있니? 아니, 듣고 있어. 난 그저 지금 저 병 속에 아마 맥주가 들었을 거라고 생각하는 중이야. 어떤 병 말이야? 저기 이웃집 헛간에 있는 커다란 병 말이야. 거기엔 평범한 맥주가 들어 있었어—넌 어떻게 생각해? 나는 모르겠어. 기억이 안 나. 나는 그 시간에 대해서 오랫동안 생각하지 않았어. 미헤예프가 이웃집을 지나가던 바로 그 순간에, 그 집주인은 헛간 문지방에 서서 맥주가 담긴 병을 햇빛 아래서 바라보고 있었지. 미헤예프의 자전거는 튀어나온 소나무 뿌리에 튕겨져 심하게 흔들려서, 그 이웃 사람은 미헤예프의 자전거 소리를 듣지 않을 수도, 알아채지 못할 수도 없었어. 그 소리를 듣고 미혜예프가 온 것을 알아챈 그는, 편지 온 게 없는지 물어보러 재빨리 울타리로 다가갔어. 그런데 무심결에 느닷없이 우체부에게 말해버렸지 뭐야. 동료 검사는 이렇게 말했어. 검사 이야기 들었어요? 퇴직했대요. 미혜예프는 미소지으며 연금은 얼마 받았대요? 자전거를 세우지는 않고, 약하게 브레이크만 밟고서 물어봤어. 얼마나 된대요? 그는 주위를 둘러봤고, 이웃은 우체부의 그을린 얼굴에서 그 어떤 표정도 읽을 수 없었지. 우체부는 항상 그렇듯이 조용히 바라볼 뿐, 뾰족한 솔잎이 붙은 그의 턱수염이 바람에 날리고 있었지. 속도 때문에 태어난 바람에, 빠른 자전거 바람에 말이야. 그 이웃에게 시인의 자질이 조금이라도 있었더라면, 다차의 모든 틈새바람을 맞은 미혜예프의 얼굴 자체가 바람을 내뿜는 것 같다고, 그리고 미혜예프가 마을에서 '바람을 나르는 자'로 불리는 바로 그 사람이라고 틀림없이 느꼈을 텐데 말이야. 더 정확히 말하자면 아무도 몰라. 아무도 이 사람을 본 적은 없어. 어쩌면 그는 결코 존재하지 않는지도 몰라. 그러나 저녁때마다 다차에 사는 사람들은 연못에서 수영을 한 후 유리를 끼운 베란다에 모여서 등나무로 짠 소파에 앉아 서로 이런저런 이야기들을 주고받았는데, 그때 나온 이야기들 중 하나가 바람을 '나르는 자'에 대한 전설이었어. 첫번째 사람들은 그가 젊고 현명하다고 장담했고, 두번째 사람들은 그가 늙고 멍청하다고 했고, 세번째 사람들은 그가 중년이지만 똑똑하지도 않고 교육을 많이 받지도 않았다고 했고, 네번째 사람들은 그가 늙고 현명하다고 했지. 그리고 다섯번째 사람들도 있었는데, 그들은 '나르는 자'가 젊고도 늙었으며, 바보면서도 천재라고 선언했어. 그가 가장 화창하고 따뜻한 어느 여름날에 자전거를 타고 나타나 호두나무 호루라기를 불며, 자전거를 타고 가는 장소로 바람을 나르는 일만 한다고들 이야기했지. '나르는 자'는 다차와 주민들이 너무 많은 곳에만 바람을 나른다는 거야. 그래, 그래. 거기가 바로 그런 곳이지. 내가 틀리지 않다면, 역이 있는 지역에는 다차 마을이 서너 개 있지. 그런데 역은 어떻게 불렸었지? 나는 너무 멀어서 도무지 볼 수가 없네. 역에게 이름이 있었잖아.

여기는 5구역, 표 값은 이십오 코페이카, 기차는 한 시간 이십 분만에 오지. 북쪽 베트카*, 아카시아 혹은 하얀 꽃잎을 피우는 라일락의 베트카**, 목재방부제 냄새와 플랫폼 먼지, 뭔가를 태우는 연기 냄새가 나며, 낯선 지역을 따라 희미하게 반짝이며, 저녁에는 살금살금 정원으로 돌아와 전차들의 움직임에 귀를 기울이며, 살랑거리는 소리에 몸을 떨어. 그러고선 '나이팅게일'이라는 이름을 가진 새의 섬세한 고집에 져서 꽃들은 꽃잎을 닫고 잠을 자. 철도 지선은 잠을 자지만, 그 위에 균형 있게 놓인 기차들은 열에 들떠 어둠 속에서 줄을 지어 달리고 있어. 각각의 꽃들 이름을 부르면서 불면증을 선사해. 역에서 악다구니를 쓰는 할머니들에게, 전쟁통에 다리와 눈을 잃은 객차 아코디언 연주자들에게, 소매 없는 오렌지색 제복을 입은 잿빛 기차 검표원들에게, 똑똑한 교수들과 미친 시인들에게, 다차의 부랑자와 실패자들에게, 투명한 낚싯줄의 손맛에 묶여 새벽부터 밤까지 물고기를

---

* 철도 지선.
** 나뭇가지.

낚는 낚시꾼들에게, 그리고 수로의 청동빛 검은 물 위로 흔들거리며 나타나는 창백하거나 붉은 얼굴의 섬사람 부표파수꾼들에게도, 마침내는 돛이 내는 소음과 노가 철썩이는 소리, 쪽배의 줄 푸는 소리가 들려오면 단추 없는 고골식 외투*를 어깨에 걸치고 수위실에서 나와 바닷가 도자기빛 모래와 모래언덕, 풀언덕을 걸어가는 선착장 인부들에게도 말이야. 인부들의 조용하고도 옅은 그림자는 갈대와 야생화들 위로 드리워지고, 그들이 만든 담뱃대는 놀란 나방들을 유인하며 마치 썩은 단풍나무 조각처럼 빛나. 하지만 나뭇가지는 꽃잎을 모으고 자고 있고, 기차들은 교차지점에 얽혀 있으면서도 절대로 나뭇가지를 깨우지 않을 것이며, 이슬 한 방울도 흔들어 떨어뜨리지 않을 거야. 자거라 자거라 목재방부제 냄새를 풍기는 나뭇가지야 아침에는 잠에서 깨어라 그리고 꽃을 피워라 그러고선 시들어버려라 기차 신호원의 눈에 꽃잎으로 흩어져라 그러고선 나무로 된 네 심장 박동에 맞춰 춤을 추며 역에서 웃어라 오고 가는 승객들에게 너를 팔아라 거울 같은 기차간에서 벌거벗고 울며 소리쳐라 너의 이름처럼 나를 베트카라고 부르지 나는 아카시아의 베트카 나는 철도의 베트카 나는 나이팅게일이란 이름의 상냥한 새의 아이를 임신한 베타** 나는 다가올 여름과 화물차의 전복으로 임신했어 여기 나를 가져요 나는 어쨌든 시들어버려요 완전히 싸구려죠 나는 역에서 일 루블도 안 되는 값으로 서 있어요 표 가격으로 나를 팔고 있어요 그러나 원하신다면 오세요 공짜로도 돼요 검표원은 없을 거예요 그는 아파요 기다려요 나 스스로 단추

* 고골의 소설 「외투」에 나오는 주인공의 외투처럼 낡았다는 표현.
** '베타'는 러시아 여자 이름. '베타'의 애칭으로 '베트카'가 쓰임.

를 풀죠 보세요 난 온통 눈처럼 희죠 나에게 퍼부어줘요 키스를 온몸에 퍼부어줘요 아무도 알아채지 못할 거예요 꽃잎은 보이지 않아요 난 이제 모든 것이 지겨워져 때로는 내가 평생 동안 달구어진 철길과 철둑을 걸어다닌 할망구가 된 것 같아 그 할망구는 완전히 늙어 끔찍한 모습이야 나는 할망구가 되고 싶지 않아 자기야 아니야 난 원하지 않아 난 알아 난 곧 철로 위에서 죽을 거야 나 나 나는 아파 난 아플 거야 내가 죽으면 놓아줘 기름칠이 된 이 바퀴들을 놓아줘 당신 손바닥 왜 당신 손바닥이 있는 거야 정말 이건 장갑인가 난 거짓말을 했어 나는 베타 순결하고 하얀 베트카 꽃을 피워 당신은 권리가 없어요 나는 정원에서 살아요 소리치지 마세요 나는 소리치지 않아요 이건 반대쪽에서 오는 사람이 소리치는 거예요 트라 타 타 뭐가 문제죠 트라 타 타 뭐요 트라 탐 누구요 타 탐 어디요 탐 탐 베타(Veta)* 하얀 버드나무(vetla) 하얀 버드나무들(vyotly) 베트카(Vetka) 거기 창문 너머 저 집에 트라 타 톰 누구에 대해(o kom) 무엇에 대해(o chom) 버드나무들의 베트카에 대해(o Vetke vyotly) 바람에 대해(o vetre) 타라 람 전차(tramvay) 전차 아아 좋은 저녁(vecher) 표(bilety) 비 레트(bilety) 뭐가 없지 레테 강(lety reky)이 레테 강이 없다 당신에게 샴페인 색깔들(tchveta) 츠 베타 츠 알파 베타 감마 기타 등등 왜 아무도 모르지 왜냐하면 아무도 우리에게 그리스어를 가르쳐주지 않으려 했기 때문이지 그들 입장에서 보면 이건 용서할 수 없는 실수였지 그들 때문에 우리가 배 하나도 제대로 셀 수가 없는 거지 그런데 달리는 헤

---

* 이후 괄호 속에 로마자로 표기한 것은 러시아어로 쓰인 작품의 언어유희를 보여주기 위해 역자가 표기한 것임.

르메스는 꽃과 비슷해 그런데 우리는 이것을 거의 이해하지 못해 케이프혼 나팔을 불어라 머리들아 북은 당연히 쳐라 트라 타 타 문제 이사람은 차장(conductor) 대답 아니요 보아뱀(constrictor) 당신은 거기서 왜 소리치지요 당신은 몸 상태가 안 좋아요 당신 보기에 내가 몸 상태가 좋아 보였지요 이 사람은 반대편에서 오는 사람이에요 용서해주세요 지금 나는 이 사람이 맞은편에서 오는 사람이라는 것을 정확히 알아요 그렇지 않다면 아세요 꿈을 꾸었고 갑자기 그게 아니야(ne to) 누군가 노래하는 것이 들려요 그게 아니야(ne to) 그게 아니야(ne ta) 그게 아니야(ne to) 그게 아니야(ne ta) 그게 아니야(ne to) 그게 아니야(ne ta) 순량(netto) 총량(brutto) 이탈리아 이탈리아 사람 단테 인간 브루노 인간 레오나르도 화가 건축가 곤충학자 만약 네 개의 날개로 나는 것을 보고 싶다면 밀라노 성의 해자(垓子)에 가면 검은 잠자리들을 보게 될 거야 밀라노행 표는 심지어 두 장이야 나와 미혜예프 메드베데프는 잠자리들이 날아다니길 원해 강의 하얀 버드나무에서 풀을 베지 않은 해자에서 베타 별자리들의 주요 철길을 따라 골풀 덤불 속에서 그곳은 네덜란드 태생인 틴베르겐이 자신의 동료와 결혼한 곳으로 갈대가 부초처럼 집으로 가는 길을 찾지는 않는다는 것이 곧 명백해졌지 탬버린을 두드려라 플랫폼(tambur)에 있는 자는 탐 타 탐 타 탐 탐 단순하고도 즐거운 노래가 갈대 피리로 연주되고 있어 철도 지선에서 트라 타 타 트라 타 타 암고양이가 수고양이한테 시집갔다네 틴베르겐의 수고양이한테 시집갔다네 춤을 추면서 악몽이야 마녀인 그녀는 굴착기 기사와 같이 사는데 절대 자도록 내버려두지 않고 아침 여섯 시에는 노래를 부르며 부엌에서 그를 위해 솥에 음식을 준비하는데 장작불이 타고 솥이 끓지 그녀에게 이름을 붙여주어야 하는데 만약 수고양이 틴베르겐이라면 그녀는 마녀가 될 거야 틴베르겐은 아침부터 현관에서 춤을 춰서 잠을 못 자게 하고 수고양이에 대한 노래를 부르면서 아마도 아주 많이 몸을 구부리겠지. 그런데 왜—아마도라고 하지? 넌 정말 그녀가 춤추는 걸 보지 못했니? 아니, 내 생각에 난 그녀를 한 번도 본 적이 없어. 나는 몇년 동안이나 그녀와 같은 아파트에 살고 있지만, 문제는 말이지, 마녀 틴베르겐이 이곳에 주거등록이 되어 있고, 내가 매일 아침저녁으로 부엌에서 보는 그 늙은 여자는 틴베르겐이 아니라는 거야. 그 늙은 여자는 다른 여자야. 그녀의 성은 트라흐텐베르크, 셰이나 솔로모노브나 트라흐텐베르크, 유대인이고 퇴직해 연금생활을 하는 외로운 여자인데 매일 아침마다 내가 좋은 아침입니다! 그리고 저녁에는 좋은 저녁입니다!라고 인사를 하면 그녀도 내게 인사하지. 그녀는 아주 뚱뚱하고, 머리는 새치가 섞인 붉은 곱슬머리야. 나이는 한 쉰 살 정도. 우리는 거의 이야기를 나누지 않아. 그저 할 이야기가 없을 뿐이야. 하지만 그녀는 내게 두 달에 한 번 정도 축음기를 빌려달라고 해서는 똑같은 레코드판을 틀곤 하지. 그녀는 그것 말고는 다른 것은 듣지도 않는데, 그녀가 가진 레코드판은 그것뿐이거든. 어떤 레코드판이냐고? 지금부터 내가 이야기해줄게. 예를 들어 내가 집으로 돌아오고 있어. 어딘가에서. 말해두겠는데, 언제 트라흐텐베르크가 축음기를 빌려달라고 할지 난 벌써 알아. 며칠 전부터 알고 있지. 곧 그녀가 이렇게 이야기할 거란 걸 미리 알지—여봐요, 나의 기쁨이여, 나에게 기쁨을 주지 않을래요? 당신 축음기 좀 빌려줄래요? 나는 계단을 올라오면서 이미 트라흐텐베르크가 거기 문 뒤에 서 있는 것을 느끼지, 현관에서 날 기다린다는 것을 말이야. 난 용감하게 안으로 들어가. 용감하게 말이지. 좋은 저녁입니다! 용감하게. 좋은 저녁이에요! 나의 기쁨이여, 나에게 기쁨을 주지 않을래요? 나는 장롱에서 축음기를 꺼내. 언젠가 어딘가에서 구입한 전쟁 전의 축음기를 말이야. 누군가 구입한 그 축음기 말이지. 축음기는 빨간 케이스에 들어 있고 그 위에는 항상 먼지가 쌓여 있어. 내가 방의 먼지를 닦아내긴 하지만 착하고 인내심 많은 우리 엄마가 내게 가르쳐준 대로, 축음기에는 절대 손을 대지 않기 때문이지. 난 축음기를 돌보지 않아. 첫째 내게는 레코드판이 없고, 둘째 축음기가 작동하지 않아. 스프링이 오래전에 끊어져서 고장났고 턴테이블은 돌아가질 않아. 내 말 믿어. 난 말하지. 셰이나 트라흐텐베르크, 축음기는 고장났어요. 당신도 아시잖아요. 트라흐텐베르크는 대답하지. 상관없어요, 나는 레코드판 하나만 들으면 되니까요. 그럼 난 대답하지. 아! 하나만요. 네네네. 셰이나는 미소짓지. 그녀의 이는 기본적으로 금니인 데다, 거북이뿔테 안경을 끼고, 얼굴엔 분을 바른 채 말하지. 단 하나만요. 그녀는 축음기를 빌려 자기 방으로 가져가서는 빗장을 걸어잠가. 그러고선 약 십 분 후에 난 야코프 엠마누일로비치의 목소리를 듣게 되지. 그런데 야코프 엠마누일로비치가 누구인지 넌 말하지 않았잖아? 넌 그를 기억 못 하니? 그는 그녀의 남편이었잖아. 그런데 그는 죽었어. 너와 내가 열 살 때쯤, 내가 부모님과 함께 이 방에서 살고 있었을 때 말이지. 지금은 나 혼자 살지만 말이야, 아니지 네가 여기서 혼자 살지. 간단히 말하자면 우리 중 누군가가 지금 혼자 여기 살고 있지. 그런데 도대체 누가 산다는 이야기야? 무슨 상관이람! 난 너에게 이런 재미있는 이야기를 해주고 있잖니. 그런데 넌 또다시 나에게 달라붙기 시작해, 난 너한테 달라붙지 않는데 말이야. 내 생각으로는 우리에겐 그 어떤 차이도 없다는 점을 언젠가 확실히 합의한 걸로 아는데, 아니면 넌 또다시 거기로 가길 원하는 거니? 미안해, 앞으로는 네가 불쾌한 일을 겪지 않도록 노력할게. 이해하겠지, 난 기억력이 그리 좋지 않아. 그런데 내 기억력이 좋다고 넌 생각하니? 미안, 미안해. 널 화나게 하고 싶진 않았어. 이야기인즉슨, 야코프는 약 때문에 죽었어. 그는 뭔가에 의해 독살당한 거야. 셰이나는 그를 몹시 괴롭혔고 돈을 졸라댔는데, 그녀는 남편이 자기 몰래 몇천 루블을 숨겨두었다고 생각했지. 하지만 평범한 약사일 뿐인 그에겐 한 푼도 없었다고 난 확신해. 내 생각으로는 셰이나가 돈을 조르면서 그를 조롱했던 것 같아. 그녀는 야코프보다 열다섯 살 정도 어렸고, 마당 벤치에서 사람들이 수군대던 말대로라면 외팔이 건물관리자 소로킨과 바람을 피웠다더군. 소로킨은 야코프가 죽은 지 일 년 뒤에 빈 차고에서 목을 맸다고 하더라고. 그 일이 있기 일주일 전 그는 독일에서 실어온 독일산 자동차를 팔았지. 네가 기억한다면, 벤치에서 신이 나서 수군대던 이야기는 바로 무엇 때문에 소로킨에게 차가 필요했나 하는 것이었지. 어쨌든 소로킨은 운전도 못하는 데다 운전사를 고용하지도 않을 테니 말이야. 그런데 얼마 안 되어서 모든 게 밝혀졌지. 야코프는 출장인가를 갔던가 아니면 며칠째 약국에서 당직을 서고 있었지. 소로킨은 셰이나를 차고로 데리고 갔고, 거기 차 안에서 그녀는 야코프를 배신했지. 벤치에서 떠들어대길, 아주 좋대. 바로 그 차 말이야. 아주 좋대. 심지어 차를 타고 나갈 필요가 없을 정도로 말이야. 차고로 가서 문을 잠그고 헤드라이트를 켜고 좌석을 뒤로 젖히면 즐길 일만 남는다나. 마당에서 쑥덕거리는 바로는 소로킨이 외팔이어도 잘했다잖아. 우리네 뒷마당이 몇년 전에는 어땠는지 묘사해보라면, 난 뒷마당이라기보다는 쓰레기장이었다고 말하겠어. 왜소한 보리수나무들이 자라고, 차고가 두서너 채 있으며, 차고 뒤로는 깨진 벽돌 무더기가 쌓였고, 일반적으로 완전 쓰레기 더미였다고 할 수 있지. 그러나 중요한 것은 거기에 낡은 가스레인지들이 쌓여 있었다는 거야. 전쟁 직후 모든 이웃 건물에서 가스레인지 삼사백 개 정도를 우리네 뒷마당으로 가져와 쌓아놓은 거지. 이 가스레인지들 때문에 우리 뒷마당에서는 항상 주방 냄새가 났어. 우리가 가스레인지에 달린 오븐 문을 열면 끔찍한 삐거덕 소리가 났지. 우린 왜 그 문을 열어보았을까, 왜? 난 네가 그걸 이해하지 못한다는 게 이상해. 우린 활짝 열어젖힌 오븐 문을 쾅 하고 닫기 위해 그 문을 열었던 거야. 그런데 우리 이웃 사람들 이야기로 돌아가면 어떨까. 우린 많은 사람들을 알았지. 아니, 아니. 그들 이야기를 하면 너무 지루해서 난 지금 다른 이야기를 하고 싶어. 너도 보다시피, 우리는 대체로 뭔가 시간을 다르게 보고 있지. 우린 시간을 올바르게 이해하고 있지 않아. 언젠가 몇년 전에 우리가 역에서 우리 노르베고프 선생님을 만난 걸 넌 잊어버렸니? 아니, 잊지 않았어. 우린 역에서 만났지. 그는 한 시간 전에 저수지 둑에서 모기 유충을 잡고 왔다고 말했어. 실제로 그는 낚싯대와 양동이를 들고 있었는데, 양동이 안에 물고기가 아닌 다른 어떤 생물이 헤엄치고 있다는 걸 난 알아챘어. 우리 지리선생님 노르베고프 역시 이 역이 있는 지역에 다차를 지었거든. 강 건너편에 있는 그의 다차에 우리는 자주 들렀었지. 바로 그날 선생님은 우리한테 또 무슨 말을 했지? 지리선생님 노르베고프는 우리에게 대략 이런 말을 했지. 너희들은 우리 훌륭한 다차 거주자들이 이 같은 사치를 누릴 만하다고 생각하지 않니? 나의 어린 동료여, 너희들은 소위 폭풍과 뇌우가 닥쳐올 때가 되었다고 생각하지 않니? 노르베고프는 손을 들어 햇빛을 가리면서 하늘을 쳐다보았지. 정말로 곧 닥쳐오겠군. 사랑하는 나의 학생들, 그게 어떻게 닥쳐오냐면 말이지, 뒷골목들을 따라 먹구름 조각들이 날아올 거야! 언제쯤도 아니고, 오늘이나 내일도 아냐. 너희들도 이미 이것에 대해 깊이 생각하고 있지. 너희는 이 말을 믿니?

파벨 페트로비치는 플랫폼 한중간에 서 있었고, 역의 시계는 두 시 십오 분을 가리켰지. 그는 평범한 밝은색 모자를 썼는데, 그 모자는 온통 작은 구멍투성이야. 마치 좀이 갉아먹거나, 아니면 검표원 검표기로 구멍을 많이 뚫어놓은 것 같지 뭐야. 하지만 실은 그 구멍은 공장에서 만들 때부터 뚫어놓은 것인데, 뜨거운 계절에 구매자의 머리에, 여기에선 파벨 페트로비치의 머리에 땀이 차지 않게 하기 위한 거야. 게다가 공장에서 밝은색 모자에 작은 검은색 구멍을 뚫을 생각을 한 건 구멍이 없는 것보다는 있는 게 더 낫다고, 뭔가 의미가 있고 중요하다고 결정했기 때문이지. 좋아, 선생님의 다차는 강 건너 마을에 있었고, 우리 다차는 같은 역을 끼고 있는 여러 다차 마을 중 하나였지. 그런데 우리가 선생님과 같은 역이 있는 곳에 살던 그때, 소위 가장 좋은 시절이었던 여름날의 몇달 동안 선생님은 또 뭘 걸치고 계셨지? 이 질문에 대답하기는 정말 어려워. 파벨 페트로비치가 무얼 입고 있었는지 난 정확히 기억해내지 못할 거야. 더 간단히 말하면, 그가 뭘 입지 않았는지를 말이야. 노르베고프 선생님은 절대 신발을 신지 않았어. 어떤 상황이라도 여름에는 말이지. 바로 그 더운 날 플랫폼에, 낡은 나무판자 플랫폼에 그렇게 맨발로 있으면 한쪽 발, 혹은 두쪽 발 모두에 못이 박히기 십상이지. 그래, 이런 일은 누구에게나 일어나기 마련이야. 하지만 우리 선생님한테는 절대 그런 일이 일어나지 않았어. 이해하겠니, 그는 그리 큰 키도 아니고 말랐지. 그가 다차의 오솔길이나 학교 복도를 달리는 모습을 네가 본다면, 마치 그의 맨발이 땅이나 바닥을 전혀 밟고 있지 않는 것처럼 보일 거야. 그런데 그날 나무 플랫폼 한가운데 그가 서 있었을 때, 그는 서 있다기보다는 마치 플랫폼에, 울퉁불퉁한 나무판 위에, 거기 떨어져 있는 담배꽁초들과 다 탄 성냥개비들, 세심하게 핥아먹은 초콜릿 아이스크림 막대기들, 사용한 기차표들, 그리고 말라서 보이지는 않는, 승객들이 뱉어놓은 다양한 침 위에 걸려 있는 것처럼 보였다는 거야. 네 말을 잠시 끊어도 될까? 뭔가 잘 이해가 안 돼. 정말로 파벨 페트로비치가 학교까지 맨발로 다녔단 말이야? 아니야, 내가 확실히 말을 잘못했나봐. 내 말은 뭐냐면 그가 맨발로 다차를 걸어다니곤 했다는 거야. 하지만 아마도 그는 직장에 갈 때도 시내에서도 신발을 신지 않았어. 다만 우리는 그걸 눈치채지 못했을 뿐이지. 아니 어쩌면 눈치는 챘는데, 그리로 특별히 시선이 가진 않았을 거야. 그래, 웬일인지 그리 특별히 눈에 띄진 않았어. 그런 경우에는 그 사람을 보는 사람들이 아니라, 그 사람 자체에 많은 것이 달려 있지. 그래, 기억나. 그리 특별히는 아니었어. 그러나 학기 중에는 어떠했든 간에, 노르베고프가 신발 없이 다닌 걸 넌 확실히 알고 있어. 바로 그거야. 언젠가 우리 아버지는 신문을 손에 들고 해먹에 누워 말했지. 파벨은 신발을 도대체 어떻게 한 거야. 게다가 이런 더위에! 우리처럼 나랏밥을 먹는 불쌍한 사람들은 말이야—아버지는 계속해서 말했지—발을 절대 쉬게 할 수 없지. 장화가 아니면 덧신, 덧신이 아니면 장화를 신지. 평생 그렇게 발을 혹사시키며 살아. 비가 오면 구두를 말려서 신어야 하고, 해가 나면 구두가 갈라지지 않게 조심해야 해. 중요한 건 아침부터 하루 종일 구두약을 갖고 다녀야 한다는 거야. 그런데 파벨은 자유로운 몽상가 같지. 그래서 죽을 때도 맨발로 죽을 거야. 너의 파벨, 그 사람은 게으른 사람이야—아버지는 우리에게 이렇게 말했지—그래서 맨발이기도 해. 돈은 모두 아마 다차에 다 써버렸을걸. 그러고서도 계속 빚을 얻어다가 그나마도 모두 낚시하는 데, 강변에서 땀 식히는 데 써버렸을걸. 그리고 내가 보기엔 그는 형편없는 다차에 살아. 우리 헛간보다도 못한데, 거기다가 또 지붕에 풍향계를 설치했지 뭐니. 생각해봐라—풍향계라니! 나는 그 바보한테 왜 쓸데없이 풍향계를 달아 끽끽 소리가 나게 하는지 물어봤지. 그러자 거기 지붕 위에서 나한테 한다는 말이, 검사님, 무슨 일이 일어날 수도 있지 않습니까. 예를 들면 바람이 한 방향으로 불다가 갑자기 방향을 바꾸지 않을까 해서요. 검사님은 모든 신문을 읽으시죠. 신문에는 당연히 이것에 대해, 즉 날씨에 대해 쓰여 있습니다. 하지만 저는 알다시피 신문에서 아무것도 발췌하지 않아요. 그래서 저한테는 풍향계가 절대적으로 필요한 물건이지요. 검사님은 뭔가가 잘못되면 신문을 보고 금세 알아챌 수 있지만, 저는 풍향계를 통해 방향을 잡을 거예요, 훨씬 더 정확하게. 이보다 더 정확할 수는 없지요—우리 아버지는 손에 신문을 들고 해먹에 누워 이야기 했지. 그러고선 해먹에서 내려와서—뒷짐을 지고—뜨거운 수지와 수액이 넘치는 소나무들 사이로 걸어다녔지. 이랑에서 딸기 몇 개를 따 먹고, 구름도 비행기도 새도 하나 없는 하늘을 쳐다보고, 하품을 하며 머리를 흔들고선 노르베고프를 염두에 두고 말했지. 흠, 내가 그의 상관이 아닌 걸 신에게 감사드려야겠지. 내 밑에 있었더라면 폴짝 폴짝 뛰면서 나한테서 바람에 대해 배워야 했을걸. 키만 큰 머저리에, 부랑자, 불행한 풍향계 같으니라고. 불쌍한 지리선생님, 우리 아버지는 그에게 조그마한 존경심도 품지 않았지. 바로 이것이 신발을 신지 않는다는 의미야. 사실 우리가 플랫폼에서 노르베고프를 만난 그 무렵에, 확실히 파벨 페트로비치는 이미 우리 아버지가 자기를 존경하든 안 하든 상관하지 않았어. 왜냐하면 그때쯤 이미 우리 선생님은 존재하지 않았기 때문이야. 그 봄에, 그러니까 바로 그 플랫폼에서 우리가 그를 만나기 이 년여 전 봄에 그는 죽었으니까. 그래서 내가 말하잖니. 우리한테는 시간이 제대로 흘러가고 있지 않다고. 자, 잘 헤아려보자. 그는 오랫동안 아팠어. 그에겐 심각한 지병이 있었어. 그리고 그는 곧 자신이 죽을 거라는 것도 너무나 잘 알았어. 하지만 남들이 알아차리게 하지 않았지. 그는 학교에서 제일 즐거운 사람으로, 더 정확히는 유일하게 즐거운 사람이었고, 끝없이 농담을 해댔지. 그가 말하길, 자기가 너무나 비쩍 마른 듯 느껴져서 갑자기 바람에 날아갈 것 같다는 거야. 노르베고프는 웃으며 말했지, 의사들이 나한테 풍차에 일 킬로미터 이내로 다가가는 것을 금했지만 금단의 열매가 달콤한 법이지. 나는 더 가까이 가보고 싶어져. 풍차들은 내 집 바로 옆 쑥 언덕 위에 있거든. 언젠간 참지 못할걸. 내가 사는 다차 마을에서는 나를 바람둥이와 풍향계라고 부르지. 하지만 네가 지리선생이라면, 특히나 바람둥이로 평판이 나는 게 그렇게 나쁜 것인지 말해다오. 심지어 지리선생이라면 바람둥이여야만 해. 이건 그의 전공이기 때문이지—나의 젊은 친구들, 자네들은 어떻게 생각하나? 우울함에 굴복하지 않는 것—그는 손을 휘저으며 열정적으로 소리쳤어—최고 속도로 자전거를 타며 사는 것, 햇볕에 그을고 먹을 감는 것, 다양한 색깔의 나비와 잠자리들을 잡는 것, 특히 나의 다차에서 그토록 많은 검은 나비와 노란 나비 들을 잡는 것이 우울함에 굴복하지 않는 길 아니겠는가! 또 뭐가 더 있을까—선생님은 담배를 피우려고 성냥과 담배를 찾아 주머니를 뒤지며 물었지—뭐가 더 있을까? 친구들, 아는가, 세상에 행복은 없다네. 그 비슷한 것도 닮은 것도 없다네. 대신—하느님!—종국에는 평온과 자유가 있다네. 현대의 지리선생은 이를테면 전기기사나 수도 배관공, 혹은 장군처럼 모두 한 번의 삶을 사는 거지. 그러니 바람둥이처럼 사시게나, 젊은이들이여. 여인들에게 더 많은 칭찬을, 더 많은 음악과 미소, 뱃놀이, 휴양소, 기사들의 시합과 결투, 체스 경기, 심호흡 운동, 그리고 다른 바보 같은 것들을 많이많이 하시오. 너희들이 언젠가 바람둥이로 불리게 된다면—노르베고프는 찾아낸 성냥갑으로 학교 전체를 울리는 굉음을 내며 말했어—화내지 마라, 그건 그리 나쁜 건 아니리니. 영원의 얼굴 앞에서 내가 두려워할 게 뭐가 있겠냐는 거지. 오늘 바람이 내 머리카락을 날리고, 얼굴을 시원하게 해주며, 셔츠 깃 뒤로 불어 들어와 주머니를 통해 불어 나가고, 재킷 단추를 뜯어버리고선, 내일은 쓸데없는 낡은 건물들을 허물어버리고, 참나무를 뿌리째 뽑아버리고, 저수지의 물을 휘젓고 파동을 일으키고, 내 정원의 씨앗들을 온 세상으로 흩뿌려준다면 말이야―내가 뭘 두려워하겠어. 교외 5구역의 정직하고 검게 그은 사람이요, 소박하지만 자신의 일을 아는 교육자요, 말랐지만 왕족 같은 손으로 아침부터 저녁까지 엉터리 종이죽으로 만든 속이 빈 지구의를 돌리는 지리선생인 나 파벨 노르베고프가 말이야! 내게 시간을 좀 주시오―우리들 중 누가 옳은지 내가 증명하겠소. 내가 언젠가 당신들의 삐거덕거리는 게으른 타원체를 돌리게 되면, 당신들의 강은 거꾸로 흐를 것이며 당신들의 가짜 책과 신문 들을 당신들은 잊어버리게 될 것이며 당신들 자신의 목소리와 성(姓), 직업이 토하고 싶을 만큼 역겨워질 것이며, 읽고 쓰는 것을 잊어버리게 될 것이며, 팔월의 포플러나무처럼 당신들은 웅성거리고 싶어질 거요. 화난 틈새바람이 당신들의 거리와 골목길의 이름들과 싫증나버린 간판들을 날려버릴 것이며 당신들은 진실을 원하게 될 거요. 이가 들끓는 바퀴벌레 같은 종족이여! 파리와 빈대로 뒤덮인 아무 생각 없는 맹종자의 무리여! 당신네들은 위대한 진실을 원하게 될 것이오. 그러면 그때 내가 올 것이오. 내가 당신들에게 죽임을 당하고 짓밟힌 자들을 함께 데려와 말할 것이오. 당신들에게 줄 당신들의 진실과 복수가 여기 있소. 그러면 두려움과 슬픔 때문에 당신네 혈관에서 피 대신 흐르던 당신네들의 노예 같은 고름이 얼음으로 변할 것이오. 도시와 다차의 시민들이여. '바람을 나르는 자'를 두려워하시오. 산들바람과 틈새바람을 두려워하시오. 그것들은 회오리바람과 폭풍을 만들어냅니다. 교외 5구역의 지리선생이자, 속이 빈 종이 지구의를 돌리는 사람인 내가 당신들에게 말합니다. 이 말을 하면서 영원을 증인으로 삼겠소—그렇지 않나, 나의 어린 조수들이여, 나의 사랑스러운 동시대인이자 동료들이여— 그렇지 않나?

그는 아무 해(年)의 봄에 풍향계가 달린 자신의 집에서 죽었어. 그 날 우리는 아무 학년의 마지막 시험, 그것도 바로 그의 과목인 지리 시험을 치러야만 했지. 노르베고프는 아홉 시쯤 도착하겠다고 약속했 고 우리는 복도에 모여 열한 시까지 선생님을 기다렸지만 그는 끝내 오지 않았지. 페릴로 교장은 노르베고프가 아마 병이 난 듯하니 시험 은 내일로 미룬다고 말했어. 우리는 병문안을 가기로 결정했지만 우 리 중 누구도 선생님의 도시 주소를 알지 못했기에 교무주임인 틴베 르겐이 있는 교무실로 내려갔어. 그녀는 우리 아파트에 몰래 살고 있 으며 아침마다 현관에서 춤을 추지만, 너나 나나 한 번도 그녀를 본 적은 없지. 왜냐하면 방에서 현관으로 통하는 문을 용감하게 확 열어 젖혀야만 하니까. 네가—문을 확 열어젖히면!—밀라노 성의 해자에 있고 네 개의 날개로 나는 것을 관찰할 수 있는 것처럼. 매우 화창한 날이며, 게다가 레오나르도는 낡고 쭈글쭈글한 튜닉을 입은 채 한 손 에는 제도용 펜을, 다른 손에는 붉은 먹이 든 통을 들고 제도판 옆에 서서 고급 도화지 위에 설계도 같은 것을 옮기기도 하고, 해자의 질척 질척한 개흙 바닥을 완전히 덮은 골풀 줄기를 베껴 그리는가 하면(골 풀은 레오나르도의 허리띠까지 닿아), 한 장 한 장 차례로 탄도장치를 스케치하기도 하지. 그러다가 조금 지치면, 하얀 잠자리채를 가져와 검은 잠자리를 잡아 그 눈의 망막 구조를 세심히 연구해. 화가는 너를 음울하게 바라보는데 항상 뭔가 불만스러운 듯하지. 너는 해자를 벗어나 방으로 되돌아오고 싶고 벌써 몸을 돌려 해자의 수직 벽에 있는 모조 가죽을 덧댄 문을 찾고 있어. 하지만 거장은 너의 팔을 잡아채서는 너의 눈을 보며 숙제를 내지. 악어 턱과 벌새 혀, 노보데비치 수도원의 종탑을 그려보아라. 버찌나무 가지와 레테 강 물굽이, 동네 개의 꼬리, 사랑의 밤, 뜨거운 아스팔트 위의 신기루, 베료조보의 선명한 한낮, 바람처럼 경박한 자의 얼굴, 지옥의 장막을 그려보아라. 흰개미 기둥과 숲속 개미집을 비교해보고, 나뭇잎들의 슬픈 운명과 베니스 곤돌라 사공의 세레나데를 비교해보아라. 매미를 나비로 바꾸어보고, 비를 우박으로, 낮을 밤으로 바꾸어보아라. 우리의 일용할 빵을 지금 우리에게 다오. 모음을 치찰음(齒擦音)으로 만들어라. 기관사가 졸고 있는 기차의 전복을 막아라. 헤라클레스의 열세번째 과제를 따라해보아라. 지나가는 사람에게 담배를 권해보아라. 청춘과 노년을 설명해보아라. 박새가 아침에 물을 먹으러 오듯 내게 노래를 불러다오. 너의 얼굴을 북녘, 노브고로드의 높은 건물들 쪽으로 돌려라. 그러고선 하루 종일 현관 로비에 앉아 승강기 기사와 잡담만 나누는 수위가 창이 없어서 창문을 보지 않는데도 어떻게 거리에 눈이 내리는 걸 아는지 이야기해다오. 이외에도 너의 정원에 바람의 흰 장미를 심어 파벨 선생님께 보여드려라. 그 꽃이 선생님 마음에 든다면 파벨 선생님께 흰 장미를 선물해드려라. 꽃을 선생님의 셔츠와 다차 모자에 꽂아드려, 무(無)의 세계로 떠나는 사람을 기분 좋게 해드려라. 쾌활하고 장난꾸러기이며 바람둥이인 너의 늙은 선생님을 기쁘게 해드려라. 오, 로자! 선생님은 말하실 거야. 하얀 로자 베트로바*, 사랑스러운 아가씨여, 무덤의 꽃이여, 내가 너의 순결한 몸을 얼마나 원하는지! 그 자신의 아름다움으로 혼란스러운 어느 여름밤에 푸른 강 건너편 풍향계가 달린 작은 집에서 난 너를 기다려. 주소는 다차 지역 5지구, 우체부 미혜예프를 찾으렴. 파벨 노르베고프에게 물어보렴. 자전거 경적을 여러 번 울리렴. 안개 낀 강변에서 쪽배를 기다리렴. 신호로 모닥불을 피우렴. 우울해하지 말기를. 가파른 모래언덕 위 건초 더미에 누워 별을 헤아려보고 행복과 기다림으로 울어보렴. 개똥벌레들로 반짝이는 노간주나무 덤불을 닮은 어린 시절, 말도 안 되는 웃기는 것들을 매달아놓은 크리스마스 트리를 닮은 어린 시절을 회상해보렴. 그리고 아침 무렵 첫 전차가 역을 지나갈 때, 술이 덜 깬 머리로 공장 사람들이 깨어날 때, 기계와 처리과정의 세부사항에 대해 침을 뱉고 저주를 퍼부으며 역 근처 연못을 지나 역에 딸린 녹색 혹은 파란색 맥주 가게로 숙취로 몽롱한 발걸음을 옮길 때 무슨 일이 일어나는지 생각해보렴. 그래, 로자, 그래, 파벨 선생님이 그 밤에 우리에게 무슨 일이 일어나는지 말해줄 거야. 그것은 얼음 사막을 집어삼키는 불꽃을 닮게 될 거야. 그것은 마치 주인에게 다가올 죽음을 경고하듯 갑자기 틀에서 빠져나와 어둠 속에 떨어지는 깨진 거울 조각에 비치는 별의 추락 같은 거야. 그것은 목동의 피리와 아직 씌어지지 않은 음악을 닮게 될 거야. 나에게 오렴, 로자 베트로바. 넌 정말 망각의 계곡과 고통의 언덕을 따라 걸어가는 너의 늙은 선생님이 소중하지 않니. 네 허리의 떨림을 없애기 위해, 그리고 내 슬픔을 달래기 위해 나에게 오렴. 그리고

* '로자'는 장미를, '베트로바'는 바람을 뜻한다.

파벨 선생님이 그렇게 말씀하신다면—레오나르도는 너에게 말하지—바로 그 밤에 이것에 대해 나에게 알려주렴. 나는 세상 모든 이에게 증명할 거야. 시간 안에서 과거와 미래에는 어떤 것도 존재하지 않으며, 현재 역시 아무것도 가지지 않는다는 것을, 자연에서 불가능한 것을 서로 근접시키며, 그래서 말한 대로 실존을 가지지 않음을, 왜냐하면 아무것도 존재하지 않는 그곳에는 공허만이 확실히 있기 때문이지. 그러나 그럼에도 아랑곳없이—화가는 말을 계속해—나는 풍차로 바람을 아무 때나 만들어낼 거야. 그리고 이건 너한테 내는 마지막 숙제야. 거대한 검은 잠자리를 닮은 이 장치—보이지? 이것은 완만히 경사진 풀언덕에 놓여 있어—내일 호수 위에서 이 장치를 시험해봐. 떨어질 때 네가 물에 빠지지 않으려면 허리띠 모양의 긴 가죽을 입도록 해. 그러면 그때 너는 화가에게 대답하지. 친애하는 레오나르도, 전 무서워요. 전 당신의 재미있는 숙제를 수행할 수 없을 거예요. 수위가 밖에 눈이 온다는 사실을 알게 된 것과 관련된 문제는요, 이 문제에 대해서는 저도 당신이 바람을 만들어내는 것만큼이나 쉽게 아무 때나 아무 시험위원회에 대답할 수 있어요. 하지만 당신과는 달리 저는 어떤 풍차도 필요 없어요. 수위가 아침부터 저녁까지 현관에 앉아서 승강기 기사와 잡담을 나누고, 현관 로비에는 창문이 없다면, 수위는 거리에, 더 정확히는 거리 위로 혹은 거리에 눈이 온다는 것을 알게 되지요. 거리에서 상사를 만나러 서둘러 현관으로 들어오는 모자와 깃 위의 눈송이를 보고 말이에요. 옷 위에 눈송이를 나르는 이들은 보통 두 가지 유형으로 나뉘지요. 옷을 잘 입은 쪽과 못 입은 쪽으로. 하지만 정의가 지배해요—눈송이는 이들 모두에게 공평하게 나뉘어 얹혀 있어요. 제가 소방방재부에서 수위로 일할 때 이 사실을 알아챘지요. 저는 한 달에 겨우 육십 루블을 받았어요. 대신 눈, 낙엽, 비, 우박이 떨어지는 등의 좋은 현상들을 훌륭하게 배울 수 있었지요. 물론 장관들이나 그 보좌관들 중 어느 누구도 자신에 대해 이렇게 말할 수 없어요. 그들 모두는 저보다 몇 배나 많은 돈을 받지만요. 그래서 저는 바로 이런 단순한 결론을 내렸어요. 네가 장관이라면, 너는 거리와 하늘에서 무엇이 일어나고 있는지 마땅히 알아야 하고 이해해야 하지만 그러지 못해. 네 사무실에 창문이 있어도 너는 하늘을 쳐다볼 시간이 없기 때문이지. 너에게는 너무 많은 접견과 만날 약속, 그리고 전화벨이 있기 때문이지. 그리고 수위가 방문자들의 모자 위 눈송이로 눈이 온다는 것을 쉽게 알 수 있다면, 장관인 너는 방문자들이 겉옷을 옷 보관소에 맡기기 때문에 알 수 없는 거야. 아니면 그들이 옷을 맡기지 않는다면, 승강기를 기다리다 거기에 올라타면서 눈송이들은 녹게 되지. 바로 그 때문에 장관인 너는 아마도 바깥이 항상 여름이라도 되는 양 느끼게 되지. 하지만 그건 그렇지가 않은 거야. 그래서 네가 똑똑한 장관이 되길 원한다면, 현관에 있는 수위에게 전화해서 날씨에 대해 물어봐. 내가 소방방재부의 수위로 일했을 때, 난 오랫동안 현관에 앉아 승강기 기사랑 잡담을 나누었지. 소방방재부 장관은 정직하고 일 잘하는 동료로서 나를 알아주어서 시간이 날 때마다 나에게 전화를 걸어 물어보곤 했지. 아무개 수위인가? 네, 나는 대답했어. 아무개가 당신의 부서에서 아무 해(年)부터 일하고 있습니다. 난 소방방재부 아무개 장관일세. 그가 말했어. 오층 복도에서 오른쪽으로 세번째 삼 번 사무실에서 일하지. 자네한테 볼일이 있네. 바쁘지 않으면 잠시만 내게 들러주게나. 꼭 필요한 일일세. 날씨에 대해 이야기해보세나.

그래, 사실 내가 그와 같은 부서에서 일한 것 말고도, 우리 사이에 인연은 더 있어. 우린 지금까지도 다차의 이웃이기도 하지. 즉 다차 마을에서 장관의 다차는 우리 다차에서 비스듬히 기울어진 쪽에 있어. 난 여기에서 조심하는 차원에서 '~있다'라는 의미로 '~있었다'와 '~이다'라는 두 단어를 사용했어. 왜냐하면 의사들은 내가 오래전에 마치 다 나았다는 듯이 말하지만, 지금까지도 난 시간 개념과 관련된 것은 아주 낮은 수준에서도 정확히 그리고 확실하게 판단할 수가 없기 때문이야. 내 생각에 우리 시간 개념에는 뭔가 이해가 안 되는 것, 혼돈이 있는 것 같아. 충분히 훌륭하지 못해. 우리 달력은 너무 관습적이고 거기 씌어 있는 숫자는 마치 위조지폐처럼 아무 의미도, 효력도 없어. 가령 왜 1월 1일 다음에는 1월 2일이 마땅히 따라오는 양 생각하는 거지? 곧바로 1월 28일이 아니고 말이야. 도대체 서로서로 차례를 지켜 날짜가 온다고 할 수 있느냐는 말이야. 날짜들의 순서란 것은 무슨 시적인 헛소리 같단 말이지. 그 어떤 순서도 없어. 날짜는 누군가 생각이 나면 오는 거야. 때론 한 번에 여러 날이 곧바로 오기도 하지. 혹은 오랫동안 하루도 오지 않는 때도 있어. 그때는 넌 공허 속에 살아. 아무것도 이해하지 못하고 심하게 아프게 돼. 다른 이들도 역시, 역시 아파. 하지만 침묵하지. 내가 또 하고 싶은 말은, 각 사람에게는 누구와도 닮지 않은 자신만의 특별한 삶의 달력이 있다는 거야. 친애하는 레오나르도, 당신이 제 삶의 달력을 만들어보라고 저한테 요청한다면, 전 많은 점이 찍힌 종이 한 장을 가져올 거예요. 종이 전체는 점으로 덮여 있을 거고, 각 점은 하루를 뜻하지요. 몇천의 날은 몇천 개의 점이에요. 하지만 어떤 날이 어떤 이런저런 점과 상응하는지는 제게 묻지 마세요. 그것에 대해서는 전 아무것도 몰라요. 저 자신의 달력을 삶의 어느 해, 어느 달, 혹은 어느 시대로 구성했는지에 대해서도 묻지 마세요. 왜냐하면 위에 언급한 단어들이 무슨 뜻인지 저는 모르기 때문이에요. 그리고 당신 자신도 그것들을 발음하면서 역시 이에 대해 모르지요. 제가 진정으로 의심하지 않을 수도 있는 시간의 그러한 정의에 대해서요. 겸손해지세요! 당신도 저도 그리고 우리 친구들 중 어느 누구도, 시간에 대해 고심하며, 삶을 어제, 오늘 그리고 내일로 나열하며, 있다라는 동사로 묶어내면서 우리가 무엇을 염두에 두는지 설명할 수 없어요. 이 단어들은 서로서로 의미의 차이가 있는 듯해요. 내일은 단지 오늘의 다른 이름이라는 사실이 말해지지 않은 듯해요. 여기 설명할 수 없는 모래알의 닫힌 공간에서 우리에게 일어나고 있는 것의 아주 작은 부분만을 우리는 인식할 수 있는 듯해요. 여기에서 일어나고, 여기에 있고, 나타나고, 존재하는 것이 정말로, 실제로 있고, 이고, 존재하는 듯해요. 친애하는 레오나르도, 얼마 전에(바로 지금, 조만간) 저는 큰 강을 따라 즐거운 배를 타고 내려왔어요(내려와요, 내려올 거예요). 이전에(이후에) 저는 여러 번 거기에 있었고(있을 거고), 그 근방을 잘 알아요. 날씨가 아주 좋았고(좋고, 좋을 것이고), 강은 조용하고 넓으며, 강변에는, 강변 한쪽에서는 뻐꾸기가 울었어요(울어요, 울 거예요). 그 뻐꾸기는 제가 쉬려고 노를 집어던졌을(집어던질) 때, 저에게 삶의 여러 세월을 노래로 불러주었어요(불러줄 거예요). 그러나 이것은 그 새의 입장에서 보면 어리석은 것이었어요(것이에요, 것일 거예요). 왜냐하면 제가 이미 죽지 않았다면, 이제 곧 죽을 거라고 저는 완전히 확신했기(확신하기, 확신할 것이기) 때문이에요. 하지만 뻐꾸기는 이것을 몰랐고, 그 새의 삶이 저를 흥미롭게 하는 것보다 훨씬 더 낮은 수준에서 저의 삶이 그 새를 흥미롭게 한다는 것을 생각해야만 해요. 그래서 저는 노를 던졌고, 제가 산 세월을 세어보며, 스스로에게 몇 가지 질문을 던져보았어요. 나를 삼각주로 이끄는 이 강은 이름이 무엇인가, 이끌려가는 나는 누구인가, 나는 몇 살인가, 내 이름은 무엇인가, 오늘은 무슨 요일이고, 본질적으로 몇년인가, 그리고 여기 쪽배가, 평범한 쪽배가 있는데, 누구의 것인가? 그리고 무엇 때문에 이런 쪽배가 있는가? 존경하는 거장이여, 단순하지만 매우 고통스러운 질문들이 있었기에, 저는 그중 어느 하나에도 답할 수가 없었어요. 그리고 저의 할머니, 이전의 할머니가 고통을 당했던 바로 그 유전병의 발작이 저에게 일어난다고 생각했어요. 고쳐주지 마세요. 저는 일부러 돌아가신이라는 말 대신 **이전의**라는 단어를 여기 쓰고 있어요. 뒤의 단어가 듣기에 훨씬 더 좋고, 더 부드러우며, 그리 절망적이지 않다는 데 동의하세요. 아시다시피 아직 할머니가 저희와 함께 계셨을 때, 때때로 기억을 잃어버리셨지요. 그녀가 특별히 아름다운 뭔가를 오랫동안 바라볼 때는 이런 일이 흔히 일어났어요. 그 당시 강에서 저는 생각했어요. 주위가 어쩌면 지나치게 아름답다고. 그래서 저는 할머니처럼 기억을 잃어버렸고, 가장 평범한 질문들에 대답을 못 하는 상태가 되어버렸어요. 며칠이 지나 제 병을 치료하는 의사 자우제에게 가서 상담을 했어요. 의사는 제게 말했어요. 친구여, 알다시피, 당신에게는 의심할 바 없이 바로 당신 할머니의 병이 있어요. 당신은 이 도시 근교에 침을 뱉어요. 그가 말했어요. 그리로 가는 걸 중단해요. 실제로 거기서 당신은 기억을 잃었으니까요. 하지만 의사 선생님—저는 말했어요—그곳은 아름다워요. 아름답다고요. 전 거기 가고 싶어. 그런 경우—그는 안경을 벗으면서, 아니면 안경을 쓰면서 말했어요—나는 당신이 그곳으로 가는 것을 금합니다. 하지만 전 그의 말을 듣지 않았어요. 제 생각에 그는 탐욕스러운 사람들에 속하는데, 이런 사람들은 자신들이 아름다운 장소에 있기를 좋아하며, 자신들 이외에는 그 누구도 그곳에 가길 바라지 않지요. 저는 물론 도시를 벗어나 아무 데도 가지 않겠다고 그에게 약속했지만, 병원에서 절 퇴원시키자마자 저는 도시를 떠나 남은 여름 내내 다차에서 살았어요. 심지어 여러 구역에서 낙엽으로 모닥불을 피우기 시작하며, 낙엽들 일부분이 우리 강을 따라 흘러가던 가을의 한 자락까지 살았어요. 그때는 주위가 너무나 아름다워져서, 저는 심지어 베란다에도 나오지 못할 정도였어요. 제겐 저 노르베고프의 집이 있는 강변에 얼마나 다양한 빛깔의 숲이 펼쳐져 있는지 바라보는 일이 중요했거든요. 전 울기 시작했고 아무것도 할 수 없을 정도였지요. 눈물이 저절로 흘러내렸고, 그들에게 말도 할 수가 없었어요—아니요, 하지만 제 속은 불안하고 뜨거웠어요(아버지는 어머니와 제게 도시로 돌아오라고 하셨고—그래서 우리는 돌아왔어요). 하지만 그때 강 위에서, 쪽배에서 일어났던 일들이 더는 일어나지 않았어요—여름에도, 가을에도, 그리고 그 이후로도 그런 일은 절대 없었어요. 명백한 것은, 저는 뭔가를—물건, 단어, 성(姓), 날짜 등을—잊어버릴 수 있다는 거예요. 하지만 오직 그때, 강 위 쪽배에서 저는 모든 것을 한 번에 다 잊어버렸어요. 하지만 지금 제가 이해하는 바로는 그런 상태는 할머니의 상태와는 다른 그 어떤 것, 저만의 것이라는 점, 아마도 의사들에 의해 아직은 연구되지 않은 뭔가라는 거죠. 그래요, 저는 제기된 문제들에 대해 나 자신에게 답할 수 없었어요. 하지만 아무리 기억이 없어졌다 하더라도 기억상실을 의미하는 것은 전혀 아니라는 걸 이해해주세요. 친애하는 레오나르도, 모든 것은 훨씬 더 심각한 거였어요. 바로 이런 거예요. 저는 사라짐의 한 단계에 있었지요. 아시다시피 사람은 순간적이면서도 동시에 완전히 사라질 수는 없어요. 우선 사람은 형태와 본질에서 자신과는 다른 무언가로 변하게 되죠. 예를 들면 왈츠로, 간신히 들리는, 울림 있는 저녁의 왈츠로 변하게 되죠. 그러니까 부분적으로 사라지고, 그다음에는 완전히 사라지는 거예요.

숲속 공터 어딘가에 오케스트라가 자리를 잡고 앉아 있었어. 음악가들은 신선한 전나무 그루터기에 앉고, 악보는 자신들 앞에 놓았는데 보면대가 아니라 풀 위에 놓았지. 풀은 마치 호수 갈대처럼 키가 크고 빽빽하며 강해서, 힘들이지 않고 악보 노트를 지탱해내고, 음악가들은 수월하게 모든 음표들을 구별해내지. 너는 모르니, 아마 공터에는 오케스트라가 없을 수 있지. 하지만 숲 때문에 음악 소리가 들리고 넌 기분이 좋아져. 넌 신발과 양말을 벗고, 발끝으로 서서 하늘을 바라보며 멀리서 들리는 이 음악에 맞춰 춤추고 싶어. 이 음악이 절대 멈추지 않길 바라면서. 사랑스러운 베타, 당신은 춤을 추나요? 물론이에요, 친애하는 그대여, 난 춤추는 걸 정말 좋아해요. 그래서 당신을 대회에 초대하는 걸 허락해줄래요. 기꺼이요, 기꺼이, 기꺼이! 하

지만 숲속 공터에 풀 베는 사람들이 나타나지. 그들의 연장, 손잡이가
열두 개나 달린 그들의 낫 역시 태양 아래 반짝이지. 다만 음악가들의
악기처럼 금빛이 아니라 은빛으로. 풀 베는 사람들이 풀을 베기 시작
해. 첫번째 풀 베는 사람은 트럼펫 연주자에게 다가와 낫을 들어올리
더니―음악은 연주되고 있어―거친 손놀림으로 트럼펫 연주자의 악
보 노트가 놓여 있는 풀줄기들을 베어버리지. 펼쳐진 노트는 떨어져
닫혀버리지. 트럼펫 연주자는 중간에 목이 메어, 옹달샘이 많고 온갖
새들이 노래를 부르는 숲속으로 조용히 사라지지. 두번째 풀 베는 사
람은 호른 연주자에게 다가가―음악은 연주되고 있어―첫번째 사람
이 했던 대로 풀줄기를 베어내는 작업을 해. 호른 연주자의 노트가 떨
어지지. 그는 일어나서 트럼펫 연주자의 뒤를 따라 사라져버려. 세번
째 풀 베는 사람은 바순 연주자에게 큰 걸음으로 다가가지. 그러자 그
의 노트도―음악은 연주되고 있지만 소리가 더 작아지지―역시 떨어
져. 이렇듯 벌써 세 음악가가 새들의 노랫소리를 듣고 샘물을 마시려
고 소리도 없이 차례차례 사라지지. 곧 뒤를 따라―음악은 작게 연주
되고 있어―코넷, 타악기들, 제2트럼펫, 제3트럼펫 그리고 플루트 연
주자들 모두가 자신의 악기를 들고 사라져―오케스트라 전체가 각자
자기 악기를 들고 숲속으로 숨어버려. 아무도 악기의 마우스피스에
입술을 대고 있지 않지만, 음악은 여전히 연주되고 있어. 음악은 지금
은 매우 여리게 소리를 내며 공터에 남았고, 풀 베는 사람들은 이러한
기적에 부끄러워 울면서 젖은 얼굴을 붉은 셔츠 소맷자락으로 닦아내
고 있어. 풀 베는 사람들은 일을 할 수가 없어―그들의 손은 떨리고
심장은 음울한 늪지의 두꺼비를 닮았지만, 음악은 연주되고 있어. 음

악은 그 자체로 살아 있으며, 이 왈츠는 어제까지만 해도 우리들 중 그 누군가였지. 사람은 사라져 소리로 옮겨갔지만, 우리는 절대 이에 대해 알 수 없을 거야. 친애하는 레오나르도, 쪽배와 강, 노, 뻐꾸기와 관련된 제 경우를 보자면, 저 역시 분명히 사라졌어요. 그때 저는 기다란 금빛과 갈색 꽃대가 달린 강가의 하얀 백합 님페야로 변했어요. 더 정확히 말하면 이래요. 저는 **부분적으로** 강가의 하얀 백합 속으로 사라졌던 거예요. 이게 더 좋은 표현이고, 더 정확한 거예요. 저는 잘 기억하고 있어요. 노를 던져버리고는 쪽배에 앉아 있었어요. 강변 한쪽에서는 뻐꾸기가 제 나이를 세고 있었어요. 전 스스로에게 몇몇 질문을 했고 대답까지 하려고 했는데 그러질 못하고 놀라기만 했지요. 그다음에는 무언가 제 안에서, 심장과 머리 쪽에서 일어났는데, 마치 저를 밀어내버리는 것 같았어요. 이때 저는 내가 사라졌구나 하고 느꼈지만, 처음에는 믿지도 또 믿고 싶지도 않았어요. 그래서 자신에게 말했죠. 이건 거짓말이야. 그냥 그렇게 보이는 거야. 넌 약간 지쳤고, 오늘은 너무 더웠어. 노를 집어들고 저어서 집으로 가라. 노를 잡으려고 팔을 뻗었지만, 아무것도 되는 게 없었어요. 저는 노의 자루를 보았지만 제 손바닥은 그것을 느끼지 못했고, 나무로 된 노는 제 손가락에서 마치 모래와 공기처럼 스치듯 미끄러져 흘러갔지요. 아니에요, 그 반대예요. 제가, 예전엔 있었지만 이제는 존재하지 않는 제 손바닥이 나무를 물처럼 흘려버렸던 거예요. 이건 제가 환영이 되는 것보다 더 나빴어요. 왜냐하면 환영은 적어도 벽을 통과할 수 있지만, 전 통과할 수 없을 테니까요. 저에게는 통과할 것도 없는 셈이고, 저한테는 그 어떤 것도 남은 게 없으니까요. 또다시 정확하지는 않군요. 무언가

남긴 남았어요. 이전의 저 자신의 염원이 남았어요. 사라지기 전에 제가 어떤 사람으로 살았는지 기억해내지 못했지만, 그때, 다시 말해 전에 제 삶이 더 흥미롭고, 더 풍부하게 흘러갔음을 느꼈고, 다시금 그이름 없고, 잊힌 아무개가 되길 바랐어요. 물결이 쪽배를 강변 빈터로 흘러가게 했어요. 강가 모래 위를 몇 걸음 걸어가서 저는 뒤를 돌아보았어요. 모래 위에는 저의 흔적과 닮은 것이라곤 아무것도 남아 있지 않았어요. 그럼에도 저는 아직 믿고 싶지가 않았어요. 첫번째로 이 모든 것이 꿈으로 밝혀질 수도 있다는 점, 두번째로 여기 모래는 특히나 밀도가 높고, 겨우 몇 킬로그램밖에 나가지 않는 제가 너무 가벼워서 모래 위에 아무 흔적도 남기지 못했을 수도 있다는 점, 그리고 세번째로 제가 아직 배에서 강변으로 내리지 않았을 수도 있다는 점, 나는 지금까지 배 위에 앉아 있으며, 그렇기 때문에 흔적을 남길 수 없다는 점이 가장 그럴듯한 이유지요. 하지만 그다음에 제가 주위를 살펴보고선 우리의 강이 얼마나 아름다운지, 강 이편과 저편에 자라고 있는 오래된 버드나무와 꽃들이 얼마나 멋진지 보고 난 후에, 스스로에게 말했어요. 불행하고 거짓말쟁이였던 겁쟁이 너, 너는 너 자신이 사라져서 놀랐어. 그래서 너는 자신을 속이기로 맘먹은 거야. 바보 같은 것들을 생각해냈지. 너는 결국 사블이기도 한 파벨처럼 정직해져야 해. 너에게 일어난 일은 절대 꿈이 아니야. 이건 명백해. 그리고 더 이야기하자면, 네가 네 몸무게의 백 분의 일만큼 가벼워진다 해도, 그런 경우라도 네 흔적들은 모래 위에 남았을 거야. 하지만 너는 지금까지도 무게가 일 그램도 되지 않잖아. 왜냐하면 너는 없기 때문이지. 너는 단지 사라졌을 뿐이거든. 이를 확신하고 싶다면 다시 한번 사방을 둘러보고 쪽배를 봐. 네가 쪽배 안에도 없다는 걸 너 스스로 알게 될 테니까. 그래, 없어. 저는 또다른 자기 자신에게 대답했어요(하긴 의사 자우제는 그 어떤 또다른 제가 존재하지 않는다는 걸 저에게 증명해 보이려고 노력했지만, 전 아무 근거 없는 그의 확신들을 믿으려 하지 않았지요). 그래, 쪽배에는 내가 없어. 하지만 그 대신 거기 쪽배에는 황금 갈색 줄기와 희미한 향기의 노란 수술이 달린 강가의 하얀 백합이 놓여 있어. 저는 한 시간 전에 섬 서쪽 해안의 웅덩이에서 그걸 꺾었는데, 거기에는 비슷한 백합들과 노란 수련들이 너무나 많아서, 그것들을 건드리고 싶지 않았고 쪽배에 앉아서 단지 그 꽃들을 하나씩, 혹은 전체적으로 바라보고 싶었을 뿐이에요. 거기에는 라틴어로 '심페트룸'이라 불리는 파란 잠자리들과 수량계 역할을 하는 빠르고 신경질적이며 굽은 다리 거미를 닮은 딱정벌레들, 골풀에는 오리들이, 정말이에요, 들오리들이 헤엄쳐다녀요. 그것들은 진줏빛 밀물과 함께 어떤 현란한 것들이지요. 거기에는 갈매기도 있어요. 갈매기들은 자신의 둥지를 섬에, 소위 우는 듯한 은빛 버드나무 사이에 숨겨두었어요. 그래서 우리는 한 번도 그 둥지를 발견할 수 없었지요. 우리는 심지어 강에 사는 갈매기의 둥지가 어떻게 생겼는지 상상도 할 수 없어요. 대신 우리는 갈매기가 물고기를 어떻게 잡는지는 알아요. 그 새는 물 위로 아주 높이 날아다니면서 물고기가 있는 깊은 물속을 들여다봐요. 새는 물고기가 잘 보이지만, 물고기는 새가 보이지 않고, 다만 물 위에 날아다니길 좋아하는 등에나 모기(수련의 달콤한 즙을 마시지요)만 보일 뿐이에요. 물고기는 이들을 먹고 살지요. 물고기는 때때로 물에서 튀어나와 모기 한두 마리를 삼키는데, 바로 이때 갈매기는 날개를 접고서 고공에서 떨어지며 물고기를 부리로 잡고는 둥지로 가져가요. 사실 갈매기는 때로 물고기를 잡는 데 실패하기도 해요. 그때 갈매기는 다시 필요한 고도를 확보하고서 물속을 보면서 비행을 계속하지요. 그러다가 물고기와 물에 비친 자신의 모습을 보게 돼요. 이것은 다른 새, 나와 매우 닮았지만 다른 새야, 라고 갈매기는 생각하지요. 이 새는 강 저편에 살며, 항상 나와 함께 사냥하러 날아와서는 역시 나처럼 물고기를 잡으며, 이 새의 둥지는 섬의 다른 쪽, 우리 둥지 바로 아래에 있어, 라고 생각하지요. 갈매기는 그 새가 좋은 새라고 생각해요. 그래, 갈매기들, 잠자리들, 수량계들, 기타 등등—이 모든 것들이 섬의 서쪽 해안, 웅덩이에 있는 것들이에요. 그 웅덩이에서 저는 수련을 꺾었고, 그 수련은 지금 쪽배에 놓인 채 시들어가고 있어요.

하지만 무엇 때문에 너는 그걸 꺾었니. 정말 그 어떤 필요가 있어서 그런 거니. 넌 꽃을 꺾는 걸—내가 알기로는—좋아하지 않잖아. 꽃들을 관찰하거나 조심스레 손으로 건드려보는 것만 좋아하잖아. 물론 그래서는 안 됐어. 난 원하지도 않았어. 날 믿어. 처음엔 원하지 않았어. 절대 원하지 않았어. 내가 언젠가 이 꽃을 꺾게 된다면, 나에게, 아니면 너에게, 아니면 다른 사람들, 아니면 우리 강에 뭔가 불쾌한 일이 일어날 것만 같았기 때문이야. 예를 들어 그 꽃은 고갈될 수 없는 거니? 넌 지금 이상한 단어를 발음했어. 넌 뭐라고 말했니, **고깔**이라는 말이 도대체 뭐니? 아니야, 그렇게 들렸던 거야. 그 말은 아니었어. 비슷하지만 그 말은 아니었어. 난 이제 기억이 안 나. 내가 방금까지 이야기한 걸, 네가 내 판단의 실마리를 다시 찾을 수 있도록 도와주지 않는다면, 그 실마리는 끊어지게 되지. 우리는 언젠가 트라흐텐베르크가 욕실에서 수도꼭지 나사를 풀어서, 그걸 어딘가에 숨겨버린 이야기를 하고 있었지. 관리인이 와서는 오랫동안 욕실에서 살펴보았지. 그는 오랫동안 잠자코 있었는데, 아무것도 이해할 수 없었기 때문이었어. 물은 시끄러운 소리를 내며 흘러내렸고, 욕실에는 계속 물이 흘러 넘쳤어. 관리인은 트라흐텐베르크에게 물었어. 수도꼭지는 어디 있소? 이 늙은 여자는 그에게 대답했지. 나에겐 축음기가 있지만(거짓말이야, 축음기는 오직 나한테만 있어), 수도꼭지는 없어요. 하지만 수도꼭지는 욕실에도 없다고 관리인은 말했지. 이에 대해 판단하는 건 시민인 당신의 몫이에요. 나는 당신에게 대답하는 사람이 아니에요─그러고는 그녀는 방으로 사라져버렸어. 관리인은 노크했지만, 트라흐텐베르크도 틴베르겐도 그에게 문을 열어주지 않았어. 나는 현관에 서서 생각하고 있었어. 관리인이 내 쪽으로 돌아보며 무얼 해야 하는지 물어보더군. 난 말했지. 노크하세요, 그러면 당신에게 문을 열어줄 거예요. 그는 다시 노크하기 시작했고, 트라흐텐베르크는 곧 그에게 문을 열어주었어. 그는 다시 궁금해했지. 수도꼭지는 어디에 있지요? 나는 몰라요. 늙은 트라흐텐베르크는 그에게 대답했지. 젊은이에게 물어보세요. 그녀는 뼈만 앙상한 손가락으로 내 쪽을 가리켰어. 관리인은 말했어. 이 젊은이는 수도꼭지 나사를 풀 만큼 그렇게 바보같아 보이진 않는군요. 이건 당신이 한 일이에요. 나는 건물관리 책임자인 소로킨에게 이를 고발할 것이오. 틴베르겐은 관리인 면전에서 웃어댔어. 악당처럼. 관리인은 고발하러 가버렸지. 나는 현관에 서서 생각에 잠겨 있었어. 여기 옷걸이에는 외투와 모자들이 걸려 있어. 여기에는 가구를 나르는 데 쓰는 컨테이너가 두 대 서 있지. 이 물건들은 이웃 사람들, 즉 트라흐텐베르크-틴베르겐과 그녀의 굴착기 기사의 것이었지. 어쨌든 기름때 묻은 빵모자는 확실히 그의 것이야. 왜냐하면 노파는 오직 챙 있는 모자만 쓰고 다니거든. 나는 종종 현관에 서서 옷걸이에 걸린 것들을 모두 살펴보곤 하지. 내 생각에 그것들은 나에게 친절하고, 함께 있으면 편안해. 그래서 난 아무도 입지 않는 그것들이 전혀 무섭지 않아. 그리고 난 컨테이너에 대해 생각하고 있어. 그건 어떤 나무로 만들어졌으며 값은 얼마나 나가며, 어떤 기차로, 어떤 지선을 타고 우리 도시로 실려 왔는지에 대해서 말이야.

친애하는 아무개 학생, 이 책의 저자인 나는 이 기차를—긴 화물열차를—충분히 명확하게 상상할 수 있다네. 그 차량들은 주로 갈색이고 그 위에 백묵으로 글자와 숫자, 단어, 어구들이 씌어 있지. 아마도 몇몇 차량에서는 특별한 철도 제복과 주석 휘장 달린 모자를 걸친 근로자들이 계산을 하고, 메모를 하고, 결제를 할 테지. 이를테면, 기차는 이미 며칠 동안 막다른 지점에 서 있지만 이를 아는 사람은 아무도 없으며 다시 이 기차가 어디로 갈지 아는 사람도 없지. 바로 여기 막다른 지점에 위원회가 도착해서는 납땜 부분을 살펴보고, 망치로 바퀴들을 두드려보기도 하고, 굴대도 들여다보고, 쇠에 갈라진 금이 없는지도 확인하고, 누가 기름에 모래를 섞어 넣지는 않았는지 살펴본다네. 위원회는 논쟁을 벌이고 욕을 해댔는데, 이들은 오래전부터 자신들의 단조로운 일에 넌덜머리가 났기 때문이지. 위원회는 기꺼이 퇴직했어야 했는데 말이네. 퇴직하려면 몇년이나 더 있어야 한단 말인가—라고 위원회는 생각하네. 위원회는 백묵 조각을 집어 들고는 닥치는 대로 아무 데나 쓰는데, 보통은 차량들 중 한 군데에 쓰지. 출생 연도—아무 해(年), 근로 경력—아무 해(年) 동안, 즉 퇴직까지는 몇년. 그러고 나서 일터에 다른 위원회가 나타나지. 이 위원회는 첫번째 위원회의 동료들에게 신세를 많이 졌지. 그래서 두번째 위원회는 논쟁도 벌이지 않고 욕도 하지 않는다네. 모든 일을 조용히 하려고 하며, 심지어 망치도 쓰지 않는다네. 이 위원회는 슬프네. 이들 역시 주머니에서 백묵을 꺼내서(여기에서 나는 괄호를 쳐 언급할 게 있는데, 사건이 일어나고 있는 이 역은 한 번도, 심지어 세계대전 중에도 백묵 부족에 대해 불평을 할 수 없었다네. 이 역은 침목, 궤도차, 성냥, 수연(水鉛) 광석, 기차 신호원, 스패너, 호스, 횡목, 철도 제방을 장식하기 위한 꽃, 이런 혹은 저런 사건을 기념하는 데 필요한 표어들이 새겨진 붉은 현수막, 비상 브레이크, 도수관, 난로 재받이통, 철강과 슬래그, 회계 장부, 창고 장부, 재와 다이아몬드, 기관차 연통, 속도, 탄환, 마리화나, 지렛대, 알람시계, 오락거리와 장작, 축음기, 짐꾼, 경험 많은 사원, 주변 숲, 리듬감 있는 시간표, 졸고 있는 파리, 양배추 수프, 죽, 빵, 물이 부족했지. 하지만 이 역에서 백묵은 항상 충분해서, 전신국의 신청서에 나타난 것처럼 그 어떤 화물 적재중량에 따라 역에서 모든 여분의 백묵을 실어 내오기 위해 인원을 구성할 필요가 있을 정도지. 더 정확히 말하면, 역에서가 아니라 역이 있는 지역의 백묵 채석장에서 말이네. 그래서 그 역 자체는 '백묵'이라 불렸으며, 백악 강기슭을 따라 흐르는 안개 낀 하얀 강 역시 '백묵' 말고는 다르게 불릴 수 없었다네. 간단히 말해 역에서도 마을에서도, 여기서는 모든 것이 이 약하고 하얀 돌 위에 세워져 있다네. 사람들은 백묵 채석장과 백묵광에서 일했으며, 백묵으로 된, 백묵으로 더러워진 돈을 받았으며, 백묵으로 집과 거리를 건설했고, 백묵칠을 했으며, 학교에서는 아이들에게 백묵으로 쓰는 법을 가르쳤고, 백묵으로 손을 씻고 세수를 했으며 냄비와 이를 닦았지. 그리고 마침내 죽으면서는 흙 대신 백묵에 묻혔으며 무덤마다 백묵 비석으로 장식된 마을 묘지에 자기를 묻어달라는 유언을 남겼지. 생각해봐야만 하는데, '백묵'이라는 마을은 아주 드물 정도로 깨끗하며, 온통 하얗고 정돈되어 있으며, 그 마을 위로는 항상 백묵의 비로 임신한 흰 구름과 먹구름이 걸려 있어서, 그것들이 떨어져 내릴 때면 마을은 훨씬 더 하얘지고 더 깨끗해진다네. 즉 좋은 병원의 상쾌한 시트처럼 완전히 하얀색이 되어버리지. 병원에 관해 말해보자면, 여기 병원은 크고 좋아. 병원 안에서는 광부들이 앓고 또 죽어갔으며, 환자들은 자기들끼리 백묵병이라 부르는 병을 앓고 있었지. 백묵 먼지는 노동자들의 폐 안으로 떨어지고 혈액 속으로 침투하며 혈액은 찐득하고 약해져버린다네. 사람들은 창백해졌고, 얼굴들은 야간 교대 시간의 어스름 속에서 하얗고 투명하게 빛났으며, 면회 시간에는 놀랄 정도로 깨끗한 커튼을 배경으로 병원 창문에서 빛나다가 죽음의 병상에서는 작별을 고하는 듯 빛났으며 이후 그 얼굴들은 가족 앨범의 사진들 속에서만 빛나게 된다네. 사진은 장마다 풀로 붙여졌고, 집안 식구들 중 누군가가 열심히 검은 연필로 테두리를 둘렀다네. 테두리는 고르지 않았지만 장엄해 보였지. 어쨌든 주머니에서 백묵을 꺼내 든 두번째 철도위원회로 다시 돌아가봄세.

그리고 괄호도 닫도록 하세) 차량에 쓴다네. 백묵으로 된 루블을 페트로프에게—얼마, 이바노프에게—얼마, 시도로프에게—얼마, 합쳐서—얼마. 위원회는 앞으로 더 나아가고, 어떤 차량과 플랫폼 위에 점검 완료라는 단어를 쓰고, 다른 객차에는 점검 필요라는 단어를 쓴다네. 왜냐하면 모든 걸 한 번에 다 점검할 수는 없기 때문이며, 사실 세번째 위원회도 있기 때문이지. 세번째 위원회가 남은 차량들을 점검하도록 하라. 하지만 역에는 위원회 말고도 비(非)위원회, 다른 말로 하면 위원회 위원이 아닌 사람들도 있다네. 이들은 이곳 밖에 서 있으며, 다른 일로 바쁘거나 아니면 아예 근무를 하지 않는다네. 그럼에도 이들은 아랑곳하지 않고 백묵 조각을 집어들고, 햇빛 때문에 따뜻해진 차량 나무벽에 뭔가를 쓰고 싶은 자신의 욕망을 억제할 수 없었지. 여기 공군 모자를 쓴 군인이 차량 쪽으로 걸어와 쓴다네. 제대까지는 2개월. 광부가 나타나네. 흰 손은 간략하게 쓴다네. 죽일 놈들. 아마 우리 모두보다 사는 게 더 힘든 오학년 낙제생이 쓴다네. 마리야 스테파나-암캐. 나사를 조여야 하고 구름다리를 쓸어야 하는 역의 여성 근로자는 오렌지색 민소매를 입은 채, 쓰레기를 아래쪽 레일 위로 내버리면서 바다를 그릴 줄 안다네. 그녀가 차량에 물결 모양의 선을 그리면 정말 바다가 그려지는 것이지. 노래도 부를 줄 모르고, 아코디언도 연주할 줄 모르는 늙은 거지는 지금까지도 등에 지고 다니는 휴대용 풍금을 살 생각을 하지 않은 채 두 단어를 쓴다네. 당신 고맙소. 술에 취하고 털이 북실북실한 어떤 청년은 여자 친구의 배신을 다른 사람을 통해 알아차리고 절망 속에서 이렇게 쓴다네. 발랴를 세 명이 사랑했네. 마침내 기차는 막다른 지점을 벗어나 러시아 철도 구간들을 따라 움직인다네. 이 기차는 위원회들이 점검한 차량들로 구성되어 있으며, 순수한 말과 욕설로, 누군가의 진심 어린 고통의 조각으로, 기억할 만한 언급으로, 직무상의 메모로, 한가한 그림 연습으로, 웃음과 맹세로, 환호와 눈물로, 피와 백묵으로, 명백하게 또는 희미하게, 죽음의 두려움으로, 가까이 혹은 멀리 있는 사람들에 대한 연민으로, 두통거리로, 선한 동기와 장밋빛 꿈으로, 비열한 짓거리나 친절함, 비겁함, 노예근성으로 쓰인 것이라네. 기차는 움직이고, 그 속에는 셰이나 솔로모노브나 트라흐텐베르크의 컨테이너가 실려 있지. 바람이 부는 플랫폼에서 나오면, 러시아의 모든 사람들이 기차를 바라보며 거기에 쓰인 것을 읽는다네—자신의 삶을 스쳐가는 책을, 이해할 수 없으며, 형편없고, 지루하며, 무능한 위원회와 불쌍하고 바보스러운 사람들의 손으로 만들어진 책을 읽는다네. 며칠인가 지나서 기차는 우리 도시의 화물역에 도착한다네. 철도우편국의 동료들은 셰이나 트라흐텐베르크에게 가구를 실은 컨테이너가 마침내 도착했다고 알리느라 바쁘지. 밖에는 비가 내리고 하늘엔 먹구름이 가득하다네. 소위 역 경계구역 근처에 있는 철도우편국에는 백 와트짜리 전등이 빛나고 있지. 그 전등 불빛은 어슴푸레한 어둠을 흩뜨리고 포근함을 준다네. 사무실 안에는 몇몇 바쁜 사무원들이 하늘색 제복을 입고 있지. 그들은 전자레인지에서 서둘러 차를 데우고 또 서둘러 그걸 마셔. 포장용 끈과 밀랍, 포장지 냄새가 나지. 창문은 녹슨 예비 철로를 보고 있으며, 풀은 침목 사이를 뚫고 자라며, 작지만 예쁜 어떤 꽃들도 자라고 있다네. 창문 너머로 이들을 바라보고 있노라면 기분이 매우 좋지. 환풍구는 열려 있어서 교차역의 몇몇 특징적인 소리들인 차량 연결수의 피리

소리, 턴버클과 완충기의 금속성 소리, 압축공기 브레이크가 쉭쉭거리는 소리, 배차원들 소리, 그리고 다양한 종류의 기적 소리들이 잘 들린다네. 특별히 당신이 전문가라서 각각의 소리의 성격과 의미, 뜻을 설명해낼 수 있다면, 이 모든 소리를 함께 듣는 것도 기분 좋지. 실제로 철도우편국의 직원들은 전문가들이며, 그들 어깨 너머에는 많은 수하물이 있으며, 이들 모두는 한때 우편차량 책임자로 일했거나, 저 차량들의 차장으로 일했다네. 심지어 누군가는 국제선에서도 일했었지. 세상을 보았고, 무엇이 무엇인지 알고 있다고 말하는 것은 얼마나 기분 좋은 일인가. 그리고 누가 와서 그들의 역장에게 그게 정말 그러한지를 물어본다면……

　네, 친애하는 작가여, 바로 그렇지요. 그의 집으로 가서, 문 옆에서 울림 좋은 자전거 경적을 눌러요—그가 듣고 문을 열어줄 수 있도록. 거기 누구시오? 거기-거기, 여기 아무개 역장이 사나요? 여기. 문을 여세요. 물어보고 옳은 답을 얻으려고 왔어요. 누구시오? '왔던 사람들'이에요. 내일 오시오. 오늘은 이미 늦었고, 나와 아내는 자고 있소. 잠을 깨세요. 왜냐하면 진실을 말할 시간이 왔기 때문이에요. 누구에 대해서, 뭐에 대해서 말이오? 당신 사무실 사람들에 대해서죠. 왜 이 밤에? 밤에는 모든 소리들이 더 잘 들리니까요. 아기 울음, 죽어가는 사람의 신음, 나이팅게일의 비행, 전차 보아뱀*의 기침. 잠을 깨세요. 문을 열고 대답해주세요. 기다리시오. 파자마를 걸치겠소. 옷을 걸치

---

* 전차의 '차장(conductor)' 대신 '보아뱀(constrictor)'이라는 단어를 써서 언어유희를 보여주고 있다. 이후 이 소설에 계속 등장하는 '보아뱀'은 이와 동일한 맥락이다.

세요. 파자마는 당신에게 아주 잘 어울려요. 앙증맞은 바둑무늬는 만든 거예요, 아니면 산 거예요? 기억이 나질 않소. 모르겠소. 아내에게 물어봐야겠소. 애들 엄마, '왔던 사람들'이 왔소. 이 사람들이 파자마에 대해 알고 싶다는군. 만든 것인지, 산 것인지, 만약 샀다면 어디에서 얼마나 주고 샀는지를 말이오. 네 만들었어요 아니에요 샀어요 눈이 왔어요 추웠지요 우리는 영화관에서 돌아오고 있었어요 난 이 겨울에 남편에게 따뜻한 파자마가 없다고 생각했어요 백화점을 둘러보았지요 그런데 당신은 거리에서 바나나를 사려고 남았지요 바나나를 사려는 줄이 있었어요 그래서 난 특별히 서두르지 않았어요 처음에는 양탄자를 둘러보고 일 미터 반을 예약했어요 미터당 칠십오 루블이었어요 여기 있어요 삼 년이 지나 공장이 공사하느라 문을 닫았기 때문이죠 그러고선 남자 내의 파는 데서 이 파자마와 털이 많은 중국식 내복을 보게 되었어요 어떤 것이 더 좋은지 금방 결정할 수 없었어요 대체로 나는 내복이 더 맘에 들었어요 비싸지도 않고 색도 괜찮고 입고 잘 수도 있고 직장에 갈 때 속에 입혀도 되고 집에서 입고 다녀도 되고 하지만 우리는 이웃과 함께 살고 있어서 현관이나 부엌으로 입고 나올 수 없지요 그렇지만 파자마를 입고 돌아다니는 건 어쨌든 예의에 맞고 심지어 친절한 것이기도 해요 그래서 파자마로 주문했어요 거리로 돌아오니 당신은 아직 바나나 사는 줄에 서 있더군요 나는 당신에게 말했어요 돈을 줘요 파자마를 주문해놨거든요 그러자 당신이 말하길 필요 없어 무엇 하러 쓸데없는 걸 사 아니에요 난 절대로 쓸데없는 게 아니라고 말했어요 매우 예의 바른 물건이고 수입산이에요 나무 단추도 달려 있어요 당신이 가서 한번 봐요 당신 앞에는 초로의 아무개 부인이 재킷을 입고 장신구를 달고 서 있었지요 뚱뚱하고 머리가 희끗희끗한 그녀가 돌아보더니 말했어요 당신이 가보세요 가봐요 겁내지 말고 난 내내 서 있을 테니 뭐가 있으면 내가 이 자리에 당신이 나 다음에 서 있었다고 말해주리다 그녀가 말하길 당신은 쓸데없이 아내와 말다툼을 하시는구려 나는 이 파자마를 알아요 아주 값진 구매가 될 거예요 난 지난주에 가족 모두에게 그걸 사주었지요 아버지에게 사주었고 남동생에게 사주었고 남편에게 사주었고 사위가 있는 고멜 시로 부쳐주기도 했어요 그는 지금 거기에서 공부하고 있어요 그러니 생각도 하지 말고 그냥 사요 일은 다 끝난 거예요 왜냐하면 다음에 바로 이 파자마를 찾으려고 급하게 도시 전체를 헤매면 당신은 이런 말을 듣게 될 걸요 월말에 오세요 월말에 들르세요 그러다 월말에 당신이 들르면 말할 거예요 어제 있었는데 팔렸네요 그러니 생각도 하지 마요 아내에게 나중에 고맙다고 말하게 될 거예요 나는 줄을 지키고 있을 테니 겁내지 말고 당신은 그냥 흠 좋아 가서 볼게라고 말하기만 해요 우리는 백화점을 둘러보고 난 물어보았어요 음 어때요 맘에 드나요 그러자 당신은 웬일인지 어깨만 으쓱 하고는 잘 모르겠네 파자마 같은 건 전혀 모르겠어 하고 대답했죠 이상한 건 왜 바둑무늬냔 말이야 바지는 내 생각으로는 좀 갑갑한 거 같아 당신이 이렇게 말하자 젊고 호감 가는 여점원이 듣고 있다가 이렇게 제안하더라고요 치수를 재보세요 한번 걸쳐보세요 탈의실도 있어요 뭐 때문에 설치해놨겠어요 저를 위한 건 아니죠 그래서 나는 파자마를 집어들었어요 그 파자마는 나무 옷걸이에 걸려 있었지요 우리는 커튼 뒤로 갔어요 거기에는 큰 거울이 세 개 있었어요 당신이 옷을 벗기 시작하자 눈송이가, 아니지 눈송이가 아니라 작은 물방울들이 곧장 모든 거울에 튀었어요 나는 커튼 뒤에서 몸을 쑥 내밀어 여점원에게 소리쳤어요 아가씨 걸레나 뭐 그런 거 없어요 그러자 그 아가씨는 무슨 일 때문에 그러시지요 내가 거울을 닦아야겠어요 하자 그녀는 뭔가가 튀었나요라고 물었고 네 약간요 밖에 눈이 오거든요 하지만 당신네 가게가 따뜻해서 눈이 녹아버렸어요 그녀는 그제야 판매대 밑에서 노란 천을 꺼내주었어요 여기 있습니다라고 그녀는 말하곤 다 입어보셨어요라고 물었어요 그러자 나는 말했어요 아니요 아직 못 입어봤어요 준비가 다 되면 말씀드릴게요 그때 당신이 들여다보고 조언을 좀 해주세요 바지는 확실히 좀 꽉 끼네요라고 내가 말하며 바라보니 당신은 벌써 파자마를 입고 이리저리 돌아보고 있었지요 가랑이 품을 재보려고 두 번이나 앉아보기도 했지요 그래 어때요라고 내가 물어보니 당신은 글쎄 바지는 정말 좀 꽉 끼어 그리고 바둑무늬는 뭔가 불안해 우리 스타일이 아니야 난 다시 말했어요 이건 수입산이란 말이에요 난 여점원을 불러 조언을 구해보려고 했어요 마침 손님들이 넘쳐나서 그녀는 곧 갈게요 곧 갈게요 하는 말만 하지 오지는 않았어요 그러자 당신은 내가 직접 여점원에게 갔다오지라고 말했어요 하지만 난 그렇게 하도록 내버려두지 않았어요 당신 어디 잘못 됐어요? 주위에 손님들이 있잖아요 그러자 당신은 대답하길 사람들이 뭐 어떻다는 거요 그 사람들은 파자마 처음 봤대 그들한테도 열 벌씩은 있을 텐데 뭘 뭐가 거리낄 게 있다는 거요 우리가 바로 그 사람들이 아니냔 말이오 당신은 그렇게 말하고선 탈의실에서 나와 아가씨에게 어떠냐고 물었지요 그녀는 괜찮다고 말하며 앉았어요 이 파자마는 손님한테 입혀놓고 바느질을 한 듯해요 사가세요 후회하지 않으실 거예요 이 치수는 한 벌밖에 안 남았어요 저녁 무렵이면 남아 있지 않을 거예요 사람들이 다 사갈 거예요 그러자 당신은 물었지요 바지가 약간 좁은 것 같은데 아가씨 눈엔 어떤가요 아가씨는 대답했어요 이건 지금 가장 유행하는 스타일이에요 상의는 길고 좀 헐렁하게 입고 바지는 그 반대로 딱 맞게 입죠 하지만 원하신다면 수선해드릴 수도 있어요 어느 쪽을 넓혀 드릴까요 여기 상의는 오히려 주름을 좀 잡아드려야 할 것 같네요 허리 부분이 정말로 좀 크네요 손님 아내분께서 직접 하시든가 아니면 재봉사에게 보내도 되고요 그러고는 아가씨는 내게 물었지요 댁에 재봉틀이 있나요 옛날에 어머니가 쓰시던 싱어 발재봉틀이 있었지요 하지만 딸이 결혼하자 선물로 주었어요 물론 후회하지는 않아요 그렇지만 조금 아깝기는 해요 하지만 딸애에게도 꼭 필요하기는 해요 딸애네 집에는 지금 아이가 자라고 있어요 때로 어린애 옷을 꿰매줄 필요가 있지요 딸이 싱어 재봉틀로 박음질하도록 둘 거예요 우리는 다른 걸 살 거예요 아주 신형 전기 재봉틀로요 하지만 그 새 재봉틀은 사용하기가 어려워요 그 재봉틀이 나쁘든가 아니면 제가 익숙하지 않은 거겠죠 그 재봉틀로 박으면 줄이 고르지 못하고 실도 끊어지고 그러지요 하지만 재봉사에게 가져다주는 것보다는 재봉틀로 제가 박는 게 더 낫겠죠 재봉사에게 갖다주면 오래 걸리고 비싸기도 하고요 그래서 집에서 박음질해야겠어요 그러자 아가씨가 말하길 집에서 수선하세요 하루 저녁 꼬박 앉아 있어야 하겠지만 대신 좋은 파자마를 얻게 될 거예요 일 년만 입지는 않을 거예요 그러곤 당신에게 물어보더라고요 손님은 마음에 드시나요 당신은 미소를 지었고 내가 보기엔 심지어

수줍어하기까지 했지요 네 평범한 파자마죠 하고 당신은 이야기했어
요 그런데 이게 왜 필요하시죠 아가씨는 당신에게 물었어요 손님께서
는 아마 기차역에서 일하시죠 나와 당신은 서로 얼굴을 쳐다보며 어
떻게 그녀가 알아차렸을까 의아해했지요 나는 그녀에게 질문을 했어
요 어떻게 알았어요 아주 관심이 많지요 하고 대답하더라고요 남편분
이 쓰신 제복 모자에 망치와 스패너가 그려져 있잖아요 제 남동생도
교외 노선에서 일하거든요 때때로 저녁에 와서는 어디서 어떤 전복
사건이 일어났는지 어디서 재미있는 일이 있었는지 다 이야기해주거
든요 저는 심지어 그 녀석을 부러워한답니다 그곳에서는 매일 새로운
뭔가가 일어나지만 여기는 항상 똑같죠 어디로 사라질 곳도 없어요
사가실 건가요라고 말하자 그제야 나는 그녀에게 부탁했지요 아가씨
가 파자마를 포장 좀 해주세요 저는 지금 전표를 끊으러 갈 테니까요
그녀는 네 손님께서는 우선 전표를 끊어 오세요 금방 포장해드릴게요
나는 계산대에 전표를 끊으러 갔는데 줄이 있었어요 그동안 당신은
탈의실에서 파자마를 벗었어요 내가 보니까 당신은 벌써 파자마를 옷
걸이에 걸어 그녀에게 내주더라고요 그녀는 리본으로 감기 시작했어
요 심지어 묶기까지 했어요 아니에요 엄마 그게 아니에요 난 이 모든
걸 기억해요 끈이었어요 우리 직장에서는 소포를 싸고 묶을 때 어떻
게 하는지 생각해봤어요 우리네는 항상 좋은 실타래와 노끈타래가 얼
마든지 있어 끊이질 않아요 그건 끈이었어요 거기 가게에서 거기 여
점원이 있는 가게에서 거기 거기에서 우린 초과 근무로 일해요 걱정
하지 마세요 잠깐 들르세요 살펴보세요 점검하세요 자전거 경적을 울
리세요 아무 때나 끈을 살펴보세요 일본 시인의 시를 읽어요 세몬 니

콜라예프는 그걸 다 외워요 보통 똑똑한 사람은 책을 많이 읽지요.

백 와트짜리 전등이 빛나고 밀랍과 노끈, 종이 냄새가 나요. 창문 너머—녹슨 철로와 작은 꽃들, 비와 교차역의 소리들. 등장인물. 아무개 역상—승진이 예상되는 인물. 세묜 니콜라예프—똑똑해 보이는 인물. 표도르 무롬체프—평범한 인물. 이 사람들과 더불어 나머지 철도원들이 탁자에 앉아 가락지 모양 빵과 함께 차를 마시고 있지요. '왔던 사람들'은 문에 서 있어요. 아무개 역장이 말해요. 니콜라예프, '왔던 사람들'이 왔네. 그들은 일본 거장들의 시나 산문을 듣고 싶어하네. 니콜라예프는 책을 펼치며, 저에게는 우연히도 가와바타 야스나리 책이 있어요. 그는 이렇게 쓰고 있어요. "정말로 여기는 그렇게 춥습니까? 당신은 이미 아주 잘 껴입으셨네요. 네. 우리 모두는 이미 겨울 채비를 한걸요. 눈이 온 뒤 개기 시작하는 저녁은 특히 추워요. 지금 영하로 내려간 게 틀림없을 거예요. 벌써 영하란 말이오? 네, 추워요. 무얼 만지든 다 차가워요. 작년에도 혹한이었죠. 영하 이십 몇 도까지 내려갔었지요. 눈은 많이 옵니까? 보통 눈이 일고여덟 자(尺)로 덮이지만, 제일 많이 올 때는 한 장(杖)이 넘습니다. 이제 시작이군. 네, 이제 시작입니다. 기다리고 있습니다. 얼마 전에 눈이 내려서 땅을 덮었다가 좀 녹았습니다. 거의 한 자 정도 내렸지요. 정말 지금 이게 녹은 건가? 네, 하지만 지금 또 폭설을 기다리는 중이죠." 무롬체프: 그래 그런 이야기야. 세묜 다닐로비치, 바로 그런 이야기죠. 니콜라예프: 이건 이야기가 아니야, 표도르, 이건 소설의 일부야. 아무개 역장: 니콜라예프, '왔던 사람들'이 더 듣고 싶어 하네. 니콜라예프: 그럼 아무 데나 펼쳐볼게요. "처녀는 앉아서 북을 쳤다. 나는 그녀의 등을 보고 있었다. 아마도 그녀는 완전히 가까이 있나보다―옆 방에. 나의 심장은 북의 장단에 맞춰 뛰고 있었다. 북이 얼마나 식탁을 생기 있게 만드는지! 역시나 무희를 바라보던 마흔 줄의 여자가 말했다." 무롬체프: 생각만 해요, 네? 니콜라예프: 저는 다시 읽도록 할게요. 이건 일본 시인 도겐 선사(禪師)의 시예요. 무롬체프: 선(禪)이라고요? 알겠어, 세묜 다닐로비치. 하지만 당신은 그 사람의 생몰 연대를 불러주지 않았어. 비밀이 아니라면 불러주게. 니콜라예프: 죄송해요. 이제 기억이 나요. 그러니까 천이백 년에서 천이백오십삼 년까지예요. 아무개 역장: 겨우 오십삼 년인가? 니콜라예프: 하지만 대단하지 않나요! 무롬체프: 뭐가? 니콜라예프, 간이의자에서 일어나며: "꽃들은 봄에, 뻐꾸기는 여름에. 또 가을에는 달. 차갑고 깨끗한 눈은 겨울에." (앉는다). 끝이에요. 무롬체프: 그게 다야? 니콜라예프: 다예요. 무롬체프: 웬일인지 길지 않네, 세묜 니콜라예비치. 그렇죠? 짧군요. 아마 거기엔 뭔가 좀 더 있을 거요. 아마도 끊긴 건가? 니콜라예프: 아니요, 이게 다예요. 이건 그런 특별한 시 형식이에요. 긴 시들이 있지요, 예를 들면 서사시 같은 것. 더 짧은 것도 있어요. 그리고 아주 짧은 시도 있어서, 몇 줄 아니면 아예 한 줄로 끝나는 것도 있어요. 무롬체프: 왜 그렇지요, 무엇 때문에? 니콜라예프: 어떻게 이야기해야 할지―간결주의겠지요. 무롬체프: 바로 그런 거군요. 그러니까 그걸 나는 이렇게 비유하면 이해가 되네요. 선로를 따라 차량들이 옵니다―옵니까, 오지 않습니까? 니콜라예프: 흠, 옵니다. 무롬체프: 정말 이것들은 다양하기도 하지요. 매우 길어서 철로를 건너려 해도 끝이 보이지 않을 정도지요. 한편 짧은 것도 있지요(손가락을 접는

다). 하나, 둘, 셋, 넷, 다섯. 네, 차량 다섯 량 혹은 무개화차―괜찮아요? 아마 이것도 간략주의겠죠? 니콜라예프: 대체로 그렇다고 할 수 있겠죠. 무롬체프: 그래요, 이해가 됐어요. 당신이 뭐라고 했었죠, 차갑고 깨끗한 눈은 겨울에? 니콜라예프: 겨울에. 무롬체프: 이건 정확하군요, 추네오 다닐로비치. 우리네 겨울에는 항상 눈이 넘쳐나죠. 일월에는 아홉 자 넘게 오지만 겨울 끝에 가서는 두 장까지 이르지요. 니콜라예프: 두 장이 아니라, 한 장 반이 정확하겠지요. 무로마쓰: 어째서 오 미터란 말이오, 추네오 상. 거의 두 장에 가깝게 내린단 말이오. 세몬 나카무라: 어떻게 이야기해야 하나, 장소에 따라 다른 거지요. 맞바람을 받는 제방 옆에는 당연히 그렇겠죠. 하지만 들판에는 훨씬 적게 쌓이죠. 하나 반입니다. 무로마쓰: 하나 반이면 하나 반이겠죠, 추네오 상. 다툴 일이 뭐 있겠어요. 나카무라: 보세요, 비가 멈추질 않네요. 무로마쓰: 네, 비가 오네요. 좋지 않은 날씨죠. 나카무라: 역 전체가 젖어 있어요. 다 말라도 주위엔 온통 웅덩이죠. 무로마쓰: 이런 구질구질한 날엔 우산 없이는 거리에 나가지 않는 게 상책입니다. 흠뻑 젖어버릴 테니까요. 나카무라: 작년 이맘때에도 정확히 이런 날씨였지요. 저희 집은 지붕이 새서 다다미가 모두 젖어버렸지만, 말리려고 마당에 내걸 수도 없었어요. 무로마쓰: 낭패지요, 추네오 상. 그런 비는 아무에게도 도움이 안 돼요. 그냥 방해만 되지요. 사실 비가 벼농사엔 참 좋다고들 하지만 사람들, 특히나 도시인들에게 그런 비는 불쾌한 일만 불러일으키지요. 나카무라: 제 이웃 사람 하나는 이 비 때문에 아프고 기침하느라 일주일이나 못 일어나고 있어요. 의사가 그러던데, 얼마 동안 비가 계속 퍼붓는다면 그를 병원으로 보내야 한다고 그러더라고요. 그렇지 않으면 절대 낫지 못할 거라고요. 무로마쓰: 환자에게 비보다 더 나쁜 건 없지요. 공기가 습해지고, 병이 심해지지요. 나카무라: 오늘 아침 아내는 맨발로 가게에 가고 싶어 했는데, 전 아내더러 게다를 신으라고 했지요. 정말 건강이란 천만금을 주어도 살 수 없는 법이고, 병에 걸리는 건 아주 쉬운 법이니까요. 무로마쓰: 맞아요. 비는 차가운데 신발도 없이 나가는 건 생각도 할 수 없는 일이죠. 이런 날에는 항상 몸을 돌봐야지요. 나카무라: 우리가 사케 조금 마시는 건 그리 해롭지 않겠죠, 어떻게 생각해요? 무로마쓰: 네, 하지만 아주 조금만요. 한두 잔. 이건 북 못지않게 식탁을 활기차게 해줄 테니까요. 아무개 역장: '왔던 사람들'은 몇몇 컨테이너의 운명에 관심이 있소. 니콜라예프: 어떤 걸 말씀하시죠? 아무개 역장: 셰이나 트라흐텐베르크의 것이오. 무롬체프: 도착했어요. 우리는 정신없었지요. 엽서를 써야 합니다. '왔던 사람들'은 비 오는 길 위에 있어요. 완전히 다 젖어버릴 거예요. 그녀에게 엽서를 써야지요. 여기 서식 용지가 있어요. 주소도 있고요. 세묜 다닐로비치, 쓰세요.

존경하는 셰이나 솔로모노브나—나는 현관에 서서 읽고 있었어. 아직 컨테이너가 없던 때라 현관이 엄청 넓어 보였지—존경하는 셰이나 솔로모노브나, 철도우편국 직원인 저희는 우리 도시 전체에, 그리고 교외 지역에 가을을 재촉하는 지루한 비가 관찰되고 있음을 귀하께 알려드립니다. 사방이 축축하고, 샛길은 흔적도 없어지고, 나뭇잎들은 습기를 머금어 노랗게 물든 데다가 기차와 차량, 궤도차들의 바퀴는 완전히 녹슬어버렸습니다. 이런 날에는 모두들 힘이 듭니다.

특히 저희 같은 철도원들이 그렇습니다. 그럼에도 아랑곳없이 저희는 훌륭한 작업 리듬에서 벗어나지 않기로 결정하고 각자의 계획을 수행하고 있으며, 일상의 작업 시간표를 엄격히 지키려고 노력하고 있습니다. 그리고 그 결과들을 눈으로 확인할 수 있습니다. 저희 역의 몇몇 웅덩이의 깊이가 두세 자(尺)에 달하는데도 아랑곳없이, 저희들은 작년 이맘때에 보낸 양만큼의 편지와 소포 들을 발송하고 있습니다. 결론적으로 귀하 앞으로 역에 컨테이너 두 대가 도착했다는 것을 귀하께 급히 알려드리고자 하며, 서둘러 저희 사무소 마당에서 물건을 수취해가시길 요청하는 바입니다. 존경을 다하여. 왜 너는 나에게 이 이야기를 하는 거지. 난 네가 남의 편지를 읽을 수 있다고 생각하고 싶지 않아. 넌 날 화나게 했어. 사실을 말해줘. 아마도 넌 이걸 꾸며냈을 테지. 난 잘 알아. 네가 이런저런 이야기들을 꾸며내길 좋아한다는 걸 말이야. 너와 나누는 대화에서 나 역시 많은 걸 지어내고 있어. 거기, 병원에서 의사 자우제는 우리더러 몽상가들이라고 하면서 우릴 끔찍하게 경멸했지. 그는 웃었어. 아무개 환자여, 솔직히 말해 난 너희들보다 더 건강한 사람을 만나지 못했어. 하지만 너희들의 낭패는 바로 이거야. 너희들은 믿을 수 없을 정도의 몽상가라는 점이야. 그때 우린 그에게 대답했지. 우리가 몽상가라면 당신은 우리를 그처럼 오래 잡아둘 수 없어요. 우린 당신이 감독하는 이곳에서 신속하게 퇴원하기를 요청합니다. 그러면 그는 곧바로 진지해져서 물었지. 흠, 좋아. 내일 너희를 퇴원시켜주면, 너흰 뭘 할 생각이니? 무슨 일을 할거야? 일하러 갈 거니 아니면 학교로 돌아갈 거니? 우리는 대답했어. 학교로요? 아니, 싫어요. 우린 교외로 나갈 거예요. 왜냐하면 우리에겐 다차가 있으니까요. 더 정확히 말하면 우리 것이 아니라 우리 부모님 것이지만요. 거긴 상상할 수 없을 만큼 멋져요. 한 시 이십 분, 바람을 기다리는 것, 모래와 야생화, 강과 쪽배, 봄과 여름, 풀밭에서의 독서, 가벼운 아침식사, 나인핀스*와 귀가 멍멍할 정도로 지저귀는 많은 새들. 그리고 가을, 마을 전체가 아지랑이 속에, 하지만—생각하지 마세요—안개도 아니고 연기도 아니에요. 날아갈 듯 아름다운 거미줄. 아침에는 정원에 놔둔 책장마다 이슬이 맺히고, 등유를 사러 갈 겸 역으로 산책을 가지요. 하지만 의사 선생님, 당신에게 솔직히 말씀드리지만, 우린 둑이 있는 연못가 초록 가판대에서 맥주를 마시진 않을 거예요. 아니요, 의사 선생님, 우린 맥주를 좋아하지 않아요. 아세요, 우린 당신에 대해서도 생각해봤어요. 당신은 아마도 며칠간 이리로 오실 수 있을 거예요. 우린 아버지랑 약속했어요. 그리고 아버지는 거절하지 않으실 거예요. 당신은 일곱 시 차로 오세요. 그러면 우린 따로 탈것이 달린 특별한 자전거를 타고 당신을 맞을 거예요. 이해하시겠어요. 오래된 자전거 말이에요. 옆에는 모터사이클에서 떼어낸 크지 않은 탈것이 있어요. 하지만 아마도 따로 탈것이 없을 수도 있어요. 그런 탈것을 어떻게 구해야 할지 아직 몰라서요. 하지만 자전거는 있어요. 그건 헛간에 세워져 있어요. 거기엔 등유가 든 나무통 하나와 빈 나무통 두 개가 있지요. 우린 때때로 그 속에다가 소리를 지르지요. 거기에는 나무판도 있고, 각종 정원용 연장과 할머니의 소파도 있어요. 다시 말하면 아니에요, 죄송해요, 그렇지가 않아요. 아버지는

---

* 아홉 개의 핀을 세워놓고 공을 굴려 쓰러뜨리는 경기.

64

항상 우리에게 다른 식으로 말하라고 하셨어요. 할머니 소유의 소파.
그래야 더 예의 바른 거라고 아버지가 설명해주셨어요. 언젠가 아버지는 바로 그 소파에 앉아 계셨어요. 우린 그 옆 풀밭에 앉아서 다양한 책을 읽고 있었어요. 네, 의사 선생님, 저희가 하는 이야기를 잘 따라오고 계시죠. 우린 책 한 권을 오래 읽는 게 어려워요. 우린 처음에는 어느 책의 한 쪽을 읽어요. 그런 다음엔 다른 책을 한 쪽 읽어요. 그러고선 세번째 책을 집어들고 또 한 쪽을 읽을 수 있어요. 그러곤 다시 첫번째 책으로 돌아가요. 그렇게 하면 더 쉽고 덜 피곤해지죠. 우린 그렇게 다양한 책을 가지고 풀밭에 앉아 있어요. 어느 책에는 뭔가 쓰여 있지요. 처음에 우린 이것이 무엇에 관한 건지 전혀 이해하지 못했어요. 왜냐하면 아주 오래된 옛날 책이었거든요. 지금은 아무도 그런 언어를 쓰지 않아요. 우리는 말했어요. 아빠, 우리에게 설명해줘요. 우린 여기 쓰인 걸 이해하지 못해요. 그러자 아버지는 신문에서 눈을 떼고서 물어봤어요. 그래, 거기에 뭐가 있니, 또 무슨 헛소리들이냐? 그래서 우린 큰 소리로 읽었어요. 사탄은 신에게 밝은 옛 러시아를 간청하여 얻어냈으며, 심지어 순교자의 피로 붉게 물들였다. 좋아, 악마 너는 그렇게 하고 싶겠지. 우린 그리스도와 우리의 세상을 위해 고통을 당해도 좋다. 웬일인지 우린 이 말들을 기억하고 있어요. 우리 기억력은 대체로 나빠요. 당신도 아시잖아요. 하지만 뭐라도 마음에 들기만 하면, 그 즉시 기억에 새겨놓아요. 하지만 아버지는 마음에 들어 하지 않으셨죠. 아버지는 소파에서 벌떡 일어나 그 책을 잡아채고서 우리에게 소리를 질렀어요. 어디서, 도대체 너희들은 어디서 굴러왔니. 도대체 이 바보 같은 쓰레기는 뭐냐! 우리는 대답했어요. 어제 우린 우리 선생님이 살고 있는 저편에 갔다 왔어요라고. 선생님은 우리가 무슨 일로 바쁜지 뭘 읽는지 궁금해하셨어요. 우리는 선생님 당신이 우리에게 현대의 거장 아무개의 책 몇 권을 주었다고 말했지요. 선생님은 웃기 시작하시더니 강가로 달려갔어요. 그러고선 돌아왔어요. 주근깨가 있는 선생님의 큰 귀에서는 물이 떨어졌어요. 파벨 페트로비치는 우리에게 말했어요. 친애하는 동료여, 자네들이 일 분 전에 발음한 이름이 멀리 나가지도 않고 길가의 먼지처럼 공중에서 녹아 흩어져버리니 얼마나 좋으냐. 우리들이 '나르는 자'로 부르는 사람이 이 소리들을 듣지 못하는 게 얼마나 좋으냐. 친애하는 동료여, 그렇지 않은가. 그렇지 않다면 이 놀랄 만한 노인에게 무슨 일이 생길지도 모르지. 그는 아마도 화가 나서 자기 자전거에서 떨어졌을지도 모르지. 그러고 나서 우리의 존경하는 마을에서 아무것도 남기지 않고 다 부숴버렸을 거야. 어쨌든 바로 그때가 되었으니 그렇게 해도 그리 나쁘진 않을 거야. 자네들이 그토록 주의 깊게 관찰하고 있는 내 젖은 귀에 대해서 말인데, 귀가 왜 젖었느냐면 자네들이 보는 저수지 물에 귀를 씻었기 때문이네. 자네들이 언급한 이름의 더러움을 씻으려고, 그리고 영혼과 몸, 생각들, 혀와 귀가 순결한 상태로 다가오는 공(空)을 만나려고 말이네. 나의 젊은 친구이자 학생이자 동료여─선생님은 우리에게 말씀하셨지─민중의 쓰디쓴 지혜의 우물에서, 달콤한 표현과 말들에서, 내쳐진 자들의 폐허와 측근들의 공포에서, 편력자의 자루와 유다의 돈에서, 이탈의 움직임과 위쪽에서의 정지에서, 사기당한 자들의 거짓과 비방당한 사람들의 진실을, 전쟁과 평화를, 신기루와 잔디를, 무대와 스튜디오에서, 수치와 고통을, 어둠과 빛을, 증오와 연민을,

삶과 삶 밖을—이 모든 것, 그리고 그 이외의 것들을 잘 이해해야 한다네. 여기에는 뭔가가 존재한다네. 아마도 작지만, 작을지 모르지만 그래도 존재한다네. 여기저기, 여기저기 뭔가가 발생했고, 우리는 그것이 무엇인지 확신을 갖고 말할 수는 없다네. 왜냐하면 아직 그 본질도 현상의 이름도 알지 못하기 때문이지. 하지만 친애하는 아무개 학생이자 동료여, 우리가 이를 밝혀내고 이에 대해 함께 토론하고, 원인을 규명하고 결과를 확정할 때가 되어서야 우리가 어떤 말을 할 시간이 올 것이고 그제야 말하게 될 것이네. 자네들이 이 모든 것을 처음으로 이해하게 되면, 즉시 알려주게나. 자네들은 주소를 알고 있겠지. 뱀에 물린 자들이 죽어가는 해질 녘, 강 위에 서서 자전거 경적을 울리게. 아니네, 시골 낫으로 소리를 내는 게 더 좋겠군. 이렇게 말하면서 말이네. 아직 이슬이 있을 때 낫아 베어라. 혹은 베어라 베어라 다리야, 너의 길이 있는 곳에 기타 등등, 검게 그은 파벨 선생님이 들을 때까지, 그리고 춤을 추며 집에서 나와 쪽배를 풀어 그 안에 뛰어들어가 손수 만든 노를 저어 레테 강을 건너갈 때까지, 너의 강변에서 멀어져 갈 때까지, 포옹하고 키스하고 수수께끼 같은 좋은 말들을 하고, 발송된 편지를 읽을 때까지 말이야. 왜냐하면 너희들의 선생님인 그는 산 자들 사이에 있지 않기 때문이지. 그래, 낭패요 불운이지. 산 자들 사이엔 없어. 하지만 너희들은 죽을 때까지 살아라. 나무통에 든 맥주를, 그리고 그네에서 아이들을 흔들어라. 소나무 숲의 공기를 들이마셔라. 들판을 달리고 꽃다발을 만들어라—오, 꽃들이여! 너흰 내게 얼마나 사랑스러운지, 얼마나 사랑스러운지! 이 세상을 떠나며 민들레 꽃다발을 보길 소원했는데, 못 보았지. 나의 마지막 시간에 내

집으로 무엇을 갖고 왔지? 무얼 갖고 왔난 말이네. 비단과 검은 상장
(喪章)을 가져왔지. 끔찍이 싫어하는, 두 줄로 단추가 박힌 재킷을 입
히고, 검표원의 검표기로 여러 번 구멍을 뚫은 여름 모자는 치워버렸
지. 낡은 어떤 바지를 입혔지—다투지 마라—땀이 밴 오십 루블짜리
낡은 바지를 말이네. 난 그런 건 절대 입고 다니지 않았어. 그건 구역
질나고 끈적거려. 나의 몸은 숨을 쉬지도 못하고 자지도 못하지. 그리
고 넥타이, 오! 그들은 나에게 물방울무늬 넥타이를 매주었지. 즉시
치워주게나. 관을 열어 넥타이만이라도 풀어주게나. 난 어떤 사무실
의 놈팽이가 아니란 말이네. 난 절대—제발 이해해주게—자네들이
아니네, 자네들은 아니야—절대 그런 넥타이는 안 맸어. 미친, 정신
나간 불쌍한 사람들, 살아남은 사람들, 창백한 무기력으로 아픈 사람
들, 나보다 더 죽은 것 같은 사람들, 당신들은—난 알아—장례식을
치르며 이 광대 같은 옷들을 샀다네. 그래, 당신네는 어떻게 감히 조
끼를 입히고 금속 징이 달린 가죽구두를 신길 생각을 했느냔 말이오.
그런 것은 내가 살아 있었을 땐 한 번도 입지 않았소. 어휴, 당신들은
몰랐소. 당신들은 마치 내가 한 달에 땀에 젖은 오십 루블을 받은 것
처럼 생각했소. 그래서 그런 불필요한 걸레 같은 것들을 샀단 말이오.
이런. 아니야, 사기꾼들, 당신들은 살아 있는 나를 속일 수도 없었고
죽은 나는 더더욱 속일 수 없을 것이오. 아니야, 나는 당신들이 아니
오. 그리고 팔십 루블 이상은 절대 받지 않았소. 하지만 당신네 것이
아닌 다른 돈, 당신네들의 구역질나는 이론들과 교리의 거짓에 얼룩
지지 않은 바람둥이의 깨끗한 돈이었단 말이오. 차라리 죽은 나를 때
리시오. 하지만 이건 벗기시오. 보아뱀의 검표기로 구멍을 뚫은 모자

를 내게 돌려주시오. 가져간 모든 걸 돌려주시오. 로마 제국이 수로를 건설하던 시대 풍의 셔츠와 샌들을 죽은 자에게 돌려주시오. 나는 그것들을 대머리가 되어가는 내 머리맡에 놓을 것이오. 왜냐하면 당신들에게 악의를 품고서 공(空)의 계곡에서조차 아랑곳하지 않고 맨발로 다닐 것이기 때문이오. 바지, 수선한 내 바지는—당신들은 권리가 없소. 난 당신네들의 역겨운 짓이 안타깝소. 당신들의 무(無)를 위원회에 회부하시오. 그것들을 넘겨준 사람들에게 돈을 나눠주시오. 난 당신네들에게 일 코페이카도 원하지 않소. 나에게 넥타이를 매지 마시오. 그렇지 않으면 난 벌레들이 파먹은 당신네 상판에 뜨거운 독이 든 나의 침을 뱉어버릴 거요. 지리선생 파벨 페트로비치를 내버려두시오! 그래, 난 잠도 자지 않고 계속 소리칠 거요. 난 위대한 사블 선생의 위대한 불멸에 대해 소리칠 거요. 난 당신들이 광폭하고 역겹기를 바라오. 난 마치 수업시간에 교실에 뛰어드는 불량배처럼 당신들의 꿈과 현실에 끼어들어갈 것이오. 피 묻은 혀를 가지고 끼어들 거요. 난 당신들에게 나의 이해할 수 없고 멋진 낭패에 대해 가차 없이 소리칠 거요. 나를 선물로 매수하려 들지 마시오. 난 당신들의 땀에 전 걸레와 더러운 루블은 필요없소. 음악을 멈추시오. 그렇지 않으면 난 죽은 자들 중에서 가장 정직한 사람의 외침으로 당신들을 미치게 만들겠소. 내 명령을 들으시오. 나의 외침은 이러하오. 나에게 민들레를 주고, 내 옷을 가져오시오! 당신네 유치한 장례 음악은 집어치우라 하시오. 술에 절어 있는 오케스트라 단원들은 엉덩이를 한 방 걷어차 쫓아버리시오. 냄새나는 놈들, 무덤의 벌레들 같으니! 추도식 좋아하는 사람들 목구멍을 막아버리시오. 내 몸은 건드리지 말고 꺼져버리란 말이오. 그러지 않으면 난 벌떡 일어나 더러운 학교 지시봉으로 직접 모두 쫓아버릴 테요. 종이 지구의를 최고로 잘 돌리는 나, 지리선생 파벨 페트로비치는 다시 오기 위해 당신들에게서 떠날 것이오. 날가게 내버려두시오!

파벨 선생님은 레테 강가에 서서 그렇게 말했어. 그의 씻은 두 귀에서 강물이 떨어졌지. 강물 자체는 그를 지나, 그리고 우리를 지나 천천히 흘러갔지. 강의 모든 물고기들과 바닥이 평평한 배, 고대의 돛단배들, 물에 비친 구름들, 보이지 않는 미래의 익사자들, 개구리알과 개구리밥, 지치지 않는 수량계, 찢어진 그물 조각들, 누군가가 잃어버린 모래알과 팔찌, 빈 통조림통과 무거운 모노마흐 모자*, 석유 얼룩, 거의 구별이 안 되는 나룻배 사공들의 얼굴, 분노의 사과와 슬픔의 배, 밸브캡에서 나온 작은 조각들과 함께 흘러갔지. 밸브캡이 없으면 자전거를 탈 수 없어. 왜냐하면 이 밸브에 고무캡을 씌우지 않으면 타이어에 공기를 불어넣을 수 없기 때문이야. 그러면 모든 것이 사라져버리고, 자전거를 사용할 수 없게 되면 그것은 존재하지 않게 되는 거지. 자전거가 거의 사라지면, 다차에서 할 일이 아무것도 없어. 등유를 사러갈 수도 없고, 연못까지 갔다가 돌아올 수도 없으며, 일곱 시 기차를 타고 온 의사 자우제를 마중하러 역에 갈 수도 없지. 그는 플랫폼에 서서 사방을 둘러보지만 너는 없어. 네가 그를 꼭 마중 나가기로 약속했지만 말이야. 그는 서서 기다리지만, 너는 좋은 밸브캡을 찾

---

* 러시아 황제의 즉위식 왕관.

지 못해 가지 못하고 있지. 하지만 의사는 이를 몰라. 어쨌든 이미 희미하게 추측하고 있지. 아마도, 그는 가정하지. 아무개 환자의 자전거에, 무엇보다도 밸브캡에 뭔가 고장이 났나보다. 보통 자주 일어나는 일이지. 이 밸브캡에는 계속 문제가 생기지. 내가 도시에서 두세 개가량 사왔어야 했는데 유감이군. 그 정도면 여름 내내 충분했을 텐데—라고 의사는 생각하지. 미안해, 파벨 페트로비치는 아빠가 그토록 마음에 들어 하지 않는 책을 주면서 우리에게 뭐라고 말했지? 아무 말도. 선생님은 아무 말도 하지 않았어. 그런데 내 생각으로는 그가 이렇게 이야기했던 것 같아. 책이네. 심지어 이렇게 이야기한 것 같기도해. 여기 책이 있네. 아니 심지어 더 많이 이야기했어. 여기 자네에게 줄 책이 있네. 이렇게 선생님은 말씀하셨어. 그런데 우리가 파벨과의 대화를 아버지에게 말했을 때, 아버지는 책에 대해 뭐라고 말했지? 아버지는 우리가 한 말을 한마디도 믿질 않았어. 왜, 정말 우리가 거짓말을 했단 말이야? 아니야, 사실을 이야기했어. 하지만 우리 아버지를 알잖아. 그는 아무도 믿질 않지. 내가 언젠가 이에 대해 아버지에게 말하자 아버지는 온 세상이 비열한들로, 오직 비열한들로만 가득 차 있다고 대답했지. 아버지가 사람들을 믿었다면 그는 절대 도시의 대표적인 검사가 되진 못했을 것이고, 아마 제일 잘된 경우라도 소로킨처럼 건물관리 책임자, 아니면 다차 베란다에 유리 끼우는 기사일이나 했겠지. 그때 난 아버지에게 신문에 대해 물어보았어. 뭐라고—신문?—아버지는 대꾸했지. 그래서 난 이야기했어. 아버진 항상 신문을 읽으시잖아요. 그래, 읽지—아버지는 대답했어—신문을 읽지. 그런데 그게 뭐 어떻다는 거냐. 정말로 거기에는 아무것도 쓰여 있지 않나요?—난 물었지. 도대체 왜—아버지는 말했어—거기엔 모든 게 쓰여 있지. 필요한 것은 다 있단다. 그런데 만약—난 물었어—거기에 뭔가 쓰여 있다면, 무엇 때문에 읽나요. 비열한들이 쓴 것들인데요. 아버지는 물어보셨지. 뭘 쓴다는 거냐? 그러자 난 대답했어. 신문을요. 아버지는 잠자코 날 바라보았어. 나도 아버지를 바라보았어. 난 그가 약간 안쓰러웠는데, 왜냐하면 아버지가 당황했기 때문이지. 크고 하얀 아버지의 얼굴에 마치 두 줄기 검은 눈물처럼 커다란 파리 두 마리가 기어 다녔는데도, 그는 너무나 당황해서 파리들을 쫓지도 못하고 있었거든. 그러고 나서 그는 조용히 나에게 말했어. 꺼져버려. 널 보고 싶지 않아. 개새끼. 어디든 꺼져버려. 다차에서 일어난 일이었지. 나는 헛간에서 자전거를 꺼내 와 가방을 자전거에 묶고는 우리 정원의 오솔길을 따라 타고 갔어. 정원에는 벌써 첫 사과들이 익었는데, 내가 보기에 그 사과들 모두에 벌레들이 있었고, 쉴 새 없이 우리의, 다시 말하면 아버지의 과일들을 파먹고 있었지. 난 생각했어. 가을이 되면, 정원에서 수확할 게 하나도 없겠어. 썩은 사과만 남겠네. 자전거를 타고 가는데 정원은 끝이 나질 않았어. 왜냐하면 정원은 끝이 없기 때문이지. 끝이 나타났을 때, 난 내 앞에 울타리와 쪽문이 있는 걸, 그리고 쪽문 옆에 엄마가 서 있는 걸 보게 되었어. 안녕, 엄마—난 소리쳤어—오늘은 일터에서 정말 일찍 돌아왔네! 무슨 일터에서 돌아왔단 말이야—엄마는 내게 다시 물었어—난 네가 학교에 들어간 뒤로 일을 하지 않잖아. 십사 년이 다 되어가는데. 아, 정말—난 말했어—그러니까 난 그냥 잊어버렸던 거지 뭐. 난 지나치게 오래 정원을 내달렸나봐, 아마도 최근 몇 년 내내. 그래서 머리에서 많은 것들이 날아가버렸어. 알지, 참새들에, 아니 우리 정원 사과들에 벌레가 있어. 뭐라도 생각해내야 해. 무슨 수단이라도 말이야. 그러지 않으면 부스러기만 남고, 먹을 건 아무것도 없게 될 거야. 심지어 잼 만들 사과도 없을걸. 어머니는 내 가방을 보고선 물어보았어. 너 뭐야, 아버지랑 또 다투었니? 난 엄마를 화나게 하고 싶지 않아서 이렇게 대답했어. 약간, 엄마. 우린 러시아 최초의 인쇄자 요한 표도로프에 대해 대화를 나누었어요. 난 그가 기역, 니은, 디귿, 리을, 미음, 비읍, 시옷, 이응 등등이라고 확신을 이야기했어요. 그러자 아버지는 믿질 않고 나에게 나비를 잡으러 나가라고 충고했지요. 그래서 여기 이렇게 자전거를 타고 나온 거예요. 잘 가, 엄마—난 소리쳤어—난 풀밭에 노랑나비를 잡으러 가요. 여름, 봄 그리고 꽃들, 위대한 생각, 열정과 사랑, 선, 아름다움의 강력함이여 만세! 딩-동, 밤-봄, 틱-탁, 툭-툭, 스크랍-스크랍. 난 이유가 있어서 이 소리들을 열거했어요. 이건 내가 좋아하는 소리들, 다차의 오솔길을 따라 날아갈 듯 달리는 즐거운 자전거의 소리지요. 그런데 마을은 이미 작은 거미들이 쳐놓은 거미줄에 휘감겨버렸어요. 진짜 가을이 올 때까지 내버려둬요, 아직 멀었으니까요. 하지만 거미들은 상관없지요. 잘 가요, 엄마. 슬퍼하지 마세요. 우리 다시 만나요. 엄마는 소리쳤어. 돌아와!—그러자 난 뒤돌아보았지. 어머니는 쪽문 옆에서 불안해하며 서 있었어. 난 생각했어. 내가 되돌아가면, 여기서 좋은 일은 하나도 안 생길 거야. 어머니는 분명히 울기 시작할 거고, 자전거 안장을 버리라고 할 테고, 내 손을 잡아채서 우리는 정원을 지나 다차로 돌아가게 될 거야. 그리고 어머니는 나를 아버지랑 화해시키려 들 거야. 화해하는 데 몇년은 걸릴걸.

하지만 우리와 이웃 마을들에서는 삶을 여름과 겨울의 나날, 소위 시간이라 부르는 기간으로 측정하지만, 나의 삶은 마치 오래되고 빛바랜 신문들과 나뭇조각들로 가득하고 녹슨 펜치가 놓인 헛간에 있는 고장난 자전거처럼 멈춰 서게 될 거야. 바로 그 때문에 어머니가 너의 뒤에서 돌아와! 하고 소리쳤을 때 네가 돌아가지 않은 거구나. 우리의 인내심 많은 어머니가 조금 불쌍해 보이긴 했지만 말이지. 뒤돌아보면서 너는 그녀의 커다란 빛바랜 풀빛 눈을 보았지. 그 눈에 천천히 눈물이 반짝였고, 껍질이 놀랄 정도로 하얀 어떤 키 큰 나무들이 비쳤으며, 네가 자전거를 타고 가던 오솔길과 길고 마른 팔과 가는 목을 가진 너도 비치고 있었어. 너는 멈추지 않는 이탈의 움직임 중이었지. 많은 교과서와 문제집, 연습문제집의 편찬자인 유명한 수학자 N. 리프킨의 환영에 괴로워하는 사람, 상상이나 환상이 없는 사람에게 그때의 너는 정해진 만큼의 거리를 정복하고 그다음엔 뜨거운 길가의 먼지구름 속으로 사라지려고 A지점에서 B지점으로 이어지는 길을 가는 지루한 아무개 자전거 타는 사람으로 보이겠지. 하지만 너의 숭고한 생각과 지향을 상세히 아는 나는, 앞서 언급했던 특별히 맑은 날로 기억되는 그날에 네가 시공간 속에 사라져버리지 않는 다른 유형의 자전거 타는 사람임을 알고 있어. 주위 현실과의 비타협성, 위선과의 싸움에 맞서는 강건함, 불굴의 의지, 정해진 목표를 성취하는 확고함, 동료들과의 관계에서 남다른 원칙성과 정직함—이런 것들과 다른 많은 놀라운 자질 때문에 너는 평범한 자전거 타는 사람들 중에서도 두드러졌지. 너는 단순히 자전거 타는 사람이 아니라, 또 자전거 타는 사람이라기보다는 자전거 타는 인간, 자전거 타는 시민이라고 해야겠다. 정말, 네가 그처럼 날 칭찬해주니 좀 어색한데. 난 심지어 그 언급된 날에 잘못 행동한 것 같다는 생각이 들 정도야. 아무래도 어머니의 부름에 되돌아가서 어머니를 안심시켰어야 했어. 그런데 난 내 가방을 싣고 계속, 계속 자전거를 타고 다녔지. 어떻게 그리고 어디로 타고 갈지는 내게는 중요치 않았어. 난 그저 자전거 타는 게 좋았을 뿐이야. 그리고 내가 생각하는 걸 누구든 방해하지 않으면 난 항상 그러고 다녔어. 난 내가 보는 모든 걸 그저 생각할 뿐이었지.

내 기억으로는 난 누군가의 다차에 주의를 기울이면서 생각하고 있었어. 여기 다차가 있네. 이층이고, 누군가가 살고 있지. 아무개 가족이. 가족 중 몇몇은 일주일 내내 살고, 몇몇은 토요일과 일요일에만 와서 지내. 나는 바퀴가 두 개 달린 크지 않은 수레를 보았어. 그건 건초 더미 근처에 있는 덤불 가장자리에 서 있었어. 난 나 자신에게 말했어. 여기 수레가 있네. 그 수레는 다양한 물건들을—흙, 자갈, 가방, 사코와 반제티 회사의 연필들, 야생꿀, 망고나무 열매들, 등산 지팡이, 상아로 만든 제품들, 얇은 널빤지, 작문 모음, 토끼장, 투표함, 휴지통, 깃털이불, 그리고 그 반대로 포탄들, 훔친 세면기, 관등표, 파리코뮌 시절의 옷감들—실어 나를 수 있지. 어떻게든. 그런데 누군가가 지금 돌아와서는, 수레에 건초를 싣기 시작할 거야. 수레는 매우 편리하지. 나는 작은 소녀를 보았어. 그녀는 줄에 맨 개를 데리고 있었는데, 보통의 평범한 개였지. 그들은 역 방향으로 가고 있었어. 난 그 소녀가 지금 연못으로 가고 있다는 걸 알았지. 그녀는 멱을 감을 것이며 자신의 평범한 개도 목욕시킬 거야. 그러고선 한 몇년이 흘러 소녀는 어른이 될 것이고 어른의 삶을 살기 시작할 거야. 결혼을 하고, 진지한 책들을 읽고, 출근을 서두르거나 직장에 지각을 할 것이고, 가구를 사고, 몇 시간이고 전화로 수다를 떨고, 스타킹을 빨고, 자신과 다른 이들을 위해 먹을 것을 요리하고, 초대되어 술에 취하고, 이웃 사람들과 새들을 부러워하며, 일기예보를 주시하고, 먼지를 떨어내고, 잔돈을 세며, 아이를 기다리고, 치과에 다니며, 구두 수선을 맡기고, 남자들 마음에 들고, 창문으로 지나가는 자동차들을 바라보며, 연주회와 박물관에 들르고, 웃기지 않을 때 웃고, 부끄러울 때 얼굴을 붉히고, 울 일이 있을 때 울며, 아파서 소리치고, 연인의 손끝에 신음하며, 점차 머리가 희어지고, 속눈썹과 머리카락을 물들이고, 식사 전에 손을 씻고, 자기 전에 발을 씻으며, 벌금을 물며, 번역물 수령에 서명하고, 잡지들을 넘겨보며, 거리에서 오랜 지인들을 만나며, 모임에서 연설하고, 친척들 장례를 치르고, 부엌에서 식기를 부수고, 담배를 피워보고, 영화 줄거리를 다시 풀어서 이야기해보고, 상사에게 대들고, 또다시 편두통이 찾아온 걸 불평하고, 교외로 나가 버섯을 따 모으고, 남편 몰래 바람피우고, 가게들을 쏘다니고, 축포를 바라보고, 쇼팽을 좋아하고, 시시한 말을 내뱉고, 살찌는 걸 두려워하며, 외국 여행을 꿈꾸며, 자살에 대해 생각하고, 제대로 작동하지 않는 승강기를 욕하고, 만일을 대비해 저축하고, 발라드를 부르고, 임신을 기다리고, 오래된 사진들을 보관하고, 직장에서 승진하고, 무서워 소리를 지르고, 비난하듯 고개를 젓고, 끝없이 내리는 비에 화를 내고, 잃어버린 것을 아쉬워하고, 라디오에서 최신 뉴스를 듣고, 택시를 잡고, 남쪽으로 여행을 떠나고, 아이들을 키우며, 몇 시간 동안 줄을 서서 기다리며, 돌이킬 수 없을 정도로 늙어가며, 유행에 따라 옷을 입으며, 정부를 욕하고, 관성에 따라 살며, 진정제를 마시며, 남편을 저주하며, 다이어트를 하며, 떠났다가 돌아오며, 입술을 칠하며, 더는 아무것도 원하지 않으며, 부모를 방문하고, 모든 것이 끝났다고 생각하며, 벨벳(두꺼운나사목면포실크사라사모로코가죽)이 무척 실용적이라고 생각하며, 병가를 얻고, 여자 친구들과 친척들에게 거짓말을 하고, 세상의 모든 것들에 대해 잊어버리며, 돈을 빌리며, 남들이 사는 것처럼 살며, 다차와 연못, 그리고 평범한 개를 회상할 거야. 난 번개에 불탄 소나무의 노란 침엽을 보았어. 난 뇌우가 치는 칠월 밤을 상상해보았지. 처음에 마을은 조용하고 무더웠어. 모두들 창문을 열어두고 잠을 자고 있었지. 그 후 비밀스럽게 먹구름이 나타나서는 별들을 가려버리고 바람을 데려왔지. 바람은 마을 전체로 불어 문틀을 흔들고 문을 꽝 닫아버렸고, 깨진 유리들이 소리를 냈어. 그러고선 완전한 칠흑 속에서 비 내리는 소리가 들리기 시작했지. 비는 지붕과 정원, 정원에 놔둔 접이식 간이침대, 매트리스, 해먹, 침대시트, 아이 장난감들, 사전들, 이 모든 것을 적시기 시작했어. 다차 사람들이 잠을 깼지. 불을 켰다가 끄고서 방을 돌아다니며 창문을 살피고 서로 이야기했어. 뇌우가 쏟아지는군. 번개가 쳤고, 다 익은 사과들이 풀밭에 떨어졌어. 번개가 한 번 아주 가까운 곳에서 내리쳤지만, 아무도 그곳이 어딘지는 알지 못했지만, 어쨌든 마을 바로 어딘가라는 건 확실했지. 지붕에 피뢰침이 없는 사람들은 내일 피뢰침을 설치해야겠다고 다짐을 했지. 번개는 숲가에 있는 소나무에 떨어졌어. 하지만 주위를 태우지는 않고 소나무만 불태웠고, 숲 전체와 마을, 역, 철도 지선을 환하게 밝혔어. 번개는 지나가는 기차들을 눈부시게 만들었고, 철로를 은빛으로, 침목들을 흰색으로 만들어버렸어. 그러고 나서—오, 난 알지—그러고선 너는 그 여자가 살았던 집을 보았지. 너는 울타리 옆에 자전거를 세우고 대문을 두드렸지. 똑-똑, 사랑스러운 이여, 툭-툭, 여기 내가 왔소. 당신의 수줍음 많고 친절한 사람이 왔소. 문을 열어 날 맞으시오, 문을 열어 맞으시오. 난 당신에게 무엇도 바라지 않아요. 난 당신을 보고 나서는 떠날 거요. 날 내쫓지 마시오. 내쫓지만 말아주오. 사랑스러운 이여, 당신을 생각하고 있소. 울면서 당신에게 애원하오.

아니, 아니야, 난 너에게 아무것도 말하지 않을 거야. 넌 나에게 사생활에 대해 심문할 권리가 없어. 넌 그 여인과 관련된 그 어떤 일도 없어야 해. 치근대지 마. 넌 바보야. 넌 환자야. 네가 알기를 원치 않아. 의사 자우제에게 전화할 거야. 그가 다시 너를 **그리로** 데려가도록 할 거야. 왜냐하면 넌 지겨워졌고 나에게 적대적이야. 넌 도대체 누구야. 왜 나를 심문하러 기어오느냔 말이야. 그만둬. 그만두는 게 좋을걸. 그러지 않으면 너에게 뭔가 조치를 취할 거야. 뭔가 안 좋은 일 말이야. 내가 누구인지 모르는 것처럼 굴지 마. 네가 날 미친 사람이라 부른다면, 너야말로 분명히 그 미친 사람이야. 왜냐하면 나는 너 자신이니까. 하지만 너는 이제까지 이것을 이해하고 싶어 하지 않았지. 그리고 네가 의사 자우제에게 전화한다면, 그는 너를 나와 함께 **그리로** 보내버릴 거야. 그러면 넌 두세 달은 그 여자를 보지 못하게 될걸. 네가 퇴원할 때가 되면, 난 그 여자에게 가서 너에 대한 모든 진실을 말해버릴 거야. 난 그녀에게 네가 확신하는 그 나이가 절대 아니며, 겨우 몇 살에 불과하며, 네가 바보들을 위한 학교에, 자의가 아니라 정상적인 학교가 널 받아주지 않는 까닭에 다니고 있다는 걸 그녀에게 말해버릴 거야. 네가 나처럼 아프다는 사실, 아주 끔찍하게 아프다는 것, 너는 거의 바보에 가까우며, 시 한 편도 외울 줄 모른다는 것도 이야기할 거야. 그래서 그 여자가 즉시 널 버리도록, 영원히 어두운 교외 플랫폼에 너 혼자 남도록 할 거야. 그래, 모든 가로등이 깨지고 모든 전차가 떠나버린 눈 오는 밤에, 난 그녀에게 말할 거야. 당신의 맘에 들고자 하는 그 사람은 당신에게 걸맞지 않아요. 당신은 그와 함께 있을 수 없어요. 왜냐하면 그는 여자로서의 당신과 절대 함께 있을 수 없을 테니까요. 그는 당신을 속이고 있어요. 그는 미친 코흘리개요, 특수학교의 형편없는 학생이며, 그 어떤 것도 외울 줄 모르지요. 서른 살의 진지한 여인인 당신은 그를 잊어버리고, 눈 덮인 밤 플랫폼에 그를 홀로 남겨두어야 해요. 진정한 인간이자 정직하고 건강한 성인 남자인 내게 호감을 가져야 해요. 왜냐하면 난 당신의 호감을 매우 원하며, 수월하게 어떤 시도 외울 수 있고, 삶의 어떤 문제도 해결할 수 있으니까요. 넌 거짓말하고 있어. 이건 비열한 짓이야. 넌 그녀에게 그렇게 이야기하지 않을 거야. 왜냐면 넌 나와 조금도 다르지 않기 때문이지. 넌 바로 그 어리석고 무능한 사람이며, 나와 한 반에서 공부하고 있잖아. 넌 단지 내게서 벗어나고자 할 뿐이라고. 넌 그 여자를 좋아하는데, 내가 널 방해하지. 하지만 넌 아무것도 이룰 수 없어. 나 스스로 그녀에게 가서 너와 나 자신에 관한 모든 진실을 이야기할 테니까. 그녀를 사랑한다고, 그리고 평생 그녀와 함께하고 싶다고 고백할 거야. 비록 한 번도 그 어떤 여자와 있는 걸 시도한 적은 없었지만, 아마도, 그래, 물론이야. 그녀를 위해, 그 여자를 위해서야. 이건 의미가 없어. 그녀는 정말 너무나 아름답고, 현명해─아니야, 의미가 없어! 내가 심지어 여자로서의 그녀와 함께 있는 게 불가능하더라도, 그녀는 날 용서할 거야. 이건 정말 불필요해. 필수는 아니지만, 난 너에 대해 그녀에게 이렇게 말할 거야. 곧 당신 앞에 나와 뭔가 비슷한 사람이 나타날 거예요. 그는 문을 두드릴 거예요. 똑-똑. 그는 내가 아프니 눈 덮인 플랫폼에 날 혼자 버려두라고 당신에게 부탁할 거예요. 하지만 부탁이에요. 제발, 난 말할 거야. 그를 믿지 마요. 그 어떤 것도 믿지 마요. 그 자신이 당신과 있으려는 거예요. 하지만 그에게는 결코 그럴 권리가 없어요. 왜냐하면 그는 나보다 훨씬 못하거든요. 당신은 그가 나타나서 말하기 시작하자마자 내 말을 금방 이해할 거예요. 그러니 제발 그를 믿지 마요. 믿지 마세요. 그는 세상에 없어요. 존재하지 않아요. 그의 자리가 없어요. 있지 않아요. 그는 없어요. 없어요. 사랑스러운 이여, 나만이, 나 혼자만이 당신에게 갔어요. 조용하고 밝고, 착하며 순수한 내가 말이에요. 그렇게 난 그녀에게 말할 거야. 존재하지도 않는 너는 기억해둬. 너는 아무것도 이룰 수 없을 거야. 넌 그 여자를 좋아해. 하지만 그녀를 모르잖아. 그녀가 어디 사는지도, 그녀의 이름도 모르잖아. 그러니 어떻게 그녀에게 갈 수 있겠니, 뇌 없는 바보, 보잘것없는 놈, 특수학교의 불행한 학생아! 그래, 난 사랑해. 난 아마도 그 여자를 사랑하나봐. 하지만 넌 길을 잃었어. 넌 내가 그녀를 모르고, 그녀가 어디 사는지도 모른다고 확신하고 있어. 하지만 난 알아! 내 말을 이해하겠니? 난 그녀에 대해 모든 걸 알아. 심지어 그녀의 이름도 알아. 넌 그 이름을 알 수도 없고, 알아서도 안 돼.

그녀의 이름은 오직 나만 알고 있어—온 세상에서 나 혼자만. 너의 예상이 빗나갔어. 베타, 그녀 이름은 베타야. 난 베타 아카토바라는 이름의 여자를 사랑하고 있어.

황혼이 우리네 다차들을 감싸 안고, 하늘의 물항아리가 땅 위에서 뒤집어져 놀라운 레테 강변에 이슬을 내리부을 때면, 난 아버지의 집에서 나와 정원을 조용히 걷지. 내 바로 옆에서 살고 있는 이상한 사람인 널 깨우지 않으려고 조용히 말이야. 난 나의 이전 발자국들을 따라, 풀과 모래를 따라 반짝이는 반딧불이들과 잠자고 있는 심페트룸 잠자리들을 밟지 않도록 노력하며 조용히 걷지. 내가 강으로 내려가서 굽은 버드나무에 묶인 아버지의 쪽배를 풀 때면, 물에 비친 내 모습은 나에게 미소를 지어. 난 강에서 퍼낸 짙고 검은 물로 노걸이를 씻어—나의 길은 두번째 굽이 너머, 즐거운 여름날의 새인 외로운 쪽독새의 땅으로 이어지지. 나의 길은 작지도 크지도 않아. 난 그것을 바람에 조각조각 흩어지는 구름을 꿰매는, 광택이 없는 재봉틀 바늘의 움직임에 비유해보지. 바로 이렇게 난 투명한 기선들의 파도에 흔들리면서 떠내려가. 바로 이렇게 첫번째 굽이를 지나 또 두번째 굽이를 지나서는, 노를 던져버리고 강기슭을 바라보지. 강변은 갈대 흔들리는 소리와 착한 오리 소리를 내며 나를 향해 헤엄치지. 잘 자, 외로운 쪽독새의 강변이여, 바로 나야. 특수학교의 방학을 보내고 있는 아무개 학생이지—허락해줘. 너의 멋진 갈대 덤불 곁에 내 아버지의 쪽배를 남겨둘 수 있게 허락해줘. 너의 오솔길을 지나가게 허락해줘. 난 베타라는 이름의 여자를 찾아가고 싶어. 난 강변의 높은 언덕길을 올

라가서 높고 인기척 없는 울타리 쪽으로 걸어갈 거야. 그 울타리 뒤로
는 아마도 모퉁이마다 작고 엉뚱한 나무 망루를 세워둔 집이 있겠지.
하지만 이건 단지 추측일 뿐이지. 사실 그처럼 어두운 한밤중에 아카
시아와 키 큰 관목들, 그리고 나무들이 짙게 우거져 있는데 집 자체도
망루도 구별이 안 돼. 다만 이층 다락방에서는 베타 아르카디예브나,
나의 비밀스러운 여인 베타의 선명한 초록빛 등불이 빛나며 걸어오는
나를 비추고 있어. 난 울타리를 쉽게 기어 넘어갈 수 있는 곳을 알아.
울타리를 기어 넘어가면 길게 자란 마당 잔디 위로 나를 향해 그녀의
평범한 개가 달려오는 소리가 들리지. 난 주머니에서 부순 각설탕 조
각을 꺼내서 개에게 주지―그 털북숭이 누런 개는 꼬리를 흔들며 웃
지. 그 개는 내가 나의 베타를 얼마나 사랑하는지 알아. 그리고 절대
나를 물지 않지. 그렇게 난 바로 그 집에 다가가. 거긴 매우 큰 다차
야. 안에는 방이 많이 있고, 그 다차는 박물학자이자 세계적 명성을
지닌 노학자인 베타의 아버지가 지었지. 베타의 아버지는 젊은 시절
소위 벌레혹이라 불리는 것이―식물의 다양한 부위에 부풀어 오르는
것―다른 게 아니라 해충의 유충이 사는 집이라는 걸, 그리고 그것이
대개 다양한 말벌, 모기, 바구미들이 식물에 구멍을 뚫고 거기에 알을
낳기 때문에 생긴다는 걸 증명하려 노력하셨어. 하지만 그녀의 아버
지이자 학술원 회원인 아카토프의 말을 믿는 사람은 적었어. 그런데
어느 날 그의 집으로 눈 쌓인 외투를 입은 아무개 사람들이 와서 그가
오랫동안 머물게 될 어딘가로 데려가버렸지. 그리고 그는 어디인지
알려지지 않은 그 모처에서 얼굴과 배를 얻어맞았는데, 이는 아카토
프가 절대로 그 모든 헛소리를 더는 하지 못하도록 하기 위해서였지.

그가 풀려나왔을 때, 이미 오랜 세월이 흘러가버렸고, 그는 늙어서 보고 듣는 것이 시원찮게 되었지만 대신 식물들의 다양한 부분에서 부풀어 오른 것은 그대로 남아 있었고, 긴 세월 동안 눈 쌓인 외투를 입은 사람들이 확신하게 되었던 것처럼 이 부푼 부분에서 정말로 해충들이 살고 있다는 것이 밝혀졌지. 바로 그 때문에 그 유충들은, 아니지, 그 사람들은, 아마도 이런저런 사람들 모두가 아카토프를 풀어주기로, 거기다가 격려하는 차원에서 그에게 상을 수여하기로 했던 거야. 그래서 그는 자신의 다차를 지을 수 있었고, 조용히 방해받지 않고 벌레혹을 연구할 수 있게 되었지. 아카토프는 바로 그렇게 했어. 다차를 세우고, 한 켠에는 꽃들을 심고, 개를 기르고, 벌을 치고 벌레혹을 연구했지. 그런데 지금, 내가 외로운 쏙독새의 땅으로 온 봄에 그는 집 안의 침실들 중 하나에서 길을 잃고, 내가 와서 그의 딸 베타의 창문 앞에 서서 그녀에게 속삭이는 것도 모르고 자고 있어. 이렇게 난 속삭이지. 베타, 베타, 베타, 나야, 특수학교 아무개 학생이야. 대답해줘―난 널 사랑해.

2장
지금. 베란다에서 쓰인 이야기들

마지막 날. 그는 군대로 떠났다. 그는 삼 년이 빨리 지나가지는 않을 것임을 알았다. 그 시간은 북방의 겨울 세 번과 닮았을 것이다. 그의 복무지가 어디로 결정되든 상관없다. 심지어 남방으로 가게 되더라도 상관없는 것이, 삼 년 중 어느 해라도 아마 다 기나긴 눈 오는 겨울일 것이기 때문이다. 그녀에게 간 지금 그는 그렇게 생각했다. 그녀는 그를 사랑하지 않았다. 그를 사랑하기엔 그녀가 너무나 예뻤다. 그는 이를 알고 있었지만, 갓 열여덟이 된 그는 매순간 그녀를 생각하지 않을 수 없었다. 그는 자신이 그녀에 대해 끊임없이 생각하고 있다는 걸 깨닫고는, 그녀에게 아무것도 바라는 것이 없어서, 즉 그녀를 정말로 사랑하고 있어서 기뻤다. 이 이야기는 이 년 동안 계속되었다. 그는 무엇도 더는 생각하고 싶지 않으며, 이 사람이 싫증도 나지 않는다는 데 놀랐다. 하지만 일반적으로 그는 이를 끝내야 한다고 생각하고 있었다. 오늘 그녀가 그를 군대로 배웅하고 나면, 그는 내일부터 어딘가 먼 곳으로 세 번의 겨울 동안 떠나 있을 것이며 거기서 모든 걸 잊게 될 것이다. 그는 그녀에게 편지 한 통도 쓰지 않을 것이다. 그녀 역시 이러나 저러나 답장을 하지 않을 것이다. 이제 그가 그녀 집으로 와서 그녀에게 모든 걸 이야기할 것이다. 그는 끔찍하도록 바보스럽게 굴었다. 저녁마다 그는 그녀의 창문 아래에서 늦게까지 산책을 하며, 창문에 불이 꺼져도 무슨 이유에서인지 검은 유리를 계속 바라보며 서 있었다. 그러고선 집으로 가 부엌에서 새벽노을이 보일 때까지 굵힌 바닥에 담뱃재를 떨어뜨리며 담배를 피웠다. 창문으로 정자가 있는 한밤의 마당이 보였다. 정자에서는 항상 등불이 빛났고, 그 아래로는 '여름 독서실'이라고 쓰인 팻말이 달려 있었다. 새벽에 비둘기들이 날아올랐다. 다가온 가을의 으스스 추운 아침 속을 걸으며 그는 몸이 이상할 만큼 무게가 나가지 않음을 느끼게 되었는데, 이 가벼움은 그가 알고 느꼈던 모든 것들의 설명 불가능함으로 의식 속에서 얽혀 있었다. 그때 그는 다양한 많은 질문들을 자신에게 던졌지만, 어느 한 질문에 대한 대답조차 찾지 못했다—그는 그녀가 사는 집 쪽으로 갔다. 그녀는 일곱 시 반에 현관에 나와 있곤 했고 항상 서둘러 마당을 지나갔다. 그는 역시나 등불이 걸려 있으며 역시나 '여름 독서실'이라는 팻말이 달린 판자로 만든 정자에서 그녀를 관찰했다. 바보 같은 간판이라고 생각했다. 바보 같아. 여름엔 아무도 정자에서 책을 읽지 않아. 그렇게 생각하면서 그녀가 그의 말소리를 듣지도 못하고 그의 존재를 느끼지도 못할 만큼의 거리를 두고 아가씨를 지켜보았다. 지금 그는 이 모든 걸 기억해냈고, 오늘이 그녀와 그녀가 살고 있는 집의 마당, 그리고 그녀의 마당에 있는 '여름 독서실'을 볼 수 있는 마지막 날임을 알았다. 그는 이층으로 올라가 그녀의 문을 두드린다.

　세 번의 여름 내내. 그녀의 아버지와 나—우리는 같은 극장에서 일했다. 그녀의 아버지는 배우였고, 나는 무대 일꾼이었다. 언젠가 공연 후에 그는 나를 자신의 집으로 데려가 외국산 포도주를 대접했고 그녀를 소개해주었다. 그들은 단둘이 누런색 이층짜리 막사 같은 건물 이층에 살았다. 그들 방의 창문으로 똑같게 지어진 다른 막사와 중앙에 교회가 있는 작은 공동묘지를 볼 수 있었다. 나는 배우의 딸 이름을 잊어버렸다. 하지만 내가 지금 그녀의 이름을 기억한다 하더라도 부르지는 않을 것이다. 당신에게 무슨 상관이 있겠는가. 그렇게 그녀는 도시 근교의 누런 막사에서 살았고 배우의 딸이었다. 당신이 그녀와는 아무 상관도 없다는 것은 거의 확실하다. 그러면 당신은 들을 필요가 없다. 아무도 누군가에게 강요할 수는 없다. 하지만 진지하게 말하면, 그러면 당신은 무엇도 할 필요가 없다—나는 당신에게 한 마디도 하지 않겠다. 그녀의 이름만은 알려고 하지 말라. 그러면 난 이야기를 아예 하지 않을 것이다. 우리는 삼 년 동안 만났다. 세 번의 겨울과 세 번의 여름 내내. 그녀는 자주 극장에 왔고, 공연 내내 반쯤 빈 극장에 앉아 있었다. 나는 구멍 난 무대막 뒤에 서서 그녀를 바라보았다—나의 아가씨는 항상 세번째 줄에 앉았다. 그녀의 아버지는 한 에피소드의 작은 역을 맡았고 전체 공연에서 세 번 이상 나오지 않았다. 아버지가 한 번만이라도 큰 역할을 맡기를 그녀가 꿈꾼다는 것을 나는 안다. 하지만 나는 그가 좋은 역을 받지 못하리라는 걸 짐작할 수 있었다. 왜냐하면 배우가 이십 년 동안 중요한 역할을 맡지 못했다면, 앞으로도 절대 그런 역할을 맡지 못할 것이기 때문이다. 하지만 우리가 공연이 끝난 후 도시의 저녁 길과 겨울 거리를 따라 산책하고 몸을 덥히려고 모퉁이에서 요란한 소리를 내는 전차를 따라 뛸 때도, 그리고 비 오는 날 천체관에 가서 어둡고 빈 홀의 인공별 하늘 아래서 키스를 할 때도 나는 그녀에게 이에 대해 말하지 않았다. 그녀의 아버지가 순회공연을 가면, 우리가 밤마다 라일락과 접골목 덤불, 갯버들이 자라는 교회 근처 작은 공동묘지에서 서둘러 배회하곤 했던 첫번째 여름에도, 두번째 여름에도, 그리고 세번째 여름에도 나는 이에 대해 말하지 않았다. 나는 그녀에게 이에 대해 말하지 않았다. 그리고 또한 나는 그녀가 예쁘지 않다는 것과 내가 아마 언젠가는 그녀와 함께 산책하지 않게 되리라는 것에 대해서도 그녀에게 말하지 않았다. 그리고 또한 이전에 혹은 바로 당시 그녀를 안 만나는 날에 만났던 또 다른 아가씨들에 대해서도 그녀에게 말하지 않았다. 나는 그녀를 사랑하고 있다는 것만 말했다—그리고 사랑했다. 그러나 아마도 당신은 예쁜 아가씨들만 사랑할 수 있다고 생각하거나, 한 여자를 사랑할 때는 다른 여자들과 산책해서는 안 된다고 생각하겠지? 나는 이미 당신에게 말했다—당신은 세상에서 어떤 여자와도 산책하지 못하는 건 물론이고 자신의 삶에서는 거의 아무것도 할 수 없다고 말이다—나는 당신에게 한 마디도 하지 않겠다. 그러나 문제는 여기에 있는 것이 아니다. 요지는 당신에 관한 것이 아니라, 그녀에 관한 것이다. 나는 사랑한다고 그녀에게 말했다. 그리고 지금, 내가 언젠가 그녀를 만난다면, 나는 그녀와 함께 천체관이나 접골목 덤불이 무성한 공동묘지로 갈 것이다. 그리고 그곳에서 몇년 전과 똑같이 나는 다시 그녀에게 이것에 대해 말할 것이다. 당신은 믿지 않는가?

일요일에는 항상 그러하듯이. 그러나 검사는 친척들을 참을 수 없었다. 나는 그를 위해 유리를 끼워 넣고 있었고, 여기 다차로 친척들이 떼거리로 들이닥쳤는데, 그는 겨드랑이에 신문을 끼고 완전히 창백해진 안색으로 마당을 돌아다녔다. 그는 아무것도 쓰여 있지 않은 신문 여백처럼 하얬다. 다차 마을과 초원 너머 건넛마을에 있는 모든 사람들은 알고 있었다. 친척들이 있는 곳이 바로 무질서요, 무질서가 있는 곳이 바로 술주정뱅이가 있는 곳이기 때문에 그가 친척도, 무질서도 참지 못한다는 걸 말이다. 검사는 그렇게 말한다. 내가 직접 들었다. 내가 유리를 끼워줄 때 그가 아내에게 그렇게 말했다. 그의 아내 역시 흥미롭다. 나는 그녀를 위해서도 몇 번이나 유리를 끼우고, 벽난로를 옮겼으며, 헛간을 만들었는데, 그녀는 한 번도 대접을 하지 않았다. 돈은 주지만, 음식을 대접하는 것에 대해서는 항상 제로다. 나는 아무 일이나 맡는다. 나는 사람들 변소를 치워주기도 하는데, 검사네 집에서는 그 일이 성사되지 않았다. 그의 아내는 내가 그 일을 하는 걸 허락하지 않는다. 당신이 더러워질 필요 없지요. 그녀는 말한다―제가 직접 할게요. 그래, 정말이다. 언젠가 봄에 나는 그들 집에 유리를 끼우고 있었는데, 그녀가 헛간에서 특별한 삽을 들고 나와서는―나무 밑으로 똥을 퍼날라야지 했다. 그녀는 이 일을 마치고 나서는 이웃들이 변소에서 공짜로 무엇도 퍼가지 못하도록 겨우내 잠가두기 위해

변소에 자물쇠를 만들어 채워달라고 부탁했다. 그러지 않으면 사람들이 가져갈 거예요. 그녀는 말한다. 그리고 왜 공짜로 가져가죠. 지금은 비료를 쓰기 힘들죠. 그녀는 말한다. 나는 당연히 자물쇠를 채워주었고, 그러고서 그들의 이웃 동료 검사가 나에게 검사의 자물쇠에 맞는 열쇠를 골라달라고 부탁했다. 흠, 그는 당연히 해야 할 대접을 했다. 흠, 나는 그에게 당연히 열쇠를 골라주었다. 그러고 나서 난 검사장실에서, 검사가 도시로 떠나 있을 때 검사네 변소를 털 수 있을 거라는 대화를 듣게 된다. 나는 검사장실에 유리만 끼우면, 그걸로 그만이다. 이 마을에는 내가 평생토록 할 일이 넘친다. 겨울에는 다차 마을마다 불량배들이 있어서 유리창을 깨고, 벽난로를 부수니 나한테는 더 이득이다. 눈이 내리면 나의 일이 시작된다. 그래서 검사는 나를 불러 유리를 갈아끼우라고 했다. 우리 동네 불량배들이 그의 집 유리창을 전부 깨버렸던 것이다. 심지어 다락방 창문도 부쉈다. 그리고 베란다 지붕도 부숴버렸다. 이 또한 내 일이다. 시간이 나면 지붕도 고친다. 바로 그날은 아침부터 유리를 끼워 넣고 있었다. 검사는 해먹에 누워 신문을 읽고 있는데, 잠이 들었다가 깼다가 했다. 그의 아내는 바로 그 시간에 마당 중앙에 커다란 구멍을 파고 있다. 왜 파냐고 물어본다. 그녀가 대답한다. 구멍을 파고 마당 전체에 도랑도 파서 모든 비가 제 것이 되도록 할 거예요. 나는 생각한다. 좋아, 파라. 나는 유리를 끼워 넣을 테니까. 내가 말한다. 검사님이 잠이 들었다 깼다 하시네요. 그러다 해먹에서 일어나 울타리로 가서는 이웃 동료 검사와 이야기를 나누시네요. 동료 검사가 말한다. 검사님, 무슨 일이세요, 당신네 유리창이 완전히 제로네요? 검사가 대답한다. 네, 여기 겨울은 아무래도 바람이 세지요—바람 때문에 깨졌어요. 동료 검사는 말한다. 네, 당신네 변소가 최근에 털렸다는 소릴 들었는데요? 검사는 대답한다. 네, 망할 놈의 불량배들이 털어가버렸어요. 검사의 동료는 말한다. 안됐군요, 불쾌한 일이네요. 하지만 바로 그 사람이, 그 개자식이 털어갔다. 그런데 이 동료 검사는 웃기는 사람이다. 다차에 올 때면 여느 사람처럼 멀쩡하게 옷을 입고 있다. 하지만 오자마자 곧바로 머리에 나이트캡을 쓰고 온갖 누더기를 걸쳐 입고, 발에는 덧신을 신고 밧줄로 묶는다. 덧신을 밧줄로 묶는 것이다. 나는 생각한다. 좋아, 묶어라. 나는 유리를 끼우기 시작할 테다. 저녁에 나는 똥도둑놈인 너한테서 삼 루블을 빼앗아갈 거다. 안 주면, 검사한테 모든 걸 밀고해버릴 테다. 검사인 그는 도대체가 무질서를 참지 못한다. 그리고 친척들도. 마침 친척들이 점심을 먹으려고 왔다. 나는 말한다. 검사님은 완전히 창백해지셨고, 심지어 신문 읽는 것도 그만두셨네요. 마당을 걸어다니며 발로 민들레들을 밟으시네요. 그 자신이 바로 민들레와 닮아 있다. 둥그스름한 것이. 그리고 신문 여백처럼 창백하다. 반면 그의 집은 친척들로 가득하다—한 아홉 명이 점심을 먹으러 왔다. 모두들 즐겁고, 곧 풀밭에서 할 놀이를 생각해냈으며, 검사 아들을 즉시 가게로 보내버렸다. 흠, 우리는 이번에 그들과 똑같이 행동했다. 멋진 사람들이다. 누구는 도시에서 차장이었고, 누구는 운전사 일을 했으며, 두 사람은 승강기 기사다. 또 한 명은 트레이너고, 또 다른 한 명은 굴착기 기사다. 그리고 그에게는 딸이 있었다. 나는 그녀와 잘 되고 있다, 조금도 틀리지 않게. 그리고 날씨는 마침 건조한 걸로 판명났다—일요일에는 항상 그러하듯이.

과외 선생. 물리선생님은 골목에 살았다. 그는 나의 과외 선생이었으며, 나는 과외를 받으러 전차를 타고 일주일에 두 번 그의 집으로 갔다. 우리는 작은 반지하 방에서 공부했는데, 그곳에서 선생님은 친척 몇 명과 함께 살았지만 난 그들을 한 번도 본 적이 없었고, 그들에 대해 아는 바도 없었다. 나는 지금 바로 그 선생님에 대해, 그리고 내가 그와 함께 그 무더운 여름날에 어떻게, 그리고 무엇을 공부했는지에 대해, 또 그 골목에서 어떤 냄새가 났는지에 대해 이야기할 것이다. 이 골목에는 근처 어딘가에 '생선'이라는 가게가 있어서 항상 심한 비린내가 났다. 틈새바람이 골목을 따라 불어와 냄새를 퍼뜨렸고, 점잖지 못한 엽서들을 보고 있던 우리네 방의 열린 창문으로 그 냄새는 파고들었다. 과외 선생한테는 이런 엽서들로 된 굉장한 표본집이 있었다―사진첩으로 예닐곱 개나 되었다. 그는 도시의 여러 역에 가서 그런 사진들을 아무개 사람들에게 한 묶음씩 팔곤 했다. 선생님은 뚱뚱했지만 잘생겼고, 나이가 아주 많지는 않았다. 그는 더위에 땀이 흘러서 책상 위 선풍기를 틀었지만, 별로 도움이 되진 않았고 그는 계속 땀을 흘려댔다. 나는 항상 이를 비웃었다. 엽서 보는 게 싫증이 나면, 그는 내게 일화들을 이야기해주었는데 그러면 선풍기가 있는 방에서 우리는 둘이서 조용하고도 즐거워했다. 또한 그는 나에게 자신의 여자들에 대해서도 이야기해주었다. 그의 말에 따르면 그에게는 다양한 시기에 다양한 많은 여자들이 있었다고 한다. 키 큰 여자, 키 작은 여자, 다양한 연령의 여자들. 하지만 그는 지금까지 누가 더 나은지―키 작은 여자들인지, 아니면 키 큰 여자들인지 결정을 못 했다고 한다. 그의 말인즉슨 때에 따라 다르단다. 모든 건 기분에 달려 있단다. 그는 전쟁 때 기관총 사수였는데 거기서 열일곱 나이에 남자가 되었다는 이야기를 해주었다. 그가 나의 과외 선생이 되었던 바로 그 여름에, 나도 열일곱 살이 되었다. 나는 단과대학에 입학하지 않았는데, 이 때문에 부모님한테서 엄청 잔소리를 들었다. 나는 물리를 망치고서 간호사가 되어 병원으로 갔다. 다음 해에 나는 물리 시험을 칠 필요가 없는 다른 단과대학에 원서를 내 합격했다. 사실, 그 이후 나는 이 학년 때 제적을 당했는데, 기숙사에서 한 남자와 함께 있었기 때문이다. 나는 그와 아무 일도 없었고, 단지 우리는 앉아서 담배를 피웠을 뿐이었는데, 그가 내게 키스를 했고 방문은 잠겨 있었다. 방문 두드리는 소리가 들리자, 우리는 오랫동안 문을 열어주지 않았고, 문이 열렸을 때는 아무도 우리 말을 믿지 않았다. 현재 나는 역에서 전신수로 일하고 있다. 하지만 이건 중요치 않다. 난 나의 과외 선생을 거의 십 년 동안 보지 못했다. 몇 번이고 나는 그의 집 골목을 지나쳐 달려가거나 전차를 타고 지나쳐갔지만, 들른 적은 한 번도 없었다. 살면서 왜 그렇게 되는지, 뭔가 복잡하진 않지만 왜 중요한 일을 할 수 없는지 나는 모르겠다. 몇년 동안 나는 그 집을 아주 가까이에서 지나쳤고 항상 나의 물리선생님에 대해 생각했으며, 그의 우스운 엽서들과 선풍기, 그리고 부엌에 찻주전자를 보러 갈 때조차 거만하게 보이려고 짚고 다니던 구부러진 나무 지팡이를 추억했다. 여하튼 최근에 난 슬퍼져서 그에게 들렀다. 예전처럼 두 번 초인종을 울렸다. 그가 나오고, 내가 인사를 하니 그도 인사를 했다. 하지만 웬일인지 그는 나를 알아보지 못했고, 심지어 방으로 들어오란 말도 하지 않았다. 나는 그에게 날 기억해보라고 부탁했고, 우리가 어떻게 엽서를 보냈는지 상기시켰으며, 선풍기와 그 여름에 대해 이야기했다—그는 아무것도 기억하지 못했다. 그는 언젠가 자신에게 정말로 많은 남학생들과 여학생들이 있었노라고, 하지만 지금은 거의 누구도 기억하지 못한다고 말했다. 그가 말한다. 간다네, 세월이 간다네. 그는 조금 늙었다, 나의 물리선생님.

아픈 처녀. 칠월에는 베란다에서 밤을 보낼 수 있다—춥지가 않다. 그리고 슬프고 커다란 나방들이 거의 방해를 하지 않는다. 그것들은 담배 연기로 쉽게 쫓을 수 있다. 내가 칠월의 밤에 베란다에서 쓴 이 이야기는 아픈 처녀에 관한 것이다. 그녀는 아주 많이 아팠다. 그녀는 그녀의 할아버지라는 한 남자와 함께 이웃 다차에 살고 있다. 그는 술을 많이 마시는데, 유리 끼우는 일을 한다. 나는 쉰이 넘지는 않은 그가 그녀의 할아버지란 걸 믿지 않는다. 언젠가 나는 여느 때처럼 베란다에서 밤을 보내고 있었는데, 아픈 처녀가 나의 문을 두드렸다. 그녀는 쪽문을 통해 우리네 작은 구역을 가르는 울타리로 왔다. 정원을 지나서 문을 두드렸다. 나는 불을 켜고 문을 열었다. 그녀의 얼굴과 손은 피에 젖어 있었다—유리 끼우는 기사가 그녀를 때린 것이다. 그녀는 나의 도움을 받으러 정원을 지나 내게로 온 것이다. 나는 그녀를 씻겨주고, 긁힌 상처에 녹색 연고를 발라주고 홍차를 마시도록 했다. 그녀는 아침까지 나의 베란다에 앉아 있었고, 우리가 많은 것에 대해 말할 수 있겠다는 생각이 들었다. 하지만 그녀는 자신의 병으로 인해 듣는 것도 매우 힘들고 말도 할 줄 몰랐기 때문에, 실제로 우리는 밤새도록 잠자코 있었다. 항상 그랬던 것처럼 아침이 밝았고, 나는 처녀를 정원 오솔길을 따라 바래다주었다. 교외에서 그리고 모스크바에서도 나는 혼자 사는 걸 더 좋아하기 때문에, 내 집 주위의 오솔길들은 간신히 눈에 띌 정도다. 그 아침에 정원의 풀들은 이슬로 흰빛이었고, 나는 덧신을 신지 않은 것을 후회했다. 쪽문 근처에서 우리는 잠시 서 있었다. 그녀는 나에게 뭔가를 말하려 했지만, 그러지 못하고 비탄과 아픔으로 울기 시작했다. 처녀는 울타리 전체가 그런 것처럼 가을 안개에 젖은 걸쇠를 돌려 자기 집으로 달려갔다. 쪽문은 열린 채였다. 그때부터 우리는 사귀기 시작했다. 그녀가 때때로 내게로 오면, 나는 그녀를 위해 고급 도화지에 뭔가를 그려주거나 써주었다. 그녀는 내 스케치들을 좋아한다. 그녀는 그것들을 바라보고 미소짓고는 정원을 지나 집으로 가버린다. 그녀는 머리로 사과나무 가지들을 건드리며 가면서 돌아보기도 하고 내게 미소를 짓거나 웃는다. 그리고 나는 그녀가 온 다음에는 매번 나의 오솔길들이 훨씬 더 나아진 것처럼 느낀다. 아마도 훨씬 나아졌을 것이다. 옆집에서 온 아픈 처녀에 대해 더할 말은 없다. 그래, 이건 사소한 이야기다. 심지어 아주 사소한 이야기다. 심지어 베란다의 나방이 더 커 보일 정도다.

모래언덕들에서. 펌프 준설선*에서 일하는 어머니를 둔 아가씨와 만나는 것은 괜찮은 일이다. 누군가 물어본다면, 너는 곧바로 이렇게 말하게 될 것이다—그녀는 펌프 준설선에서 일하고 있어. 그러면 모두

---

* 물의 깊이를 깊게 하거나 물속에서 모래나 자갈을 퍼내는 배.

들 부러워할 것이다. 준설선들은 수로를 깊게 했는데, 하루 종일 특수 파이프를 따라 물밑 바닥에서 죽처럼 질퍽질퍽한 모래들이 해변으로 나왔다. 이 질퍽한 액체는 해변으로 나와 만(灣) 주위에 끊임없이 모래언덕들을 형성했다. 여기에서는 가장 바람이 많이 부는 날씨에도 일광욕을 할 수 있었다—태양이 비추기만 하면 되었다. 나는 매일 아침 오토바이를 타고 그 섬에 가서는, 가장 높은 모래언덕에 서서 머리 위의 색 바랜 카우보이 모자를 돌리곤 했다. 그녀는 펌프 준설선에서 나를 알아보자마자, 바지선에 묶여 있던, 구멍이 뚫린 커다란 쪽배를 타고서 재빨리 해변으로 노를 저어오곤 했다. 여기에는 우리의, 오직 우리만의 모래언덕들이 있다—왜냐하면 다름 아닌 내가 사귀는 아가씨의 어머니가 이 즐겁고도 흩어지기 쉬운 모래언덕들을 만들어냈기 때문이다. 여름이었는데 마치 칼라 엽서 같았으며, 강물과 버드나무 냄새, 소나무 숲의 송진 냄새가 났다. 숲은 만의 건너편에 있었는데, 거기에서 사람들은 배드민턴을 치며 휴식을 취했다. 만을 따라서는 일요일의 데이트 족이 파란 쪽배를 타기도 하고, 배 안에서 담소를 나누기도 했다. 하지만 아무도 우리 쪽 해변으로는 내리지 않았고, 우리 말고는 아무도 우리의 모래언덕들에서 일광욕을 하지 않았다. 우리는 뜨거운, 매우 뜨거운 모래 위에 누워 모래목욕을 하거나, 서로 앞다투어 달리기도 했다. 그사이 펌프 준설선은 둔탁한 기적 소리를 내고, 파란 작업복을 입은 뚱뚱한 여자가 기계장치를 살펴보며 갑판 위를 돌아다녔다. 나는 멀리 해변에서 그녀를 바라보며, 저런 멋진 곳에 살면서 일하는 어머니를 둔 아가씨와 만나고 있으니 난 정말로 운이 좋다고 항상 생각했다. 팔월에 비가 시작되어서, 우리는 모래언덕에 버드나무 가지로 움막을 만들었는데, 당신도 알다시피, 문제는 비 때문만은 아니었다. 움막은 바로 물가에 있었다. 저녁마다 우리는 모닥불을 피웠는데, 불빛이 만에 잘 비쳤고, 떠다니는 다양한 나뭇조각들을 비추었다. 흠, 여름의 막바지에 우리는 다투었고, 그때부터 나는 다시는 그녀에게 가지 않았다. 가을은 지랄맞게 슬펐으며, 나뭇잎들이 도시 전체로 미친 사람처럼 흩어져 나갔다. 자, 한잔 더 할래요?

논문. 교수는 안식년을 교외에서 보내고 있었다. 그는 화학 박사논문을 쓰고 있었다. 책에서 발췌를 하고, 시험관에 매달렸지만, 그사이 놀랍도록 따뜻한 구월이 이어졌다. 게다가 교수는 맥주를 좋아했고, 저녁 먹기 전에 정원 깊숙이 있는 헛간에 다녀왔다. 거기 헛간 모퉁이의 시원한 곳에는 맥주통이 있었다. 교수는 고무호스로 오 리터짜리 작은 함석 물통에 맥주를 조금 담아내서, 쏟지 않으려 애를 쓰며 집으로 돌아왔다. 그의 식사는 아내의 먼 친척이 준비해주었다. 그녀는 한 달 전에 먼 곳에서 마치 머리 위에 내리는 눈처럼, 혹은 아내의 친척처럼 나타났었다. 그의 아내는 오래전에 죽었고, 아직 다른 아내는 없었다. 아침식사와 저녁식사는 바로 이 아내의 친척이 준비해주지만 보통 아침과 저녁에만 그런 것이었다는 걸 밝혀두어야겠다. 오후에 교수는 다차 마을을 산책하거나 자작나무 숲 너머에 있는 연못에서 낚시를 하곤 했다. 연못에는 물고기가 없었고, 여느 때처럼 교수는 아무것도 잡지 못했다. 하지만 그렇다고 그가 괴로워하지는 않았으며, 집에 빈손으로 돌아가지 않으려고 숲 가장자리에서 들꽃들을 꺾어 꽤 괜찮은 꽃다발을 만들었다. 다차로 돌아와서, 그는 이름을 전혀 기억할 수 없으며 물어보는 것도 잊어버린 그 먼 친척에게 잠자코 꽃을 선물하곤 했다. 이 여자는 마흔 살 정도 되었지만, 이십대처럼 관심의 표시들을 좋아했으며, 아침마다 헛간 뒤에서 체조를 했다. 교수는 이것을 몰랐지만, 이를 아주 잘 알고 있으며 울타리 뒤에서 여러 번 이것을 지켜본 옆집 사는 유리 끼우는 기사가 이에 대해 교수에게 말한다고 하더라도, 그는 절대 믿지도 않을 것이며 또한 훔쳐볼 생각도 하지 않을 것이다. 어쨌든 어느 여명이 비칠 무렵 그는 갑자기 맥주를 마시고 싶어져서, 소리를 내지 않으려고 살금살금 헛간으로 갔다. 맥주가 호스를 타고 나무통에서 작은 함석통으로 흘러들어가고 있을 때, 교수는 거미줄이 쳐진 창문가에 서 있었는데, 아내의 친척이 좁은 풀밭에서 가벼운 수영복 차림으로 뜀뛰고, 웅크려 앉고, 팔을 흔드는 것을 보게 되었다. 아침식사를 하고 나서 교수는 일을 하지 않고 뭔가 바보 같은 짓에 몰두했다. 다락에서 녹슨 자전거 두 대를 꺼내서 수리를 하고 바퀴에 바람을 넣고, 그러고선 양복을 다리고 역으로 가 포도주를 사왔다. 포도주 외에 그는 훈제생선 통조림과 포도를 사고 친척이 점심식사를 준비하는 것을 도왔다. 점심식사를 하면서 교수는 이 주일 동안이나 얼마나 멋진 날씨가 계속되고 있는지에 대해, 얼마나 파란 수레국화꽃들이 숲에서 자라고 있는지, 그리고 그가 얼마나 멋진 녹슨 자전거들을 다락에서 꺼내왔는지에 대해 말했다. 저녁에 그들은 나갔다. 고속도로를 따라. 자전거를 타고서. 늦게 들어왔는데— 핸들에는 꽃들이 있었다. 친척 여자의 머리에는 화관이 있었다. 교수가 직접 그녀에게 화관을 만들어주었던 것이다. 이것은 그녀에게 깜짝 선물이었으며, 그녀는 교수가 화관을 만들 수도, 자전거를 수리할 수도 있는지 전에는 정말 몰랐었다. 심지어 교수 자신도 사실은 그의 친척이 정원 풀밭에서 뜀뛰기를 하는 줄 몰랐다. 매일 아침. 가벼운 수영복을 입고. 그리고 팔을 흔드는 것을 말이다.

지역. 옆으로 철길이 놓여 있으며, 노란 전차가 호수 옆으로 지나간다. 일부 기차들은 도시로 가고, 다른 일부 기차는 교외로 간다. 여기는 교외다. 그렇기 때문에 여기서는 가장 화창한 날씨일 때조차 모든 것이 진짜처럼 보이지 않는다. 철도 노선 너머, 조차지대 너머에는 커다란 집들로 도시가 시작되며, 호수 너머 건너편에는 소나무 숲이 있다. 어떤 사람들은 그곳을 공원이라 부르고, 다른 사람들은 숲이라 부른다. 하지만 사실 이곳은 숲-공원이다. 여기는 교외이며, 확정된 것이라곤 주위에 어떤 것도 보이지 않는다. 언젠가 이 지역은 다차 지역으로 여겨졌지만, 지금의 다차는 그저 교외의 낡은 나무집들일 뿐이다. 집들은 등유 냄새를 풍겼고, 그 집 안에는 초로의 조용한 사람들이 살고 있다. 숲-공원 가까이로 철도 단선 지선이 다가와 있다. 지선은 막다른 지점으로 이끈다—기차들은 이리로 오지 않는다. 철로들은 녹이 슬었으며, 침목들은 썩었다. 막다른 지점, 숲-공원의 가장자리에는 갈색 객차들이 서 있다. 이 객차에는 수리공들이 산다. 그들은 임시 교외 거주증을 가지고 있으며, 각각 대가족을 거느렸다. 어떤 수리공이라도 소택지가 된 호수에 물고기들이 살지 않는 걸 알지만, 쉬는 시간이면 그들 모두는 낚싯대를 가지고 호숫가로 가 뭐라도 잡으려 한다. 숲-공원에서부터 세번째 객차에 사는 한 수리공에게는 열여덟 살짜리 딸이 있다. 그녀는 여기, 객차 안에서 태어났으며, 철로와 관련된 모든 것이 그녀의 마음에 들며, 그녀는 이 교외 지역 전체가 마음에 든다. 또한 그녀는 먼지 쌓인 풀밭 공터에서 축구를 하러 숲-공원으로 친구들과 함께 도시에서 자주 오곤 하는 청년이 마음에 든다. 그는 좋은 청년이며, 수리공의 딸을 돌보아주며, 그의 집에 벌써 여러 번 차를 마시러 방문했다. 그 또한 막다른 지점에 있는 객차들이 마음에 든다. 아시다시피, 아마도 그는 곧 수리공의 딸과 결혼할 것이며, 여기에 좀 더 자주 머물게 될 터이다. 결혼식은 일요일에 거행될 것이고, 무도회는 호숫가에서 열릴 것이며, 막다른 지점의 갈색 객차에 사는 모두가 춤을 출 것이다.

공터 한가운데서. 위쪽 삼층에서 문이 꽝 닫히고, 나는 홀로 남았다. 활짝 열린 창문을 통해 공터에서 현관으로 바람이 불어 들어오기 시작했으며, 여기 층계가 거리보다 약간 더 따뜻했다. 나는 담배를 피우며, 빨랫줄에 널린 이 건물 주민의 속옷들이 마르고 있는 뒷마당으로 나왔다. 베갯잇, 수건, 이불잇 등이 바람에 나부꼈다. 나는 이슬에 젖은 벤치에 앉았다. 내 앞에 믿을 수 없이 긴 오층짜리 건물이 서 있었는데, 난 여태껏 한 번도 그처럼 긴 건물을 본 적이 없다. 건물 그림자는 내 발 근처에서 끝났다. 나는 구월의 무기력한 햇빛을 받고 있었다. 하늘에는 노인의 근육을 닮은 축 늘어진 구름이 지나갔고, 내 등 뒤로는 교외의 끝없는 공터가 입을 벌리고 있었는데, 얼마나 끝이 없는지 심지어 도시의 쓰레기장이 그 사이에서 길을 잃어, 그저 기분 나쁜 냄새만이 쓰레기장을 상기시킬 뿐이었다. 내가 피우던 담배는 곧바로 바람에 다 타버렸는데, 난 더 가진 게 없어서 가게에 들르기로 했다. 하지만 가게가 어디 있는지 알지 못했다. 나는 대체로 여기가 어딘지 알지 못했으며, 여기에는 내가 아는 사람도, 거리도 없었다. 또한 나는 우리를 돕는 데 동의했던 그 여자가 내 약혼녀와 무엇을 하는지 알지도 못했고, 알고 싶지도 않았다. 그 여자는 이 길고 단조로운 건물에 살면서 사람들을 치료했다. 나는 그늘 진 뒷마당을 지나서 왼쪽으로 건물을 돌아 아스팔트 길로 나왔다. 주위에는 그 건물과 닮은 새 건물들이 서 있었다. 아마도 나는 이 단조로운 건물들을 조금 두려워했던 것 같다. 하지만 나는 담배를 피우고 싶었고, 그래서 건물들에는 전혀 관심이 없는 척하며 가게로 갔다. 그래, 정말 그랬다. 나는 그것들을 다만 조금 두려워했을 뿐이다. 그 건물들은 멀리서 내 등과 눈을 바라보았으며, 내 주위에는 아무도 없었다. 하지만 곧 나는 어떤 아가씨를 따라잡았다. 식료품이 든 장바구니 두 개를 들고 있는 그 아가씨라면 어디에서 담배를 파는지 알 것이라 생각했다. 나는 그녀를 불러 물어보았다. 그녀는 내가 길을 잃지 않게 가게까지 데려다주겠다고 말했다. 바람이 불었다. 건물들 뒤로 공터가 입을 벌리고 있었다. 건물 주위로 빨랫줄에 널린 침대 시트들이 바람에 부풀어 올라 수다를 떨고 있었다. 공터에서 엄청난 참새 떼가 풀씨를 먹으며 재잘거렸다. 아가씨는 매우 가냘퍼 보였으며, 눈에는 뭔가가 있었지만, 그때는 나는 그게 도대체 뭔지 알아챌 수 없었고 나중에야 알게 되었다. 그녀는 사시였다. 그녀는 나를 데려가며 이 지역에 무엇이 어디에 있는지 모두 설명해주었지만, 내게는 전혀 흥미롭지도 필요하지도 않았다. 그녀는 나와 함께 가게에 들렀고, 내가 담배를 살 때까지 기다렸다가, 자신이 전신수로 일하고 있는 역까지 나를 바래다주고 싶다고 말했다. 나는 전차를 탈 필요가 없어요. 나는 말했다. 필요 없어요. 아가씨는 가버렸다. 가게에서 멀지 않은 곳의 수레 위에는 우유 탱크가 있었다. 초로의, 하지만 수다스러운 여자들이 구식 망토를 입고 줄을 서 있었다. 여자들은 저마다 작은 함석통을 들었으며, 모두들 찬바람에도 아랑곳없이 쉴 새 없이 계속 이야기를 했다. 한 뚱뚱한 노파는 이미 우유를 사서 우유 탱크에서 물러나 있었는데, 나는 그녀가 발을 헛디뎌서 작은 함석통을 떨어뜨리는 것을 보게 되었다. 함석통이 아스팔트에 떨어졌고, 우유가 튀었으며, 노파는 미끄러져 넘어졌다. 그녀는 검은 외투를 입었는데, 우유에 완전히 나앉아버려서 일어나려고 애쓰고 있었다. 줄을 선 여자들이 수다 떠는 걸 멈추고 노파를 바라보았다. 나 또한 서서 바라보았다. 아마도 난 그녀를 도와줄 수도 있었을 테지만, 내 손은 자유롭지 않았다. 한 손에는 담배가, 다른 손에는 성냥이 들려 있었다. 나는 담배를 피우기 시작하며, 멀리서 내 눈을 주의 깊게 바라보고 있으며 그들이 내 약혼녀에게 무슨 짓을 하고 있는 그 건물로 되돌아갔다.

흙 작업. 관(棺)은 굴착기 버킷의 이빨 부분에 걸려 구덩이 위에서 흔들거렸고, 모든 것은 정상이었다. 하지만 뚜껑이 열리면서 모든 것이 구덩이 바닥으로 쏟아져 내렸다. 그제야 굴착기 기사는 조정실에서 기어 나와 관을 살펴보았는데, 관 머리맡에 유리를 끼운 작은 창문이 있고, 관 안쪽에 장화가 놓여 있는 게 보였다. 굴착기 기사는 장화가 이미 고칠 수 없는 지경이라는 것이 매우 안타까웠다. 안 그랬으면 장화를 수선했을 텐데 말이다. 하지만 장화 한 짝은 아주 망가져버렸고 다른 한 짝 역시 신자마자 밑창이 바로 떨어져 나갔다. 실은 썩었고, 뒤축을 단 밑창은 떨어져 나가버렸으며, 목 부분은 너무 좁아 꽉 끼는 것으로 판명났다. 굴착기 기사는 새 신발이 아주 필요하긴 했지만 장화를 내다버렸다. 그러나 그는 다른 것 때문에 기분이 더 상했다. 그는 살면서 진짜 해골을 한 번도 본 적이 없었고, 더구나 손으로 만질 기회는 더더욱 드물었기 때문에 해골을 마음껏 감상하고 싶었다. 사실 그는 때때로 자신의 머리, 혹은 아내의 머리를 만져보며 자신 혹은 아내의 두피를 걷어내면 진짜 해골을 얻을 수 있겠다는 생각을 하곤 했다. 그러나 이를 위해서는 알 수 없는 오랜 시간을 기다려야만 했는데 지금 그는 뭔가를 너무 오래 기다릴 수가 없었다. 그는 머리에 떠오른 것을 당장 실행하고 싶었다. 그래서 관을 파낸 지금, 그는 곧바로 관에서 모든 것을 흔들어 털어내 해골을 찾아보기로 했다. 오래전에 죽어 몇년 간 누워서 관의 창문을 바라본 사람의 해골에 무슨 일이 일어났는지 보고 싶었다. 그래—기사는 생각했다. 무덤 속으로 발판을 따라 내려가서—그래, 지금이야말로 내게 좋은 해골이 생길 기회야. 그러지 않고 그냥저냥 살다보면 그런 것은 얻지 못할 거야. 물론 내게 앙상한 두개골이 있긴 하지만, 그 자체로 더듬어 살펴볼 여유 시간은 좀처럼 생기질 않아. 게다가 자기 머리를 만질 때는 어떤 만족도 얻지 못하지—여기 완전히 다른 사람의 해골이 필요해. 그 어떤 피부도 남아 있지 않아서 심지어 지팡이에 걸 수도 있어야 하고, 필요한 곳에 얹어놓을 수도 있어야 해. 이런 행운이라니! 이제 넝마를 풀어 젖히고, 뼈를 내버리고, 깨끗한 해골을 가질 거야. 삶에서 그런 순간들을 놓치지 말라. 그러지 않으면 아마 다른 누군가가 너의 해골을 지팡이에 얹고는 거리로 돌아다니며 사람들을 놀라게 할 것이다. 기사는 모래에 놓여 있는 뚜껑 밑을 들여다보고서는 구덩이에서 기어 나와 관에 나 있는 창문을 들여다본 다음, 이번에는 창문을 통해서가 아니라, 관이 버킷 이빨 부분에 걸려 있을 때 사람들이 쳐다보는 것처럼 관을 그저 쳐다보았다. 다만 쳐다보는 사람은 무덤가에 서 있다. 하지만 관 속에도, 모래 위에 있는 뚜껑 밑에도 해골은 없었다. 해골이 없네―굴착기 기사는 혼잣말을 했다―해골이 없네. 해골이 사라져버렸어. 아마도 그건 애초에 없었는지도 모르지―그냥 몸뚱이만 묻었나보네, 그렇지? 하지만 아무리 돌아봐도 해골이 없으니, 그걸 지팡이에 얹어서 사람들을 놀라게 할 수도 없군. 반대로 이제는 누구나 진짜 해골로, 혹은 자기 해골로 나를 놀랠 수 있겠군. 이런 불행이라니!―굴착기 기사는 혼잣말로 중얼거렸다.

수위. 밤. 항상 이런 추운 밤. 그의 일은 밤이다. 밤은 그의 증오요, 생계수단이다. 낮에 그는 잠을 자고 담배를 피운다. 그는 라이플총을 절대 장전하지 않는다. 겨울에 주위에 아무도 없다면 장전할 이유가 뭐가 있겠는가. 아무도 없다―겨울과 가을, 봄에는. 예술가의 집들에도 역시 아무도 없다. 이 집들은 배우들의 다차이고, 그는 이 다차를 지키는 수위다. 그는 한 번도 극장에 가본 일이 없었지만, 언젠가 동료가 이야기해준 바로는, 동료의 아들은 도시에서 공부하고 있고 극장에 다닌다고 했다. 동료의 아들은 주말에 아버지를 보러 온다. 하지만 그에게는 아무도 찾아오지 않는다. 그는 혼자 살고 있으며 담배를 피운다. 그는 교대 시간 전에 수위실에서 라이플총을 집어 들고, 다차 마을의 가로수 길을 밤새도록 걸어다닌다. 오늘과 어제 큰 눈이 내렸다. 가로수 길들이 하얗다. 나무들, 특히 소나무들도 그렇다. 그것들은 하얗다. 달은 어슴푸레하다. 달빛은 먹구름을 뚫지 못하고 있다. 그는 담배를 피운다. 그는 사방을 둘러본다. 오랫동안 교차로에 서 있다. 아주 어둡다. 겨울에 이 마을은 절대 밝아지지 않을 것이다. 여름은 나은 편이다. 저녁마다 베란다에서 배우들이 맥주를 마신다. 하지만 여름이 아니면, 어슴푸레한 스테인드글라스를 단 베란다들은 닫히고 비어 있다. 그것들은 바람에 얼어붙고, 눈이 흩뿌려진다. 하지만 그는 이틀 저녁이 지나고 세번째 저녁에도 장전되지 않은 라이플총을 들고 돌아다닌다. 유리가 끼워진 다차들을 따라서. 오솔길도 없이, 총알도 없이, 담배도 없이 걸어간다. 마을 변두리, 가게가 있는 곳으로 담배를 사러 간다. 가게 안은 항상 비어 있다. 거기 문에는 강한 용수철이 달려 있다. 거기에는 초로의 여자가 일하고 있다. 그녀는 착하다 하겠는데, 외상으로 물건을 주기 때문이다. 혹한의 추위에 그는 그녀의 이름이 기억나지 않는다. 왜 그녀가, 이 여자가 거기 있지. 그는 생각한다. 나는 그 여자 없이도 지낼 수 있는데, 아니, 지낼 수 없지. 그는 생각한다. 아니, 못 지낸다. 그녀 없이는 나는 피울 걸 얻지 못한다. 그는 조용히 웃는다. 춥다. 그는 생각을 계속한다. 춥다. 어둡다. 그 여자가 가게 문을 닫고 자러 가는 모습이 그의 눈에 들어온다. 저기 그녀가 간다. 그는 자신에게 말한다. 나는 서서, 담배를 피우고 있는데, 그녀는 지나쳐 간다. 나는 담배를 피우고 싶은가? 아니다. 나는 그녀가 가기 때문에 담배를 피운다. 끝이다, 그녀는 가버렸다. 이제 아침까지 혼자다. 고양이가 달려간다. 한때 마을에는 고양이가 많았다. 그것들은 건물 지하에서 살았다. 동료는 이 라이플총으로 그놈들을 다 죽여버렸다. 고양이들은 이제 없다. 그는 배우들의 집을 보며 다시 걸어간다. 위에서—눈이 내린다. 따뜻해질 거라는 뜻이다. 바람만 불지 않는다면 말이다. 베란다 한 곳에 불빛이 있다. 그는 생각한다. 배우들은 겨울에는 오지 않는데. 마당 안에 발자국들이 있다. 울타리 한 군데가 무너져 있다. 말뚝 두 개가 십자가 모양으로 눈 위에 놓여 있다. 그는 한 번도 장전을 한 적이 없었고 지금도 역시 안 할 것이다. 그는 가서 무슨 일인지 살펴볼 것이다. 그는 다가간다. 총소리. 멀리 숲에서 나는 듯하다. 아니, 훨씬 가깝다. 아니, 이건 스테인드글라스에서 발사된 것이었다. 너무 아팠다. 머리가 아프다. 빙빙 도는 듯하다. 그는 얼굴을 눈 속에 처박으며 넘어진다. 그는 이제 춥지 않다.

지금. 그는 군 병원에서 퇴원 후 조기 제대했다. 그는 로켓부대에서 복무했는데, 언젠가 한밤 모의 경보 중에 강한 조명 아래 놓이게 되었다. 그는 스무 살이었다. 반쯤 빈 기차를 타고 집으로 돌아오며, 식당칸에 오랫동안 앉아서 맥주를 마시며 담배를 피웠다. 그와 같은 침대칸에 탄 예쁘고 젊은 여자는 그를 조금도 개의치 않아, 자기 전에 문에 달린 거울 앞에 서서 옷을 벗었는데, 그는 거울에 비친 그녀의 모습을 보았으며, 그녀는 그가 본다는 것을 알고 있었고, 그에게 미소를 지었다. 여행 마지막 밤에 그녀는 그를 아래쪽 자기 침대로 불렀지만, 그는 자는 척했다. 그녀는 이를 눈치채고 좁고 무더운 침대칸 열차에서 조용히 그를 비웃었다. 그러는 사이 기차는 검은 눈보라 속을 요란한 소리를 내며 날아갔고, 벌써 교외의 작은 역들이 흐릿한 가로등을 따라 당황한 듯 그에게 고개를 끄덕였다. 첫 이 주 동안 그는 집 안에만 있었다—책장을 넘기며, 예전 학창시절 사진들을 들여다보고, 자신을 위해 뭔가를 하려고 노력했으며, 상당한 군 연금을 받고 살며 그의 말은 한 마디도 믿지 않고 그를 거짓말쟁이로 여기는 아버지와 끊임없이 말다툼을 벌였다. 군 회계과에서 지급하는 보조금이 바닥이 났기에, 일을 찾을 필요가 있었다. 그는 이웃 병원에 운전사로 취직하고 싶었지만, 거기 병원에서는 그에게 다른 일을 제안했다. 제대 후지금, 눈 내린 겨울의 막바지에 그는 병원 시체 안치실의 잡역부가 되었다. 그는 한 달에 칠십 루블을 받았는데, 이는 그에게 충분한 돈이었다. 왜냐하면 그가 여자를 만나는 것도 아니었고, 단지 가끔씩 놀이 공원에 가서 미친 듯 돌아가는 회전마차에 올라타 투명 벽으로 된 무도장에서 모르는 사람들이 춤추는 모습을 바라볼 뿐이기 때문이다. 언젠가 여기에서 그는 한때 같은 학교에서 공부했던 여자를 보게 되었다. 그녀는 이 공원에 어떤 남자와 함께 스포츠카를 타고 왔는데, 잡역부는 커다란 나무들이 있는 어스름 속에 숨어서 그들이 춤추는 모습을 지켜보았다. 그들은 반시간 정도 춤을 추고 나서, 차문을 쾅하고 닫더니 가로등이 환하게 비추는 가로수 길을 따라 공원 깊숙이 질주했다. 몇 주가 지난 오월에, 시체 안치소로 남자와 여자가 실려왔는데, 그들은 교외 어딘가 자동차 속에서 산산조각이 나 있었다고 한다. 그는 처음에는 알아보지 못했다가 나중에야 알아보았는데 웬일인지 그녀의 성(姓)이 도무지 기억나지 않았다. 계속 그녀를 쳐다보며 삼 년 혹은 사 년 전, 아직 군대 가기 전 그가 이 소녀를 사랑했던 것, 계속 그녀와 같이 있고 싶어 했던 것, 하지만 그녀는 그를 사랑하지 않았던 것, 그를 사랑하기엔 그녀가 너무 예뻤다는 것에 대해 생각했다. 그리고 지금, 이 모든 것이 끝났어, 끝났어, 다 끝났어. 그리고 앞으로 어떻게 될지 알 수 없다고 잡역부는 생각했다.

3장
사블

그러나 베타는 듣지 못하고 있지. 외로운 쏙독새의 땅에 네가 도착한 밤에 우리 학교의 식물학–생물학–해부학 선생인 서른 살의 엄격한 여선생 베타 아르카디예브나는 도시에서 제일 좋은 식당에서 어떤 젊은, 그래, 비교적 젊고 명랑하고 똑똑하고 관대한 사람과 춤을 추고 맥주를 마시고 있어. 곧 음악이 끝나면─술 취한 바이올린 연주자, 드럼 연주자, 피아노 연주자, 트럼펫 연주자 들은 무대를 떠나겠지. 약간 조명이 어두운 식당은 마지막 손님들을 기대하고 있으며, 네가 살면서 한 번도 본 적이 없으며 앞으로도 볼 일이 없을 이 비교적 젊은 사람은 너의 베타를 자신의 아파트로 데려가, 거기에서 자신이 원하는 모든 짓을 그녀와 하게 될 거야. 더는 말하지 마. 난 이미 알아들었어. 난 알아. 거기 아파트에서 그는 그녀의 팔에 키스할 거고, 그런 다음 곧바로 집에 바래다줄 거야. 그리고 아침에 그녀는 여기 다차로 올 거고, 우리는 서로 만날 수 있을 거야. 난 알아. 난 내일 그녀와 만나게 될 거야. 아니야. 그렇지 않아. 넌 아마도 아무것도 이해하지 못했거나, 아니면 그런 척하는 것이거나, 그것도 아니면 넌 그저 겁쟁이일 뿐이야. 너는 거기, 절대 볼 일이 없을 그 남자, 하지만 네가 사실은 한번 보고는 싶어 하는 그 남자의 아파트에서 너의 베타에게 일어난 일에 대해 생각하는 게 두려운 거지. 정말 내가 거짓말을 하고 있는 거니? 맞아, 난 그 남자와 인사를 하고 싶고, 어딘가로 함께 가고도 싶어. 베타, 그 사람, 그리고 나, 이렇게 우리 셋이서 도시의 아무 공원이나, 미친 듯 돌아가는 회전마차가 있는 오래된 도시 공원으로 가 회전마차도 타고 이야기도 나누고 말이야. 어쨌든 재미있겠지. 난 말하지. 재미있네요, 우리 셋이면 재미있겠네요. 하지만 아마도 그 사람은 네가 말한 것처럼 그렇게 똑똑하지는 않을 거야. 그러면 그렇게 재미있지는 않을 테지. 우리는 쓸데없이 저녁 시간을 낭비하게 되는 거고, 성공적이지 못한 저녁이 되는 것이 전부겠지. 하지만 적어도 베타는 그 남자보다는 나와 함께 있는 게 훨씬 재미있다는 걸 알게 되겠지. 그래서 그와 다시는 만나지 않겠지. 그러면 외로운 쏙독새의 땅에 내가 도착한 밤에는 항상 밖으로 나올 거야. 내가 이렇게 부르는 소리를 듣고서. 베타, 베타, 베타, 나야, 특수학교 아무개 학생. 나와봐. 난 예전처럼 널 사랑해. 날 믿어. 그녀는 항상 내가 부르는 소리에 밖으로 나왔지. 그리고 우리는 아침까지 그녀의 다락방에 함께 있곤 했어. 그리고 날이 밝은 후에 나는 아르카디 아르카디예비치를 깨우지 않으려 조심하면서 밖으로 난 나선형 계단을 따라 정원으로 내려와서는 집에 돌아왔어. 넌 알고 있니, 떠나기 전에 난 보통 그녀의 평범한 개를 쓰다듬어주었어. 보통 난 그 개가 날 잊어버리지 않도록 그 개와 조금만 놀아주었어. 말도 안 되는 소리. 뭣 때문에 넌 이런 헛소리를 지어내고 있니. 우리 선생님 베타 아르카디예브나는 네가 부르는 소리에 한 번도 밖으로 나온 적이 없어. 넌 한 번도 그녀의 다락방에 간 적이 없고—낮에도 안 갔고, 밤에도 안 갔지. 내 말 믿어라. 난 너의 모든 발걸음을 따라 다니잖아—그렇게 하도록 의사 자우제가 나에게 충고했어. 거기에서 우리가 퇴원했을 때, 그가 충고했어. 당신이 그라고 부르는 사람이며 당신과 함께 살며 공부하는 그 사람이 눈에 안 띄려고 애쓰면서 어딘가로 나간다든가, 아니면 그냥 달아나려는 걸 당신이 눈치채면, 그를 따라가세요. 시야에서 놓치지 않도록 노력하세요. 가능한 한 할 수 있는 만큼 그에게 가까이 있도록 하세요. 그에게 다가갈 수 있는 기회를 찾으세요. 그래서 공통의 일과 행동에서 거의 그와 합류하도록 하세요. 언젠가—그 순간이 반드시 올 거예요—그와 하나로 온전하게 영원히 결합되도록, 생각과 의도, 습관과 취향에서 나눌 수 없는 단일한 존재가 되도록 하세요. 오직 그제야—자우제는 확신했지—당신은 평온과 자유를 얻게 될 겁니다. 그래서 여기 이렇게 나는 네가 어딜 가든 너의 뒤를 밟았어. 그리고 시간이 갈수록 난 공통의 행동에서 너와 합류할 수 있었어. 하지만 너는 이를 눈치채자마자 곧바로 날 내쫓아버렸지. 그래서 난 또다시 불안하고 심지어 무서워지기까지 했지. 나는 보통 많은 걸 무서워했고, 또 무서워하고 있어. 다만 그런 낌새를 보이지 않으려고 노력했어. 그리고 내가 보기에 너도 나만큼이나 무서워하는 것 같아. 예를 들어, 네가 도착한 밤에 비교적 젊은 남자가 자신의 아파트에서 너의 베타와 한 일에 대한 진실을 내가 너에게 이야기하기 시작하면 너는 무서워하지. 하지만 난 어쨌든 이것에 대해 이야기할 거야. 왜냐하면 너는 자우제가 충고한 대로 공통의 행동에서 나와 합류해야 하는데, 넌 그걸 원하지 않고, 그래서 난 네가 싫기 때문이야. 네가 네 아버지의 다차에서, 혹은 도시에서 잠을 자던 그 밤에, 아니면 저녁 주사를 맞은 후 거기에서 잠을 자던 그 밤에 다른 젊은 사람들이, 그리고 젊지 않은 사람들이 너의 베타와 함께 그들의 아파트에서, 또 호텔 방에서 무엇을 어떻게 했는지에 대해서도 난 너에게 이야기할 거야. 하지만 그러기 전에 난, 네가 늦은 저녁마다 쏙독새의 땅으로 달아났음에도 아랑곳없이, 아카토프의 다차에·있는 다락에는 절대 있지 않았다는 것을 너에게 확신시켜야만 해. 너는 단독주택의 불이 켜진 창문을 울타리 틈으로 바라보았고, 공원으로 들어가 쪽문에서 현관문으로 이어지는 오솔길을 걸어가는 꿈을 꾸었지. 난 널 이해해. 오솔길을 따라 걸어가는 것은 쉽고도 자연스럽지. 하지만 걸어가며 작년 솔방울들 두서너 개를 발로 짓뭉개고, 꽃밭의 꽃을 꺾고, 그 향기를 맡고, 모든 것을 이해하는 듯 깊은 눈을 가볍게 실눈으로 뜨고 사방을 둘러보며 그냥 그렇게 정자 옆에 서 있는 것, 그런 다음 찌르레기 조롱이 달려 있는 키 큰 나무 밑에 서서 새들의 노랫소리를 듣는 것—오, 난 널 이해해. 나 자신도 기꺼이 똑같은 일을 했을 거야. 심지어 그 이상 했겠지. 아카토프 정원의(혹은 공원의—그들 마당을 어떻게 더 잘 부를 수 있는지 아무도 몰라. 각자 자기 생각나는 대로 부르지) 오솔길을 따라 걸으며, 나는 그들의 멋있고 평범한 개와 놀았을 테고, 현관문을 두드렸을 거야.

톡-톡. 하지만 지금 나는 네게 고백해. 나는 어쨌든 너처럼—우리는 이 큰 개를 무서워하지. 우리가 이 개를 무서워하지 않았다면, 이 개가 아예 없었다고 가정하면—정말 우리는 이 모든 것을 자신에게 허락할 수 있었을까, 정말 이 개 때문에 우리는 문을 두드릴 수 없었던 것일까?—이게 바로 너에게 던지는 나의 질문이야. 난 이것에 대해 아직도 좀 더 이야기해보고 싶어. 날 끔찍하게 사로잡고 있는 주제가 바로 이거야. 내가 보기엔, 넌 또다시 그런 척하고 있어. 정말로 이 모든 게 그렇게 재미있니. 넌 나를 입에 발린 말로 속이고 있어. 넌 내가 베타에 대한 모든 진실, 네가 한 번도 볼 일이 없을 그 젊은 사람들이 그들의 아파트와 호텔 방에서 그녀와 무슨 일을 했는지에 대해 너한테 이야기하는 걸 원하지 않아. 흠 왜 나에게 말해 마침내 왜 너는 혹은 왜 나는 왜 우리는 이것에 대해 서로에게 말하는 걸 두려워하지 혹은 각자 자신에게 이 모든 것에서 그렇게 많은 진실을 왜 왜 왜 그래 넌 많은 걸 알고 있어 하지만 하지만 알아둬 내가 아무것도 알지 못하면 너도 아무것도 우리는 이것에 대해 아무것도 몰라 우리는 아직 혹은 이미 알지 못해 네가 나에게 혹은 자신에게 말할 수 있는지에 대해 나와 마찬가지로 너에게 어떤 여자도 없다면 우리는 이게 도대체 어떻게 된 일인지 알 수 없어 우리는 단지 추측만 할 뿐이지 우리는 추측할 수 있어 우리는 단지 읽었고 단지 다른 사람들에게서 들었을 뿐이야 하지만 다른 사람들도 역시나 아무것도 알지 못하지 우리는 언젠가 사블 페트로비치에게 물어본 적이 있었지 그에게 여자가 있었는지 말이야 그 일은 거기 우리 학교 복도 끝 항상 담배와 표백제 냄새가 나는 좁은 문 뒤에 있는 화장실에서 일어났지 화장실에서 사블 페트로비치는 담배를 태우며 창문턱에 앉아 있었어 아마도 휴식시간이었나봐 아니야 수업이 끝나고서 난 남았어 수업이 다 끝나고 내일 수업 예습을 하려고 아니야 수업이 다 끝나고 내일 수업 예습을 하게 하려고 우리더러 남으라고 했어 수학 공부를 형편없이 한다고 엄마한테 말했어 특히 수학을 아주 못한다고 넌 아주 병적으로 지쳤어 좋지 않아 어떤 수업들은 웬일인지 과제가 너무 많아 줄을 긋고 생각해야 해 너무 강요하고 있어 사블 페트로비치 그들은 무엇 때문인지 우리를 본보기로 괴롭히고 있어요 우리 중 누군가가 학교를 마치면 단과대학으로 가서 우리 중 누군가가 우리 중 몇몇이 우리 중 일부가 우리 중 누군가가 기술자가 된다고들 말하지 하지만 우리는 믿지 않아 그 비슷한 어떤 일도 일어나지 않아 왜냐하면 사블 페트로비치 당신은 추측하고 있지요 당신과 다른 선생님들은요 우리는 절대 그 어떤 기술자도 되진 않을 거예요 우리는 끔찍한 바보들이니까요 정말로 그렇지 않나요 정말로 이것은 특수학교가 아닌가요 즉 우리를 위한 특수학교가 아닌가요 무엇 때문에 당신은 바로 그 기술자들과 우리를 속이고 있어요 이 모든 것이 누구에게 필요하단 말인가요 하지만 친애하는 사블 페트로비치 심지어 우리가 만약 갑자기 기술자가 된다면 그래서는 안 돼요 아니에요 그래선 안 돼요 동의하지 않아요 나는 위원회에 신고할 거예요 난 기술자가 되고 싶지 않아요 난 거리에서 꽃과 엽서, 수탉들을 팔 거예요 아니면 구두 깁는 걸 배우거나 나무판을 실톱으로 자르는 걸 배울 거예요 하지만 기술자로 일하는 것엔 동의하지 않을 거예요 아직 시간을 처리해줄 가장 중요하고도 가장 큰 위원회가 형성되지 않았잖아요 그렇지 않나요 사블 페트로비치 우리는 시간에 대해 질서가 잡혀 있지 않아요 어떤 진지한 일례를 들면 검은 잉크로 설계도를 그리는 것 같은 일을 하는 게 의미가 있나요 시간에 대해 그리 좋지 않은 그러니까 아주 중요하지 않은 매우 이상하고 바보 같은 관계를 가지고 있다면 말이에요 당신 자신은 아시죠 당신과 다른 선생님들은요.

사블 페트로비치는 창가에 앉아 담배를 피웠어. 그의 맨발이 증기 난방 라디에이터, 혹은 이 기구를 다르게 부르는 이름인 방열기 위에 가지런히 놓여 있었지. 창문 너머는 가을이었고, 창문에 특별한 하얀 칠이 되어 있지 않았다면 우리는 거리의 일부를 볼 수 있었을 텐데, 거리를 따라 온화한 북서풍이 불었어. 바람을 따라 나뭇잎들이 날아다녔고 웅덩이에는 잔물결이 치고 있었으며, 행인들은 새들로 변신하길 꿈꾸며 열심히 집으로 돌아가 이웃 사람들과 만나면 나쁜 날씨에 대해 이야기하려고 발길을 재촉했지. 간단히 말하면—평범한 가을, 가을의 한복판이었으며, 학교 뒷마당으로 이미 석탄이 차에 실려와 부려졌으며, 우리네 보일러공이자 수위인 노인—우리 중 아무도 그 이름을 모르기 때문에, 그 이름을 기억해내려고 하는 건 아무 의미도 없기 때문에, 그가 귀머거리요 벙어리이기 때문에, 그가 이 이름을 절대로 듣지도 또 그에 응답도 않을 것이기 때문에, 우리 중 아무도 그를 이름으로는 부르지 않는—바로 그가 이미 보일러를 가동하기 시작했지. 몇몇 선생님이 몸을 떨고 어깨를 움츠리며 말한 대로 이전처럼 바닥에서부터 찬 기운이 올라왔음에도 학교는 더 따뜻해졌고, 사블 페트로비치가 때때로 화장실로 자신의 맨발을 덥히러 가곤 했던 것은 잘한 일이었다고 여겨지지. 그는 교무실과 수업 중인 교실에서 맨발을 데울 수도 있었지만, 아마도 사람들 있는 데서, 보는 데서 그렇게 하는 걸 원하지 않았겠지. 노르베고프 선생님, 그는 어쨌든 약간 수줍음을 탔어. 아마도. 그는 색깔을 칠한 유리창에 등을 대고 화장실 칸들을 바라보며 창문턱에 앉아 있었지. 그의 맨발은 라디에이터 위에 있었고, 무릎은 높이 세워서 자신의 턱을 그 위에 편안히 괼 수 있었어. 그리고 우리는 그런 식으로 비스듬히 앉아 있는 그의 옆모습을 쳐다보았어. 출판사 로고, 장서표, 책 시리즈 '한권 한권씩', 풀밭이나 맨땅에 앉아 손에 책을 들고 있는 소년의 실루엣, 하얀 여명을 배경으로 어두운 색의 소년, 꿈꾸는 듯 기술자가 되길 꿈꾸는 소년, 괜찮다면 곱슬머리, 아주 곱슬머리 기술자 소년이 한권 한권씩, 이런 배경에서 한권 한권씩 책을 읽어. 공짜로, 장서표, 출판사의 비용으로 그가 연달아 모든 책을 읽었지. 그는 책을 매우 많이 읽었어. 당신의 아드님은—우리 착하고 사랑스러운 어머니에게 문학과 작문 및 말하기를 가르치는 여선생님인 '배수탑'이 엄마에게 말했지—심지어 과해요. 우리는 모든 책을, 특히나 서양 고전들을 연이어 읽는 것을 권하지 않았을 거예요. 정신을 분산시키고, 상상의 과부하를 일으키며, 무례하게 만들지요. 그것들은 열쇠로 잠가두세요. 중학생 나이에 하루에 오십 쪽 이상은 안 됩니다. 『우르줌에서 온 소년』『초마의 소년시절』『유년시절』『언덕 위의 집』『비차 말레예프』그리고 이것. 삶은 인간에게 한 번 주어진다. 그리고 뭔가를 하기 위해 그 삶을 살아야 한다. 그리고 이에 더하여. 싸우고 찾기, 찾고 포기하지 않기, 새벽을 맞으러 전진, 투쟁을 하는 동지들이여, 총검과 산탄으로 자신의 길을 만듭

시다─러시아 혁명과 내전의 노래들, 적대적인 회오리바람들, 〈정원에서입니까〉〈우리 대문에서처럼〉〈아! 당신은 그늘〉 같은 노래들, 그리고 나서 우리는 음악에 전념해보라고 충고할 거예요. 어떤 악기라도 괜찮아요. 적당히, 괴롭게 아프지 않도록 하기 위한 치료용이죠. 사실 아시잖아요. 성숙기라고 할 수 있죠. 그 나이는요. 흠, 대형 손풍금, 흠 네, 아코디언, 바이올린(skripka), 포르테피아노(forte-piyano)─오히려 술취한(piyano) 것이라기보다는 포르테(forte)가 맞겠지요─흠 시작해요. 이-이-이 바르카롤라* 4분의 3박자 플랫 높은음자리표(skripichnyi kluch)는 버섯(skripitsa)과 혼동하지 말 것 버섯은 약간 독성이 있어 중독을 일으킬 수 있음 이-이-이 객차를 두드리는 소리 아래로 역으로 역은 이 철도 지선(vetka)을 따라 이-이-이 버드나무들(vyotly)의 베타(Veta)를 그리워하며 잠자는 승객들 넌 울고 있네 열차 칸에서 사랑 때문에 삶의 불필요함 때문에 엄마 창문 너머 비 정말로 우리는 그 진창길을 가야만 하는가 그래 친애하는 이여 약간의 음악은 너에게 해를 끼치지 않을 거야 우리는 약속했잖니 음악선생님이 오늘 불만스럽게 기다릴 거야. 일요일이야. 그리고 나서 할머니한테 들르자. 역, 덤불들, 정오, 아주 습하지. 그런데 여긴 겨울이네. 플랫폼은 눈으로 덮여 있고, 마른눈이 흩날리며 불꽃처럼 빛나고 있어. 시장을 지나. 아니야, 우선 얼어서 삐거덕거리는 층계가 있는 육교 먼저. 삐거덕거리는. 엄마. 조심해. 길은 위쪽으로 이-이-이 아래쪽에 백묵으로 낙서가 된 화물열차나 풀을 먹인 커튼 깃이 달

─────────────

* 베네치아의 뱃노래.

린 깨끗한 급행 여객열차를 보면 보지 않도록 노력해 그러지 않으면 머리가 빙빙 돌고 넌 팔을 벌리고 나자빠지거나 엎어질 거야 새로 변신하는 데 실패한 관심 많은 행인들은 너의 시체를 둘러쌀 것이고 누군가 너의 머리를 약간 들어서 뺨을 때리기 시작할 거야 불쌍한 소년이군 분명 그의 심장은 아니야 이건 비타민 부족이야 **벽핼병**[*] 농부아낙의 머릿수건을 쓴 여자 바구니 파는 여자 아코디언을 꽉 잡아요 그런데 엄마 그의 엄마는 어디 있지 그는 아마도 혼자 음악을 연주하고 있었나보네 그의 머리에 피를 보세요 그는 물론 혼자이고 그에게 무슨 일이 일어난 걸까 괜찮아요 그는 이제 나 이제 베타 나는 혼자 날 용서해줘 너의 소년 너의 사랑스러운 학생은 백묵으로 낙서한 화물열차에 매료되었지 그 낙서를 한 것은 위원회들이지 하지만 몇년이 지나 거리를 두고 너의 수줍은 아무개는 너에게 올 거야 사람을 은빛 칼의 불로 때리는 눈보라를 헤치고서 바르카롤라 박자로 광적인 헝가리 무곡을 연주할 거야 신이시여 우리를 지치게 하는 학교 밖의 열정으로부터 우리가 미치지 않도록 도와주소서 툭-툭 안녕하세요 베타 아르카디예브나 이-이-이 여기 국화꽃들이 있어요 꽃이 시들고 지도록 내버려두세요 그냥 두세요 하지만 일어나는 것은 모든 것을 완전히 보상해줄 거예요 그건 언제일까요? 한 십 년쯤, 아마도요. 그녀는 마흔 살이고, 그녀는 아직 젊어요. 여름에는 다차에 살고, 먹을 자주 감죠—그리고 탁구. 그럼 나는요. 나요? 지금 우리는 수를 셌어요. 나는 몇몇 살, 나는 오래전에 특수학교와 단과대학을 졸업했고 기술자가

---

[*] '백혈병'이라는 단어의 첫 두 모음을 바꿔 쓰고 있음.

되었어요. 나는 친구들이 많아요, 그리고 완벽하게 건강하고 자동차를 사려고 저금하고 있어요—아니에요, 이미 샀어요. 돈을 다 모아서 샀어요. 저축은행, 저축은행, 이용하세요. 응, 바로 그렇지. 넌 오래전부터 기술자이고 한권 한권씩 책을 읽고 있지. 하루 종일 풀밭에 앉아서. 많은 책들을 말이야. 넌 아주 똑똑해졌고, 더는 꾸물거릴 수 없다는 걸 네가 이해하는 날이 오지. 너는 풀밭에서 일어나 바지를 털어—바지는 아주 잘 다려져 있지—그러고선 무릎을 꿇고서, 모든 책을 겹쳐 모아 자동차로 가져가지. 거기 차 안에는 아주 좋은 남색 양복이 놓여 있어. 그리고 너는 그걸 걸쳐 입어. 그러고선 너는 자신을 살펴보지. 넌 큰 키에, 지금보다 훨씬 더 크지. 몇몇 자(尺) 정도 더 크지. 게다가 네 어깨는 넓고, 얼굴은 거의 미남 수준이지. 바로 거의 그렇지. 왜냐하면 몇몇 여자들은 너무나 미남인 남자들을 좋아하지 않기 때문이야. 그렇지 않니? 넌 코가 똑바르고, 부드러운 파란색 눈동자, 고집 세고 의지력 있어 보이는 턱과 굳게 다문 입술을 가지고 있지. 이마에 관해서라면, 너의 이마는 특히나 넓고, 그건 지금도 그렇지. 그리고 그 이마 위로 검은색 숱 많은 곱슬머리카락을 늘어뜨리고 있어. 얼굴은 깨끗하고 턱수염은 면도가 되어 있지. 자신을 돌아보고서, 넌 운전석에 앉아 차문 손잡이를 잡아 꽝 하고 닫고는, 그토록 오랫동안 책을 읽었던 그 풀밭을 떠나지. 지금 넌 곧장 그녀의 집으로 가고 있어. 아, 국화! 국화를 사야만 해. 어딘가에 들러. 시장에서 사야만 해. 하지만 나에겐 일 센타보*도 없어, 어머니에게 부탁해야 해. 엄마,

---

* 멕시코, 쿠바, 브라질 등 남미국가의 소액 화폐.

무슨 일이냐면 우리 학급에서 소녀가 죽었어. 아니야, 물론, 학급에서 곧장 그런 건 아니고, 집에서 죽었어. 그애는 오랫동안 아팠어, 몇년 동안. 그리고 아예 수업도 나오지 않았어. 학생들 중 심지어 아무도 그녀를 본 사람이 없어. 사진으로만 봤어. 그애는 그냥 등록만 되어 있어. 그애는 많은 사람들이 그런 것처럼 뇌막염이었어. 그렇게 되어서 그애는 죽었어. 그래, 끔찍하지. 엄마, 끔찍해. 많은 사람들이 그런 것처럼, 바로 그렇게 그애는 죽었고 그애를 묻어줘야 해. 아니다, 당연히 아니지. 엄마, 엄마가 옳아. 그애한테는 부모가 있어. 누구도 남의 애들을 묻으라고 아무에게나 강요할 수는 없어. 난 그냥 이렇게 말하는 거야. 그애를 묻어야 해. 하지만 꽃 없이는 안 되잖아. 불편하잖아. 엄만 이해하지. 심지어 선생님들과 학부모 위원회가 그토록 싫어했던 사블 페트로비치, 그에게도 많은 꽃들이 왔었잖아. 그래서 우리 학급은 이 소녀에게 줄 화환을 사려고 돈을 걷기로 결정했어. 각 사람한테서 몇 루블씩 말이야. 더 정확히는 이러해. 엄마와 아빠랑 같이 사는 사람은 십 루블씩, 엄마하고만 살거나 아빠하고만 사는 사람은 오 루블씩이야. 그러니까 나는 십 루블을 내야 해. 제발 나에게 돈을 줘요. 더 정확히는 자동차가 나를 기다리고 있어요. 어떤 자동차 말이냐?—엄마가 물어보지. 그제야 난 대답할 거야. 이해하죠, 그렇게 됐어요. 제가 자동차를 샀고, 비싸지 않게 돈을 지불했어요. 네, 빚을 지고 있긴 해요. 어떤 빚 말이냐?—엄마는 팔을 휘저을 거야—대체 네가 어디서 돈이 났단 말이냐! 그러고선 내 자동차가 서 있을 뒷마당을 보려고 창문 쪽으로 달려갈 거야. 보다시피, 난 조용히 대답할 거야. 제가 풀밭에 앉아서 한권 한권씩 책을 읽는 동안, 저의 상황은 그러그러하게 전개되어서, 저는 학교를, 그다음엔 단과대학을 졸업할 수 있게 되었어요. 죄송해요, 엄마. 왜 그런지는 몰라도 엄마한테 놀랍고 기쁜 소식이 될 거라고 저는 생각했어요. 제가 이것에 대해 금방은 아니고, 언젠가 나중에 시간이 지나서 이야기한다면 말이에요. 그리고 그 시간이 지나갔어요. 그리고 이제 제가 알려드릴게요. 네, 저는 기술자가 되었어요, 엄마. 그리고 제 자동차가 절 기다려요. 그렇게 시간이 조금 흐르자—엄마는 말할 거야—정말로 오늘 아침 가방을 들고 학교로 간 건 네가 아니란 말이니. 또 내가 너를 배웅해주고 외투 주머니에 샌드위치를 넣어주려고 네 뒤를 따라가 층계로 일층까지 달려 내려갔는데, 넌 층계를 세 칸씩 뛰어 내려가며 배고프지 않다고, 또 내가 샌드위치를 갖고 너한테 따라 붙는다면 넌 네 입을 튼튼한 실로 꿰매버릴 거라고 소리친 게 정말 오늘이 아니란 말이냐?—정말 이 모든 일이 일어난 게 오늘이 아니란 말이냐?—우리의 불쌍한 어머니는 놀라겠지. 그런데 우린, 우리의 불쌍한 어머니한테 뭐라고 대답하지? 그녀에게 이렇게 말해야 해. 아아 슬프도다, 엄마, 아아 슬프도다. 정말이지, 여기에선 반쯤 잊힌 이 말 **아아 슬프도다**를 사용할 필요가 있어. 아아 슬프도다. 엄마, 엄마가 내 외투 주머니에 샌드위치를 넣어주고 싶어 한 날, 난 거절했지. 왜냐하면 난 전혀 건강하지 않았기 때문이야—그날은 오래전에 지나갔지만, 이제 나는 기술자가 되었고 자동차가 날 기다리고 있어. 그때 우리의 어머니는 서럽게 울겠지. 시간이 얼마나 빨리 날아가는지—어머니는 말하지—아이들은 얼마나 빨리 어른이 되는지, 되돌아볼 여유도 없이 아들은 이미 기술자고, 누가 상상이라도 할 수 있었겠나. 내 아들 아무개가 기술자라니! 엄마는 안정을 되찾고 나면 등받이 없는 걸상에 앉을 것이고, 초록빛 눈이 엄해지면서 주름살, 특히 입가에 깊게 팬 수직의 주름살 두 개가 더욱 깊어지며, 물어보겠지. 뭣 때문에 넌 나를 속이느냐. 넌 한 반에서 공부한 소녀에게 줄 화환을 사야 한다며 돈을 달라고 했으면서, 지금은 마치 오래전에 학교와 단과대학까지 졸업한 것처럼 말하고 있잖니. 정말로 기술자와 학생이 동시에 될 수 있는 거니. 게다가—엄마는 엄하게 말할 테지—뒷마당에는 그 어떤 자동차도 없단다. 쓰레기 더미 옆에 서 있는 쓰레기차 말고는 말이다. 넌 모든 걸 꾸며냈어. 그 어떤 자동차도 널 기다리고 있지 않아. 사랑하는 엄마, 기술자와 학생이 동시에 될 수 있는지는 난 모르겠어. 아마도 누군가에게는 불가능한 일이겠지. 누군가는 할 수 없겠지. 누군가에겐 주어질 수 없는 일이야. 하지만 그 형식들 중 하나인 자유를 선택한 나는 원하는 대로 행동할 수 있고, 원하기만 하면 그게 누구라도 동시에, 혹은 따로따로 될 수 있어. 정말로 엄마는 이걸 이해하지 못해? 엄마가 날 믿지 못한다면, 사블 페트로비치에게 물어봐요. 비록 그가 우리랑은 오래전부터 함께하지 못하지만, 엄마에게 모든 걸 설명해줄 거야. 우리와 시간 사이에는 문제가 좀 있어—근교 5지구의 인간인 지리선생님이 그렇게 말했어. 그리고 자동차에 관해서는—걱정하지 마. 내가 약간 공상을 한 거야. 사실 그건 진짜로 있지도 않고 또 절대 있지도 않을 거야. 하지만 대신 항상 아침 일곱 시부터 여덟 시까지—매일 그리고 매년—폭풍과 악천후에—쓰레기 더미 옆 우리 뒷마당에는 파리처럼 녹색에다가 빈대처럼 생긴 청소 합동기업의 트럭이 서 있을 거야. 그런데 소녀는—엄마가 관심을 가지겠지—그 소녀는 정말로 죽었니? 몰라—넌 대답해야만 해—소녀에 대해서 난 아무것도 몰라. 그러고선 너는 옷걸이에 너의 친척들의 외투와 점퍼, 모자들이 걸려 있는 현관을 빨리 지나쳐야 해—이 물건들을 겁내지 마. 그것들은 비어 있는 거야. 그 옷을 누가 입고 있는 게 아니야—그리고 너의 외투도 걸려 있잖아. 그 외투를 입어. 네 모자를 써. 그리고 층계로 나가는 문을 쾅 닫아. 네 아버지의 집에서 도망쳐. 그리고 뒤돌아보지 마. 왜냐하면 뒤돌아보면 너는 너의 어머니의 눈에서 슬픔을 보게 될 테니 말이야. 그러면 학교에 2부 수업을 받으러 언 땅을 달려가는 넌 괴로울 거야. 2부 수업을 받으러 달려가는 너는 오늘도 수업을 받지 않았어. 하지만 꼬치꼬치 질문을 받는다면, 무엇 때문에 그렇게 됐는지, 져가는 노을을 창문으로 바라보며—도시의 가로등들이 켜지고 마치 추가 뽑힌 벙어리 종(鐘)처럼 거리에서 수다를 떨고 있어—어느 선생에게나 자부심을 가지고 대답해라, 당황하지 말고. 대답해라. 너 자신을 우리가 존경하는 학술원에서 공고한 곤충학경연대회의 열성적인 참가자로 생각하면서 말이야. 난 나의 여가를 희귀하거나 흔치 않은 나비들을 채집하면서 보내고 있어. 흠, 그래서 뭐 어떻다는 것이냐. 선생은 너에게 반박할 테지. 감히 바라건대—넌 말을 계속하지—저의 표본집이 미래에 적지 않은 학문적 관심을 불러일으키길 희망해요—왜—물질적인 손실도 시간적 손실도 두려워하지 않고 그 표본집을 새롭고 특이한 견본들로 채우는 것이 저의 의무라고 생각해요. 그러니 제가 왜 수업을 듣지 않았는지 묻지 마세요. 겨울에 무슨 나비들에 대해 얘길 나눌 수 있단 말이냐. 선생님은 놀라는 척할 테지. 뭐라고—너 미쳤니? 그러자 너는 자부심을 가득 품고 기고만장해져서 반박해. 겨울에는 흔히 눈(雪)나비라고 불리는 겨울나비에 대해 얘길 할 수 있어요. 저는 교외에서 그것들을 잡았다고요—숲과 들판에서요. 주로 아침마다요—선생님이 하신 두번째 질문에 대답할게요. 누구도 제가 미쳤다는 사실을 의심하진 않아요. 그렇지 않다면 다른 저 바보들과 함께 이 저주받은 학교에 절 잡아두진 않을 테니까요. 넌 무례하구나. 네 부모님과 이야길 해야겠다. 이에 대답이 따라오지. 선생님은 원하는 누구와도 이야기할 수 있어요, 제 부모님을 포함해서요. 하지만 겨울나비에 대한 선생님의 의심은 아무에게도 말하지 말아주세요. 선생님은 웃음거리가 될 거고 우리들과 함께 여기서 공부하도록 강요당할 거예요. 겨울나비의 수는 여름나비보다 적지 않아요. 이걸 기억해두세요. 이제 네 두꺼운 책들과 원고들을 모두 가방에 챙겨서 천천히, 그리고 나이가 지긋해지고 있는 곤충학자의 지친 걸음걸이로, 기침을 해대며 강의실을 떠나.

난 알고 있어. 넌 나처럼—우리는 절대 학교를 좋아하지 않았어. 우리 교장선생님 니콜라이 고리미로비치 페렐로가 실내화 시스템을 들여놓은 날부터는 특히 더. 그래, 네가 완전히 잊어버리지 않았다면 말인데, 그건 질서로 불렸어. 그 질서 아래에서는 학생들이 반드시 실내화를 지참해야 하고, 게다가 가방이 아니라 특별히 바느질한 천주머니에 넣어 손에 들고 다녀야만 했지. 맞아, 끈이 달린 하얀 주머니 속과 각각의 주머니 위에는 그 주머니 주인인 학생의 성(姓)이 적혀 있었지. 예를 들어 아무개 학생 5 'U' 반이라고 써야만 했고—더 밑에, 하지만 더 큰 글씨로 반드시 **실내화**라고 써야만 했어. 그리고 더 밑에, 하지만 훨씬 더 큰 글씨로 특수학교라 써야 했지. 그래, 그게 어때서. 난 그 시절을 잘 기억해. 그 시절은 어느 날 갑자기 시작되었지. 수업 시간에 페릴로 교장선생님이 우리 학급으로 들어왔어. 그는 음울한 모습이었지. 그는 항상 음울한 모습으로 오곤 했는데, 왜냐하면 아버지가 우리한테 설명한 바로는 교장선생님의 봉급이 많지 않아 술을 많이 마시기 때문이래. 페릴로는 학교 뒷마당에 있는 일층짜리 곁채에 살았는데, 네가 원한다면 너한테 곁채와 뒷마당 모두 묘사해주지. 뒷마당만 묘사해줘. 곁채는 나도 기억하고 있어. 빨간 벽돌로 지어진 우리 학교는 역시 같은 색 벽돌 담으로 둘러싸여 있었어. 교문에서 건물 현관까지 아스팔트로 덮인 가로수 길이 나 있었지—그 옆으로는 아무 나무들이 자랐고 꽃밭도 있었지. 건물 정면에서 넌 몇몇 동상들을 볼 수 있었어. 중앙에는—아담한 백묵으로 된 노인상이 두 개 있는데, 하나는 빵모자를 썼고 다른 하나는 군모를 썼어. 할아버지들은 학교를 등지고 서 있었는데, 2부 수업을 받으러 가로수 길을 따라 달려오는 너를 바라보고 있었고, 둘 다 팔 한쪽을 앞으로 치켜들어서 한 달에 한 번 우리가 체력단련 크로스컨트리를 하는 학교 앞 돌바닥 운동장, 그곳에서 일어난 중요한 무언가를 가리키는 듯 보였지. 할아버지들 왼편으로는 작은 사슴과 함께 있는 소녀 조각상이 시간을 보내고 있었지. 소녀도 사슴도 모두 깨끗한 백묵으로 하얗게 빛났어. 그리고 역시 운동장을 바라보고 있었지. 할아버지들 오른편으로는 소년 나팔 연주자가 서 있었어. 그는 나팔을 연주하고 싶은 듯했어. 그는 연주할 줄 알았지. 그는 모든 것을, 심지어 학과 이외의 헝가리 무곡까지 연주할 수 있는 듯했어. 하지만 안타까운 점은 그에겐 나팔이 없다는 것이지. 손에 든 나팔은 깨져 있었는데 더 정확히 말하면 운반해 올 때 하얀 백묵 나팔이 깨진 것이었어. 소년 입술에는 나팔의 뼈대였던 녹슨 철사만이 튀어나와 있었지. 네 말을 정정할게. 내가 기억하는한, 하얀 소녀는 정말로 학교 뒷마당에 서 있었지만, 그 소녀는 사슴이 아니라 개와 같이 있었어. 백묵으로 된 소녀는 평범한 개와 같이 있지. 우리가 A지점에서 B지점으로 자전거를 타고 갈 때, 짧은 원피스를 입고 머리에는 민들레를 꽃은 그 소녀는 먹을 감으러 가고 있었지. 백묵으로 된 소녀가 학교 앞에 서 있고(서 있었고), 우리가 체력단련 크로스컨트리를 뛰고 있는(뛰었던) 운동장을 보고 있다고(보았다고) 넌 말하지만, 난 네게 이렇게 말해. 그녀는 곧 먹을 감으려고 연못을 보고 있다고 말이야. 넌 말하지. 그녀는 사슴을 쓰다듬고 있어. 그러면 내가 너한테 말하지. 이 소녀는 자신의 평범한 개를 쓰다듬고있어. 그리고 하얀 소년에 대해서 너는 거짓말을 했어. 소년은 서 있지도 나팔을 연주하지도 않아. 비록 그의 입에 뭔가 철사 조각이 튀어나와 있지만 말이야. 그는 나팔을 연주할 줄 몰라. 난 이 철사 조각이 도대체 뭔지 모르겠어. 아마 그건 그가 자기 입을 꿰매버린 실일 거야. 마치 자기 아버지 신문으로 싼 자기 어머니가 만든 샌드위치를 먹지 않으려는 것처럼 말이야. 하지만 중요한 것은 그다음이야. 확실하게 말하는데, 흰 소년은 서 있지 않고 앉아 있어―이것은 하얀 노을을 배경으로 풀밭에서 책을 한권 한권씩 읽으며 앉아 있는 어두운 소년이야. 이것은 자동차가 기다리고 있는 기술자 소년이야. 그리고 그는 똑같이 자신의 댓돌에 앉아 있지. 마치 사블 페트로비치가 화장실 창턱에 앉아 발을 덥히고 있는 것처럼 말이야. 우리가 가방 안에 우리의 곤충학 메모들, 시간의 변형에 대한 계획들, 눈나비들을 잡기 위한 다양한 색깔의 나비채를 들고, 더구나 거의 이 미터에 달하는 이 멋진 나비채가 가방에서 튀어나와 모서리와 벽에 걸린 잘난 체하는 선생님의 초상화들을 긁으면서, 격분하며 들어와보면 볼 수 있는 그 사블 선생님의 모습 그대로 말이지. 우리는 격분하며 들어오지. 친애하는 사블 페트로비치, 우리의 끔찍한 학교를 다니는 게 불가능해졌어요. 집에서 할 과제를 너무 많이 내지요. 선생님들은 거의 모두 바보들이에요. 그들은 우리보다 절대로 더 똑똑하지 않아요. 이해되시죠. 뭔가를 해야만 해요. 뭔가 결정적인 조치가 불가피해요—아마도 그건 여기저기로 편지를 쓰는 것이 되겠지요. 아마도—그건 수업거부나 단식투쟁, 바리케이드(barrikady)와 꼬치고기(barrakudy), 북(barabany)과 탬버린, 잡지와 일기들 소각, 전 세계 모든 특수학교 차원의 화형식이 되겠죠. 보세요, 여기 우리 가방 속에는 나비채들이 들어 있어요. 우리는 직접 나비채 장대를 분질러서 진짜로 모든 바보들을 잡을 거예요. 그리고 그들 머리 위에 광대들의 모자처럼 이 나비채의 그물망을 씌울 거고요, 장대로는 그들의 증오스러운 얼굴을 때릴 거예요. 우리는 거대한 대규모 시민 처형식을 치를 거고요, 우리의 바보 특수학교에서 우리를 그처럼 오랫동안 괴롭혀온 모든 이가 직접 돌바닥 운동장에서 체력단련 크로스컨트리를 뛰도록 하고, 그들이 직접 자전거 타는 사람에 대한 과제들을 풀도록 할 거예요. 반대로 이전에 학생이었던 우리는 잉크와 백묵의 노예상태에서 해방되어서 다차의 자전거에 앉아 고속도로와 마을들을 달릴 것이며, 가는 도중에 짧은 치마를 입은 소녀들, 평범한 개를 데리고 가는 소녀들에게 인사를 하며 우리는 A, B, C 지점의 교외 자전거 타는 사람들이 될 거예요. 그리고 이 저주받을 바보들이 우리에 대한 과제, 우리 자전거 타는 사람들을 위한 과제를 하도록 할 거예요. 우리는 미혜예프(메드베데프), 혹은 사블 페트로비치 당신이 '나르는 자'로 부르는 사람처럼 자전거 타는 사람이자 우체부가 될 거예요. 우리 모두는 이전에는 바보였지만 '나르는 자'가 될 거고요, 이건 멋진 일일 거예요. 기억하세요. 언젠가 당신은 우리에게 물었죠, 우리가 이 사람을 믿는지 말이에요. 우리는 이것에 대해 어떻게 생각해야 하는지도 모르겠다고 말했어요. 하지만 이제 지치게 하는 여름이 축축한 가을로 바뀌며, 행인들이 머리를 옷깃 속으로 숨기며 새들로 변신하는 것을 꿈꾸는 지금, 우리는 친애하는 사블 페트로비치 당신에게 개인적으로, 그리고 모든 다른 진보적인 교육자들에게 서둘러 알리고자 해요. 우리는 '나르는 자'가 존재함을 의심하지 않는다는 것을요. 마치 자전거 타는 사람들과 자전거를 나르는 자들로 가득 찬 미래가 도래하리란 걸 의심치 않는 것처럼 말이죠. 그리고 창문은 온통 더럽혀져 있고 바닥은 한 번도 마른 적이 없는 우리의 구역질나는 남자화장실에서 우리는 오늘 온 세상에 외쳐요. '바람을 나르는 자' 만세! 격분하며.

우리의 홀쭉한 맨발의 사블 선생님이 창문턱에 앉아 성가곡 중에서도 가장 장엄한 성가곡을 외치는 우리를 감동하며 바라보는 사이에, 그리고 그 마지막 메아리가 방과 후라 비어 있지만 여전히 악취가 나는 교실과 복도를 미끄러져 가을의 거리로 날아갈 때, 사블 선생님은 셔츠 가슴팍 주머니에서 작은 가위를 꺼내 발톱을 깎으며, 욕설과 바보 같은 그림들로 도배가 된 화장실 문들을 바라볼 테지. 그리고 얼마나 점잖지 못한 것들이 많은지—선생님은 말하겠지—우리 화장실이 이처럼 추하다니, 오, 맙소사—선생님은 말할 테지—여자에 대한 우리 감정은 얼마나 저속한지, 특수학교 사람들인 우리가 얼마나 냉소적인지. 우리는 정말로 이렇게 낯설고 저속한 말 대신에 고상하고 강력하고 부드러운 말들을 골라 할 수 없단 말인가. 오, 사람들이여, 선생들과 학생들이여, 당신네들의 생각과 행동이 얼마나 비합리적이고 불결한지! 하지만 우리가 어리석음과 우리의 동물적인 성욕에 책임이 있단 말인가. 우리의 손이 화장실 문에 낙서를 한 걸까? 아니, 아니다!—선생님은 소리칠 테지—우리는 단지 약하고 무력한 종복이자 우리의 교장선생 콜랴 페릴로의 말썽꾸러기들이지. 그리고 그는 우리의 방탕과 지적장애를 허락했으며, 우리에게 부드럽고 강력하게 사랑하는 법을 가르쳐주지 않았고, 우리가 이 벽에 그림을 그릴 때 그의 손이 우리 손을 움직였지. 우리의 어리석음과 성욕의 책임은 그에게 있지. 오, 비열한 페릴로—사블은 말할 거야—난 네가 얼마나 증오스러운지! 그리고 울기 시작할 거야. 우리는 무슨 말을 해야 할지, 우리의 천재적인 선생님이자 인간인 그를 어떻게 진정시켜야 할지 몰라 당황하며 서 있을 테지. 타일 바닥에서 우리는 발을 바꾸어가면서 한 발로 서 있을 거야. 그리고 2부 수업 후에 남겨진 진득진득한 더러운 것들이 우리 발밑에서 질펀거릴 것이며, 그것들은 우리의 불쌍한 어머니가 그토록 오랫동안 고생하며 만든 방수포 실내화 속으로 천천히 그리고 완전히 눈에 띄지 않게 스며들 거야. 언젠가 저녁때, 어느 날 저녁때였지. 엄마, 오늘 우리 교실로 페릴로가 음울하게 들어왔어요. 그는 칠판에 선생님이 써놓은 모든 걸 지웠어요. 걸레로 지웠어요. 주목―교장선생님은 조용히 말했어요―모든 화학 현미경 표본, 패러데이 전등, 배구공, 잉크병, 칠판, 반(半)칠판, 지도, 피로시키* 그리고 그 밖의 다른 춤들을 가지고 있는 이 특수학교는 아무 날부터 '러시아 수학자 로바쳅스키 모범 돌격 특수학교'로 공고되며, 실내화 시스템으로 전환됩니다. 교실은 웅성웅성거리기 시작했고, 한 소년이―난 그애 이름이 기억이 나지 않고, 그저 이해가 안 되기는 하지만 아마 그 소년은 나 자신이었나봐―이 소년은 소리치기 시작했지. 웬일인지 아주 길게 소리치기 시작했지, 바로 이렇게. 아-아-아-아-아-아-아-아! 미안해, 엄마, 난 알아, 소년이 어떻게 소리쳤는지 반드시 보여줄 필요는 없다는 걸. 게다가 아빠가 쉬고 있을 때면, 한 소년이 소리치기 시작했다고 말만 해도 충분하다는 걸 말이야. 아주 강하고 갑작스럽게 소리를 질렀다고 하더라고. 그 소년이 바로 이렇게 소리친 것을 꼭 보여줄 필요는 없는데. 아-아-아-아-아-아-아-아! 여기에서 그애는 입을 크게 벌리고 혀는 내밀지 않았어. 그리고 내가 보기에 그애는 혀가 유달리 빨갰어. 아마도 그애는 아픈가봐. 그애는 발작을 시작하고 있었는데―난 그런 생각이 들었어. 난 말해야겠어, 엄마. 그애는 보라색 반점과 혈관들이 보이는 정말 아주 빨갛고 긴 혀를 가졌어. 마치 잉크를 마신 것처럼 말이야. 정말 놀라워. 그애 옆에는 이비인후과 의사가 앉아 있는 것 같았는데, 의사가 그에게 '아'라고 해보라니까 소년은 입을 열어 열심히 말하고 있어. 더 정확

---

* 러시아식 만두.

히 말하자면 소리치고 있어. 아-아-아-아-아-아-아-아-아-아-아! 그는 일 분 내내 소리쳤고, 모두들 그를 쳐다보았지. 그러고선 그애는 소리치는 걸 멈추고 교장선생님을 돌아보며 완전히 조용한 목소리로 물어보았어. 아, 그런데 이게 무슨 뜻이에요? 그때 그 소년이 가끔 모음에서 자음으로 넘어가는 게 어려워 말을 더듬는다는 사실을 모두들 기억해냈지. 그리고 그때 그 소년은 모음에서 걸려서 소리쳤던 거야. 왜냐하면 그는 부끄러웠거든. 그애는 오늘 바로 이렇게 소리쳤어. 아-아-아-아-아-아-아-아-아-아-아! 그애는 교장선생님한테 이렇게 물어보고 싶었어. 아, 그런데 이게 무슨 뜻이에요?—그냥 그게 다였어. 마침내 그애는 물어봤고, 페릴로 교장선생님은 잇새로 대답했어. 실내화 시스템—이것은 모든 학생이 실내화를 사서 끈이 달린 특별한 주머니에 넣어 학교로 들고 와야 한다는 방침이다. 학교에 와서는 학생은 자신의 신발을 벗고 가져온 실내화를 신는다. 신발은 주머니에 넣어 외투와 모자와 함께 외투 보관실에 맡긴다. 내가 이해되도록 설명하고 있니?—교장선생님은 물었고 세상의 구석구석을 음울하게 쳐다보았지. 그러자 그 소년이 다시 끔찍하게 소리치기 시작했는데, 이번에는 다른 소리였어. 오-오-오-오-오-오-오! 더는 안 할게, 엄마. 아빠가 서재에서 손에 신문을 들고 졸고 있다는 걸 내가 어떻게 잊어버렸는지 모르겠어. 아빠는 분명히 피곤하고, 아빠는 너무나 힘든 일이 있어. 그토록 많은 사건과 그토록 파괴된 운명들이라니, 불쌍한 아빠. 더는 하지 않을게, 엄마, 그냥 끝낼게. 바로 이렇게 소년이 소리쳤어. 오-오-오-오-오-오-오!—그러고선 말했지. 오, 아주 기분 좋은데. 페릴로는 벌써 나가려 하고 있었어. 우리가, 다시 말해서 나와 또 다른 한 아이인 그―우리가 일어나 이렇게 말했을 때 말이지. 니콜라이 고리미로비치, 우리는 당신에게 개인적으로 당신의 개방적이고 정직한 얼굴에 대고, 그리고 전체 행정부서에 대고 부탁하는데요, 우리가 두 사람 몫으로 실내화 주머니 하나만 들고 다닐 수 있도록 허락해주세요. 우리의 어머니가 주머니를 한 개가 아니라 두 개를 만들려면 두 배나 힘들테니까요. 이에 대해 교장선생님은 선생님과 시선을 교환하고는, 마치 둘이서 아무도 모르는 뭔가를 더 알고 있다는 듯이, 그들이 우리보다 더 많이 알고나 있는 것처럼 대답했지. '러시아 수학자 로바쳅스키 모범 돌격 특수학교'의 학생은 저마다 자신의 끈 달린 주머니를 가지고 있어야만 한다. 한 사람에 주머니 하나씩. 너 자신을 두 사람으로 생각하는 그때부터 너는 주머니 두 개를 가지고 다녀야만 한다―더도 말고 덜도 말고. 네가 자신을 열 명으로 생각한다면 주머니 열 개를 가지고 다녀라. 제기랄!―우리는 큰 소리로 격분하며―차라리 우리가 아예 존재하지 않았으면 더 나을 텐데 말이에요. 그러면 당신께서 빌어먹을 주머니와 실내화를 가지고 다니라고 우리한테 요구하지 않아도 될 테니 말이에요. 불쌍한 엄마, 엄마는 한밤중까지 앉아서 주머니 두 개를 만들어야만 해요. 밤새도록 재봉틀로 바느질을 해야죠. 트라-타-타, 트라-타-타, 내내 가슴을 뚫네요. 우리가 영원히 백합으로, 하얀 수련으로 변해버렸으면 더 좋았을 것을. 그때 강에서 삶의 마지막까지 영원히 말이야. 격분하며. 페릴로 교장선생님은 양복 안쪽 주머니에서 구겨진 손수건을 꺼내 주근깨가 있고 붉고 안쪽으로 푹 들어간 두상의 대머리를 세심하게 닦아냈지. 그는 당황스러움을 감추려고 그렇게 했어. 그는 당황했고, 그의 학교에 그처럼 격분하는 학생들이 있으리라고는 예상치 못했던 것이지. 그래서 그는 음울하게 말했어. 아무개 학생, 나는 내 신뢰를 잃을 정도로 너희처럼 이렇게 행동하는 사람들이 여기에 있으리라고는 생각하지 않았네. 내가 너희들을 학교에서 제적하고 너희 서류를 거기로 전달하길 원하지 않는다면, 즉시 앉아서 잃어버린 신뢰에 대한 사유서를 쓰도록 해라. 너희는 나에게 모든 걸 설명해야만 한다. 우선 백합으로의 변신에 관한 너희의 말도 안 되는 사이비 과학 이론에 대해 말이다. 이렇게 말하고 나서, 페릴로는 돌아섰고 군대식으로 구두 굽으로 소리를 냈지―학교에서 들리는 이야기로는 교장선생님이 바로 그 쿠투조프*와 같은 대대에서 복무했다고 해―그리고 그는 문을 쾅 닫고 나갔어. 격노하며. 학급 전체가 우리를 쳐다보았고, 빨갛고 독살스러운 혀를 내밀었으며, 새총으로 겨누며 시시덕거렸지. 왜냐하면 특수학교의 모든 아이들처럼 여기 이 학급의 모든 아이들도 역시 바보스럽고 거칠기 때문이야. 이 바보들은 비상계단에 고양이들을 매달아놓으며, 휴식 시간에 서로의 얼굴에 침을 뱉고, 잼을 넣은 피로시키를 서로서로 빼앗으며, 서로의 주머니에 눈치 못 채게 오줌을 누며, 발을 걸어 넘어뜨리고, 바로 이 바보들이 화장실 문에 낙서를 했지.

하지만 뭣 때문에 넌 네 친구들에게 그처럼 화가 나 있니―우리의 인내심 많은 어머니가 우리에게 말하지―정말로 너 자신은 그애들과 같지 않단 말이냐? 네가 그들과 다르고 그애들보다 낫다면, 우린 너

---

* 제정 러시아의 장군.

를 특수학교에 보내지 않았을 텐데 말이야. 오, 넌 그게 나와 아버지한테 얼마나 큰 행복일지 상상도 못 하겠지! 신이시여, 전 아마도 가장 행복한 어머니가 될지도 몰라요. 아니야, 엄마, 아니야. 우린 완전히 다른 사람들이야. 그런 바보천치들과 우리는 아무 상관도 없어. 우린 그들과 비교할 수 없을 정도로 모든 면에서 뛰어나고 나아. 당연히 어떤 면에서는 우리가 그들과 같은 것처럼 보일 수 있어. 학업성취도 면에서는 대체로 우리보다 못한 애들이 없어. 우린 시 한 편도 끝까지 외울 수 없어. 게다가 우화도 그렇고. 하지만 우리는 사물들을 좀 더 중요하게 기억해. 얼마 전에 '배수탑'이 엄마한테 설명한 바로는, 우리―엄마의 아들들―한테는 소위 선별적 기억력이 있다고 하잖아. 이건 특히나 맞는 말이야. 엄마, 그런 종류의 기억은 우리를 원하는 대로 살도록 해줘. 왜냐하면 감히 우리를 가르치겠다는 용기를 지닌 그 바보들한테 필요한 것들이 아니라 우리한테 필요한 것만 기억하니까. 엄만 알고 있어. 우린 심지어 몇년 동안 특수학교에 다녔는지도 기억 못 해. 때로는 학교와 단순한 사물들의 이름도 잊어버려. 거기에 있는 아무 공식들과 정의들은 말할 것도 없고―그것들을 우린 절대 몰라. 언젠가 일 년 혹은 삼 년이 지나 엄마가 우리를 위해 아무 과목 과외 선생은 구해주었지. 아마도 수학이었던 거 같아. 그리고 당연히 우린 그에게 공부하러 다녔고, 수업마다 그는 몇 루블을 챙기곤 했지. 상냥하고 아는 것이 많은 선생이었어. 아마도 두번째 수업에선가 그는 우리에게 알려줬어. 젊은 사람이여―아니야, 내가 실수했어. 그는 서술적 용법의 형용사를 사용했어. 사람이 젊군, 사람이 젊어. 너흰 독특해. 너희들이 과목에 대해 아는 모든 것은 아무것도 아니야. 우리가 세번째 수업을 하러 갔을 때, 그는 우리를 아파트에 혼자 남겨두고, 직접 맥주를 사러 가게에 달려갔어. 여름이었고 더웠어. 우리는 다 차에서 수업하러 가곤 했어. 참을 수가 없었어, 엄마. 과외 선생은 우리에게 말했어. 아, 안녕하신가, 안녕하신가, 사람이 젊군. 그런데 난 너무 오래 기다렸어—팔을 닦으며—너무 오래 기다렸어. 더워. 왜냐하면 여름이잖니. 돈은 가져왔니? 어서 다오. 난 오래 기다렸어. 땡전 한 푼도 없어. 너흰 여기 있어. 난 맥주 사러 갈 거야. 너희는 집에서처럼 편하게 있어. 그림이라도 그리고 있어라. 구피 물고기에게 먹이를 줘라. 수족관의 전등은 과열되어 있고, 물은 탁하지만 물고기 (rybka)가 유리 쪽으로 헤엄쳐 올 때는 관찰할 수 있어. 봐라, 그래, 마침 리프킨(Rybkin)도 보거라. 그는 선반 위에 있어. 이것은 해설서지. 문제 해설서야. 문제 중 아무 번호를 추천한다. 특히 흥미롭지. 자전거 타는 사람이 가고 있어. 상상이 되니? 그는 한 지점에서 다른 지점으로 가고 있지. 가장 흥미로운 상황이야. 더위는 말도 안 되게 계속되고 있어. 난 너무 오래 기다렸어. 집 안 어디에도 땡전 한 푼 없어. 이웃들은 모두 남쪽으로 갔지. 돈 빌릴 사람도 하나 없지. 어쨌든 난 달려갈 테니, 너흰 자리를 잡고 뭔가 공부할 것을 하고 있어라. 다만 냉장고 안에 기어들어가지는 말고. 어쨌든 거기엔 아무것도 없으니 말이다—비어 있어. 자, 맥주를 가지러, 맥주를 가지러, 고통스럽지 않기 위해 다시 한번 맥주를 가지러 갈게. 산만하게. 아니, 집중해서. 거울 앞에서 빙 돌면서. 과외 선생이 맥주를 가지고 돌아왔을 때—서른 병이었어, 엄마—그는 우리한테 물었어. 체스를 둘 줄 아느냐고 말이야. 둘 수 있어요, 우린 대답했지. 바로 그날 우리는 새로운 체스말을 생각해냈어. 그건 나이트-비숍이라 불렸는데 열십자로 움직일 수 있거나 아예 움직이지 않을 수도 있었어. 다시 말해서 뛰어넘을 수도 있고, 제자리에 서 있을 수도 있는 거지. 그런 경우 체스 경기자는 단지 파트너에게 이렇게 말하는 거야. 나이트-비숍이 움직여. 하지만 실제로 나이트-비숍은 박힌 것처럼 서서, 페릴로처럼 세상의 구석구석을 음울하게 쳐다봐. 과외 선생은 새로운 체스말이란 아이디어를 끔찍이도 마음에 들어 했고, 우리가 다음에 그의 집에 갔을 때 그는 자주 〈블러드 선장의 아이들〉이란 곡조에 맞춰 노래를 부르곤 했어. 나이트-비숍, 나이트-비숍, 미소지어라—그러고선 맥주를 마셨어. 우리는 더는 수학 공부를 하지 않았어. 우리는 체스를 두었고 종종 과외 선생이 이기곤 했지. 그래서 우린 기억력이 그리 나쁘지 않단 말이야. 엄마, 그 기억은 오히려 선별적이야. 그러니 엄마는 괴로워해서는 안 돼. 여기 부엌에 앉아 있는 우리 셋은 우리 아버지의 목소리를 들었고, 그가 이미 소파에서 졸고 있지 않고, 슬리퍼를 질질 끌며 갓 배달된 석간들을 버석거리며 복도를 따라 움직이고 있다는 걸 알았지. 그는 피곤하게 오랫동안 걸어다녔고 기침을 해댔지—이것도 그의 목소리였는데, 이것에 그의 목소리가 표현되고 있어. 안녕, 좋은 저녁이야. 낡은 파자마를 입은 아빠, 파자마가 낡았다고 괴로워하지 마. 언젠가 엄마가 만들어주거나 아빠한테 새 걸 사줄 거야. 그리고 '올 사람들'이 관심을 가질 거야. 만들까 아니면 살까, 만들까 아니면 살까, 만들까 아니면 살까? 검사인 우리 아버지는 아주 몸집이 크지. 그가 부엌문에 서 있으면, 아빠의 바둑무늬 파자마가 문을 다 막아버려. 그가 서서 묻지. 무슨 일이야. 왜 너희는 여기, 내 집에서 소리치고 있는 거야. 너흰 뭐야—완전히 머리가 돌아버린 거야? 난 당신의 바보 같은 친척들이 다시 왔다고 생각했어. 모두 백 명이 한꺼번에. 엄격히 말하면, 이런 제기랄! 정말 더 조용히 못 시키나. 당신 애녀석을 완전히 놔버린 거야. 저애는, 확실해, 계속 두 사람이구먼. 아니야, 아빠, 본질은 그게 아냐. 아시다시피, 나이트-비숍이 내 꿈속으로 들어온 거야. 마치 고무장갑 안으로 빨간 남자 주먹이 들어온 것처럼 말이야. 그리고 그에게, 불쌍한 사람한테는 선별적 기억력이 있단 말이야. 나이트-비숍한테 말이야. 무슨 헛소리야. 난 네 잠꼬대를 듣고 싶지 않다—아버지는 내게 말했지. 그는 간이의자에 앉았는데, 항상 그 피곤한 몸의 중량으로 의자가 금방 부서질 것 같았지. 그는 신문을 똑바로 펼치려는 듯이 신문 다발을 흔들어댔어. 그러고는 손톱으로 **공고**라는 제목의 아무 신문 기사를 가리키고 있었어. 들어봐—그는 어머니에게로 몸을 돌렸어—여기 쓰인 거 말이야. 겨울 다차 사겠음. 당신 이거 어떻게 생각해. 우리 집을 이 사람에게 파는 건 어떨까. 아마도 이 사람은 비열한에 사기꾼일 거야. 아무개 작업감독이거나 경리부장쯤 되겠지. 물론 돈은 있지. 그렇지 않다면 공고를 못 냈겠지. 난 지금 앉아서 생각했지—아버지가 말을 계속했어—우리한테 오두막이 왜 필요하겠어. 좋은 게 하나도 없는데 말이야. 연못도 더럽고, 이웃들은 죄다—인간쓰레기요 술주정뱅이들이지. 수리 한번 하려고 들면 얼마나 돈이 많이 드는지. 하지만 해먹—엄마가 말했어—힘든 하루가 끝나고 해먹에 누워 있으면 얼마나 좋은데요. 당신도 정말 좋아하잖아요. 해먹은 도시 발코니에도 내가 걸어줄 수 있소—아버지가 말했어—사실 그것이 발코니 전체를 다 차지하겠지만, 대신 친척놈도 발코니로 들어가지 않겠지. 바로 그게 중요한 거야. 난 당신 친척들을 위해 다차를 유지하는 데 질렸소. 당신도 이해하지. 아니면 이해하지 못하는 거요? 팔게 되면 당신은 그 어떤 세금도, 유리 갈아 끼우는 기사도, 지붕 이는 사람도, 그리고 기타 등등도 필요 없을 거요. 게다가 내 퇴직 연금이 하늘을 뚫고 치솟을 만큼 많지는 않잖소, 응? 당신이 아는 대로지요—엄마가 말했지.

그때—이번에는 그토록 괴롭게 말을 더듬던 그 동급생이 아니라 이번에는 바로 나였어—그때 나는 내 아버지에게 소리를 질렀어. 아-아-아-아-아-아-아-아-아-아-아! 나는 살아오면서 그렇게 소리쳐본 적이 없을 정도로 크게 소리를 질렀어. 난 그가 자기 아들의 외침이 뜻하는 바를 듣고 이해하길 바랐지. 아-아-아-아-아-아-아-아-아-아! 벽 위의 늑대들 심지어 더 나빠 벽 위에는 사람들 사람들 그들의 얼굴이건 병원 벽이건 네가 조용히 그리고 끔찍하게 죽어가고 있는 시간 아-아-아-아-아 자궁 덩이 속으로 웅크려들며 네가 한 번도 보지 못했지만 몇년이 지나면 보게 될 얼굴들 이건 죽음과 삶의 전주곡 왜냐하면 네게 삶이 약속되어 있기 때문이지 네가 시간의 역행을 느낄 수 있도록 네가 특수학교에 다니고 끝없이 사랑할 수 있도록 하기 위해서지 베타 선생님을 말이야 아카시아의 베트카 걸을 때 스르륵 소리가 나는 스타킹을 신은 연약한 여인 달콤하고 호소력 있는 입 주위에 작은 점을 가진 소녀 바람 같은 사슴의 눈매를 가진 다차의 소녀 교외 기차역 플랫폼의 바보 같은 몸 파는 여자 플랫폼 위로 육교와 눈바람에 시간을 알리는 시계 눈바람 위의 전선들 더 위쪽으로는 아-아-아-아-아 날아가는 젊은 별들과 여름들을 가로질러 날아가는 뇌우들―제가 늦었나요? 제발 용서해줘요, 베타 아르카디예브나. 전 어머니를 배웅해드렸어요. 그녀는 며칠 예정으로 친척들이 있는 다른 도시로 떠났어요. 어쨌든 전 당신이 흥미로울 거라 생각해요. 솔직히 말해 전 뭘 해야 할지 당신이 뭘 흥미로워할지도 모르겠어요. 흠, 그래서 전 생각해냈어요. 어디로든 가요. 공원이든 아니면 식당으로요. 당신은 추운 듯하네요. 당신은 왜 웃나요. 정말 제가 뭔가 우스운 걸 말했나요. 흠, 제발 그만두세요. 뭐라고요? 당신은 다차로 가길 원하나요? 하지만 우린 오래전에 다차를 팔아버렸어요. 우리에겐 다차가 없어요. 왜냐하면 아버지가 퇴직했기 때문이지요. 식당으로 가요. 어제 나한테 돈이 생겼어요. 그리 많은 돈은 아니지만 있지요. 난 이제 어느 관청에서 일하고 있어요. 무슨 말씀이세요. 아니에요. 난 어떤 기술자도 아니에요. 뭐라고요? 안 들려요. 전차가 오네요. 경계선에서 물러나요. 왜 내가 당신에게 쪽지를 썼을까요? 제기랄, 난 그렇게 바로 답장을 쓸 수 없어요. 우린 얘길 나눌 필요가 있어요. 아무 데라도 앉아서요. 식당으로 가요, 좋지요? 뭐라고요? 전차를 타고서요? 아마 여긴 정류장이 없을 거예요. 여긴 교외 지구예요. 더 정확히는 근교라고요. 가는 길에 내가 모든 걸 이야기해줄게요. 아주 중요한 모든 것을요. 당신이 생각하는 것보다 훨씬 중요한 것들을요. 이건 아주 중요해요. 아주 중요해요. 상상이 되세요. 언젠가 아마도 아주 오래전에 난 여기 왔었어요. 눈 덮인 플랫폼에요. 어머니와 함께요. 당신은 아마 아시겠죠. 여기, 기차가 가는 방향이라면―왼쪽으로 묘지가 있을 거예요. 거기엔 나의 할머니가 묻혀 있지요―이-이-이-

이-이-이─지금처럼 이렇게 전차들이 다녔지요. 화물열차들, 급행
열차들─조심해, 엄마. 미끄러지지 마─아니면 다른 플랫폼이었나?
이것들은 모두 다 비슷하니까─커다랗고 하얀 묘지, 교회, 하지만 우
선─시장, 시장, 거기에서는 해바라기 씨를 사야만 해요. 머릿수건을
쓰고 있는 농부 아낙네들이 젖소와 우유 냄새를 풍기고 있어요. 긴 탁
자와 차양들, 입구의 몇몇 오토바이들, 파란 앞치마를 걸친 노동자들
이 트럭에서 상자들을 내리고 있지요. 차단기와 감시소가 있는 철도
건널목에서 목쉰 신호음이 들려요. 개 두 마리가 정육점 옆에 앉아 있
어요. 울타리를 따라─등유를 사려는 줄, 물탱크를 나르는 말, 말 위
로 나무에서 눈이 떨어지고, 나무 밑에는 말이 서 있어요. 하지만 말
은 흰색이어서 말 엉덩이 위의 눈은 거의 알아챌 수 없어요. 거기다
가─배수주(排水柱)가 있고, 주위엔─모래로 뒤덮이고 얼어붙은, 물
흐른 흔적들, 또 눈 더미에 버려진 담배꽁초들, 그리고 실에 꿰어 말
린 버섯을 파는 솜을 누빈 재킷을 입은 장애인, 쓰레기통에 기대어 세
워놓은 수레바퀴. 엄마, 우리 할머니한테 들를 거예요. 아니면 음악선
생님에게 곧바로 갈 거예요? 할머니한테로─어머니가 대답하고 있
어─우선 할머니에게로. 할머니가 기다리셔. 우린 오랫동안 할머니
한테 가보질 못했잖니. 이건 좋지 않아. 우리가 할머니를 영원히 잊어
버렸다고 생각하시겠다. 목도리를 똑바로 매고 장갑을 껴라. 손수건
은 어디에 있니. 할머니가 네 모습을 보시면 마음에 안 드실 거다. 무
늬를 도드라지게 주조한 철문을 지날 것. 종이꽃다발을 살 것─그건
교회 옆의 장님 노파가 팔고 있어. 중앙 가로수 길로 나올 것. 그러고
선 오른쪽으로 돌 것. 젊은 여인의 형상을 한 흰 대리석 천사가 보일

때까지 걸어갈 것. 천사는 파란 울타리 뒤에 커다랗고 멋진 날개를 접은 채 머리를 숙이고 서 있어. 천사는 기차의 기적 소리를 들으며―여기에서 일 킬로미터도 안 되는 곳에 노선이 지나고 있어―나의 할머니를 애도하고 있어. 엄마는 울타리 열쇠를, 그러니까 울타리 쪽문을 걸어 잠가둔 자물쇠의 열쇠를 찾고 있어. 열쇠는 어딘가, 기분 좋은 냄새가 나는 엄마의 가방 속에 있지―분첩과 향수병, 레이스 손수건, 성냥(물론 엄마는 담배를 피우지 않아. 하지만 만약을 대비해 성냥을 갖고 다니지), 여권, 종이끈, 열 개짜리 낡은 전철표 묶음, 립스틱, 잔돈들과 함께. 엄마는 오랫동안 열쇠를 찾을 수 없어 당황하지. 도대체 어디 있지. 맙소사, 분명히 여기에 열쇠가 있었는데. 정말 우리가 오늘 할머니한테 못 들르는 거란 말인가. 이런 화나는 일이 있나. 하지만 열쇠를 반드시 찾으리란 걸 난 알아. 그래서 난 조용히 기다려―아니야, 사실이 아니야, 나도 당황하고 있어. 왜냐하면 천사가 무서우니까. 난 천사가 약간 무서워. 엄마, 천사는 참 음울해. 바보 같은 소리 하지 마라. 천사는 음울한 게 아니라 슬픈 거란다. 천사는 할머니를 애도하고 있어. 마침내 열쇠를 찾아내고, 엄마는 자물쇠를 열려고 하지. 금방 열리는 않지. 자물쇠 틈새로 바람이 불어 눈이 들어갔어. 열쇠는 들어가지 않고 있어. 그때 엄마는 자물쇠를 녹이려고 손바닥으로 자물쇠를 감싸지. 틈새의 눈이 녹았어. 이게 도움이 되지 않는다면, 엄마는 몸을 숙여 자물쇠 위로 숨을 내쉬지. 마치 그 어떤 얼어붙은 심장을 녹이듯이. 마침내 자물쇠가 튀는 소리를 내더니 열렸어―딱총나무 가지에 앉아 있던 알록달록한 겨울나비가 놀라 이웃 무덤으로 날아갔어. 천사는 단지 몸을 떨 뿐, 날아가지 못하고 할머니와 함께 남아 있어. 엄마는 슬프게 쪽문을 열고, 천사에게로 다가가 오랫동안 천사를 바라보지—천사는 눈에 덮여 있어. 엄마는 몸을 숙여 벤치 밑의 수숫대 빗자루를 집지. 우리는 언젠가 그걸 시장에서 샀어. 엄마는 벤치의 눈을 쓸어내고선 천사에게로 몸을 돌려 천사의 날개(날개 하나는 해를 입어 위쪽 부분이 부서져 있었어)와 머리에서 눈을 쓸어내주자 천사는 불만스러운 듯 인상을 찌푸리지. 엄마는 작은 삽을—천사 등 뒤쪽에 세워져 있어—가져와 할머니 봉분에서 눈을 치우지. 그 밑에 할머니가 있는 봉분. 그러고선 엄마는 벤치에 걸터앉아 앞으로 나올 눈물을 닦으려고 가방에서 손수건을 꺼내지. 난 옆에 서 있어. 딱히 앉고 싶지는 않아. 엄마, 딱히 그러고 싶지는 않아. 고마워. 아니야, 난 그냥 서 있을래. 흠 여기—엄마는 자신의 어머니에게 말하지—흠, 여기 우리가 다시 왔어요. 안녕, 사랑하는 엄마. 보이세요, 우린 또다시 겨울을 맞아요. 엄만 춥지 않나요. 눈을 치울 필요가 없었나봐요. 더 따뜻했을 텐데 말이에요. 들려요. 기차가 오고 있어요. 오늘은 일요일이에요. 엄마. 교회엔 사람들이 많네요. 우리 집은—여기 엄마의 뺨에 첫 눈물이 흐르지—우리 집은 다 괜찮아요. 남편(엄마는 아버지 이름을 부른다)과는 다투지 않아요. 모두 건강해요. 우리 아들(엄마는 내 이름을 부른다)은 아무 학교에 다녀요. 성적이 좀 나아졌어요. 사실이 아니야, 엄마. 사실이 아니야. 내 생각엔 나의 성적이 여전히 나빠서 페릴로가 곧 날 학교에서 제적시킬 거 같아. 내 생각에 나는 저 노파처럼 종이꽃들을 팔게 될 거 같아. 내 생각에는요. 하지만 밖으로 소리를 내서 난 말하지. 할머니, 전 끔찍이 노력하고 있어요. 끔찍이요. 전 반드시 학교를 졸업할 거예요. 제발 걱정하지 마세요. 전 할아버지처럼 기술자가 될 거예요. 더는 말을 할 수가 없어. 왜냐하면 이제 울 것만 같았기 때문이야. 난 할머니에게서 몸을 돌려 가로수 길을 바라보고 있어. 가로수 길 끝 울타리 근처에 개를 데리고 있는 작은 소녀가 놀고 있어―안녕, 평범한 개를 데리고 있는 소녀야. 매번 여기에서 널 보게 되네. 내가 너한테 오늘 알려주고 싶은 게 있다는 걸 아니. 난 나의 이전의 할머니를 속이고 있어. 난 왠지 할머니를 슬프게 하는 게 불편해. 그래서 거짓말을 하고 있어. 바보들인 우리 중 누구도 결코 기술자가 되진 않아. 우리 모두는 교회 옆 저 노파처럼 엽서나 종이꽃을 팔 수 있을 뿐이지. 그리고 그것도 과연 할 수 있을지. 아마도 우린 저 꽃을 만드는 것도 절대 배우지 못할 거야. 그래서 우린 팔 것도 없을 거야. 소녀는 개를 데리고 가버리지. 나는 이제 나에게서 세 걸음 떨어진 곳, 높게 굽이진 눈 더미 위에 앉아 있는 나비가 날아오르려고 날개를 펼치는 걸 알아채지. 난 쪽문을 활짝 열고 달려가지만 나비는 내가 모자로 나비를 덮기 전에 더 일찍 나를 알아채지. 나비는 덤불과 십자가들 사이로 숨어버려. 나는 무릎까지 오는 눈 속에서 나비를 쫓아 달리지. 슬프게, 이제는 없는 사람들의 사진들을 보지 않으려 노력하면서 말이야. 그들의 얼굴은 저무는 햇빛에 빛나고 있으며, 그들은 미소를 짓고 있어. 황혼은 하늘 깊숙이 내려앉고 있어. 여기저기에서 가물거리던 나비는 완전히 사라지고, 너는 묘지 한가운데 홀로 남았어.

넌 슬퍼하는 너의 어머니에게로 어떻게 돌아가야 할지 몰라서 기차의 기적 소리가 들리는 쪽으로―노선 쪽으로―향하고 있어. 기차, 푸른 연기, 기적 소리, 기계 안쪽에서 뭔가 철컥하는 소리, 기관사의 파란—아니, 검은 모자. 그는 기관실 창문으로 밖을 내다보고 있어. 사방을 둘러보고 있지. 너를 알아보고는 미소짓지—그는 콧수염이 있어. 기계장치들과 신호 손잡이가 분명히 있을 그 위쪽으로 손을 뻗지. 너는 일 초 후에 또 다른 기적 소리가 울릴 거라 짐작하지—기차는 소리를 내며 깨어나 객차들을 끌어당기고 증기를 뿜어내기 시작하고, 속도를 내며 세차게 숨을 헐떡이지. 자신의 설명할 수 없는 힘 때문에 둔하게 수줍어하며 부드럽게 몸을 구부리면서, 기차는 다리를 지나 미끄러져 가 사라질 거야—녹을 거야. 그리고 지금까지 너는 절대 위안을 발견하지 못할 거야. 오, 뭔가를 잃어버린다는 것. 어디에서 그걸 찾을 수 있을까. 까마귀처럼 검은 기차를, 콧수염이 난 기관사를 어디에서 만날 수 있을까. 어디에서 낡은—다른 어떤 것도 아닌 바로 이—갈색의 슬프고 삐거덕거리는 고물 객차들을 다시 만날 수 있을까. 사라질 거야—녹을 거야. 너는 기적 소리, 증기, 기관사의 영원한 두 눈을 기억할 거야. 그가 몇 살인지, 어디에 살고 있는지 생각해봐. 넌 생각할 거야—잊을 거야(사라질 거야—녹을 거야). 넌 언젠가 기억할 거야. 다른 누군가에게 아무것도 알려줄 수 없을 거야—네가 본 모든 것에 대해서. 기관사와 기차에 대해, 그리고 이 둘이 다리 건너 실어내 간 사람들에 대해서. 넌 할 수 없을 거야. 사람들은 너를 이해할 수 없을 거야. 이상한 듯 너를 바라볼 거야. 열차들의 수가 적었단 말인가. 하지만 그들이 이해한다면—놀라게 될 거야. 사라질 거야—녹을 거야. 까마귀-기차, 기차-까마귀. 기관사, 용수철 위에서 흔들거리는 객차들, 객차 연결수의 기침과 피리. 머나먼 길, 조차지대 너머 허물어지기 일보 직전의—정원과 평범한 사과 과수원이 딸린 관사들과 사택들, 창문에는—빛 또는 밝은 반점이 있는 어둠, 여기저기에는—네가 알 수도 이해할 수도 없는 삶, 네가 절대 알아볼 수 없는 사람들. 사라질 거야—녹을 거야. 길어지는 황혼 속에 서서—회색 봄 외투 주머니에 손을 넣고—너는 기차 여행길의 빠른 밤을 생각하며 모든 화부, 철도지기, 기관사들의 행운을 빌며, 그들 여행길의 순탄한 밤을 기원하지. 어디에 있을 것인가. 기차역의 빛나는 얼굴들, 기차 신호수의 소리, 코끼리 코 모양의 배수탑에서 물을 마시는 기관차들, 배차원들의 외침과 욕설, 승강구 냄새, 달궈진 숯과 깨끗한 침대 시트 냄새, 청결의 냄새, 베타 아르카디예브나, 깨끗한 눈의 냄새, 본질적으로는 겨울의 냄새, 초겨울의 냄새, 이게 무엇보다도 중요해요—당신은 이해하겠어요? 맙소사, 아무개 학생, 뭣 때문에 그처럼 소리를 지르나요. 불편하게 만들고 있잖아요. 우리를 객차 전체가 쳐다보고 있단 말이에요. 모든 것에 대해 작은 소리로 대화할 수는 없나요? 그러자 넌 일어나 객차 중앙으로 나가, 환영의 뜻으로 손을 들고 말하지. 교외선 승객 여러분, 제가 그처럼 크게 이야길 나눈 것에 대해 여러분의 용서를 구합니다. 올바르게 행동하지 못해 정말 죄송해요. 학교에서, 특수학교에서 절대로 이렇게 가르치지 않았어요. 주제가 어떤 것이든 간에 작은 목소리로 이야기하라고 가르쳤어요. 저는 평생 바로 그렇게 행동하려고 노력했어요. 하지만 오늘 저는 보통 때와는 달리 흥분했고, 오늘은 특별한 경우예요. 저는 오늘, 아니 오늘을 저는 제 이전 여선생님과의 만남의 날로 정했어요. 그녀에게 들뜬 메모를 썼고, 여기 선생님이 눈 덮인 플랫폼으로 왔어요. 마치 몇년이 지나서 저와 만나기로 하는 것처럼 말이에요. 여기 그녀가 우리 객차 안에 앉아 있어요. 노란 열차 의자에 말이에요. 바로 그렇기 때문에 제 목소리가 보통 때보다 약간 더 크게 울렸어요. 주목해주셔서 감사합니다. 흥분하며. 너는 베타에게 돌아오고 싶어 했지만, 여기 누군가가 너의 어깨에 손을 얹어. 넌 돌아보지. 네 앞에는—마흔 정도의, 새치가 약간 있고 세련된 금테 안경을 쓴 엄격한 여인이 있어. 그 여인은 초록색 눈에다 입가에는 괴로울 정도로 익숙한 곧은 주름이 있어. 잘 봐—이 사람은 인내심 많은 너의 어머니야. 그녀는 이미 꼬박 한 시간 동안 묘지 전체를 뒤지며 널 찾고 있어. 넌 어디로 사라졌었니, 말썽꾸러기야. 무엇 때문에 넌 또다시 기관차에 들어갔니. 그녀는 네게 무슨 일이 일어났다고 생각했고, 이미 완전히 어두워졌지. 그냥 자긍심을 갖고 대답해라. 사랑하는 엄마, 난 겨울나비를 보았어. 그걸 따라 달리다가 길을 잃었어. 빨리 가자—엄마는 화가 났어—할머니가 널 부르신다. 네가 아코디언 연주를 얼마나 배웠는지 보여달라고 하신다. 할머니께 아무거나 슬픈 곡을 연주해드려라—너 내 말 듣고 있는 거니? 거절할 생각은 하지도 마라. 할머니, 제 말 들리세요? 할머니께 브람스의 소품을 연주해드릴게요. '감자'라는 곡이에요. 하지만 그 곡을 잘 외웠는지는 확신이 안 들어요. 아코디언을 가져올게요—까만 커버에 들어 있는 그 악기는 가로수 길 눈 위에 서 있어. 난 커버를 벗기고 벤치에 앉지. 묘지는 저녁이지만, 하얀 천사는—내 가까이 있어—4분의 3 아코디언과 함께 앉아 있는 내게 잘 보이지. 천사는 자신의 날개를 바로잡더니 슬픈 영감을 나에게 주었어. 이-이-이-하나-둘-셋, 하나-둘-셋, 하나-둘-셋, 정원에서인가요, 텃밭에서 아가씨들이 산책했다네, 산책했-다-네, 하나-둘-셋. 하나-둘-셋, 울지 마, 엄마. 안 그러면 난 연주를 그만둘 거야. 할머니는 괜찮아요. 절망해서는 안 돼요. 하나-둘-셋, 하나-둘-셋, 산책했-다-네, 그녀에게도 역시 선별적 기억이 있었네. 할머니한테는, 산책했-다-네. 너는 기억하니, 이른 저녁 묘지의 차가운 공기 속에서 아코디언이 어떻게 울리는지 말이야. 철도 쪽에서 기차 소리가 전해져 올 때, 도시의 가장자리에서 머나먼 다리에서 딱총나무의 헐벗은 가지에서 보랏빛 전차의 불꽃들이 흩뿌려지며 비쳐 보이고, 시장 근처 가게에서부터—넌 이것도 잘 듣지—다양한 노동자들이 수레에 빈 병이 든 상자들을 나르고 있어. 병들은 쇳소리를 내며, 말은 언 자갈길을 위에서 말발굽 소리를 내고, 노동자들은 소리치고 웃지—넌 이 노동자들에 대해서도 아무것도 알지 못할 것이며, 그들 역시 너에 대해 아무것도 알지 못할 거야—그런데 넌 기억하니, 너의 '바르카롤라'가 초저녁 묘지의 차가운 공기 속에서 어떻게 울리는지를? 뭣 때문에 넌 나한테 이것에 대해 물어보니. 난 그 시간을 기억하는 게 이처럼 불쾌한데 말이야. 난 그걸 기억하는 데 지쳤어. 하지만 네가 고집한다면, 난 조용히 자긍심을 가지고 대답해주겠어. 나의 아코디언은 그때 외롭게 울렸어. 내가 너한테 이런 질문을 해도 될까? 난 한 가지 세부사항이 궁금하거든. 난 겸사겸사 나의 기억이기도 한 너의 기억을 점검해보고자 해. 너 혹은 나, 즉 우리가 어머니와 함께 우리 할머니를 방문해서 할머니에게 아코디언으로 새 소품을 연주해드리거나, '한권 한권씩' 시리즈 중 우리가 읽은 새 소설의 내용을 요약해 이야기해드렸던 그 몇 해 동안, 우리 선생님 노르베고프는 아직 살아 있었니, 아니면 이미 죽었었니?

　우리가 지금 작은 목소리로 이야기하는 그 몇 해가 충분히 오랫동안 연장되었음을 넌 알겠니. 그 시간들은 연장되고 연장되었지. 이 시간 동안 사블 선생님은 살 수도 죽을 수도 있었지. 너의 말은 그분이 처음엔 살았다가, 그다음에 죽었다는 뜻이니? 난 모르겠어. 어쨌든 그는 이 기나긴 연장된 세월 중에 죽었어. 다만 그 시간들의 막바지에 우리는 우리 역의 나무로 만든 플랫폼에서 선생님과 만났지. 그리고 선생님의 양동이 안에는 뭔가 물에 사는 동물들이 파닥거리고 있었지. 하지만 난 우리의 만남이 앞에서 언급했던 세월 중 어느 막바지 시점에 이루어졌는지 이해가 안 돼―이 막바지인지 저 막바지인지 말이야. 내가 너한테 설명해줄게. 언젠가 아무 학술잡지에서(난 우리 아버지에게 이 논문을 보여주었지. 그는 들춰보더니 곧 잡지를 발코니에서 내던져버렸지. 게다가 내던지면서 몇 번이나 **아카토프주의**라는 단어를 내뱉었지) 나는 어느 철학자의 이론을 읽었어. 그 논문에는 서문이 있었는데, 쓰여 있기를 논문이 토론의 무질서 속에서 인쇄되었다는 거야. 그의 의견에 따르면 시간은 역행적 계산법을 지니는데, 그러니까 우리가 생각하는 그런 방향으로 움직이는 것이 아니라, 역방향으로, 뒤로 움직여야만 한다는 거야. 그래야 존재했던 모든 것은―이 모든 것이 여전히 존재할 수 있게 된다는 거야. 그러니까 진정한 미래―이것은 과거이며, 우리가 미래라 부르는 것은―이미 지나간 것이며 절대 되풀이되지 않을 거라는 거야. 우리가 지나간 것을 기억할 수 없다면, 그것이 허상의 미래라는 장막으로 가려진다면, 이것은 잘못이 아니라 우리의 불행이야. 왜냐하면 우리 모두는 놀랄 만큼 좋지 않은 기억력을 지니고 있기 때문이지. 달리 말하면 논문을 읽으며 내가 생각한 것인데, 나와 너처럼, 나와 너, 그리고 우리 할머니처럼—우리 모두는 선별적 기억을 가지고 있기 때문이지. 그리고 내가 또 생각한 것은 이거야. 시간이 뒤로 흐른다면, 즉 모든 것은 정상적이고 당연한 것이라면, 내가 논문을 읽었던 당시 마침 죽어 있었던 사블은 당연히 아직 존재할 거야. 즉 그는 돌아올 거야—그는 아직 미래에 있어. 멋진 강 수련들로 가득한, 미래에 아직 시작되지 않은 여름, 쪽배들과 자전거의 여름, 네가 마침내 다 채집하여 외국 알들을 넣기 위한 커다란 상자에 넣어 존경해 마지않는 우리의 학술원으로 보냈던 나비들의 여름처럼 말이야. 소포에 너는 이런 편지를 동봉했지. "자애로우신 귀하들! 말과(전화로) 글로(전보로) 제가 우리 특수학교 교정에 서 있는 백묵으로 된 두 노인들 중 한 사람의 이름으로 열리는 학술원 곤충학경연대회에 대한 소문의 사실 여부를 확인해달라고 요청한 게 한두 번이 아닙니다. 아아 슬프도다, 저는 그 어떤 답도 듣지 못했습니다. 그러나 열정적이고 동시에—역행하는 시간 속에—헌신적으로 학문에 정진하고 있는 수집가로서, 밤나비와 낮나비, 여름나비와 겨울나비로 이루어진 저의 소박한 표본집에 귀 학술위원회의 높은 관심을 제안하는 것을 제 의무로 생각합니다. 아마도 겨울나비가 특별한 관심을 불러일으킬 듯한데 이는—개체 수가 많음에도—자연 상태에서나 비행 상태에서는 거의 눈에 띄지 않기 때문입니다. 이에 대해서는 귀하의 온순한 종복이 전문가들과의 대화에서, 특히 현재 만 건 이상의 곤충 견본을 확보하고 있는 진짜 표본집에 특별히 따뜻하게 반응해주셨던 학술원 회원 아카토프와의 대화에서 이미 상기시킨 바 있습니다. 경연대회 결과에 대해 다음의 주소로 알려주시길 바랍니다. 철길, 나뭇가지, 역, 다차, 열어주지 않을 때는 자전거 경적을 울릴 것." 너는 편지봉투에 풀칠을 하고, 알 상자에 나비들과 함께 봉투를 넣기 전에 봉투 뒷면에 이렇게 썼지. 안부인사와 함께 날아가거라, 답장과 함께 돌아오너라—열십자로, 대각선으로, 굵은 글씨로. 그렇게 우릴 가르친 사람은 '배수탑(Vodokachka)'이라는 별명을 가진 러시아어 및 문학 선생님이었지. 배수탑이랑 무엇보다도 덜 닮은 사람을 찾는다면—외면뿐만 아니라 내면적으로도, 우리의 '배수탑'보다 더 나은 사람은 아무도 찾지 못할 거야. 하지만 여기에서는 닮음이 문제가 되는 것이 아니라 그 단어를 이루는 철자, 더 정확히는 철자의 반이 문제가 되지(첫번째 철자부터 시작해서 한 자 건너가며 읽어)—이것은 그녀의, 선생님 이름의 머릿글자야. V. D. K. 발렌티나 드미트리예브나 칼른—그녀의 이름이야. 그런데 여전히 두 철자가 남지—Ch와 A—나는 그것들을 어떻게 해독하는지 잊어버렸어. 우리 동급생들의 개념에서는 이것들이 무엇이든 의미할 수 있겠지만, 어쨌든 다음과 같은 해독 이외의 다른 어떤 것도 인정되지 않았어. 발렌티나 드미트리예브나 칼른—화승총-인간(chelovek-arkebuza). 칼른이 배수탑보다 화승총-인간과 더 닮지는 않았다는 건 우스운 일이야. 하지만 언젠가 그녀, '배수탑'에게—왜 그리고 누구 머리에서 나온 생각인지 이해는 안 되더라도—더 정확한 별명을 붙여주라고 네게 부탁한다면 넌 할 수 있을 거야. 비록 그 선생님이 배수탑과는 전혀 닮지 않았더라도 내버려둬—너는 말하지—대신 그녀는 설명할

수 없지만 바로 그 단어, 철자들의 결합을 상기시키지—그 철자들로
이 단어는 이루어져 있어(이루어져 있었어, 이루어질 거야)—V, O,
D, O, K, A, Ch, K, A.

4장
스키를리

이제 내가 헛기침을 하고, 네 눈을 똑바로 바라보며 네가 동봉한 편지의 세부사항 하나를 좀 더 분명히 밝힐 수 있도록 허락해줘. 그 편지에는 마치 아카토프가 우리 표본집에 대해 직접 따뜻하게 반응을 한 것처럼 쓰여 있지만, 난 우리가 이 주제에 대해 그와 이야기한 걸 기억해내지 못하고 있어—우리는 그와 한 번도 만난 적이 없어. 우리는 그를 단지 먼발치에서만, 보통은 울타리 틈으로만 바라보았지. 하지만 우린 얼마나 꿈꿔왔는지 몰라. 아카토프의 정원 오솔길을 따라 한 번이라도 걸어갈 수 있길, 그 집의 문을 두드리고—노인이 문을 열면—인사를 하고 자신을 이렇게 소개하길 말이야. 당신 따님의 학생인—곤충학 연구를 시작하고 있는 아무개입니다, 당신과 몇몇 문제에 대해 토론하고 싶습니다, 기타 등등. 하지만 우리는 단 한 번도 감히 그의 집 문을 두드릴 수 없었지. 왜냐하면—아니면 다른 이유가 있었나?—정원에 큰 개가 살고 있었기 때문이지. 잘 들어봐. 난 네가 나의 표본집을—우리의 표본집이라고 부르는 게 마음에 안 들어. 아무도 너에게 그런 권리를 주지 않았어. 난 나의 표본집을 혼자서 모았어. 그리고 우리가 언제라도 하나의 행동으로 합쳐진다면, 이 행동은 나비들과는 어떤 관련도 없을 거야. 흠 그래, 이제 아카토프와 나눴던 대화에 관해서인데, 이건 사실이야. 난 학술원을 속이지 않았어. 난 정말로 그와 이야기했어. 언젠가 여름에, 다차에서, 일요일에, 아버지가 아침부터 우릴 앉혀놓고 우리가 국내외 종치* 문제들을 더 잘 이해할 수 있도록 신문에서 진보적인 기사들을 베껴 쓰게 했을 때, 난 네가 여기에서 나 없이도 잘 처리할 거라 생각했어. 난 잠시 기다렸지. 넌 손을 내리고 창문 쪽으로 몸을 돌려 라일락꽃의 구조를 살펴보기 시작했어—난 조용히 책상에서 일어나 아버지 모자를 쓰고—이 모자는 현관 못에 걸려 있었어. 지팡이를 들었지—이건 우리 친척들 중 한 명이 오 년 전에 잊고 간 지팡이였어. 오 년 전 기차역 플랫폼의 저녁이었지. 우리 어머니는—친척에게, 우리 집에서 잘 쉬셨기를 바라요. 딸기 으깨지 마세요. 씻으세요. 옐레나 미하일로브나와 비튜샤에게 안부 전해주세요. 함께 또 오세요. 남편은 신경 쓰지 마시고요. 그이가 신경이 예민해져서 그래요. 일을 많이 하죠. 산더미 같은 일을요. 지쳐 있어요. 하지만 당신도 아시잖아요. 그이는 원래는 착하잖아요. 그래요, 마음은 여리고 착하죠. 하지만 때로 폭발하곤 한답니다.

---

* 주인공이 '정치'를 잘못 발음하고 있음.

그러니 또 오세요. 오세요. 다만 그이와 말싸움만은 하지 마시고요. 잠깐만요. 그런데 지팡이가 어딨죠. 아마도 지팡이를 가지고 오셨을 텐데요. 지팡이를 두고 왔군요. 아아, 이런 낭패가. 어떻게 하죠. 흥분해서. 돌아가봅시다. 전차가 아직 있을 거예요. 친척: 진정하세요. 그럴 필요 없어요. 걱정 마세요. 그게 우산이었다면—어디든 찾으러 가야겠죠. 마침 비도 오려 하네요. 딸기 고마워요. 감사해요. 지팡이는 우리가 가지러 또 올게요. 생각해보세요—지팡이, 아무것도 아니죠. 흔히 말하듯이 지팡이에 행복이 있는 건 아니니까요. 안녕히 계세요. 기차가 이미 다가오고 있네요. 어쨌든 그때 이후로 친척은 다시 오지 않았고, 내가 그 지팡이를 들고 이웃 마을에 자연과학자 아카토프를 방문하기 전까지 베란다에 놓여 있었지. 툭-툭(개가 달려와 나의 냄새를 맡았지만, 오늘 나는 그 개가 무섭지 않아). 툭-툭. 하지만 아무도 집의 문을 열어주지 않지. 그래서 다시 한 번, 툭-툭. 하지만 아무도 대답하지 않아. 너는 집 주위를, 짙은 잔디를 따라 둘러보고 창문을 들여다보지. 집 벽에 달린 커다란 괘종시계가 있지나 않나 확인하려고. 너의 추측대로라면 반드시 이 괘종시계가 있어야 하는데 말이야. 마치 괘종의 도움으로 다차의 시간을 조각조각 자를 수 있다는 듯이 말이야. 하지만 모든 창문에는 커튼이 쳐져 있었지. 집 모퉁이마다 소방용 물통이 땅속에 묻혀 있고, 그 안에는—반쯤—녹물이 들어 있으며 뭔가 태연자약한 곤충들이 살고 있지. 오직 물통 하나만 완전히 비어 있는데, 그 안에는 물도 곤충도 없어. 네게 행복한 생각이—네 외침으로 그 물통을 채우자는 생각이—떠오르지. 넌 오랫동안 서 있지. 어두운 원통형 심연 위에 몸을 숙이고서, 자신의 선별적 기억에서 공허한 빈 공간에서 가장 잘 어울리는 단어들을 고르면서 말이야. 그런 단어들은 많지 않지만 있긴 있지. 예를 들면—수업에서 쫓겨난—너는 학교 복도를 뛰어다니고 있는데 교실에서는 수업이 진행 중이면, 네 속에서는 소리치고 싶은 욕망이 생겨나지. 네 외침으로 거짓되고 타락한 네 선생님들의 피를 얼어붙게 하려고, 마치 혀를 삼킨 듯 그들은 하던 말을 끊고서는 바보학생들을 웃기려는 듯 백묵으로 된 큰 기둥 혹은 작은 기둥으로(그들의 키에 따라서) 변해버리게 말이야. 그러면 너는 이보다 더 멋진 외침은 생각해내지 못할 거야. 박테리아! 당신은 어떻게 생각하세요, 사블 선생님?

친애하는 학생이자 동료인 아무개여, 나는 화장실 창문턱에 앉아 있거나 아니면 손에 지시봉을 들고 아이들 앞에서 지도 옆에 서 있거나 아니면 교무실이나 보일러실에서 몇몇 동료들과 프레퍼런스 카드 놀이를 하고 있다가, 자네의 이 미친 외침이 교사들과 학생들은 물론이고 심지어 귀머거리에다가 벙어리이기도 한 보일러공마저도 이 세상 것이 아닐 것 같은 두려움으로 몰고 간 일에 대해 종종 증인이 되곤 했지. 어딘가 누군가가 말했듯이 귀머거리도 때가 되면 듣게 될 것이기 때문이었지. 그가 추운 학기 중에 끊임없이 작은 삽으로 허기진 지옥 같은 난로 속으로 석탄을 던져 넣는 걸 난 정말 보지 못했단 말인가. 정말로—나는 질문한다네—난 자네 외침의 시간이 다가올 때, 귀머거리가 듣게 되는 시간이 다가올 때 그 불행한 은자(隱者)의 손에서 작은 삽이 떨어지는 걸 보지 못했단 말인가. 그는 춤추는 석탄 그을음과 불꽃의 섬광들 속에서 상처투성이에다 면도도 하지 않은 무서운 얼굴을 내게로 돌리고선, 한순간에 말의 은사를 얻어 자네 뒤를 이어, 술 취한 머리를 흔들며 소리를 쳐댔지―아니네, 그는 으르렁거렸다네―바로 그 단어를 내뱉으며 말이야. 박테리아, 박테리아, 박테리아. 그의 분노는 너무나 거대했고 열정은 그토록 강력해서, 난롯불이 그의 포효에 꺼져버렸지. 자네 외침 덕에 많은 것들에 익숙해 있는 특수학교 선생들이 얼마나 창백해졌는지 정말로 나는 보지 못했단 말인가. 그리고 선생들이 손에 쥐고 있던 카드들, 트럼프 카드들이 고름을 짜낼 수 있게 도와주는 효능이 있는 숲의 미친 나뭇잎으로 변해버리고, 그들 교사들이 두려움으로 신음한 것을 보지 못했단 말인가. 정말로 나는 안 그래도 한없이 멍청한 자네 동급생들 얼굴이 자네 외침 때문에 더더욱 멍청해진 것을, 그리고 모든 아이들, 심지어 학업에 가장 잘 적응된 아이들, 거의 정상으로 보이는 아이들조차도 비록 벙어리들처럼 침묵하기는 했지만 화답의 외침으로 입을 벌린 걸―특수학교의 모든 정박아들이 괴물 같은 벙어리의 합창으로 고함을 지르고, 그 겁에 질린 정신병 걸린 입에서 병든 누런 침이 흘러나온 걸 보지 못했단 말인가. 그러니 광적이고 매력적인 자네 외침에 대해 내가 어떻게 생각하는지 쓸데없이 묻지 말게. 오, 내가 자네 외침의 반만큼이라도 외쳐야 했다면 난 엄청난 긴장과 고통으로 외쳤을 텐데! 하지만 그런 일은 내게 주어지지 않았지, 주어지지 않았어. 자네 선생인 난 하늘이 내린 자네 재능 앞에선 얼마나 약한지. 그러니 유능한 자들 중 가장 유능한 자네는 소리치게나, 소리치게나―자네 자신을 위해, 그리고 날 위해, 그리고 배신당하고 기만당했으며 치욕을 당하고 어리석은 우리 모두를 위해, 우리 바보들과 바보 성자들, 지적장애아들,

정신병자들을 위해, 양육자들과 피양육자들을 위해, 외침이 주어지지 않은 모든 이를 위해, 그리고 그들의 침 흘리는 입을 이미 닫아버린 사람들, 곧 이 입들을 닫게 할 사람들, 죄 없이 벙어리가 되었거나, 벙어리가 되어가는 말없는 모든 이를 위해—소리치게나. 취하게 하며 또 취하면서 말이네. 박테리아, 박테리아, 박테리아!

공허한 빈 공간에서 네가 너의 기억에서 선별해낸 몇몇 단어들은 꽤 괜찮게 울리지만, 네가 알고 있는 단어들 중 어느 것도 이 상황에는 맞지 않다는 걸 알게 되지. 아카토프의 빈 통을 채우려면 완전히 특별하고도 새로운 단어, 또는 단어들이 필수이기 때문이지. 상황이 네게 특수하다고 여겨지기 때문이야. 그래, 여긴 새로운 유형의 외침이 필요하다고 너는 스스로에게 말하지. 십 분이 지나가지. 아카토프의 정원에는—메뚜기들이 많아. 이것들은 따뜻한 호박색 풀에서 뛰어다니고, 매번 메뚜기의 뜀뛰기는—특수학교 새총의 총알처럼 갑작스럽고 빠르지. 소방용 물통은 텅 비어 있기에 너를 유혹해. 이 공허함, 정원과 집, 물통을 채운 고요를 에너지가 넘치고 결단력이 있으며 사무적인 너는 참을 수가 없지. 바로 그 때문에 넌 더 이상 어떤 말을 통 속에 외칠까 고민하고 싶지 않지—너는 머리에 떠오르는 첫번째 말을 외쳐대지. 난—님페야, 님페야!—너는 소리치지. 비할 데 없는 너의 목소리로 가득 찬 통은 그 남은 것을 내뱉지. 아름다운 다차 하늘로, 소나무 꼭대기 쪽으로—그리고 온갖 잡동사니로 가득한 다차의 무더운 다락방으로, 아무도 경기를 벌이지 않는 배구 경기장으로, 몇 천 마리의 살진 토끼들이 있는 토끼장으로, 기름 악취를 풍기는 차고로, 바닥에 아이들 장난감이 널브러져 있고 등유 램프가 탄내를 풍기는 베란다로, 다차 마을 주위의 톱밥과 골풀이 무성한 황무지로 네 외침의 여분인—메아리가 옮겨가지. 에야-에야-에야 야야야야야 아-아! 마당 해먹에서 쉬고 있는 네 아버지는 몸을 떨며 잠이 깨지. 누가 거기서 소리치는 거야. 저런 망할. 애 엄마, 연못 어딘가에서 당신의 망할 놈이 소리치는 게 들려. 내가 그놈한테 무슨 일을 하라고 시켰던 것 같은데. 아버지는 서둘러 집 안으로 들어와 방을 살펴보지. 그는 네가 책상에 앉아 열심히—이 열심은, 네가 네 빡빡 밀어버린 머리를 옆으로 숙이고서 마치 널 완전히 망가뜨린 듯, 그래, 높은 절벽에서 돌 위로 널 던진 다음에 다시 시뻘겋게 달군 무쇠덩이를 집는 대장장이의 불집게로 더욱 더 널 망가뜨린 것처럼 바보같이 등을 구부린 모습에서 드러나지—쓰고 있지만 아버지는 보이는 것만 봐. 책상 앞에 앉아 있는 건 오직 너 한 사람이고, 또 다른 너는 그 순간 아카토프의 물통 옆에서 자신의 날아가는 외침을 기뻐하며 서 있다는 것을 그는 알 수도 추측할 수도 없지. 주위를 둘러보고서 넌 헛간 옆에 상당히 나이가 든 사람이 의사 가운 비슷한 해진 하얀 가운을 입고 있는 걸 알아차리지. 그 사람은 밧줄을 허리띠로 매고, 머리에는 누런 신문지로 만든 삼각모를 썼으며, 발에는—그의 발에 뭐가 있는지, 그러니까 그가 뭘 신었는지 주의 깊게 봐—그의 발에는—난 잘 살펴볼 수가 없어. 그는 어쨌든 조금 멀리 있으니까—발에는 분명 덧신을 신었어. 아마도 네가 잘못 본 걸 거야. 그게 정말 덧신이니, 운동화가 아닐까? 풀이 너무 길게 자랐어. 이 풀을 베어내면 난 그의 신발에 대해 훨씬 더 확실하게 말할 수 있을 텐데 말이야. 하지만 그러니—잘 알

수가 없지. 어쨌든 난 알아냈어. 그건 덧신이야. 흠, 잘 봐. 이 사람은 내 생각에 바지가 없어. 이 사람한테 아예 바지 자체가 없다는 뜻이 아니라, 특별히 지금 이 순간에는 없다는 뜻이야. 다른 말로 하면―그는 바지를 안 입었어. 특별한 일도 아니야. 지금은 여름이고 여름에는 가운 하나와 덧신만으로도 충분하잖니. 바지를 입고 가운을 입으면 더울 거야. 왜냐하면 가운―이건 거의 외투, 어느 정도는 외투, 덧감을 대지 않은 외투라 할 수 있지. 아니면 그 반대로 외투 없는 덧감, 아니면 단지―가벼운 외투지. 가운이 의사 가운처럼 하얗다면, 그걸 다른 식으로 가벼운 병원 외투라 부를 수 있겠고, 그 가운이 하얗지만 의사의 것이 아니라면 예를 들어 학자의 것이라면 용감하게 그 가운을 가벼운 연구용 방진복, 혹은 실험실 외투라고 불러. 넌 모든 걸 올바르게 설명하고 있지만, 우린 덧신을 신은 그 사람이 입은 가운이 누구 건지는 아직도 몰라. 더 간단히 말하면 이래. 거기 헛간 근처에 그처럼 조용히 서 있는 나이든 사람은 누구지―신문지로 만든 삼각모에 하얀 방진복을 입고 맨발에 덧신을 신은 사람은 누구냔 말이야? 정말 너는 그 사람을 알아보지 못한단 말이니. 그가 바로 아카토프란 말이야. 언젠가 그는 온 세상에 알렸어. 식물의 다양한 부분에서 이상하게 부풀어 오르는 것―벌레혹―이 생겨난다는 걸 말이야. 이건 그로서는 매우 경솔한 일이었어. 비록 보다시피 여차저차한 후에 정의가 승리하긴 했지만 말이야. 이에 대해서 회상하는 것은 오랫동안 금지됐어. 이 학술원 회원은 조용히 다차에서 살고 있어. 그런데 대화를 위해 그의 집에 나타난 넌 그의 소방용 물통을 외침으로 채우고 있지. 아담한 굽은 나무를 닮은 이 학술원 회원은 섬세하고 조심스럽지만 들뜬 인간의 목소리로 네게 질문을 하지. 자네는 누군가. 난 자네가 두렵네. 정말로 자네는 여러 명인가? 질문하지 마세요, 어르신―넌 말하는 예법에서 가능한 한 예의 바르고 똑똑해 보이도록 노력하면서 말하지―전 완전히 한 사람이에요. 확실히요. 누군가 다른 아이가 나타난다면, 그애 말은 믿지 마세요. 마치 그애는―저와 똑같은 것처럼 굴 테지만 전혀 그렇지 않아요. 당신은 이게 어찌 된 일인지 확실히 짐작하겠지요. 그애가 오면, 전 장작 더미에 숨을 거예요. 당신은, 당신은―그애에게 거짓말을 해주세요. 제발 거짓말을 해주세요. 아무것도 모른다고요. 여기엔 아무도 없었다고 이야기해주세요. 그애는 좀 찾아보다가 사라질 거예요. 그러면 우리는 서두르지 않고 대화를 계속할 거예요. 그런데 자넨 왜 그렇게 물통에다 대고 소리치고 있었나―아카토프는 궁금해하지―무엇이 자넬 그렇게 하도록 했나? 귓바퀴에 손을 모아 갖다 대며 그는 덧붙이지. 다만 좀 더 크게 말해주게나. 난 잘 듣지 못한다네. 어르신, 제가 이 길게 자란 풀들을 넘어 당신께로 가도록 허락해주세요. 넘어오게나. 이제 난 자네가 무섭지 않은 것 같군. 안녕하세요. 안녕하세요. 친애하는 아르카디 아르카디예비치, 문제의 본질은 제가 나비들을 사랑한다는 거예요. 아-아, 나비들을 말이지, 많이 잡았나? 눈나비요, 아니면 일반적인 나비요?―질문에 질문으로 넌 대답하지. 아마 눈나비겠지―학술원 회원은 말하지. 조금―넌 말하지―저는 표본집을 모으고 있어요. 현재 그 표본집은 이러저러한 종류들을 포함하고 있어요. 오호, 정말 매력적이구나―아카토프는 놀라지―하지만 왜 그리 크게 소리를 지르지. 난 고함을 참지 못한다네. 수집을 하게나, 제발 조용히. 과일절임 속의 배처럼 주름지고 거무스름한 그의 얼굴은 흥분해서 창백해지고 있어. 그런데—그는 말을 계속하지—자네는 거기 뭐가 있든 개의치 않고 소리를 친 건가. 난 알지. 이게 자네 세대의 운명이지. 정말 자네는 젊네. 언뜻 보기에도 자넨 열여섯이 넘지 않았어. 오, 아니에요, 어르신, 당신이 잘못 보신 거예요. 오래전에 스무 살이 넘었어요. 전 서른 살이에요. 보세요, 중절모와 지팡이를 들고 있잖아요. 그래, 좋네. 들어보게나—아카토프는 네 말을 끊지—내가 자네에게 상담을 의뢰해도 되겠는가? 생기 넘치게. 기꺼이요, 어르신. 전 완전히—주목하고 있답니다. 최근에—학술원 회원은 사방을 둘러보고는 거의 속삭임 정도로 목소리를 낮추지—난 어떤 발명품을 만들었다네. 자리도 덜 차지하지. 그건 우리 다차 지역에서는 흔한 꽤 평범한 헛간이었어. 지붕의 이면인 천장, 대패질이 안 된 판자로 만든 벽과 바닥. 네가 헛간에 들어갔을 때, 마치 더러운 흔적을 남기지 않으려는 듯 신발을 벗고 지팡이를 내려놓고서는 거기에서 뭘 보았니? 난 거기서 탁자, 의자, 침대, 그리고 창문턱에 있는 책 더미를 보았어. 이 모든 것 위로 비치는 겨울의 하얀 태양빛에 눈을 가늘게 뜨고서—너구리 모피코트를 입고—눈 더미와 다차의 눈 덮인 숲을 배경으로—해부학, 식물학, 생물학 선생인 비할 데 없는 너의 베타가—빛나는 듯, 날아가는 듯, 압도하는 듯 서 있지—그리고 마치 옥죄는 올가미처럼 그녀의 놀란 얼굴에는—너에 대해 기억한다든가, 너와 일대일로 이야기한 듯한 낌새는 전혀 없었어—오, 님페야, 이 얼굴은 많은 이들에게 약속된 것이었지—하지만 정말로 그 무섭고 되돌릴 수 없는, 호텔 방과 아파트의 어둠 속에서 구별이 안 되는 많은 사람들 속에서, 정말로 그 다수 속에서―특수학교의 수업을 못 따라가는 천치인 너, 광포한 부드러움과 기쁨 속에 네가 꺾은 꽃이 되고 싶은 너, 그런 너를 위한 자리가 있겠니. 정말 너도 그들 속에 있었단 말이니?! 이런 맙소사, 놀라운 사진이군 그녀는 마치 여기에 살아 있는 듯하군 다시 말하면 아니야 내가 실수했어 문체상의 실수야 난 그녀가 진짜 같다고 말하고 싶었던 거야 수업에서처럼 그녀는 아름답고 다가가기 어렵다고 말이야 누가 이걸 찍었지 언제 왜 난 전혀 몰라 사진기를 가지고 있는 아무개 사기꾼놈 그는 누구야 그들은 어떤 관계야 여기 아니면 다른 곳 수많은 질문들. 이렇듯 난 어떤 발명품을 발명했다네. 보게나, 평범한 지팡이지, 그렇지? 그런 것 같지. 네네 그런 것 같네요 어르신 그런 것 같아요 저도 겨울에 여기 아주 자주 와요 하지만 사진 찍는 사람들 없이 혼자 오지요 눈 더미를 배경으로 해서는 사진을 찍지 않아요 그저 저는 사진기 가진 사람을 몰라요 그녀는 저에게 알렸어야만 해요 그렇게 이러저러하게 이러저러하게 그렇게 쏙독새의 땅에 자동차를 타고 갔었다고 말이에요 어떤 기술자이자 박사요 미술학자이자 감독이며 회계사이기도 한 녀석과 함께 말이에요 빌어먹을 그녀는 다차로 가는 길의 눈 더미를 배경으로 사진을 찍었다고 말해요 심지어 그들은 오솔길의 눈을 치우지 않으려고 다차에는 들르지도 않았다고 해요 반시간 동안 산책을 하고 도시로 돌아왔다는데 전 완전히 믿을 뻔했어요. 하지만 그건 심오한 망상이라네. 잘 지켜보게나, 젊은이. 난 이걸 하나의 수직 위치에서 다른 수직 위치로 옮겨놓겠네. 달리 말하면―이게 물구나무를 서게 할 걸세. 그러면 나와 자네의 놀란 눈에 무엇이 펼쳐지겠는가? 전 소리쳐요 어르신 소리친다고요 왜냐하면 기만당한 님페야인 저는 대머리에 평발인 데다가 이마는 진짜 저능아들처럼 튀어나왔고 의심이 많아 늙어버린 얼굴을 하고 있기 때문이지요 보세요 전 완전히 끔찍한 몰골이에요 제 코는 지저분한 여드름투성이고요 입술은 마치 오리한테서 태어난 것처럼 앞으로 튀어나왔고 평평하지요 언젠가 사춘기의 절정에 이르렀을 때 제가 진주조가비로 만든 4분의 3 아코디언으로 바르카롤라를 연주하는 걸 배운 건 아무 의미도 없지요 그건 도움이 되지 않았어요 그 시절은 견딜 수 없을 만큼 고통스러웠어요 우린 우리의 지팡이 끝에 박힌 평범한 못을 보고 있어요. 그러니까 지팡이에 박힌 못의 뾰족한 끝부분이 마치 치명적인 쇠침처럼 우릴 보고 있어요—하지만 겁먹지 말게나, 젊은이. 그걸로 자네를 겨냥하진 않겠네 그리고 자네를 찔러 상처 입히지 않겠네. 대신 그걸로 내 다차 마당을 더럽히는 모든 종잇조각들을 겨냥할 걸세. 난 그것들을 내 독특한 발명품으로 뚫어서 꿸 걸세. 그리고 종잇조각들이 날카로운 끝에 꿰여 쌓이면, 마치 고대의 용사가 창에 꽂힌 적들을 창에서 빼내듯이 난 그걸 못에서 빼낼 걸세. 그리고 내 정원 구석에 있는 변소의 깊은 구멍 속에다 던져버릴 걸세—그게 나 같은 노인네가 불굴의 용사들을 버리지 않을 수 있게 해주는 내 발명품이라네. 병 때문에 난 몸을 굽혀서 종잇조각을 주울 수 없거든. 하지만 못이 달린 평범한 지팡이 덕분에 몸을 구부리지 않고도 청결을 위해 싸울 수 있다네. 내 보기에 자네는 드물게 단정한 사람 같으니, 자네가 조언을 해주게나. 바로 이거라네. 자네가 보기에 이 지팡이로 특허를 신청하는 게 의미가 있겠는가?

또렷이 드러나지 않는 네 편도선 사이의 아픈 목구멍에서 나는 분노의 새소리를 억누르며. 존경하는 아르카디 아르카디예비치, 저는 당신의 발명품이 특별하다고 평가해요. 어쨌든 지금은 제가 당신의 조언이 필요해요―당신이 제 조언을 필요로 하는 것보다 더 말이에요―당신은 명예에 관한 문제지만, 저는―소설에 나오는 것처럼 말해서 죄송해요. 그래서 왠지 서투르고 웃기네요―제가 당신에게 구하는 문제는 전 생애에 관한 문제예요. 기다리게나, 기다리게나. 다시 자네와 있는 게 두려워지기 시작했다네. 정말로 자넨 나에게 뭔가 중요한 것을 물어보려는 겐가. 나 좀 앉겠네. 정말로 자네가 이 늙고 눈도 잘 안 보이는 다차의 노인네한테서 무엇을 얻으려는 겐가. 그래, 도대체 나한테 질문을 던지는 자네는 결국 누구란 말인가. 그리고― 내 멋진 통에 소리를 지르는 건 그만둬주게나. 더는 그러지 않겠어요, 어르신. 저는 모든 걸 설명할 준비가 되어 있어요. 저는 이웃에 있는, 제 부모님의 다차에서 살아요. 여기 경치는 매우 아름다워서, 언젠가 한번 제게 불쾌한 일이 일어난 적이 있어요. 하지만 그 이야기는 나중에요. 중요한 것은 제가 한 여자를 아주 싫어한다는 것이에요. 유대인 여자 셰이나 턴베르겐을요. 그녀는―마녀예요. 그녀는 우리 학교에서 교무주임으로 일하고, 수고양이에 대해 노래하지요. 흠, 어르신도 아마 어린 시절에 이 노래를 배웠겠지요. 트라-타-타, 트라-타-타, 암고양이가 수고양이(kot)한테 시집갔다네, 코트 코토비치(Kot Kotovich)한테―아, 그런데요, 그 수고양이 이름이 기억나세요, 어르신? 잠깐만, 젊은이―아카토프는 기억을 더듬으며, 맥박이 뛰는 푸르스름한 관자놀이를 문질렀지―수고양이 이름은 트리폰 페트로비치라네. 맞아요. 그런데 저는 또다시 다른 문제를 들먹이고 있네요. 빌어먹을 트리폰 페트로비치, 그는 평범한 굴착기 기사예요. 셰이나에 대해 이야기하는 게 낫겠어요. 상상해보세요, 이 절룩거리는 노파가 춤을 추며 광대한 텅 빈 복도를 따라 움직이는 걸요(전등들은 하나 건너 하나씩 켜져 빛을 내고, 2부 수업 반은 집으로 가버렸고, 저만 방과 후에 내일 수업을 예습하라고 남겨졌어요). 저는 복도 끝에 서 있거나, 아니면 목례를 할 준비를 하고서 그녀 쪽으로 걸어가고 있어요. 저는 심지어 주사를 맞고 잠든 것보다도 더 기분이 나빠졌어요. 아니에요, 그녀는 제게 나쁜 짓은 하나도 한 적이 없어요. 저는 그녀와 단지 축음기에 대해 이야기했어요(이야기해요, 이야기할 거예요). 비록 제 축음기는 백 년 동안이나 작동되지 않고 있고, 어떤 돈을 받고 연주를 해서는 안 되겠지만, 셰이나가 그걸 들고 자기 방에 들어가 문을 잠그기만 하면, 마치 새 것처럼 작동을 해요. 더 정확히 말하면, 그것은 연주를 하는 게 아니라 이야기를 하지요. 노파는 축음기 위에 레코드판을 올려놓아요. 그녀가 차고에서 소로킨과 함께 있으면서 남편을 배신하는 짓을 했기 때문에 목을 매달아 자살한 남편의 목소리가 담긴 레코드판을요. 아니에요. 소로킨이 목을 매달아 죽었고, 그녀의 남편인 야코프는 독살되었어요. 이해하네—아카토프가 대답하지—하지만 거기 레코드판에는 어떤 종류의 글이 녹음되어 있는가? 아-아, 그게-그게, 바로 그게 가장 중요한 거예요. 거기 레코드판에는 죽은 야코프가 **스키를리**를 읽고 있어요. 젊은이, 우선 내게 그걸 좀 들려주게나. 악몽 같은 농담이에요, 어르신. 심지어 저도 결심이 서질 않아요. 하지만 간략히 말하면 이래요. 이해하시겠어요, **스키를리**—

이건 동화 제목이에요. 곰이 나오는 무서운 동화예요. 저도 정확하게 는 몰라요. 대충은 이래요. 숲속에 곰이 살아요. 아마도 특별한 건 없어요, 아마도요! 하지만 낭패는 바로 이거예요. 이 곰이 ― 절름발이 불구란 거예요. 이 곰에겐 다리 하나가 없어요. 왜 그렇게 되었는지는 몰라요. 다만 다리가 없다는 것만 알아요. 제 생각에는 뒷다리인 것 같아요. 그 한쪽 뒷다리 대신에 곰은 나무로 된 의족을 달고 있어요. 곰은 보리수 나뭇가지로 그 의족을 만들었어요 ― 도끼로요. 그래서 곰이 숲을 거닐 때면 멀리서도 의족 끄는 소리가 들려요. 의족은 동화 제목과 같은 소리를 내요. **스키를리, 스키를리.** 야코프는 이 소리를 잘 흉내 냈어요. 그는 삐거덕거리는 목소리를 가지고 있어요. 그는 약제 사로 일했거든요. 이 동화에는 소녀도 나오는데 아마도 백묵으로 만들어진 소녀일 거예요. 소녀는 곰이 무서워 집 밖으로 나가지 않지만, 언젠가 ― 어떻게 그런 일이 일어났는지는 아무도 모르지만 ― 곰이 몰래 숨어서 소녀를 지켜보다가 소녀를 특별한 ― 고리버들로 짠 것 같은 ― 바구니에 담아서 자기 굴로 데려가서는 그녀와 뭔 짓을 해요. 그 게 뭔지는 알 수 없어요. 동화에서는 설명이 없어요. 거기서 모든 게 끝나요. 끔찍해요, 어르신, 생각하는 것만으로도요. 제가 **스키를리**를 떠올리면, 제가 떠올리지 않으려 노력하지만요, 떠올리지 않는 게 더 나아요 ― 인상이 찌푸려져요. 마치 그 소녀가 ― 소녀가 아니라 제가 아는 한 여자가, 저와 가까운 여자가, 당신은 이해하시죠. 물론 저와 당신은 ― 애들이 아니에요. 전 인상을 찌푸려요. 곰 ― 또한 곰이 아니라 저는 모르는 어떤 사람, 남자예요. 그리고 전 그가 거기서 뭔 짓을 하는 게 똑바로 보여요. 호텔 방에서요. 내가 아는 여자랑요. 그 빌어먹을 스키를리가 여러 차례 들리고, 전 그 소리가 너무 싫어 토할 거 같아요. 행여나 그가 누군지 알았다면 그 사람을 죽였을지도 몰라요. 스키를리 동화에 대해 생각하면 전 괴로워요, 어르신. 하지만 제가 숙제를 해가는 일은 드물기 때문에, 자주 방과 후에 수업을 예습 복습하기 위해 남아야만 해요. 그래서 교실에 혼자 남으면 전 보통 복도로 나와요. 하지만 거기에서 틴베르겐을 만나요. 다리를 절지만, 동시에 어쩐지 즐겁게 춤추는 듯한 걸음걸이로 다가오는 그녀를 보고, 그녀의 의족이 내는 아련한―마치 외로운 쏙독새의 외침처럼―삐거덕거리는 소리를 들으면, 그러면―용서하세요, 어르신―전 스키를리 동화를 떠올리지 않을 수 없어요. 왜냐하면 이 소리는 호텔에서 나는 바로 그 소리이며, 잠이 덜 깬 노파 얼굴에 수염이 허옇게 센 마녀이며 이미 죽었지만 강제로 깨워져 다시 살게 된 그녀가, 붉은 반점이 보이는 마루바닥이 깔린 아무도 없는 복도에 비치는 황혼의 빛 속에 서 있으며, 소녀가 나오는 이 동화에서 가장 슬픈 부분을 체현한 그녀 자신이 바로 그 스키를리니까요. 지금까지도 저는 도대체 이게 어찌 된 일이고, 이 모든 일이 다른 식이 아니라 왜 이렇게 돼버렸는지 이해하지 못하지만요.

그래, 젊은이, 그래, 난 수월하게 자네를 이해하네. 생각에 잠기며. 언젠가 뭔가 그 비슷한 일이 내게도 있었다네. 그런 일이 있었지. 내 젊은 시절에도 그런 일이 있었단 말일세. 물론 구체적으로는 기억이 나질 않는다네. 어쨌든 모든 게 이래저래 자네 경우와 비슷하다네. 하지만―갑자기 아카토프가 묻지―자네는 어느 학교에서 공부하고 있는가. 전혀 판단이 서질 않는구먼. 정말 자네가 이미 스무 살이 넘어 서른 살이라면, 도대체 무슨 학교를 다닌다는 말인가? 특수학교요, 어르신. 아하, 그렇군. 학술원 회원은 말하지(두 사람은 헛간을 떠나며, 너는 마지막으로 그녀의 사진을 돌아보았어)—자네 학교는 무엇을 특수하게 다룬단 말인가? 그런데 자네가 곤란하거나 불편하다면, 혹은 그게 비밀이라면—대답하지 말게나. 강요하지 않겠네. 내 질문이 그러하듯 자네 대답이 반드시 필요한 건 아니라네. 나와 자네는 나름대로 대화하고 있네. 우린 정말 옥스퍼드에서 시험을 치르는 게 아니잖은가. 내 말을 잘 이해하게나. 난 그저 궁금해서 그렇다네. 이른바 헛소리의 순서상 질문하기 위해—질문했다네. 우리 둘 중 누구나 아무 질문이나 할 수 있다네. 그리고 아무나 아무 질문에 대답하지 않을 수 있다네. 하지만 안타깝게도 여기—여기저기, 곳곳에서 아직 많은 사람들이 이 진실을 익힌 건 아니라네—그들은 나에게 그들의 질문마다 모두 대답하도록 강요했다네. 그들은—눈 쌓인 옷을 입고 있다네. 하지만 나는 말일세—그들이 아니라네. 아카토프는 하얀 실험실 방진복을 열어젖혔다가 여미며 말을 계속하지—원하지 않는다면 대답하지 말게나. 차라리 말없이 앉아 있는 게 더 낫다네. 주위를 돌아보며 여름이 어떻게 노래하나 들어보세나—그래, 아니네—아니야, 대답하지 말게나. 난 자네에 대해 무엇도 알고 싶지 않네. 자넨 나한테 호감을 갖기 시작했어. 이 지팡이와 중절모는 자네 얼굴과 놀랄 만큼 어울린다네. 단지 모자가 약간 크구먼. 자넨 아마도 자랄 것을 대비해서 샀나보군. 바로 그거예요. 자랄 걸 대비해서. 하지만 난 대답하고 싶었어. 그 어떤 불편함도 없으니까. 제가 공부하는 학교는 지적장애아들을 전문으로 다루고 있어요. 그 학교는 바보들을 위한 거예요. 거기 다니는 우리 모두는—각자 나름대로 비정상적이죠. 그 비슷한 시설에 대해 뭔가 들은 듯하네. 내가 아는 사람 중 누군가가 거기서 일하고 있는데, 그 사람이 도대체 누구지? 아마 베타 아르카디예브나를 말씀하시는 것 같네요. 그녀는 우리 학교에서 일해요. 이러저러한 과목을 가르쳐요. 흠, 물론 베타, 베타, 베타, 신발도 벗고 옷도 벗고—정신없이 손가락을 튕기며 특별한 이유도 없이 아카토프는 노래를 불렀어. 멋진 노래군요, 어르신! 말도 안 되는 소리, 젊은이. 우리 집에서 옛날부터 의미도 멜로디도 없이 불러온 노래야. 이 노랜 잊어버리게나. 그게 자넬 타락시킬까봐 두렵네. 절대 아니에요. 절대로요—흥분해서. 그럴 리가요. 난 말했어. 전 절대 잊지 않을 거예요. 그 노래가 제 마음에 꼭 든단 말이에요. 전 어떻게 할 수가 없어요. 네, 저와 그녀는 나이 차가 좀 있어요. 하지만 어떻게 해야 우리 사이를 더 잘 설명하고 규정할 수 있을까요. 우리를 떼어놓는 것보다 묶어놓는 게 더 많답니다. 당신께서는 무슨 말을 하는 거냐고 제게 물으시지만, 제 생각으로는 엄청 분명하게 표현하고 있다고 봐요, 아르카디 아르카디예비치. 제가 방금 언급한 공통점이란—당신과 저처럼 과학을 하는 사람들이 살아 있는 자연이라 부르는 것, 자라나는 모든 것, 날아다니는 것, 꽃피우고 헤엄치는 것, 이 모든 것들에 대한 애정—바로 이것이라 할 수 있어요. 제가 당신을 방문한 목적은 나비에 국한된 게 아니에요. 비록 제가—사실을 말하면—아주 어린 시절부터 나비들을 잡아왔고 또 앞으로도 화가 레핀의 팔처럼 제 오른팔이 마비되지 않는 한 나비 잡는 걸 그만두지는 않을 거예요. 그리고 저는 물통에 고함을 지르려고 당신 집에 온 게 아니에요. 그 일에 큰 의미를 두려는 마음이 있지만요. 그리고 전 통에다 소리치는 걸 그만두지 않을 거고, 그 통들을 전부 뭔가로 가득 채우지 않는 한 저는 저의 외침으로 공허한 빈 공간을 채울 거예요. 극심한 고통에 시달리지 않도록요. 어쨌든 제가 또 본론에서 벗어났네요. 간단히 말하면 이래요. 전 따님을 사랑합니다, 어르신. 그리고 그녀의 행복을 위해 무엇이든 할 준비가 되어 있어요. 게다가 전 베타 아르카디예브나와 최대한 빨리 결혼할 생각이에요. 상황이 허락하는 대로요. 장엄하게, 위엄 있게, 그리고 가벼운 경례로.

불쌍한 아카토프, 그로서는 전혀 예기치 못한 일이었지. 네가 그 노인네를 좀 비탄에 빠지게 한 것 같아서 난 두려워. 아마도 그와 비슷한 대화를 미리 해서 마음의 준비를 시켰더라면 더 좋았을 텐데. 예를 들면 두세 통의 예고 편지를 써서 네가 온다는 걸 미리 알려준다든가, 전화를 하거나 뭔가 그런 종류의 일을 했어야만 했어. 네가 서투르게 행동한 것 같아 난 두려워. 다음에도 그렇게 행동하면 명예롭지 못하지. 넌 나 없이 혼자서 베타 아르카디예브나에게 청혼할 권리가 없어. 나 역시 절대 그녀를 잊지 않을 거야. 그리고 설명할 수는 없지만 자라는 모든 것과 날아다니는 것들은 그녀와 나 역시 가깝게 만들어주고 있어. 자라는 것과 날아다니는 것은 우리에게도 공통점이란 말이야. 나와 그녀에게도 말이야. 너 자신도 알고 있잖아. 하지만 넌 나에 대해 아카토프에게 아무것도 알리지 않았어. 너보다 훨씬 더 낫고 훨씬 자격이 있는 나에 대해 말이지. 이것 때문에 난 널 미워하고, 그래서 너한테 이야기해줄 거야. 호텔 복도의 황혼 속에서 누군지 분별이 되지 않은 어떤 사람이 우리의 베타를 자기 방으로 데려간 것에 대해서 말이야. 거기, 거기서…… 아니야 잠깐만 난 조금도 잘못이 없어 넌 라일락 꽃잎들을 넋 놓고 바라보고 있었고 신문 기사를 베껴 쓰고 있었지 난 내 아버지의 집에서 우연히 나왔어 난 내가 성공할 거라 생각하지 않았어 아무것도 얻어내지 못할 거라고 생각했어 난 오직 나비들에 관한 이야기만 나누려고 아카토프를 만나고 싶었어 난 그에게 반드시 이야기했을 거야 너에 대해서 말이야 너의 엄청난 비인간적 감정에 대해서 말이야 너도 알고 있으며 나도 무척이나 존경하는 그 감정에 대해 말이야 난 내가 혼자가 아니라 우리가 둘임을 이야기했을 거야 난 그에게 이 점에 대해 이야기했을 거야 처음에 난 이렇게 이야기했을 테지 어르신 그래요 전 따님을 사랑해요 하지만 비교할 수 없을 정도로 저보다 자격도 있고 더 나으며 그녀를 백 배나 열렬히 사랑하는 사람이 있어요. 그리고 제 문제를 긍정적으로 해결해주신 데에 대해 당신께 감사드리지만, 분명히 그 사람도 초대해야 할 것 같아요. 의심할 바 없이 그가 당신 마음에 더 들 거예요. 그래도 될까요. 제가 그를 부를게요. 그는 여기 멀지 않은 이웃마을에 있어요. 그는 오려고 채비를 하긴 했지만, 약간 바빴어요. 그에겐 할 일이 있었거든요. 긴급하게 베껴 쓰는 일이오(그는 필사가인가? 아니요—아니에요, 당치도 않아요. 그냥 여러 사람들이 있어요. 더 정확히는—한 사람이 있어요. 신문에서 뭔가를 베껴 쓰라고 그에게 강요하는 한 사람요. 그 일을 해야 해요. 그러지 않으면 그 집에서 사는 게 쉽지 않을 거예요). 게다가 그는 라일락 꽃잎들을 넋을 놓고 바라보았고, 전 주의를 흩뜨리지 않으려 했어요. 그를 불러올게요—나는 이렇게 학술원 회원에게 말했을 거야. 문제의 해결이 긍정적이었다면 말이야. 그런데 아카토프는 널 거절했니? 나한테 진실만을 말해줘. 거짓말은 하지 마. 그러지 않으면 난 널 끔찍이도 미워할 거고 사블 선생님께 불평을 늘어놓을 거야. 죽었든 살아 있든—그는 위선과 교활함을 절대 참지 않았어. 난 우리 가슴속에서 불타는 이름을 걸고 네게 맹세해. 지금까지 그리고 앞으로도 특수학교의 학생인 나—별명이 '님페야 알바'*인 아무개, 높은 포부와 이상을 지닌 사람이자 영원한 인간적 기쁨을 위한 투사이며 무감각과 이기주의와 슬픔이 어떻게 발현되었든 간에 그것들을 증오하는 나, 우리 선생님 사블의 말씀과 전통의 최고 계승자인 나는 네게 맹세해. 내 입술을 한 번도 한 마디의 거짓으로도 더럽히지 않을 것을 말이야. 난 이른 아침 이슬방울처럼 깨끗할 거야—앞으로 몇년 간 정원에서 잠을 잘 백묵으로 된 소녀 베타의 이마를 적셔주려고 태어나 날아다니는 이슬처럼 말이야. 오, 말해봐! 난 힘과 달변, 영감과 열정, 용기와 지혜로 가득 찬 너의 이 말을 얼마나 사랑하는지. 말해봐, 서둘러서 그리고 말을 삼키며. 우린 아직 많은 다양한 문제들을 의논해야만 해. 하지만 시간은 아주 짧아. 아마 일 초보다 길지 않지. 자네가 내가 언급한 이 일 초라는 단어의 의미를 올바르게 이해한다면 말이야.

그때 아카토프는 (아니, 아니야, 나 스스로 생각건대 그는 웃기 시

---

* 님페야 알바(Nymphaea alba)는 '하얀 수련'이란 뜻의 라틴어.

작할 거고, 나의, 더 정확히는 아버지의 모자를 비웃을 거고, 내가 그리 잘생기지 못한 것, 게다가―못생긴 것을 비웃을 거야. 어쨌든 난 그 비할 데 없이 멋진 여자에게 청혼할 거야) 그저 나를 바라보았다가 머리를 숙인 채 서 있었어. 뭔가를 생각하면서. 아마도―우리 대화에 대해서, 나의 고백에 대해서 말이야. 게다가 내가 마지막 말을 할 때까지 그가 작고 굽은 나무 같았다면, 여기―바로 눈앞에 있는―그는 말라버려서 풀과 바람이 건드리는 것조차 못 느끼게 된 작고 굽은 나무 같았어. 아카토프는 심사숙고했어. 그러는 사이 나는 신문으로 만든 그의 삼각모에서 기사 제목들을 읽었고 그의 방진복을 바라보았어―넓고 자유로운 방진복에 마치 종의 추처럼, 마르고 정맥이 불거진 아카토프의 다리, 사색가이자 명예를 존중하는 사람의 다리가 걸려 있었어. 난 방진복이 마음에 들었지. 그런 걸 살 기회가 있다면 난 기꺼이 그와 똑같은 걸 걸치고 다니리라 생각했어. 난 어딜 가더라도 그걸 입고 다닐 거야. 정원이나, 텃밭에서도, 학교와 집에서도, 강 건너 나무 그늘에도, 먼 거리를 달리는 우편마차에서도 말이야. 창문 너머로 비와 그 비에 떠내려가는 짚으로 뒤덮인 마을들이 마치 젖은 닭처럼 보이며, 내 영혼이 인간적 고통들로 상처 입었을 때도 말이야. 하지만 아직―아직 난 기술자가 되지 않았어―나에겐 방진복이 없으며, 학교에서나 집에서나 난 내 아버지의 낡은 검사복을 뒤쪽에서 줄인 평범한 바지와 단추 네 개가 두 줄로 달린 재킷, 그리고 금속 버클이 달린 구두를 신은 차림이지. 어르신, 무엇 때문에 당신은 입을 다물고 계세요. 정말로 제가 당신을 화나게 하는 무슨 짓을 한 건가요, 아니면 제 말과 베타 아르카디예브나에 대한 제 감정의 진정성을

174

의심하고 계신 건가요? 믿어주세요. 전 당신에게, 사람에게, 제가 열렬히 사모하는 여자의 아버지에게 절대로 거짓말을 할 수 없어요. 제발 의심하지 말아주세요. 그리고 침묵하지 말아주세요. 그러지 않으면 전 돌아서서 가버릴 거예요. 우리 다차 마을들의 공허를 저 자신의 외침으로 채우려고요―당신의 거절에 대한 외침으로요. 오, 아닐세, 젊은이. 떠나지 말게나. 난 외로울 거네. 자네도 알다시피, 난 망설임 없이 자네의 모든 말을 믿고 받아들였네. 그리고 베타가 동의한다면, 어떤 반대도 하지 않을 걸세. 딸아이와 이야기를 좀 해보게나. 이야기를 해보게. 자넨 아직 내 딸에게 고백을 하지 않았잖은가. 내 짐작으론 딸애는, 우리가 그녀의 동의 없이 결정할 수 있을 거라고 생각도 못할 걸세. 이해하겠나? 우리끼리는 아무것도 결정할 수 없네. 생각에 잠겨서 어렵게 단어를 고르며 뭔가 불만스러운 메뚜기들이 건조하게 뜀뛰기를 하고 있는 풀밭에서 단어를 선택하며 게다가 모든 메뚜기들이 초록빛 연미복을 입고 있어 녹색의 지휘자들이 풀밭에서 단어를 고르며. 감추지 않겠어요, 어르신. 저는 사실 아직 베타 아르카디예브나에게 고백을 하지 않았어요. 단지 그럴 시간이 없었기 때문이에요. 우리가 상당히 자주 만나긴 했지만, 우리의 대화는 보통 다른 것에 관한 거였어요. 우린 과학에 대해 더 많이 이야기를 하죠. 우리에겐 공통점이 많아요. 이건 당연한 거예요. **전도유명한*** 젊은 생물학자 둘, 자연과학자 둘, 학자 둘. 하지만 이외에도―쌍방이―성숙하고 있지요―이미 충분히 성숙했어요―뭔가 완전히 특별한 것, 공통된

---

* '전도유망한'이란 단어에 대한 말장난.

흥미가 다른 공통점들로 보완되고 있어요. 자네를 너무나 잘 이해한다네, 젊은이. 자네 나이에 내게도 뭔가 비슷한 일이 있었다네. 나한테 그리고 한 여자한테도 말일세. 우리는 순진했고 선남선녀여서 제정신이 아닐 정도로 서로에게 빠져 있었지. 친애하는 아르카디 아르카디예비치, 저는 당신께 따로 한 가지 더 고백을 하고자 해요. 보시다시피, 저는 베타 아르카디예브나가 저를 남자로서 마음에 들어 하는지 완전히 확신이 서지 않아요. 제 말뜻은, 그녀가 단지 인간으로서 저를 좋아한다는 거예요. 확언은 못 하지만, 우스워 보일지도 모른다는 두려움으로 이렇게 가정하고 있을 뿐이에요. 전 불신 상태에 빠지길 원하지 않아요. 그런데 어르신께서는—베타 아르카디예브나의 아버지로서 그녀의 취향과 성격을 저보다 훨씬 더 잘 알고 계시니까, 용기를 내어 질문드릴게요. 어르신 생각에 제가 따님의 호감을 받을 자격이 있을까요. 전 왠지 암울하게 두려운 것이, 제가 그녀한테 어느 정도 지루해 보일 거 같다는 거예요. 좀 봐주세요. 잘 살펴봐주세요. 정말 그런지, 아니면 단지 그렇게 보일 수도 있는 건지 말이에요. 정말로 제 외모가 그리도 추해서, 인간이 가질 수 있는 모든 감정 중 가장 고양된 감정조차도 제 외모를 향상시킬 수는 없는 건지요? 하지만 제발 거짓말은 말아주세요. 부탁이에요. 그런 말도 안 되는 소리—아카토프는 대답하지—자네는 완전히 정상이라네. 완전히 말이네. 난 생각한다네. 많은 젊은 여자들이 자네 손을 잡고 인생길을 걸어가는 데 동의할 거라고 말이네—그리고 절대 후회도 하지 않을 거라고 말이네. 내가 자네에게 학자로서 조언해줄 유일한 것은—좀 더 자주 손수건을 사용하라는 것이네. 청결의 조건—하지만 그애는 많은 다른 사람들의 눈이나 상황보다는 개성을 훨씬 고귀하게 여기고 그걸 얼마나 높이 평가하는지 모른다네. 정말로, 나 역시 자네 나이에는 이걸 알지 못했다네. 하지만 대신 많은 걸 알았다네. 난 첫 논문을 발표하고 나중에 베타의 어머니가 될 여인과 결혼할 참이었지. 당시 난 이미 일을 하고 있었고, 많이 일하고 많이 벌었지―그런데 자네는 어떤가? 그래, 그런데 자넨 가정생활을 어떻게, 무얼 기반으로 꾸려나갈 심산인가? 자네에게 가장으로서 어떤 책임이 놓이게 될지 알고는 있는 건가? 이건 아주 중요하다네. 어르신, 전 당신께서 그런 질문을 하실 걸 짐작했기에, 찾아뵙기 훨씬 이전부터 이 질문의 답을 준비하고 있었어요. 어르신께서 무얼 염려하시는지 잘 압니다. 전 이미 모든 걸 알고 있지요. 왜냐하면 책을 많이 읽거든요. 우리 지리선생님 노르베고프와 대화를 나누기 훨씬 이전에도 뭔가를 좀 알고 있었지만, 노르베고프 선생님과 언젠가 화장실에서 만나 모든 것에 대해 숨김없이 이야기를 나눈 다음, 저는 거의 모든 것을 이해하게 되었어요. 게다가 사블 페트로비치는 책 한 권을 읽으라고 주었는데, 그걸 읽고는 모든 걸 완벽히 이해하게 되었어요. 뭘 이해했단 말인가?―아카토프가 질문하지―나눠줘보게나.

사블 페트로비치는 페인트를 칠해놓은 유리를 등지고 화장실 칸막이 쪽을 보며 창문턱에 앉아 있어. 그의 맨발은 라디에이터 위에 고요히 놓여 있고, 선생님은 무릎을 세워 그 위로 턱을 편히 괴고 있어. 장서표, 한권 한권씩. 불량스러운 낙서가 있는 화장실 칸막이 문들을 바라보며 그는 말하지. 얼마나 점잖지 못한 말들이 많은지, 왜 우리네 화장실은 이다지도 추한지, 여자들에 대한 우리의 감정은 이다지도 저질스러운지, 우리 특수학교 사람들은 이 얼마나 냉소적인가. 우리는 부드럽고도 강렬하게 사랑할 줄 모르지. 아니—방법을 모르지. 하지만 친애하는 사블 페트로비치—악취 풍기는 타일 위에서 방수포로 만든 흰 실내화를 신은 나는 그의 앞에 서서 반박하지—비록 저는 무슨 생각을 해야 하는지도, 세상에서 최고로 훌륭한 선생님인 당신을 어떻게 진정시켜야 하는지도 모르지만, 이것을 당신에게 상기시킬 필요가 있다고 생각해요. 바로 당신이, 당신 자신이, 당신이 직접—정말로 당신이 백묵으로 만들어진 아가씨인 로자, 저의 동급생이기도 한 그 아이를 강렬하고도 부드럽게 사랑하고 있지 않은가요? 오, 로자 베트로바—당신은 그녀에게 언젠가 말했지요—사랑스러운 아가씨여, 무덤의 꽃이여, 너의 순결한 몸을 내가 얼마나 원하는지! 또한 이렇게도 속삭였지요. 그 자신의 아름다움으로 혼란스러운 어느 여름밤에 푸른 강 건너편 풍향계가 달린 집에서 난 너를 기다려. 그리고 또 이런 말도 했지요. 그 밤에 우리에게 일어나는 일은 얼어붙은 사막을 모두 태워버리는 불꽃이나, 주인의 다가올 죽음을 경고하려고 갑자기 틀에서 떨어져 깨져버린 거울 조각에 비친 별똥별을 닮았을 거야. 이는 목동의 피리와 아직 작곡되지 않은 음악과 닮았을 거야. 나에게 와, 로자 베트로바. 진정 넌 죽음의 계곡과 고통의 언덕들을 걸어다니고 있는, 네 늙은 죽은 선생이 소중하지도 않니. 그리고 또. 네 허리의 떨림을 진정시키기 위해 그리고 내 슬픔을 덜어주기 위해 이리 와줘. 그래, 친애하는 학생, 내가 말했다네. 아니면 내가 그녀에게 이렇게 혹은 이 비슷한 말을 할 거라네. 하지만 정말 말이 어떤 것이

178

든 증명할 수 있겠나? 내가 위선적으로 행동한(행동할) 듯 여기지는 말아주게. 난 그런 성격이 아니라네. 그런 걸 못한다네. 하지만 그럴 때도 있다네—자네도 언제든 스스로 깨닫게나—사람은 아무 의심 없이 거짓말을 할 때가 있다는 걸 말일세. 사람은 자기가 진실을 이야기하고 있고, 자신이 약속한 것을 지킬 것이라고 확신한다네. 하지만 그는 거짓말을 하고 있으며 약속한 것을 절대 지키지 않을 걸세. 그런 일은 특히 유년시절에 일어난다네. 하지만 그다음엔 소년시절, 그다음엔 청년시절, 그리고 노년시절에도 일어나지. 정열 상태에 놓여 있는 사람한테 그런 일이 일어나지. 왜냐하면 정열은 광기와 비슷하거든. 감사해요, 전 몰랐어요. 잘 살펴볼게요. 전 단지 이것에 대해 의심했어요—이것과 많은 다른 것들에 대해서요. 이해하시겠어요. 전 어떤 상황이 괴로워요. 그리고 오늘 방과 후 여기, 밖은 습하고 바람이 불고, 미래의 기술자들을 키우는 2부 수업 반 학생들은 집에 갔고, 가방 속 뭉개진 샌드위치를 씹으면서(자신의 인내심 많은 어머니들을 슬프게 하지 않으려면 샌드위치를 다 먹어치워야 해요), 전 사블 페트로비치 당신께 뭔가를 알려드리려고 해요. 아마도 당신께서는 이 이야기가 믿기지 않을 것이고 어쩌면 듣고 실망하실 수도 있어요. 저는 오래전부터 당신과 상의하고자 했지만, 매일 미뤄왔어요. 쪽지시험은 이제 그만요. 집으로 가져가야 하는 과제들로 너무 괴로워요. 제가 그걸 하지 않게 해주세요. 의무감이 저를 짓눌러요. 괴로워요, 사블 페트로비치. 그러나 지금 제가 원하던 때가 왔고 당신에게도 알릴 수 있어요. 친애하는 선생님! 숲속 들판에 버려진 오두막들에서, 먼 거리를 달리는 우편마차들에서, 아늑함을 주는 모닥불의 연기에서, 에리 호숫가에서, 혹은—정확히 기억이 나질 않네요—바스쿤차크 호숫가에서, 범선 위에서, 유럽의 합승마차 지붕 위에서, 그리고 최고의 가정생활을 선전 선동하는 제네바 여행 안내소에서, 골풀 덤불과 종파(宗派)들에서, 벤치 빈자리가 하나도 없는 공원과 정원들에서, 언덕 위 '수고양이 옆에서'라는 술집에서 맥주 한잔 하면서, 진보적인 1, 2차 세계대전에서 초록의 유콘 강 얼음을 따라 개썰매를 열심히 타고서 황금에 대한 열정으로 흥분해서, 여러 곳에서—여기저기에서, 친애하는 선생님, 저는 여자란 무엇인가에 대해, 그리고 행동할 시간이 오면 어떻게 해야 할지에 대해 심사숙고했어요. 저는 관례적인 것들의 성격과 인간의 육체가 지닌 특성에 대해 생각했어요. 저는 사랑, 열정, 신실함이 무엇인지, 욕망에 양보하는 게 무엇을 의미하는지, 그리고 욕망에 양보하지 않는 것은 또 무슨 의미인지, 욕정과 색욕이 무엇인지에 대해 생각했어요. 저는 성교를 꿈꾸며 그 세부 특성에 대해서도 생각했어요. 왜냐하면 책과 여러 경로들을 통해 성교가 즐거움을 준다는 걸 알고 있어요. 하지만 문제는 이거예요. 어떤 곳에도, 그 어느 곳에서도, 제 평생 한 번도 한 적이 없다는, 그러니까 속되게 말하면 한 번도 여자와 **자본** 적이 없다는 거예요. 어쩌다가 그렇게 되었는지 저도 잘 모르겠어요. 아마도 능력은 되지만 제가 이 모든 걸 어떻게 시작해야 할지 상상을 할 수가 없어서 그런가봐요. 아니면 중요한 건—누구랑 할 것인가. 확실히 어떤 여자가 필요하지. 무엇보다도 오래전부터 네가 알고 있는 여자가. 그 일이 벌어질 때 혹여 금방 잘 되지 않더라도 넌지시 이끌어줄 수 있는 그런 여자 말이에요. 아주 착한 여자가 필요해, 무엇보다도 과부면 제일 좋다는 얘길 들었어. 무슨 이

유인지는 모르지만 과부가 좋다고 하더라고. 하지만 전 틴베르겐 말고는 아는 과부가 하나도 없어요. 그렇지만 그녀는 어쨌든 교무주임이고 그녀에겐 트리폰 페트로비치가 있어요(물론 축음기는 저한테만 있지만요). 다른 아는 여자라곤 없어요—오직 베타 아르카디예브나뿐이에요. 하지만 전 그녀랑 자길 원하지 않아요. 정말 전 그녀를 사랑하고 있고 그녀와 결혼할 계획이에요. 이건 전혀 다른 문제예요. 저는 그녀를 여자로는 전혀 생각하지 않아요. 저 자신에게 그녀를 여자로 생각하지 말라고 하고 있어요. 저는 그녀가 너무나 아름답고 너무나 단정해서 저랑 결혼하기 전에 뭔가 하는 걸 스스로 용납하지 못한다는 걸 알아요—그렇지 않나요? 사실, 학급에 아는 소녀가 몇 명 있긴 해요. 하지만 그들 중 한 명을, 예를 들어 최근에 뇌막염으로 죽은 소녀를 제가 따라다니기 시작했는데 우리가 그녀에게 보낼 화환을 사려고 돈을 모으면, 베타 아르카디예브나의 마음이 상할까봐 두려워요. 이런 일들은 곧 눈에 띄겠죠. 작은 집단에서, 동급생들과 선생님들 눈에는—모든 것이 확연해질 거예요. 베타는 제가 그녀를 배신하려 한다고 생각할 거고요. 그녀는 정당한 불평을 할 거고, 그렇게 되면 우리 결혼은 파탄나 모든 희망이 무너질 거예요. 그 희망을 우리가 얼마나 오랫동안 키워왔는데요! 사블 페트로비치, 몇 번이나 거리에서 여자들을 사귀어보려 했지만, 전 아마도 접근법을 모르나봐요. 제가 우아하지도 않고요. 멋있게 옷을 입는 것도 아니고요. 간단히 말해서, 아무런 소득도 없이 저는 차였어요. 하지만 전 이런 일을 감추지는 않아요—당신께 아무것도 숨기지 않기 때문이에요. 친애하는 선생님—저는 언젠가 흥미로운 젊은 여자랑 알고 지낸 적이 있는 걸 숨기지 않을래요. 그 여자의 얼굴도 목소리도 걸음걸이도 기억나질 않아서 자세히 묘사할 수는 없어도, 그녀가 대부분의 여자들처럼 대단히 아름다웠다고는 단언할 수 있어요.

제가 그녀를 도대체 어디서 만났을까요? 아마도 영화관이나 공원이었을 거예요. 우체국일지도 몰라요. 그 여자는 거기 창구에 앉아 있었고, 편지봉투와 엽서 들에 소인을 찍었어요. '전 세계 쏙독새 보호의 날'이었어요. 그날 아침에 저는 하루 종일 우표를 모으기로 작정했지요. 사실 집에는 우표 한 장도 없었고, 대신 저는 성냥갑 상표를 하나 찾아냈는데, 그 성냥갑 상표에는 우리 모두가 보호해야 할 어떤 새가 그려져 있었어요. 저는 그게 쏙독새란 걸 알았어요—저는 그 그림 위에 소인을 찍으러 우체국으로 향했어요. 거기 창구에 앉아 있는 여자를 보자마자 그녀가 마음에 들었지요. 넌 우리 선생님한테 그 여자를 묘사할 수 없다고 말했잖아. 그럼 너희가 만났던 그날이라도 묘사해봐. 거리는 어땠는지, 날씨는 어떠했는지 알려줘. 이것이 네게 너무 어려운 일이 아니라면 말이야. 아니-아니야, 어려울 건 하나도 없어. 기꺼이 네 요구를 들어줄게. 그날 아침에 구름은 보통 때보다 더 빨리 흘러갔어. 난 하얀 솜 얼굴들이 빠르게 나타났다가 서로서로 녹아드는 걸 보았지. 서로 충돌하기도 하고 서로 겹쳐 흐르기도 했고, 황금색부터 자주색까지 색깔이 다양했어. 우리가 행인들이라 부르는 사람들 중 많은 이들이 미소를 지으며, 흩어지기는 하지만 여전히 강한 햇빛 때문에 눈살을 찌푸리기도 하면서, 나처럼 구름의 움직임을 지켜보고 있었어. 나와 비슷하게도 사람들은 미래가 가까이 다가오고 있음을 느꼈지. 그 미래의 전령은 바로 이 외워지지 않는 구름들이지. 내

말을 수정하지 말아줘. 난 실수하지 않았어. 나는 학교에 갈 때나, 쑥
독새 그림이 그려진 성냥갑 상표 위에 소인을 찍으러 우체국에 갈 때
면, 내 주위와 기억 속에서 사물들, 현상들을 찾아내기는 쉬웠지—난
이 현상들에 대해 생각하는 게 좋아—이 현상들은 집으로 가져가 숙
제로 할 수도, 외울 수도 없는 것들이지. 아무도 외울 수는 없어. 빗소
리, 비단향꽃무 향기, 죽음의 예감, 땅벌의 비행, 브라운 운동*, 그리
고 다른 많은 것들. 이 모든 것들은 연구할 수는 있지만, 외울 수는 없
어—절대로. 이런 것들로는 구름, 먹구름, 완전한 불안, 다가올 뇌우
도 있지. 구름 낀 하늘 외에도 그날 아침의 거리도 있었지. 이런저런
자동차들이 지나갔고, 자동차들 안에는 이러저러한 사람들이 타고 있
었어. 상당히 더웠어. 난 잔디밭에 깎지 않은 풀이 자라는 소리를 들
었어. 뒷마당에는 유모차들이 삐거덕거리는 소리, 쓰레기통 뚜껑들이
내는 시끄러운 소리, 건물 현관에서 들리는 승강기 문소리, 학교 운동
장에서 오전반 학생들이 순식간에 달리는 체력단련 크로스컨트리 소
리를 들었지. 바람이 그들의 심장박동 소리를 실어다주었지. 어딘가
멀리, 아마도 도시의 다른 끝에서 울고 있는 아카시아의 먼지 묻은 잎
들과 바쁜 듯 지나가는 구름들, 오프셋 인쇄공장의 벽돌 굴뚝에서 기
어나오는 연기가 맹인의 검은 안경알에 비치는 모습, 그 맹인이 지나
가는 사람들한테 길을 건너가게 도와달라고 부탁하지만 모두들 바빠
서 멈춰 서는 이가 아무도 없는 모습을 들어. 부엌에서—골목으로 난
창문이 활짝 열려 있지—두 노인이 서로 이야기를 나누며(주제는

---

* 액체나 기체 안에 떠서 움직이는 미소입자의 불규칙한 운동.

1882년 뉴올리언스에서 일어난 화재에 관한 것이었어), 고기를 넣은 양배추수프를 끓이는 소리가 들렸어. 연금을 수령하는 날이었거든. 난 그들의 냄비에서 물이 펄펄 끓는 소리와 가스계량기가 제곱센티미터 당 연소되는 가스량을 재는 소리를 들었지. 난 이 건물과 이웃 건물의 아파트들에서 인쇄기와 재봉틀 들이 돌아가는 소리, 잡지를 쭉 훑어 넘기고 양말 구멍을 사뜨고, 코를 풀고 웃고 면도를 하고 노래하며, 눈꺼풀을 닫거나 아무 할 일이 없어 휘어서 떨어지는 빗소리를 흉내 내며 뭉툭한 손가락들을 유리창에다 대고 튕기는 소리를 들었어. 난 빈 아파트들의 정적 소리도 들었지. 그 아파트의 주인들은 직장에 나가 저녁때나 되어야 돌아오거나 아니면 영원 속으로 떠나버려 돌아오지 못하는 거지. 난 벽시계들의 추가 리드미컬하게 흔들리는 소리와 다양한 상표의 손목시계들이 내는 똑딱거리는 소리를 들었지. 나는 키스, 속삭임, 내가 모르는 연인들의 가쁜 숨소리 들었어—넌 절대 그들에 대해 아무것도 알아내지 못해—스키틀리를 하고 있는 연인들에 대해 말이야. 난 그들이 부러웠지. 그와 똑같은 걸 함께해줄 여자와 사귀는 걸 꿈꾸었지. 난 거리를 걸으며 건물에 걸린 간판과 광고들을 연속해서 읽었어. 비록 오래전에 다 외워 알고 있는 것들이었지만 말이야. 난 그 거리의 모든 단어들을 다 외웠어. 왼편. 어린이 보아뱀* 수리. 진열장에는—기술자를 꿈꾸는 소년 포스터가 있어. 소년은 손에 커다란 글라이더 모형을 들고 있지. 북극의 모피. 진열장에는—입을 벌린 북극곰 박제가 있어. 영화-낙엽-극장. 그날이 오면, 우리 둘

---

* '보아뱀(constrictor)'은 '집짓기 완구(constructor)'라는 단어에 대한 의도적 말장난.

은 여기로 올 거야. 베타와 나 말이야. 몇 번째 줄이 좋겠어요?—난 베타에게 물어보겠지—세번째 아니면 열여덟번째? 모르겠어요—그녀는 말하겠지—차이를 모르겠어요. 아무 줄이나 골라요. 하지만 그녀는 여기에 덧붙이지. 그런데 난 더 가까운 게 좋아요. 열번째나 일곱번째 줄로 골라요. 그게 너무 비싸지만 않으면 말이죠. 그러면 난 화를 내며 말하겠지. 무슨 말도 안 되는 소릴. 자기야, 돈이 문제겠어. 난 자기가 좋고 편하기만 하면 모든 걸 줄 준비가 돼 있단 말이야. 자전거 대여. 영화를 본 다음 우리는 반드시 자전거 두 대를 빌릴 거야. 자전거를 대여해주는 아가씨는 금발에 미소를 잘 짓는 사람이었고, 오른손엔 약혼반지가 있었지. 우리를 보고서 그녀는 웃지. 드디어 손님이 오셨네요. 이상하지요—이렇게 따뜻한 날씨인데 아무도 거리에서 자전거를 타고 싶어 하지 않네요. 정말 이상하지요. 이상할 거 하나도 없어요—나는 즐겁게 말하겠지—이런 날씨라서 도시 전체가 교외로 나갔어요. 오늘은 또 일요일이잖아요. 모두들 아침부터 다차에 가 있죠. 거기 다차에는 헛간마다 자전거가 세워져 있어요. 우리도 다차로 가려고 해요. 당신 자전거를 빌려 타고 갈 거예요. 고속도로를 타고서 곧장요. 우리 힘으로요. 아이스크림을 먹으며 간다 해도 전차를 타는 건 너무 더울 테니까요. 조심하세요. 더 주의하세요—아가씨가 주의를 주지—고속도로에서는 차들이 쌩쌩 달리지요. 갓길에서 벗어나지 않도록 하세요. 신호를 잘 지키고요. 속도위반은 하지 마세요. 추월은 왼편에서만요. 조심하세요—보행자들을요. 헬리콥터와 레이더로 교통 단속을 해요. 물론 우린 조심할 거예요. 우리가 이성을 잃을 일은 없을 테니까요. 결혼한 지 일주일밖에 안 된 지금은 특히나요. 우린 아주 오랫동안 결혼을 꿈꿔왔지요. 아하, 그러시군요―아가씨는 미소를 짓겠지―그렇다면 신혼여행이군요. 네, 우린 여행하기로 결심했거든요. 당신들이 들어올 때부터 그럴 거라 생각했어요―신혼부부일 거라고요. 당신들은 정말이지 잘 어울려요. 축하해요. 기분이 좋네요. 저도 바로 얼마 전에 결혼했거든요. 제 남편은―모터사이클 레이서예요. 그는 멋진 모터사이클을 가지고 있어요. 우린 아주 빨리 달린답니다. 저도 경주를 좋아해요―베타가 대화를 이어가지―저도 제 남편이 모터사이클 레이서이길 바랐어요. 하지만 안타깝게도 남편은 기술자이고 우리한테는 모터사이클이 없지요. 우린 자동차밖엔 없어요. 네―내가 반복해서 말하겠지―안타깝게도 자동차뿐이지요. 저 중고차요. 하지만 저도 모터사이클을 살 수는 있었어요. 물론이죠, 한 대 사세요―아가씨는 미소짓겠지―사세요. 그러면 남편이 당신들에게 타는 법을 가르쳐줄 거예요. 제 생각인데 그다지 어렵지 않을 거예요. 중요한 건 클러치를 제때 풀어주고 라디에이터를 조절하는 거예요. 이 지점에서 베타가 제안하겠지. 다음 주에 두 분이 저희한테 들르는 건 어떠세요. 모터사이클을 타고 오세요. 저희 다차는 강가 바로 옆에 있답니다. 왼편으로 두번째 길이에요. 아주 즐거울 거예요. 점심도 먹고 차도 마셔요. 고마워요―아가씨는 대답하겠지―꼭 갈게요. 마침 최근에 휴가를 얻었거든요. 당신이 좋아하는 케이크가 어떤 것인지만 말해주세요. '거위 발자국' 아니면 '축일' 중에서요―홍차와 함께 먹을 케이크를 갖고 갈게요. '축일' 케이크가 더 좋겠네요. '거위 발자국'은 우리 부부가 살게요. 네, '축일'이 좋아요. 네, 번거롭지만 않다면 송로버섯 모양 트뤼플 과자 이 킬로그램도 함께

사와주세요. 돈은 제가 바로 드릴 테니까요. 무슨 소리세요. 거기서 돈 이야기가 왜 나와요! 물고기-물고기-물고기. 동물원-멋쟁이새-가게. 도마뱀들이 들어 있는 수족관들과―홰 위의 초록빛 앵무새들. 향토박물관. 지식욕이 왕성해지길. 자신의 지역을 공부하라. 유용함. ASP―비밀 수송 대리점. 신발. 나는 '신발'이란 단어를 마치 '사랑'이란 단어처럼 읽었지. 꽃. 책. 책―최고의 선물, 내 안의 가장 좋은 것들은 책에게 빚지고 있지. 한권-한권씩. 책을 사랑하세요. 책은 고상한 취향을 키워줍니다. 책을 보아도 아무것도 알 수 없습니다. 책―인간의 친구. 책은 인테리어, 익스테리어, 폭스테리어를 꾸며줍니다. 미스터리. 옷은 백 벌인데, 모두 단추가 없는 것―이것은 뭘까요? 답―책. 백과사전에서 고대 러시아의 서적 인쇄업 항목. 고대 러시아에서 서적인쇄는 인쇄술의 창시자 요한 표도로프 시대 때 출현했다. 그는 도서관 방진복와 순모로 된 둥근 모자를 쓰고 있었다. 당시 일리야라는 증기선 요리사가 그에게 책을 한 권 주었다. 자, 읽게나. 가는 침엽수 잎들 사이로 떨어지는 우박은 창백한 이끼를 적시며 마치 은빛 콩처럼 튀어 오르기 시작했다. 그다음엔 다시. 난 나의 목적지로 갔다―사방이 어둡고 돌풍이 불었다. 연기가 흩어졌을 때, 광장에는 아무도 없었으나 강변을 따라 기술자 부라고가 걸어갔다. 바람에 그의 양말이 휘날렸다. 난 오직 하나만 말한다. 장군: 난 오직 하나만 말한다. 장군. 뭐야, 마샤, 버섯들을 따 모았나? 난 종종 호포(號砲)로 파멸을 알렸다. 칠월 초, 특히나 더운 시기에 바람을 맞고 있는 한 젊은이. 거기, 당신 말하시오, 어이, 다-앙-신! 흰 거 있어요? 흰 거 있습니다. 초프-초프, 차이다-브라이다, 리타-우말라이다-브라이다, 치키-우마치키-브리키, 리타-우살라이다. 밝아라, 밝아라, 하늘엔 별들, 얼어라, 얼어라, 늑대 꼬리! 오른편. 덧신-우산-지팡이, 한 가게에 모두 다 있지 꾸물거리지 않고 한번에 다 살 수 있도록. 유행 옷가게, 게가옷 행유*. 소시지. 누구한테 소시지가 필요하지. 그래—바로 이 사람한테 빵에 끼운 뜨거운 소시지가 필요하지! 잡화-내의. 휴식 공원, 울타리는 사십일 광년에 이르지. 그리고 그 뒤로—우체국. 안녕하세요, 제가 제 우표에 소인을 찍을 수 있을까요. 더 정확히는—저한테 찍어줄 수 있나요. 더더욱 좋은 표현은 다음과 같지. 당신의 도움으로 제 우표에 소인을 찍으려면 제가 어떻게 해야 할까요. 이리 줘보세요. 어떤 우표인지 보여주세요. 얘야, 이건 성냥갑이란다. 알고 있어요. 당신에게는 이러나저러나 상관없을 거라고 생각했어요. 여기에도 쏙독새가 그려져 있어요. 보세요. 그녀는 쳐다보고선 가볍게 웃었지. 김을 쐬어 상표를 떼내야지. 알겠어요. 좋아요. 김을 쏘일게요. 전 멀지 않은 곳에 살아요. 제 생각에는요, 엄마를 설득하면 제가 찻주전자를 불 위에 올리는 걸 허락해줄 거 같아요(엄마, 찻주전자를 데워도 돼요? 차를 마시고 싶은 거니? 정말 학교가기 전에 차를 마실 거니, 점심 먹을 시간인데 무슨 차를 마신다는 거니. 엄마, 문제는 김을 쐬어서 상표를 떼내야 한다는 거예요. 김을 쐬어서? 김을 쐬라고 우체국에서 그랬어요. 오, 맙소사, 넌 또다시 뭔가를 생각해낸 거구나. 도대체 어떤 우체국에서 누가 무엇 때문에 어떤 상표를 말이야. 넌 네 얼굴에 김을 쐴 거냐!) 하지만 전 당신네 우체국에서 왜 상표에 김을 쐬

* '유행 옷가게'라는 간판을 주인공이 거꾸로 읽고 있다.

어 떼낼 수 없는 건지 모르겠어요. 언젠가 전 우연히 보았어요―창문이 열려 있었거든요―당신들이 소포가 있는 방에서 차를 마시는 걸요. 당신들은 전기주전자로 차를 끓여 마셨어요. 여자 몇 명과 외투를 입은 남자 한 명이었지요. 당신들은 웃었어요. 그래, 맞아―그녀가 말했지―우리한테 있지. 이리 와라, 애야.

그래서 넌 그녀를 따라 긴 복도를 걸어갔지. 거기엔 갓을 씌우지 않은 전구들이 걸려 있었고 진짜 우체국 냄새가 났어. 밀랍, 풀, 종이, 노끈, 잉크, 양초 유지, 카세인도료, 너무 익은 배, 꿀, 삐거덕 소리가 나는 구두, 크렘브륄레*, 싸구려 아늑함, 카스피 해 황어, 죽순, 쥐똥, 고참 사무원의 눈물. 복도 끝에는 작은 방이 있었는데, 마치 복도 위쪽에 방이 있는 듯했어. 마치 강 위쪽에 호수가 있어서, 강으로 물이 흘러들듯이 말이야. 방의 선반들 위에는 여기저기로 보내질 주소 적힌 소포들이 많이 있었어. 창문은 은빛으로 빛났지. 여자는 소켓에 플러그를 꽂고 의자에 앉았어. 넌 다른 의자에 앉았지―너희 두 사람은 물이 끓길 기다렸지. 난 널 잘 알아. 넌 변덕스러운 성격이지. 넌 학교와 집에서 진득이 앉아 있지를 못하지. 넌 아직 너무 어리고 그래서 긴 침묵이나 대화가 오래 중단되는 걸 참지 못하지. 침묵은 널 불편하게 만들지. 한마디로 넌 수동성, 무기력, 침묵을 못 참아. 이제 넌 이 우체국 방에서 마치 혼자인 양, 너의 외침으로 방을 가득 채울 테지, 한가할 때 빈 교실과 화장실, 복도를 네 외침으로 채우는 것처럼 말이

---

* 차게 식힌 크림에 갈색 설탕을 뿌려 구워서 후식으로 먹는 음식.

야. 하지만 이곳에서 넌 혼자가 아니야. 네 존재의 깊은 곳에서부터 형용할 수 없는 외침이 아무 때나 밖으로 터져 나올 준비가 되어 있긴 하지만 말이야. 그때 넌 이른 사월의 꽃봉오리가 터지듯 활짝 열리며 네 외침에 완전히 몰입하게 되지. 난 님페야 님페야 님페야 에야-에야-에야 야-야-야-아-아-아—넌 못해. 넌 이 젊고 착한 여자를 놀라게 할 권리가 없어. 왜냐하면 네가 소리를 지르기 시작하면 그녀는 널 내쫓아버릴 거고 쏙독새 위에 소인을 찍어주지 않을 테니까. 무슨 일이 있어도 여기 우체국에서는 소리치지 마. 그러지 않으면 네가 그토록 오랫동안 꿈꿔왔던 표본집, 소인이 찍힌 하나의 우표로 이루어진 표본집이 사라지는 거지. 아니면 상표로 이루어진 거 말이야. 침착해. 관심을 딴 데로 돌려. 아무거나 이 세상 너머 신비한 것에 대해 생각해봐. 아니면 여자와 함께 상대에게 어떤 것도 강요하지 않는 대화를 시작해봐. 게다가 내가 알기에는 그녀가 네 마음에 단박에 들었잖아. 좋아. 하지만 도대체 어떻게 어떤 말로 시작하지. 난 어떤 것도 강요하지 않는 대화를 어떻게 시작해야 하는지 갑자기 잊어버렸어. 그냥 간단해. 네가 그녀에게 한 가지 질문을 해도 될지 물어봐. 고마워. 고마워. 잠깐만. 제가 당신에게 질문을 하나 해도 될까요? 물론이야, 애야, 물론이지. 흠, 이제, 무슨 말을 더 해? 이제 그녀한테 통신용 비둘기들이나 업무에 대해 물어봐. 일반적으로 그녀의 일이 어떤지 알아봐. 그래, 바로 이렇게 말이지. 저는 토양(pochva)에서 당신의 일이 어떤지 알고 싶어요. 다시 말하면 아니에요. 우체국(pochta)에서요. 중앙우체국(pochtamt)에서요 경의를 표합시다(pochtimte) 경의를 표하세요(pochtite) 포출레(pochule) 거의(pochti chto)*. 뭐-뭐,

우체국에서? 좋다, 얘야, 좋아. 그런데 그게 왜 궁금한 거니? 당신은 정말 통신용 비둘기를 키우고 있지요, 그렇지 않나요? 아니, 그런데 왜? 통신용 비둘기들은 그럼 도대체 어디에서 살아요, 당신네 포출레 (pochule)에서 키우지 않으면요? 아니, 우린 키우지 않아. 우리에겐 우체부들이 있단다. 그렇다면 당신은 우체부 미혜예프, 혹은 메드베데프를 아시나요. 파블로프를 닮았고 파블로프처럼 자전거를 타고 다니죠. 하지만 그를 창문 너머에서 보게 되리라 기대하지 마세요. 그는 이곳 도시에서는 자전거를 타고 다니지 않고, 교외의 다차 마을에서 근무하고 있어요. 그에게는 턱수염이 있어요—당신은 그와 인사를 나누지 못했나요? 안타깝네요. 하지만 우리가 그 사람에 대해 즐겁게 대화를 나눈다면 당신은 저와 있는 게 지루하지는 않을 텐데요. 난 지루하지 않아—여자가 대답하지. 이거 멋진데요. 그러니까 제가 당신 마음에 좀 들었다는 거죠. 제가 틀리지 않다면 전 당신에게 볼일이 있어요. 당신과의 친분을 이어나가야겠다는 생각이 들었어요. 그리고 심지어 친분 그 이상으로요. 제 이름은 아무개예요. 당신은요? 이런 재미있는 일이네—여자가 말하지—정말 재미있어. 웃지 마세요. 당신께 모든 진실을 알려줄게요—보시다시피 제 운명은 정해졌어요. 전 결혼해요. 곧 아주 빨리요. 아마도 어제 아니면 작년에요. 하지만 제 아내가 될 여자—그녀는 특히나 도덕적이에요. 제가 뭘 생각하고 있는지 아시겠어요? 그녀는 결혼 전까지는 절대 동의하지 않을 거예요. 하지만 전 매우 필요해요. 어쩔 수 없다고요. 그렇지 않을 경우 전 마

---

* 앞뒤 단어들과 비슷한 발음을 갖도록 하는 언어유희를 위해 만들어진 무의미한 단어들임.

치 피를 흘리는 것처럼 저의 비인간적인 외침 때문에 쇠약해질 거예요. 의사 자우제는 그런 상태를 모든 신경적 토양(pochva)에서의 발작이라 불러요. 그래서 당신께 저를 도와달라고, 저에게 호의와 친절을 조금 보여달라고 부탁하기로 했어요. 그렇게 해주신다면 당신은 정말 친절하신 분이세요. 당신은 여자잖아요. 제 생각으로는 당신도 당신의 신경적 우체국(pochta)에서 소리치고 싶을 거예요. 바로 그렇기 때문에 우린 우리의 포출리(pochuli)를 해소하지 않을 이유가 없어요. 정말 당신은 제가 전혀 마음에 들지 않나요. 전 정말 당신 마음에 들려고 노력했어요! 당신은 제가 당신 없이 얼마나 외로울지는 생각하지 않네요. 우리가 상표를 뜯어내고 당신이 거기에 소인을 찍어주면 전 제 아버지 집으로 돌아갈 거예요. 전 그 어디서도 그 어떤 것에서도 위안을 찾지 않을 거예요. 혹 당신한테 이미 누군가가 있나요. 누구와 함께 포출리를 해소하나요? 이런 맙소사, 넌 무슨 말을 하는 거니―여자가 말하지―무례하고 끔찍하구나. 그런 경우 저는 제가 모든 면에서 그 사람보다 훨씬 낫다는 걸 바로 증명할 준비가 돼 있어요. 게다가 당신은 이미 이걸 인식하고 있지요. 저의 정신은 유연함과 논리 그 자체라는 것이 정말로 명백하지 않나요. 온 세상을 통틀어 미래의 기술자가 혹시 한 명 존재한다면―그게 바로 저란 게 정말로 사실이 아니란 말인가요? 바로 저예요. 제가 당신께 무슨 이야기든 바로 해줄게요. 네, 무슨 이야기든지요. 그러고 나면 당신은 버티지 못할걸요. 여기. 제가 우리 '배수탑'이 지난주에 내준 작문 숙제를 나 자신의 말로 이야기해줄게요. 저는 맨 처음부터 시작할 거예요.

　나의 아침. 작문.

새벽에 조차용 기관차인 '뻐꾸기'의 기적이 노래하고 있다. 목동의 피리, 플루트, 코넷, 아이 울음, 두델리-데이. 나는 잠이 깨 침대에 앉아 내 맨발을 바라보고 있다. 그러고선 창문 밖을 내다본다. 텅 비어 있는 다리가 보이는데 초록빛 수은 가로등만이 다리를 비추고 있고 가로등 기둥들은 백조의 목을 하고 있다. 난 단지 다리의 차도 부분만을 보고 있지만 발코니에 나가서 보면 다리 전체가 펼쳐질 것이다. 그 잔교(棧橋)는—놀란 고양이의 등이다. 난 엄마 아빠와 함께 살지만 때론 혼자 살 때도 있다. 나의 이웃—늙은 여자 트라흐텐베르크, 그보다는—틴베르겐은 우리와 함께 오래된 아파트에서 살았거나 아니면 새 아파트에서 살게 될 것이다. 다리의 나머지 부분을 뭐라고 부르는지—난 모른다. 다리 밑에는—철로가 있는데, 더 잘 말해보면—몇몇 노선, 몇몇 통로, 동일한 너비의 몇몇 길이 있다. 아침마다 마녀 틴베르겐은 춤춘다—춤췄다. 춤출 것이다—현관에서, 트리폰 페트로비치와 수고양이, 그리고 굴착기 기사에 관한 노래를 읊조리며. 그녀는 붉은 마호가니 컨테이너들 위에서, 그 위에서, 천장 밑에서, 또한 그 옆에서 춤을 춘다. 나는 한 번도 보지는 못했지만 듣기는 들었다. 천장 밑에서. 그 밑에서—이리저리로—'뻐꾸기'가 시계바늘 아래에서 몸을 떨며 나온다. 트라-타-타. 그녀는 마라카스* 리듬에 맞춘다. 그녀는 갈색 화물 차량을 끌어온다. 난 머리털이 덥수룩한 이 노파를 싫어한다. 넝마조각으로 몸을 감싼 채 갈고리처럼 발톱을 길게

---

* 라틴아메리카 음악에 쓰이는 리듬 악기.

기르고 몇백 년 동안의 고통을 주름살들로 자기 얼굴에 새겨놓은 절름발이 여자, 그녀는 낮이고 밤이고 나와 내 인내심 많은 어머니를 놀라게 한다. 그리고 새벽에는 노래를 하기 시작한다―바로 그래서 내가 잠이 깬 것이다. 난 이 기적 소리를 좋아한다. 두델리-데이?―그녀가 묻는다. 잠깐 기다리고선 그녀 자신이 대답한다. 그래-그래-그래, 두델리-데이. 불쌍한 사람이요, 약사인 사람이자, 약제사인 사람 야코프를 독살한 자는 바로 그녀이다. 그리고 우리 학교에서 교무주임으로 일하는 사람도 그녀이다. 이런 식으로 나의 아침에 대해 결론을 내며, 나의 아침은 뻐꾸기의 외침, 철로의 소리로 시작된다고 말할 수 있다. 강과 거리, 고속도로가 모두 표시된 우리 도시의 지도를 보게 된다면, 순환도로가 쇠 올가미처럼 도시를 옥죄고 있다는 생각이 들 것이다. 그리고 만약 네가 보아뱀의 허락을 받아 우리 집을 지나가는 그 화물열차에 올라탄다면 그 열차는 완전한 원을 그리며, 하루가 지나 네가 올라탔던 바로 그 장소로 돌아올 것이다. 우리 집을 지나는 기차들은 우리 도시 주위를 원형으로, 그러니까―끝없는 곡선을 따라 움직인다. 그 때문에 우리 도시에서 빠져나가는 것은 거의 불가능하다. 순환노선으로 운행되는 기차는 단 두 대다. 하나는 시계방향으로, 다른 하나는 반시계방향으로 움직인다. 이와 관련해서 두 열차는 상호파괴적이라 할 수 있다. 동시에 운동과 시간을 파괴한다. 그렇게 나의 아침이 지나간다. 틴베르겐은 서둘러 어린 죽순밭을 밟는 걸 멈춘다. 늙음 그 자체처럼 가차없기도 하며 꽃피는 듯 자족적이기도 한 그녀의 노래는 멀리 산호초 석호 너머로 잦아든다. 그리고 다리를 건너 질주하는 자동차들의 작은북, 탬버린, 큰북 들이―드물게―우리 아파트의 정적을 깬다. 그건 사라질 것이다―녹을 것이다.

멋져, 멋져, 멋진 작문이야―사블이 말하지. 우리는 깊은 울림이 있으며 안개에 덮인 교육자다운 그의 목소리, 지역을 이끄는 지리선생님의 목소리, 통찰력 있는 지도자요 청결과 진리, 공간을 가득 채우는 투사의 목소리, 모든 박해받고 피 흘리는 자들을 보호하는 자의 목소리를 듣지. 우린 예전처럼 여기 더러운 남자 화장실에 있어. 그곳은 종종 매우 춥고 외로워서 우리의 파란 학생 입술에서―호흡의 징표, 삶의 징표, 우리가 아직 존재하거나 혹은 영원으로 떠났다가 사블처럼 지상에서 시작된 위대한 일을 수행하거나 완수하려고 돌아왔다는 징표인―입김이 나오지. 그 위대한 일이란 이런 거야. 학술원의 상이란 상은 모조리 휩쓰는 것, 모든 특수학교 차원에서의 화형식, 중고차 구입, 베트카 선생님과의 결혼, 나비채로 세상의 모든 바보들 패주기, 선별적 기억력 향상시키기, 백묵으로 된 노인들과 틴베르겐과 같은 노파들의 골통 뭉개기, 독특한 겨울나비 채집하기, 꿰매어진 모든 입에서 질긴 실 끊어버리기, 그 어떤 단어도 쓰이지 않은 신문―새로운 유형의 신문 제작하기, 체력단련 크로스컨트리 취소시키기, 그리고 A에서 Z에 이르는 모든 지점에서 자전거와 다차 무상 공급하기. 이에 더하여―자신의 입으로 진실을 말했던 모든 사람들을 죽음에서 부활시키기, 전공을 살린 직장에 복직시키는 것을 포함한 사블 선생님의 **완전한 부활**. 멋진 작문이야. 창턱에 앉아 라디에이터 위에 발을 녹이고 있는 그가 말하지―우리가 우리네 학생들을 이처럼 늦게 알아보다니, 좀 더 일찍 내가 자네의 문학적 재능을 못 알아본 게 얼마나 안타까운지 모르겠네. 페릴로에게 자네를 문학수업에서 빼달라고 요청했어야 했는데 말이야. 그러면 자네는 그 시간에 원하는 걸 맘껏 할 수 있었을 텐데. 자네 내 말 알아들었나?—맘껏 말일세. 그러면 자네는 지치지도 않고 쪽독새와 다른 새들이 그려진 우표를 모을 수 있었을 텐데 말일세. 자네는 노를 젓고 수영을 하고 뜀박질을 하고 펄쩍펄쩍 뛰어오르고 주머니칼로 목표물 맞히기 놀이와 편을 나누어 꼬리잡기 놀이를 할 수도 있고, 강철처럼 단련할 수도 있으며, 시도 쓰고, 아스팔트 위에 그림도 그리고, 벌금놀이를 할 수도 있을 텐데. 비할 데 없이 매력적인 것을 중얼거리며 말일세. 흰 것과 까만 것은 집지 마세요. 예와 아니요—말하지 마세요. 아니면, 당신은 무도회에 오실 건가요? 아니면, 숲속에 폭풍으로 쓰러진 나무 위에 앉아 아무것도 염두에 두지 않고 다급하지만 낮은 목소리로 혼자서 지루하지 않은 술래정하기 노래를 부르나요. 엔니키-베니키는 바레니키를 먹었다네, 아니면, 달이 안개 속에서 나왔네, 칼을 주머니에서 뽑았네. 하지만 더 좋은 건 이런 것. 일본 남자 셋이 살았네—야크, 야크-치드라크, 야크-치드라크-치드로니, 일본 여자 셋이 살았네—츠이파, 츠이파-드리파, 츠이파-드리파-림폼포니. 그들은 서로 결혼을 했다네. 야크는 츠이파랑, 야크-치드라크는 츠이파-드리파랑, 야크-치드라크-치드로니는 츠이파-드리파-림폼포니랑 결혼을 했다네. 오, 세상엔 할 일이 얼마나 많은지, 내 어린 동료여. 우리의 문학시간에 바보 같은—바보 같은 글쓰기 대신에 전념할 수 있는 일들 말일세! 불가능한 것과 잃어버린 것에 대한 회한을 느끼며. 슬프게. 한 번도 있은 적이 없고, 있지도 않은, 있지도 않을 인간의 얼굴을 하고. 하지만 아무개 학생,

난 두렵다네. 자네가 이 수업들을 피할 수 없는 게, 그리고 자네가 고통 속에서 우리가 소위 문학이라 부르는 작품들의 단편(斷片)들을 달달 외워야 하는 게 말일세. 자네는 우리의 타락하고 거짓투성이인 기형적 문인들의 작품을 반감을 갖고 읽어야 할 걸세. 자네는 이 일도 참을 수 없을 걸세. 하지만 그 대신에 이 불행한 시련을 거치면서 자네는 남자다워지겠지. 자네는 불사조처럼 자신의 잿더미 위에서 일어설 걸세. 자네는 이해할 거야―자네는 모든 걸 이해하게 될 걸세. 하지만 친애하는 선생님―우리는 반박하지―우리의 언어로 우체국에서 그 여자에게 해주었던 포출레에 대한 이야기를 쓴 작문을 읽고서도 당신은 확신하지 못했나요? 분명히 그랬네―선생님이 대답하지―나는 이걸 첫 문장에서부터 알고 있었네. 자네는 사실 단련이 필요 없다네. 난 그것들의 불가피성을 말한 거라네―자네를 위해, 물론 거짓된 불가피성이지―단지 나는 어떻게라도 위에 언급한 과목들의 수업에서 벗어날 수 없다고 생각하는 자네를 위로하고 싶었을 뿐이라네. 믿을지 모르겠지만 아주 최근에 난 손쉽게 페릴로를 설득해서 자네가 모든 수업에 자유롭게 드나들도록 할 수도 있었다네. 자네는 아마 알고 있을 테지, 자네의 순종적인 종복이 교육계에서―학교와 인민 규육* 부서에서 어떤 권위를 누리고 있는지를 말일세. 하지만 어떤 일이 일어난―뭐가 일어났는지는 아직도 나는 완전히 알지 못하네만―그때부터 난 모든 걸 잃어버렸다네. 꽃, 음식, 담배―자네는 알아차렸나, 내가 흡연을 그만둔 걸?―여자들, 정기승차권(보아뱀이 나한테

---

* '교육'이란 단어를 잘못 쓰고 있다.

확인시켜주었는데 이 정기권은 오래전에 기한이 넘었다고 하네. 하지만 나는 급료를 받지 못하기 때문에 새 걸 살 방법이 없지), 오락거리들, 그리고 가장 중요한—권위를 말일세. 어떻게 그럴 수 있는지 난 상상도 안 되네. 아무도 내 말을 듣지 않아—교무회의에서 어떤 선생도, 회의에서는 어떤 부모도, 수업에서는 어떤 학생도 내 말을 듣지 않는다네. 내 말은 이전에 그랬던 것처럼 심지어 인용도 하지 않는다네. 모든 일이 마치 나란 사람, 노르베고프가 더는 존재하지 않는 것처럼, 마치 내가 죽은 것처럼 돌아가고 있네. 바로 그때 사블 페트로비치는 화장실을 크지 않은 희미한 웃음으로 채웠어. 그래, 난 웃고 있네—그는 말했지—하지만 눈물을 통한 웃음일세. 친애하는 학생이자 친구인 님폐야, 나한테 확실히 무슨 일이 일어났다네. 예전에, 그리 오래전은 아니고 요 근래에 난 그게 뭔지 알았지. 하지만 이제는 아마도 완전히 잊어버린 것 같네. 자네 표현을 빌리면, 나의 기억은 선별적이 되어버린 거네. 그래서 난 여기 M지점에서 우리가 만난 것이 매우 기쁘다네. 자네 도움을 기대할 수 있으니 말일세. 날 도와주게나. 무슨 일이 일어났는지를 내가 기억나도록 도와주게나. 나는 많은 사람들에게 이를 부탁했지만, 아무도 나에게 어떤 것도 설명해주지 못했지—아니면 해주고 싶지 않았을 수도? 누군가는 그저 진실을 몰랐을 거고, 누군가는 알았지만 숨겼겠지. 돌아서며 거짓말을 했겠지. 또 누군가는 그저 면전에 대고 웃었지. 내가 자네를 아는 한, 자네는 절대 뭔가에 대해 거짓을 말하지는 않을 걸세. 자네는 거짓말을 할 줄 모르지.

그는 입을 다물었어. 그의 목소리는 더 이상 공허한 공간을 채우지 않았어. 저녁이 되자 도시의 소리들이 더 잘 들리게 되었지. 커다랗고 발이 많이 달렸고 몸이 끝없이 길다란 어떤 사람이, 뱀으로 진화하기 전의 선사시대 도마뱀처럼, 학교를 지나 거리를 지나갔어. 벌거벗은 얼음 위를 미끄러지며, 슈베르트의 세레나데를 휘파람으로 불며, 기침을 하고 욕을 해대며, 자신에게 질문을 던지고 자기가 또 대답하며, 성냥을 그으며, 공군 모자와 목도리와 장갑을 잊어버리며, 방금 산 주머니 속 악력계를 손으로 꽉 쥐며, 때때로 시계를 보며, 석간을 눈으로 대충 훑으며, 결론을 지으며, 측보기를 쳐다보며, 방향을 잃었다가 다시 찾으며, 건물들의 번지를 분석하며, 간판과 광고판을 읽으며, 새로운 땅의 획득과 더 큰 수익을 꿈꾸며, 지난날의 일들을 추억하며, 향수와 악어가죽 지갑 냄새를 사방에 퍼뜨리며, 아코디언을 연주하며, 어리석고 추하게 웃음을 지으며, 다차 우체부 미혜예프의 명성을 부러워하며, 경험하지 못한 소유를 취하며 여기, 슬픈 M지점에서 대화를 나누고 있는 우리와 선생님, 학생들에 대해 아무것도 모르면서 지나갔어. 그 어떤 사람이, 마치 선사시대의 도마뱀처럼 발이 많이 달렸으며 중세의 고문(拷問)처럼 끝도 없는 어떤 사람이 피곤함도 평온함도 모른 채 지나갔지. 그의 움직임을 배경으로, 지치지 않는 발소리를 배경으로 해서 우리는 전차 소리, 브레이크 소리, 전차의 접촉 안테나가 전선에 미끄러지며 만들어내는 쉭쉭거리는 소리를 들었어. 그러고선 나무와 함석판이 빠르게 부딪치는 둔탁한 타격음이 들려왔어. 아마도 자기 아버지 집으로 돌아가기가 싫은 특수학교 학생 한 명이 막대기로 낙수받이 홈통을 일정한 방식으로 두드리며 걸어가는 것이겠지. 그것이 그들이 플루트로 연주하는 모든 야상곡에 대한 저항의 의미가 되도록 노력하면서 말이야. 건물 안에서 발생하는 소리들은 이런 것이었어. 지하에서는 귀머거리에 벙어리인 보일러공 아무개가 일하고 있었지―석탄에 부딪힌 그의 삽은 삐거덕거렸고, 아궁이 문도 삐걱거렸어. 복도에서는 여자 청소부가 마루를 닦고 있었지. 젖은 대걸레는 물 양동이에 적당히 담겼다가 바닥을 철썩 때리고는 소리 없이 마른 바닥을 적셨지―붉은 말의 목욕, 감기 걸린 사람의 왈츠, 가득 채워지지 않은 욕탕에서의 스키틀리. 복도를 따라서 한 층 위에는 교무주임 셰이나 솔로모노브나 트라흐텐베르크가 걸어가고 있었어. 그녀의 의족이 쿵쿵 찍어 바닥이 삐거덕거렸지. 삼층은 비어 있고 조용해. 하지만 사층에 강당이라 불리는 방에서는 이 도시의 특수학교들에서 선발된 댄스 앙상블의 예행 연습이 열광적으로 진행되고 있었지. 바보 오십 명이 새로운 콘서트를 준비하고 있었어. 이제 그들은 〈대귀족들이여, 우리가 왔소〉라는 댄스 발라드를 예행연습했지. 노래 부르고 소리를 지르고, 발을 구르며 휘파람을 불고, 울부짖고 꿀꿀거렸지. 대귀족들이여, 그녀는 우리네 바보예요. 젊은이들, 그녀는 우리네 바보예요―한 무리가 노래를 불렀어. 대귀족들이여, 우리가 그녀를 가르칠 거요. 젊은이들, 우리가 그녀를 가르칠 거요―다른 무리가 약속했지. 팀파니가 무심하게 쿵 소리를 내고, 오보에가 천천히 몸을 사리며 기어갔고, 옆에서 염소 낯짝이 그려진 커다란 북이 울렸으며, 마마자국이 있고 날개가 딱딱한 그랜드피아노는 히스테리 발작으로 경련을 일으켰어―음표를 뛰어넘고 잘못된 음을 치고 자기 건반을 삼키면서. 그러고 나서 그곳 사층에는 불길한 휴지기가 찾아왔지. 그리고

200

일 초 뒤에, 우리가 일 초라는 이 단어의 의미를 제대로 이해한다면, 춤꾼이자 가수인 그들 모두는 한목소리로 〈계몽된 인류를 위한 찬가〉를 울부짖었지. 그 첫번째 화음에서 귀 있는 모든 자들은 모든 일을 미뤄두고 일어나 전율하며 주의를 기울여야만 했지. 우리는 간신히 그 노래를 알아들었어. 그 노래는 모든 지역을 통과해 M지점에 닿았지만, 층계 난간과 계단 사이의 틈, 모퉁이의 날카로운 모서리들은 그 노래의 유연하지 않은 부분들을 망가뜨리고 비틀어버렸지. 그리고 그 노래는 피투성이에다 눈을 뒤집어쓴 채 우리 앞에 섰어. 남자들로부터 그들이 원하는 모든 것을 하도록 강요받는 아가씨의 찢어지고 더러운 옷을 입은 채로. 하지만 칸타타를 부르는 목소리들 중에는, 아무 의미도 없고 아무 가치도 없는 목소리들 중에는, 뜻도 없고 의미도 없으며 목소리도 없는 시끄러운 소음 덩어리로 똬리를 튼 목소리들 중에는, 모호해질 운명의 목소리들 중에는, 의미 없고 평범한 거짓된 목소리들 중에는 순수함과 힘, 치명적이고 웅장한 비탄의 화신으로 우리에게 나타난 목소리가 있었어. 우리는 왜곡되지 않은 완전한 선명함 속에서 그 목소리를 들었지. 그것은 상처 입은 새의 비상과 비슷했으며 반짝이는 하얀 눈의 빛깔이었어. 하얀 목소리는 노래를 불렀지. 목소리는 하얬어. 목소리는 헤엄쳤어. 목소리는 헤엄치고 녹았어. 목소리는 녹았어. 그것은 모든 걸 무시하며 모든 걸 투과했어. 목소리가 커졌다가 다시 작아졌다가 했지. 목소리는 벌거벗었고 완고했으며, 노래하는 아가씨의 크게 뛰는 맥박으로 가득 차 있었어. 거긴 오직 그녀의 목소리뿐이었지. 그런데—자네는 듣고 있나?—사블 페트로비치는 속삭이며 말했지. 매력적이고 환희에 찬 속삭임으로—자네는 듣고 있나, 아니면 나한테만 그렇게 보이는 것인가? 네-네-네, 사블 페트로비치, 우리는 듣고 있어요. 로자 베트로바가 노래하고 있다는 이야기를요. 사랑스러운 아가씨이자 무덤의 꽃, 모든 저능학교를 통틀어 최고의 알토 가수죠. 그리고 지금부터 당신이—여기 화장실에서 뭘 하고 계세요?—라는 질문에—난 수업이 끝나 쉬고 있네. 아니면 난 내 발을 녹이고 있네—와 같이 대답하신다면, 우리는 당신을 믿지 않을 거예요. 명예롭지만 노회한 선생님. 왜냐하면 이제 우리는 모든 걸 알았기 때문이에요. 당신은 사랑에 빠진 평범한 학생처럼 기다리고 있는 거예요. 예행연습이 끝나고 강당에서 정박아들과 사산아들과 함께 그녀가 내려오길 말이에요—당신과 건물 우측 곁채에 있는 검은 계단에서 만나자는 약속을 한 그녀를 말이에요. 그 우측 곁채에는 제대로 된 전등이 하나도 없어요—어둡죠, 어두워요. 그리고 먼지 냄새가 나요. 거기 이층과 삼층 사이의 층계참에는 폐기된 체조 매트들이 더미로 쌓여 있죠—매트는 너덜너덜해서 거기에서—톱밥들이 빠져나와요. 그리고 거기, 바로 거기서 이렇게 이야기하죠. 이리와, 이리 와. 누구의 손도 타지 않은 네 몸을 내가 얼마나 원하는지. 환희에 찬 속삭임으로. 다만 더 조심하세요, 더 조심하라고요. 누군가 당신 말을 엿들을 수 있어요—체첸 사람이 산 너머에서 서성이고 있어요. 더 정확히는, 과부 틴베르겐을 조심하세요. 그녀는 밤마다 잠도 안 자고 지치지도 않고 현명하게 입을 다문 바보들을 위한, 외따로 감춰져 있는 학교를 배회하고 다녀요. 한밤중부터 그 건물에서는 오직 틴베르겐의 발소리만을 들을 수 있지요—이-이-이, 하나-둘-셋, 하나-둘-셋. 흥얼거리며, 마녀의 재담을 중얼거리며, 왈츠를 추거나 템

포 빠른 탭댄스를 추며 그녀는 복도와 교실, 층계들을 걸어다니지요. 층계 틈에 매달려 있거나 붕붕거리는 똥파리를 쳐다보면서 행진곡에 이리저리 몸을 돌리며 캐스터네츠를 치면서요. 오직 틴베르겐과 페릴로 사무실의 도금된 추가 달린 괘종시계만이 있지요. 하나-둘-셋— 밤에 학교 전체가—밤의 외로운 추가 되어 어둠을 일정한 크기의 조용한 조각들로 자르고 있어요. 오백 개, 오천 개, 오십 개 조각들로요. 학생들과 선생들 수에 따라서요. 너, 나, 너, 나. 아침 노을 속에—받으세요. 젖은 걸레와 백묵 냄새가 나는 혹한의 아침에, 신발주머니에서 실내화를 꺼내 운동화와 갈아 신으며—번호표와 함께—받으세요. 그래서 거기 매트 위에서는 더 조심하세요.

그래, 우리 사블 선생님이 말하지. 난 자네 말을 주의 깊게 듣고 있네. 진실을, 오직 진실만을 말일세. 자네는 내게 진실을 보는 눈을 열어줘야만 하네. 내가 성숙해지도록 말일세. 내 눈꺼풀을 들어올려주게나. 로마의 군인처럼 큰 코, 굳세고 근엄하게 꽉 다문 입술. 얼굴 전체는—거칠게 두드려진 듯, 장밋빛 가는 금이 나 있는 대리석에서 거칠게 두드려 캐낸 듯, 가차없는 주름살들로 덮여 있는 얼굴은—땅과 인간이 냉정히 평가한 결과지. 불굴의 로마 군대 첫번째 대열에서 행진하는 병사의 엄숙한 눈빛. 갑옷, 이탈리아 진홍빛 늑대 털로 가장자리 처리를 한 하얀 망토. 저녁 이슬이 내려앉은 투구, 구리와 황금 걸쇠들은 여기저기—흐릿흐릿해졌어. 하지만 아피아 가도* 양편으로

---

* 고대 로마의 도로.

죽 늘어선 횃불의 타오르는 불꽃은 갑옷과 투구와 버클을 빛나게 해주고 있지. 주위에서 일어나는 모든 것이—환영 같고 웅장하며 두렵기만 한데, 이는 미래가 없기 때문이지. 친애하는 사블 페트로비치, 잊지 못할 당신의 유언에 따라—그것은 우리 가슴을 클라스의 재처럼 두드리고 있어요—우리는 정말로 최고의 인간적 자산 하나를 획득했어요. 우리는 절대 어떤 거짓말도 하지 않도록 배웠지요. 우리는 거짓된 겸손 없이 이것을 알 수 있어요. 왜냐하면 여기, 우리의 양심과 우리의 행복한 소년시절이 되어준 선생님과의 대화에서—그런 겸손은 적당하지 않기 때문이에요. 하지만 선생님, 사람들과의 교류에서 우리가 어떤 최고의 원칙으로 우리 자신을 관리한다 하더라도 그 원칙들은 우리의 역겨운 기억을 대체하지는 못해요. 기억은 이전처럼 선별적이며 우리는 빛을 보내 당신의 무거운 눈꺼풀을 들어올릴 수 없을 듯해요. 우리 역시 당신에게 무슨 일이 일어났는지 거의 기억을 못 해요. 그때 이후로 이미 긴 시간이 지나갔어요—아니면 지나가겠죠. 맞네, 사블이 대답하지. 적잖게 지나갔네. 맞네, 적잖게, 적잖게도. 더 정확히 말하면 많이 지나갔지. 하지만 그럼에도 노력해보게나. 자네의 놀랄 만한 기억을 되살려보게나. 자신에 대한 무지로 고통받고 있는 선생을 도와주게나! 화장실 수도꼭지에서 이슬방울이 수천 년이나 된 녹슬고 역겨운 세면대로 떨어졌어. 어두운 오물투성이 하수관을 지나, 최신 기술상을 수상한 정화조와 여과기를 지나, 누군가의 맑은 영혼을 조용히 미끄러져 레테 강의 고뇌로 흘러들어가기 위해서 말이야. 영원히 거꾸로 흐르는 그 레테 강물은 너의 쪽배와 하얀 꽃으로 변한 너를 하얀 모래 강변으로 실어갈 거야. 이슬방울은 잠시 너의 만돌린 모양 노깃에 매달려 있다가 다시 장엄하게 강 속으로 가라앉을 거야—사라질 거야—녹을 거야—그리고 일 초 후에, 네가 일 초라는 이 말의 뜻을 제대로 이해한다면, 방금 건설한 로마 수로교의 입구에서 영원히 빛날 거야. 낙엽 지는 계절, 기원전 아무 해, 아무 날. 제노바, 총독 관저. 둥글게 말아놓은 느릅나무 껍질에 쓰인 그림 문자. 사랑에 빠진 원로원 의원이자 로마 병사인 사블, 서둘러 당신께 알려드려요. 당신의 고귀한 학생들인 우리가 마침내 당신을 그토록 불안케 한, 당신에게 조만간 일어날 혹은 이미 일어났던 일의 몇몇 세부사항을 기억해냈다는 것을요. 우리는 우리의 기억을 되살리는 데 성공했어요. 그리고 도대체 무슨 일이 일어났는지 추측할 수 있기에 당신의 젖어서 부은 눈꺼풀을 들어올릴 준비가 된 것 같아요. 서둘러 당신께 알려드려요. S. S. 트라흐텐베르크-틴베르겐이 부추기자 N. G. 페릴로 교장선생님은 당신 스스로 자리에서 물러나도록 했어요. 그럴 리가—노르베고프는 반박하지. 난 그런 일은 하지 않았다네. 왜? 무엇 때문에? 무슨 근거로? 난 아무 기억도 나지 않네. 이야기해주게나. 격앙되어.

5장
유언

초저녁마다 서쪽 하늘에는 금세 지평선 너머로 지는 황소자리의 토성이 보이고 한밤중에는 염소자리의 목성이 선명하게 보이며 아침 무렵에는 염소자리 왼편 아래쪽에 물병자리의 화성이 나타나는, 그런 매혹적인 달의 어느 날에 그 일이 일어났어요. 하지만 중요한 건—바로 이달에 우리 학교 라일락 정원의 벚꽃나무에는 어지러울 정도로 흐드러지게 꽃이 피었다는 거예요. 그 정원은 거리를 지나는 모든 똑똑한 학생들의 부러움을 사려고 대대손손 바보인 우리들이 만든 거지요. 존경하는 사블 페트로비치, 여기에서 다음을 언급할 수 있게 해주세요. 평범한 인간적 목소리를 빼앗겼기에 음절이 나뉘지 않은 태내의 외침을 외쳐야만 하는 특수학교의 죄수들이자 페릴로의 실내화 시스템의 노예인 우리들, 학업 시계라는 절대적인 거미줄에 얽히든 불쌍한 등에 같은 우리들은 모두 제 나름대로 바보같게도 정원과 선생님, 옷 보관소를 포함한 이 증오스러운 특수학교를 사랑해요. 우리가 다 나아서 정상이 되었다면서 정상적인 아이들을 위한 정상적이고 평범한 학교로 가라는 제안이라도 한다면 그러면—아니, 아니, 싫어요. 쫓아내지 마요!—우린 그 빌어먹을 실내화 주머니로 눈물을 닦으며 울 거예요. 그래요, 우리는 이 학교에 익숙해졌기에 이 학교를 사랑해요. 그리고 언젠가 우리가 소위 몇년이 지나 저마다 교실에 앉아 있는 걸 끝내면, 언젠가 저 낙서로 뒤덮인 흑갈색 책걸상이 있는 이 학교를 졸업하게 되면, 우리는 두려워하며 무너져내릴 거예요. 왜냐하면 학교를 졸업하면 우린 모든 걸—우리가 가진 전부를 잃게 될 테니까요. 우린 홀로 남을 거고 외로워질 거예요. 삶은 구석구석에 있는 권력과 여자, 자동차, 기술자 자격증을 향해 돌진하는 똑똑한 아이들 무리 속에 우리를 내던져버릴 거예요—하지만 완전한 바보인—우리에겐 그런 건 전혀 필요하지 않아요. 우린 단지 한 가지만 원해요. 수업 시간에 앉아 창문 너머로 바람에 사방을 깨물린 구름들을 바라보는 거예요. 노르베고프 선생님만 빼고 다른 선생님들에게는 주목을 하지 않으면서요. 그리고 하얀—하얀 벨소리를 기다리는 거예요. 그 벨소리는 마치 최고의 지리선생님인 사블 페트로비치 당신이 생애 마지막 수업을 하러 서둘러—당신이 눈 깜짝할 사이라고 하지 않는다면—우리 교실에 들어왔던 그 달에 피었던 하얀 벚꽃 다발 같아요. 맨발. 따뜻한 날씨. 따뜻한 바람. 문이 활짝 열리자—창문과 창문틀 들이— 활짝 열렸지요. 온기가 흘러 들어와요. 제라늄 화분들이 산산이 부서지고 바닥에 나뒹굴어요. 검은 흙덩어리에는 비에 젖어 반짝이는 벌레들이 꼬물거리고 있어요. 사블 페트로비치, 당신은—웃고 있어요. 문지방에 서서 웃고 있어요. 당신은 우리 모두를 바라보며 윙크를 해요. 눈을 깜박여요. 안녕하세요, 오월의 따뜻한 목요일에 소매를 걷어 올린 격자무늬 셔츠에 넓은 밑단을 접은 바지를 입은, 검표기로 구멍을 많이 뚫어놓은 여름 모자를 쓴 사블 페트로비치. 안녕하신가, 빌어먹을, 앉게들. 흠, 이 바보 같은 의식(儀式)이라니, 봄인데 말이야. 게다가 선생님은 봄날의 신선한 공기가 사람을 얼마나 건강하게 하는지 말씀하셨잖아요, 그렇죠? 그렇다네. 난 자네들에게 이야기를 해줄 거야. 하지만 지금은 수업을 시작해야겠네. 나의 친구들이여, 오늘 우리는 계획표대로 산맥의 체계에 대해 대화를 나눌 거라네, 안데스와 히말라야 산맥 등등에 대해. 하지만 이 모든 것이 누구에게 필요하단 말인가? 누구에게 이런 게 필요한가. 여러분에게 묻겠네, 원하는 곳이 어디든 빠르게 갈 수 있는 자동차들이 물웅덩이를 지나면서 짧은 치마를 입은 여자들에게 흙탕물을 튀기며 빠르게 달려갈 때 말이네. 불쌍한 아가씨들! 흙탕물은 심지어 그녀들의 무릎 위 가장 은밀한 곳에까지 튀기도 했지—내가 무슨 말을 하는지 자네들은 이해하는가? 즐겁게, 범포로 만든 바지를 추어올리며 커다란 파란색 무테안경을 연상시키는 반구(半球) 두 개가 그려진 지도 옆에서 춤추듯 걸으면서. 아무개 학생, 부탁을 들어주게나. 내가 자네에게 가르쳐준 몇몇 여자 이름들을 알파벳 순서대로 열거해보게나. 자네들 중 누군가가—난 이제 멀리서는 누가 누구인지 잘 안 보인다네—해보게나. 누군가가—일어나 속삭이듯 빠르게 말해요. 아그니야, 아그리피나, 바르바라, 발렌티나, 발레리야, 갈리나…… 그래—당신은 감동한 미소를 지으며 반복해요. 레오카디야, 흐리스티나, 율리야. 고맙네, 앉게나. 신실한 친구들이여, 난 오늘 이 봄날에 여러분에 대한 내 존경심을 증명하게 되어 얼마나 기쁜지 모른다네. 봄—자네들에게 이건 겨울이 아니란 말이지. 내 뒷마당은 외지고 슬픈 눈 더미에 덮여 있지만, 여러분의 종은 울려 퍼지고 있지. 자, 바로 그런 이야기를 해주겠네. 나는 한밤중에 섬에서 샴페인 세 병을 싣고 차를 몰고 가고 있었네. 다음 날 아침 무렵 목적지에 다다르고 있었지. 사방이 어두웠고 회오리 바람이 불었네. 아니—그 반대로—우리는 오늘 우리의 충동을 튤립의 피로 인해 진홍색으로 물든 사막에 바칠 거라네. 아무개 학생, 나는 끔찍한 것을 지켜보고 있네. 열린 하늘로 난 창문 세 개를 통해 말일세. 단지 두 개만 열려 있으니, 세번째 것도 열어주게나! 고맙네. 이제 자네에게 다차 마을의 레테 강변에서 내가 샴페인 병 속에서 발견한 이야기를 들려주겠네. 난 이 이야기에 사막의 목수라는 제목을 붙였다네.

나의 사랑하는 친구들이여, 사막에 자신의 일에서 장인이 된 목수가 살고 있었네. 그는 기회만 된다면 집, 쪽배, 회전목마, 그네를 만들 수도 있고, 소포 상자, 혹은 다른 용도의 상자들도 만들 수 있었지—만들 재료만 있다면 말일세. 하지만 목수의 표현에 따르자면 사막은 비어 있었지. 못도 판자도 없었다네. 존경하는 로마 군인 사블, 우리는 즉시 당신에게 다음의 사실을 알려야만 해요. 당신이 '못도 판자도 없다'는 말을 하자마자 당신이 정규 강의를 하는 성 라브렌티 훈장을 받은 루도보즈 마르소프 플라먀 대학 강의실이 순간적으로 어둡고 침침해진 듯해요. 어떤 그림자—새, 혹은 익수룡(翼手龍), 혹은 헬리콥터 같은 것이—강단 위로 드리워졌어요. 태양을 대신해서요. 하지만 곧—사라졌어요. 몇몇 사람은—당신은 아무것도 알아채지 못한 듯 이야기를 계속했어요—말할 테지. 이건 거짓말이라고, 판자 한두 개나 못 열 개쯤 없는 곳은 있을 수 없다고 말이야. 주위를 잘 찾아보면 베란다를 갖춘 다차 하나는 너끈하게 만들 재료를 사방에서 모을 수 있을 거라고 말이야. 우리 중 누구라도 뭔가 유용한 일을 하겠다는 의지를 잃지 않고 성공을 확신하기만 한다면 말이야. 나는 화가 나 대답할 거네. 사실 목수는 판자 하나를, 그리고 얼마 안 있어 두번째 판자도 발견했지. 게다가 그의 주머니에는 오래전부터 못 하나가 들어 있었지. 만일을 대비해 간직하고 있었던 거지. 목수의 삶에서 그런 일이 부지기수로 일어날 테고 목수한테는 못이 많이 필요하겠지. 예를 들면 선을 긋거나 구멍 뚫을 곳 등을 표시할 때 말이지. 하지만 나는 덧붙여 말해야겠네. 목수는 뭔가 유용한 일을 해야겠다는 의지도 잃지 않았으며 끝까지 성공을 확신했음에도, 이 장인은 일 센티미터 두께의 판자 두 장 말고는 더 찾을 수가 없었던 거네. 그는 자신의 작은 얼룩말을 타고 온 사막을 돌아다니며 흩어지기 쉬운 모래언덕들과 빈약한 사사(桫桫) 덤불이 웃자란 좁은 길들을 살펴보았고, 심지어 바닷가를 따라 달려보았지만—제기랄!—사막은 그에게 아무 재료도 선물하지 않았지. 사블 선생님, 우리는 불안해요. 또 그 그림자가 왔었던 거 같아요—방금 일 초 전에요. 언젠가 탐색과 태양에 지친 목수는 자신에게 중얼거렸다네. 좋아, 너한텐 집과 회전목마, 상자를 만들 재료가 아무것도 없어. 하지만 판자 두 개와 괜찮은 못 하나는 있지—그러니 비록 재료는 적지만 이걸 가지고서 뭐라도 만들어야지. 장인이 팔짱끼고 앉아 있을 수는 없지. 그렇게 말하고 나서 목수는 한 판자 위에 다른 판자를 십자로 놓은 뒤, 주머니에서 못을 꺼냈지. 연장통에서 망치를 꺼내 판자가 겹쳐지는 자리에 망치로 못을 박았지. 그런 식으로 그것들을 단단히 이었더니 십자가가 만들어졌다네. 목수는 그걸 제일 높은 모래언덕 위로 가져가서는 모래에 꽂아 수직으로 세운 뒤 작은 얼룩말을 타고 멀리서 그걸 감상하려고 떠났네. 십자가는 어디에서도 보였기에 목수는 너무나 기쁜 나머지 새로 변해버렸지. 너무 너무 불안해요, 친애하는 사블. 그림자가 또다시 당신의 강단 위로 드리워졌어요. 드리워졌다가 사라졌다가, 드리워졌다가 사라졌다가 녹았어요, 새의 그림자요. 그게 새의 그림자던가요 아니면 새가 아니던가요. 그건 간헐적으로 깍깍거리는 소리를 내는, 하얗고 곧은 부리를 가진 크고 검은 새였어요. 사블 페트로비치, 아마도 그건—쏙독새? 쏙독새의 외침, 쏙독새의 외침, 서식지에서 쏙독새를 보호하세요. 갈대를 따라 산울타리 옆, 사냥꾼들과 수렵꾼들, 풀과 목동들, 건널목 파수꾼들과 기차 신호수들, 트라-타-타, 트라-타-타, 이-이-이, 새는 날아가 십자가 횡목에 앉아 모래의 움직임을 바라보고 있네. 그리고 어떤 사람들이 도착했다네. 그들은 새에게 물었지. 네가 앉아 있는 곳을 뭐라고 부르지? 목수는 대답했네. 이건 십자가요. 그들은 말하네. 우리에겐 사형시키고픈 사람이 한 명 있는데, 그를 네 십자가에 못 박으면 안 될까. 적잖은 보수를 지불할 거야. 그리고 그들은 새에게 호밀 알곡 몇 알을 보여주었지. 사랑하는 원로원 의원이자 로마 군인인 사블, 보세요, 우리 모두를 위해서 창문 너머를 좀 보세요. 저기 소방용 사다리 위에 누군가 앉아 있는 것처럼 보여요. 아마도 쏙독새 같아요, 아마도요. 그것이 당신의 강단 위로 그림자를 드리우고 있나요? 그리고 그들은 새에게 호밀 알곡 몇 알을 보여주었네. 좋소—목수가 말했네—동의하오. 내 십자가가 당신들 맘에 들었다니 난 기쁘오. 사람들이 사라졌다가 얼마 지나 돌아왔네. 어떤 마르고 턱수염이 덥수룩해서 겉보기에 거지 같은 사람을 밧줄에 묶어 끌고서 말일세. 오, 선생님, 당신은 불안에 떨고 있는 우리 반벙어리의 목소리가 들리지 않으세요. 아아 슬프도다! 다시 한 번. 주의해서 둘러보세요! 저기 창문 너머, 소방용 사다리 위를요. 그들은 모래언덕으로 올라가 그 사람의 넝마를 찢어버리고 검은 새에게 못과 망치가 있는지 물었네. 목수는 대답했네. 나한테 망치는 있지만 못은 하나도 없소. 우리가 못을 주지. 그들이 말했네. 그리고 곧—크고 빛나는 많은 못을 가져왔네. 이제 너는 우리를 도와야 해. 사람들이 말했네. 우리는 이 사람을 잡고 있을 테니 너는 그의 팔과 다리를 십자가에 박도록 해. 여기 못이 세 개 있어. 주목하세요, 사블 선장님, 배 오른쪽에—그림자가 있어요. 모든 무기를 발사하도록 명령을 내리세요. 당신의 망원경에 김이 서렸어요. 다가오고 있어요. 위험이. 목수는 대답했네. 내 생각에 이 사람은 너무 고통스러울 거요. 그들은 반박하지. 십자가 위에서 어떻게 되든 그는 벌을 받아 마땅해. 그러니 넌 우릴 도와야 해, 우린 네게 보수를 지불했고 또 더 지불할 거야. 그리고선 새에게 호밀 한 움큼을 보여주었네. 아아 너는 슬프도다, 사블! 그 순간 목수는 꾀를 냈어. 그는 '왔던 사람들'에게 말하지. 당신네들은 내가 그저 평범한 검은 새인 게 보이지 않소? 그런 내가 어떻게 못을 박을 수 있겠소? 새인 척하지 마. 사람들이 말했네. 우린 네가 누군지 잘 알아. 넌 바로—목수잖아. 그리고 목수는 못을 박아야 하지. 그게 너의 필생의 과업이지. 그렇소—그제야 목수는 대답했네—난 잠시 새로 변했지만 곧 다시 목수가 될 거요. 하지만 난 장인이지 사형집행인이 아니라오. 당신네들이 사람을 사형시켜야 한다면, 당신들이 직접 십자가형을 집행하시오. 난 그런 일에 합당하지 않소. 멍청한 목수 같으니라고, 그들은 웃었어. 우리는 너의 역겨운 사막에 판자 하나, 못 하나도 남지 않았다는 걸, 그래서 네가 일을 할 수 없어 괴로워한다는 걸 알고 있어. 조금만 더 있으면—너도 할 일이 없어 죽게 될 거야. 네가 그 사람의 십자가형을 도와주는 데 동의한다면, 우리는 선별된 좋은 목재들을 낙타로 많이 실어다줄 거야. 그러면 넌 우리 모두가 갖고 있는 것처럼 베란다 딸린 집과 그네, 쪽배—원하는 건 뭐든지 만들 수 있을 거야. 동의해라, 후회하지는 않을 거다. 선생님, 당신은 우리의 무언의 조언에 주의를 기울이지 않은 걸 얼마나 후회할까요—창문을 봐요, 보라니까요! 새는 오랫동안 생각한 다음 십자가에서 내려와 목수로 변했다네. 못과 망치를 주시오—목수는 동의했지—당신들을 돕겠소. 그리고 사형수의 팔과 다리를 십자가에 재빠르게 못 박았네. 그사이 다른 사람들은 그 불행한 사람을 잡고 있었어. 다음 날 그들은 목수에게 약속한 목재들을 실어다주었고 그는 기쁘게 많은 일을 했다네, 새벽 푸른 여명에 날아와 십자가형을 당한 사람을 하루 종일 쪼고서는 저녁이 되어서야 날아가버린 커다란 검은 새들에게는 주의를 기울이지 않은 채 말이야. 한번은 십자가형당한 사람이 목수를 불렀네. 목수는 모래언덕 위로 올라가 그 사람에게 필요한 게 있는지 물었네. 그 사람은 말했어. 난 죽어가고 있으니 너에게 나에 대해 이야길 하고 싶어. 넌 누구지?—목수가 물었지. 난 사막에 살았고 목수였어—십자가형을 당한 사람이 간신히 말했네—나한테는 작은 얼룩말은 있었지만, 판자도 못도 거의 없었지. 사람들이 와서 어느 목수의 십자가형을 도와주면 나한테 필요한 재료를 주겠다고 약속했지. 처음에는 거절했지만, 그다음엔 승낙했어. 왜냐하면 그들이 나한테 밀알 한 움큼을 제안했거든. 네게 무엇 때문에 알곡이 필요한 거지—모래언덕에서 있던 목수는 놀랐네—정말로 너 역시 새로 변할 수 있나? 무엇 때문에 당신은 창문 밖을 보지 않나요, 선생님, 무엇 때문에요? 왜 넌 역시라는 말을 하지—십자가형 당한 목수가 대답했네—오, 이성적이지 못한 사람아, 넌 지금까지 알지 못했나, 우리 둘 사이엔 그 어떤 차이도 없다는 걸. 너와 나는—동일한 사람이라는 걸. 정말로 넌 알지 못했나, 네가 너의 고귀한 목공일을 위해 만든 십자가에 너 자신을 못 박은 걸, 그리고 그들이 널 십자가형에 처할 때, 넌 너 자신을 못 박았다는 걸 말이야. 그렇게 자기 자신에게 말을 한 후, 목수는 죽었네.

마침내 우리의 착한 선생님 당신은, 드디어 당신은 우리의 위급한 신호를 듣고서, 마침내 당신은—돌아보네요. 하지만 늦었어요, 선생님. 몇 분 전부터—못도 없고 판자도 없이—우리 정신을 불안케 했던 그림자는 더 이상 소방용 사다리 위에 앉아 있지도 않고 강단에 드리워 있지도 않아요—그리고 이건 그림자가 아니에요. 쏙독새도 아니고, 쏙독새의 그림자도 아니에요. 이건—하늘로 활짝 열린 창문 저편에 걸려 있는 교무주임 틴베르겐이에요. 기차역의 집시 여자한테서 헐값에 산 넝마를 걸치고 노파의 뜨개모자를 썼으며, 그 모자 밑으로 짧게 잘린 에리니에스[*]의 뱀들이 백금색 새치를 드문드문 드러내 보이며 비어져나와 있는 모습의 그녀가 창문 저쪽 너머에 걸려 있어요. 마치 밧줄에 묶인 것처럼요. 하지만 실제로는—다른 힘이나 사물의 도움 없이 그저 마녀의 권능으로 걸려 있어요. 마치 그녀의 자화상처럼 걸려 있어요—창문틀 가득히, 창문 가득히 걸려 있어요. 공중에 걸려서 떠 있는 걸 그녀가 원하니까요. 그리고 교실에 들르지도 않고 심지어 창문턱을 내딛지도 않은 채 그녀는 당신을 향해 울부짖고 있어요. 비할 바 없는 사블 페트로비치, 그녀는 눈치 없고 비교육적이게도, 놀라서 백묵처럼 질려 얼어붙은 우리의 반응 따위에는 아랑곳하지 않고 썩은 금니까지 다 내보이게 울부짖고 있어요. 반란이다, 반란! 그러고선 사라져요. 사블 선생님—정말로 당신은 울고 있나요. 손에 칠판 지우개와 백묵 조각을 들고, 영어로 블랙보드라 하는 거기 칠판에 서서 말이에요? 그들은 우리를 엿들었어요, 엿들었다고요. 이제 그들은 마음대로 당신을 해고할 거예요. 하지만 바로 무슨 근거로요? 우리는 탄원서를 쓸 거예요! 이런 맙소사—이제 노르베고프 당신이 말을 하지요—자네들은 정말 내가 일을 잃을까 두려워한다고 생각하나? 난 어떻게든 남은 인생을 살아갈 걸세. 난 얼마 남지 않았거든. 하지만 나의 친구들이여, 나는 헤어지는 게 너무나 고통스럽네. 기술과 문학의 위대한 고통의 시대를 살아가고 있는 청소년인 자네들, 미래에 도래할 자이자 이미 지나간 자들인 자네들, '왔던 사람들'이자 심판받지 않으면서도 심판할 위대한 권리를 갖고 떠나버릴 사람들인 자네들과 헤어지는 게 말일세. 친애하는 선생님, 심판하러 온 우

---

* 그리스 신화에 나오는 복수의 여신들. 머리카락은 뱀이고 두 날개가 있으며 눈에는 피가 흘러나오는 모습이다.

리가 언젠가 복도에서, 그다음은 사다리에서 서서히 잦아들던 당신의 발소리를 잊었을 거라고 생각하신다면, 잘못 생각하시는 거예요—우리는 잊지 않을 거예요. 거의 아무런 소리도 내지 않는 당신의 맨발바닥은 우리 뇌에 각인되어 거기에 영원히 얼어붙어 있을 거예요. 당신이 율리우스력의 웅장하고 격식 있는 행진을 하며 태양빛에 흐물흐물해진 아스팔트에 발자국을 찍어놓은 것처럼요. 난 이 이야기를 떠올리는 게 괴로워요, 어르신. 난 당신의 정원에서 당신과 함께 잠시 침묵하고 싶었어요. 전 쓸데없이 풀을 밟고 다니지 않으려고 앉을 거예요. 잠시만 기다려주세요. 금방 계속 이야기를 할게요, 제가 돌아오면요.

다리로 나와서 난간을 주목해봐. 난간은 차갑고 미끄러워. 그리고 별들은—날아가지. 그리고 별들. 시가 전차는—추위에 떨고 노랗고 이 세상 것이 아니지. 전차들은 아래쪽에서 천천히 달리는 화물차들에게 길을 내달라고 부탁할 거야. 계단으로 플랫폼에 내려가 역에 딸린 간이식당과 차가운 나무로 된 간이상점과 눈이 쌓여 있는 아무 역까지 가는 표를 사라. 간이식당 탁자에는 술 취한 사람들 몇몇이 서로에게 시를 읽어주고 있어. 차갑고 꽁꽁 언 겨울이 될 거야. 그리고 십이월 오후의 이 역에 딸린 간이식당—역시 있을 거야. 이 식당 안은 아코디언 소리와 시로 장식될 거야. 사람들은 노래를 부를 거야—거칠고 쉰 목소리로. 차를 마셔요, 자비로운 군주여—식겠어요. 날씨에 대해. 주로—황혼에 대해. 겨울 황혼녘에 꼬마인 너에게. 여기 황혼이 다가와. 사는 것이 불가능하고 창문에서 멀어지는 것도 불가능해. 내일 있을 중요한 과목들은 조금도 예습하지 않았지. 동화(童話). 밖에는 황혼, 푸른 잿빛 혹은 그 어떤 날개, 어떤 비둘기색의 눈(雪). 수업은 되지 않았지. 심장과 명치의 꿈꾸는 듯한 공허, 한 인간 전체의 슬픔, 너는 작아. 하지만 알고 있어. 이미 알고 있지. 엄마는 말했어. 이것 역시 지나갈 거야. 다리를 지나는 오렌지색 덜컹거리는 시가 전차처럼, 어린 시절이 존재하지 않는 차가운 불꽃들을 흩뜨리며 지나갈 거야. 넥타이, 시계, 가방. 아버지가 가지고 있는 것처럼. 하지만 강변 모래에서 자고 있는 소녀가 있을 거야—소박한 속눈썹을 지니고 깨끗하고 팽팽한 수영복을 입은 소박한 소녀. 아주 아름다운 소녀. 거의 아름다운 소녀. 들꽃을 꿈꾸는 거의 아름답지 않은 소녀. 민소매 재킷을 입고. 뜨거운 모래 위에. 다가오면 식을 거야. 저녁때에. 우연히 지나가는 기선. 기적 소리 때문에 소박한 속눈썹이 떨리며—깨어나지. 하지만 넌 아직 몰라—소녀가 그녀인지를 말이야. 완전히 불빛에 감싸인 기선은 밤의 보살핌 속에서 따스한 증기를 내보내지. 하지만 아직 한밤중은 아니야. 보랏빛 파도의 급습. 강변 깊숙이 샘들이 있어. 몸을 굽히면 이 물을 마실 수 있지. 사랑스럽고 부드러운 여자의 입술. 기선의 기적 소리, 철썩임, 떨리는 불빛들—사라지고 있어. 저쪽 강변에서는 누군가가 친구와 이야기를 나누며 차를 끓이려고 모닥불을 지피고 있어. 그들은 웃고 있어. 성냥을 칙 긋는 소리가 들려. 네가 누구인지 난 몰라. 소나무 끝에서는 모기들이 밤을 보내고 있어. 칠월의 한가운데서. 그러고선 그들은 물가로 내려오지. 풀 냄새가 나. 아주 따뜻해. 이건 행복이지만, 넌 아직 모르고 있어. 아직 넌 몰라. 흰 눈썹뜸부기새. 밤이 하늘 풍차의 절구를 조심스럽게 돌리며 흘러갔어. 이 강은 뭐라고 불리지? 강은 불리고 있어. 그리고 밤도 불리고 있지. 무슨 꿈을 꾸고 있니? 아무것도 꿈꾸지 않아. 흰눈썹뜸부기새, 쏙독새가 꿈에 보여. 하지만 넌 아직 몰라. 거의 예쁘지 않은 소녀. 하지만 첫번째 소녀이기 때문에 비할 바 없는 소녀지. 젖은 데다 염분기가 있는 뺨, 밤에는 보이지 않는 고요. 사랑하는 이여, 이토록 멀리서는 너를 알아보기가 얼마나 힘든지. 그래, 넌 알아볼 거야, 알아볼 거야. 세월의 노래, 삶의 멜로디. 남아 있는 모든 것은—네가 아니며, 모든 다른 이들은—낯선 이들이야. 넌 도대체 누구야? 넌 몰라. 기억의 구슬들을 꿰어야만 넌 알아볼 거야. 그것들로 이뤄지면서, 너 전체는—기억될 거야. 가장 소중하고 가장 악하며 영원한 것. 평생 동안 명치의 고통을 긁어내려 노력하면서 말이야. 하지만 버드나무의 결합. 하지만 반대 방향으로 돌릴 수 없는 해(年)의 칠월 십오 일경 뜨거운 모래 위에서 자고 있는 소녀. 하지만 소녀. 나뭇잎을 흔들지 마. 바스락거리지 마. 그녀가 자고 있어. 아침. 교회처럼 외롭게 버려진 듯 바람을 맞으며 서 있었어. 너는 와서 황금새들이 살고 있다고 말했지. 아침. 발밑에 잦아드는 이슬들. 버드나무. 강으로 소리 없이 날라지는 양동이, 강에서부터 옮겨지는 양동이의 소리 없음. 은빛 이슬의 유해. 얼굴을 얻고 있는 낮. 자신의 육신 속의 낮. 사람들이여, 밤보다 낮을 더 사랑하시오. 미소를 지어라. 움직이지 않도록 노력해봐. 이건 사진이 될 거야. 앞으로 있을 모든 것이자 이후에 남을 유일한 사진. 하지만 넌 아직 모르고 있어. 그러고선—아무 해들의 연속—삶. 어떻게 불리는가. 삶이라 불리지. 따뜻한 보도(步道)들. 혹은 반대로—눈에 덮인 보도들. 도시라 불리지. 너는 또각거리는 하이힐을 신고 현관에서 날아가지. 너는 향수를 뿌리고 파리 풍 모자의 후광에 빛나는 일찍 일어난 새. 또각거리는 소리. 아이들과 새들이 노래하기 시작해. 일곱 명 정도. 토요일. 난 너를 보고 있어. 난 너를 보고 있어. 활짝 피지 않은 라일락이 있는 가로수 길 전체에, 마당 전체에 울려퍼지는 또각거리는 소리. 하지만 활짝 필 거야. 엄마는 말했어. 더는 아무것도 없어. 단지 이것뿐이야. 다른 것도 있긴 하지만. 하지만 이제―넌 알아. 편지를 쓸 수 있어. 혹은 꿈 때문에 미쳐서 소리만 칠 수도 있어. 하지만 이것 역시 지나갈 거야. 아니야, 엄마, 아니야, 이건 남을 거야. 하이힐을 신고서. 그녀인가? 그녀다. 그녀인가? 다 타버리면 말하기에는 너무 늦어. 하지만 편지를 쓸 수 있어. 매번 끝에―안녕히라 쓰면서. 나의 기쁨이여, 내가 불운과 광기, 슬픔으로 죽게 된다면, 운명이 내게 정한 기한 전에 너를 마음껏 보지 못한다면, 에메랄드빛 쑥 언덕에 있는 오래된 풍차들에 충분히 기뻐할 수 없다면, 영원한 네 손으로 맑은 물을 마음껏 마시지 못한다면, 끝까지 갈 수 없다면, 너에 대해 그리고 자신에 대해 이야기하고 싶었던 모든 걸 이야기하지 못한다면, 작별인사를 하지 못하고 언젠가 죽게 된다면―용서해줘. 무엇보다도 난 말하고 싶었어―아주 긴긴 이별을 앞두고 말하고 싶었어―너 자신이 이미 오래전부터 알고 있거나 혹은 추측만 하고 있던 것에 대해 말이야. 난 말하고 싶어, 어느 때인가 우리는 이미 이 땅에서 알고 지냈었던 걸 말이야. 넌 아마도 기억하겠지. 왜냐하면 강은 불리고 있으니까. 그리고 여기 우리는 재회하기 위해 다시 왔어. 돌아왔어. 우리는―'왔던 사람들'이야. 이제 넌 알지. 그녀의 이름은 베타. 그녀.

젊은이, 무슨 일인가? 자네 자는가? 어? 아니에요, 어쩌면 잠깐 졸

220

았을지도요. 잠깐 정신이 나갔어요. 하지만 이제 돌아왔어요. 걱정 마세요. 의사 자우제는 이걸 주위환경으로의 용해라 부르지요. 자주 있는 일이에요. 황산이 든 욕조에 들어간 것처럼 녹아버리는 것이죠. 제 친구 하나가—우리는 한 교실에서 공부해요—어딘가에서 산성 용액 한 통을 얻었다고 말하더군요. 아마도 거짓말일 거예요. 알 수 없어요. 만약의 경우 그는 산성액으로 부모를 녹여버리려 해요. 아니요, 일반적인 모든 부모들은 아니고요, 자기 부모만요. 제가 보기에 그애는 자기 엄마 아빠를 사랑하지 않아요. 뭐, 제 생각에요, 그들은 자신들이 심은 열매를 거두는 거예요. 여기에서 누가 옳은 건지는 저와 어르신이 결정할 일은 아니죠. 그래, 젊은이, 그래, 나와 자네의 일은 아니지. 고개를 저으며, 혀를 차며, 방진복의 단추들을 채웠다가 또 풀면서. 등을 구부리고, 나무처럼 뻣뻣하게 그리고 건조하게. 하지만 모래언덕으로 돌아가죠, 어르신. 그 멋진 달의 어느 하루 특수학교에 소문이 파다하게 돌았어요. 사블 페트로비치 당신이 갑작스레 해고되었다는 소문이 말이에요. 그때 우리는 앉아서 탄원서를 썼어요. 간략하고 엄격한 문체로요. 이렇게 써 있어요. N. G. 페릴로 교장 선생님에게. 탄원서. P. P. 노르베고프 지리선생님이 자신의 뜻에 따라 사직한 것, 하지만 실제로는—그렇지 않기에 책임자들을 우리에게 즉각 인도해줄 것을 요구합니다. 그리고 서명. 존경하는 마음으로, 아무개 학생 그리고 아무개 학생. 우리 둘은 찾아갔지요, 문을 두드리고 또 세상의 모든 문들을 꽝 닫으면서요. 우리는 분노하며 찾아갔지만, 페릴로는 음울하게 소파에 널브러져 있었어요, 중년의 아침인데도 아직 지치지 않은 건강한 모습으로, 미래에 대한 희망과 **플랑크톤**으로 가득 찬 채 말이에요. 페릴로의 사무실에는 도금한 괘종시계가 규칙적으로 존재하지 않는 시간을 울리고 있었어요. 흠 그래, 다 썼나?—교장선생님이 우리에게 말했어요. 너와 나—우리는 주머니에서 탄원서를 찾아보았지만, 오랫동안 뒤져보아도 아무것도 찾을 수가 없었어요. 그러고서 네가—내가 아니라 바로 네가—품속 어딘가에서 구겨진 종이를 꺼내 교장선생님 앞 유리 탁자 위에 놓았지. 하지만 그건 탄원서가 아니었어—난 금세 그게 탄원서가 아니란 걸 알았지. 왜냐하면 우리는 탄원서를 다른 종이에, 물방울 무늬에다 몇몇 특별한 도장이 찍힌 아름다운 문장(紋章)이 그려진 청원서용 종이에 썼기 때문이지. 하지만 이제 페릴로 앞 유리 탁자 위에 놓인 종이는—유리 탁자에는 금고, 격자무늬 창문, 창문 너머 나무들의 무질서한 나뭇잎들, 업무가 있어 걸음을 옮기고 있는 거리, 하늘이 비치고 있었어—줄이 그어진 평범한 공책 종이였지. 그리고 네가 종이에 쓴 것은—이걸 쓴 건 바로 너지—탄원서가 아니라 백 년 동안 내가 절대 잊지 못할, 잃어버린 신뢰에 대한 사유서였는데, 난 네가 아니라면 절대 그런 걸 쓰지 않을 거야. 즉, 그걸 쓴 것은 너이며 난 그것과는 아무 관계도 없다는 걸 강조하는 거야. 아아 우리는 슬프도다, 사블, 세번째 인물이 우리를 배신했어요. 모든 게 사라졌어요. 탄원서는 사라졌고, 그 내용을 복원하는 것은 우리에겐 벅찬 일이에요. 우리는 이미 모든 걸 잊어버렸어요. 우리가 기억하는 것이라곤 바로 그 시간에 니콜라이 고리미로비치의 얼굴이—그 사유서를 읽기 시작한 후—뭔가 달라졌다는 거예요. 그 얼굴은 음울하지 않을 수 없기 때문에 물론 계속 음울했지만 뭔가 다른 얼굴이 되었어요. 그림자가 있었어요. 아니면 이렇게 표현

할 수도 있겠지요. 교장선생님의 얼굴에 마치 가벼운 바람이 지나가는 듯했어요. 바람은 아무것도 실어가지 않고, 다만 새로운 걸 더해주었어요. 뭔가 특별한 먼지를요. 아마도 이렇게 말하면 틀리지는 않을 거예요. 페릴로의 얼굴이 음울하면서도 특별해졌다는 거예요. 정말로 그의 얼굴은 특별해졌어요. 하지만 페릴로는 무엇을 읽었지?―사블이 궁금해했어요―내 친구들이여, 자네들은 거기에 뭘 써놨지? 전 몰라요. 그에게 물어보세요. 그걸 쓴 건 그애예요. 다른 애 말이에요. 제가 지금 이야기해드릴게요. 거기엔 바로 이런 것이 쓰여 있었어요. 당신의 순종적인 특파원이 이탈리아 화가 레오나르도에게 이미 알린 대로, 저는 쪽배에 앉아 있었어요. 노를 던져버리고서요. 강변 한쪽에서는 뻐꾸기가 자신의 나날을 세고 있었어요. 저는 자신에게 질문을, 몇 가지 질문들을 했어요. 그리고 대답하려고 했지만, 그럴 수가 없었어요. 전 놀랐고 그러고 나서 뭔가가 제 안에서 일어났어요―가슴과 머리에서요. 마치 저를 다른 것으로 바꿔놓은 것처럼요. 여기서 저는 제가 사라졌다는 걸 느꼈어요. 하지만 처음엔 믿으려 하지 않았죠. 그래서 자신에게 말했어요. 거짓말이야. 그저 그렇게 보일 뿐이야. 넌 약간 피곤해. 오늘은 정말 덥잖아. 노를 집어서 집을 향해 노를 저어라. 크림반도의 배들을 세기 위해 시라쿠사 항구로. 노를 집으려고 노 쪽으로 손을 뻗었어요. 하지만 잘 되질 않았지요. 저는 노의 손잡이를 보았지만, 손바닥으로 느낄 수가 없었어요. 노의 나무 손잡이가 제 손가락들 사이로 빠져나갔어요. 마치 모래처럼, 공기처럼, 존재하지 않는 시간처럼요. 아니면 그 반대로요. 저는, 저의 손가락들은 마치 물처럼 나무 손잡이를 흘려 보냈어요. 쪽배는 강변 빈 곳에 가 닿았어요. 저는 강변을 따라 몇 걸음을 걸어가서는 주위를 둘러보았지요. 모래 위에는 제 흔적을 닮은 것이 아무것도 남아 있지 않았어요. 그리고 쪽배 안에는 로마인들이 님페야 알바, 즉 하얀 백합이라 부르는 하얀 수련이 놓여 있었어요. 그리고 그제야 전 알게 되었어요. 제가 그것으로 변해버렸고 이제부터는 저 자신에게도, 학교에도, 그리고 개인적으로 니콜라이 고리미로비치, 당신에게도—이 세상의 어느 누구에게도 속하지 않는다는 것을요. 저는 이제부터 자신의 희망에 따라 반대로 흐르는 다차의 강인 레테에 속하지요. 그리고—'바람을 나르는 자' 만세! 실내화 주머니 두 개에 대해서는 저희 엄마에게 물어보세요. 그녀는 모든 걸 알고 있어요. 그녀는 말할 거예요. 이것 역시 지나갈 거야. 그녀는 알고 있어요.

엄마, 엄마, 도와줘. 난 여기 페릴로의 사무실에 앉아 있어. 그런데 그는 거기로, 의사 자우제에게 전화를 걸고 있어. 난 싫어. 날 믿어줘. 여기로 와줘. 난 엄마가 시키는 일은 모두 다 하겠다고 약속해. 현관에서 발의 먼지를 털고 설거지를 하겠다고 약속할 테니 날 넘겨주지 마. 차라리 내가 다시 음악선생님한테 배우러 다닐게. 즐겁게. 엄만 이해하지. 그 짧은 순간에 난 많은 걸 다시 생각했어. 내가 본질적으로 모든 음악을 좋아한다는 걸, 특히나 4분의 3 아코디언을 좋아한다는 걸 알게 되었어. 이-이-이, 하나-둘-셋, 하나-둘-셋, 이-하나, 이-둘, 이-셋. 바르카롤라 음악에 맞춰. 다시 할머니한테 가서 대화를 나눠요. 그리고 그곳에서 돌아와서—곧장 음악선생님한테 들러요. 그가 아주 가까이 살고 있는 걸 엄만 기억하잖아. 나도 엄마한테 약속할게. 다시는 엄마를 훔쳐보지 않겠다고 말이야. 날 믿어. 엄마가 그 선생님이랑 거기 이층 옥탑에서 무얼 하든지 전혀 상관없어. 둘이서 할 일을 해. 나는—난 헝가리 무곡을 익히고 있을게. 그러다 두 사람이 삐걱거리는 층계를 따라 다시 내려오면, 내가 두 사람에게 연주해줄게. 6도 음정 혹은 심지어 전 음계까지도 말이야. 그러니 제발 걱정하지 마. 그게 나랑 무슨 상관이겠어! 우리 모두는 오래전부터 성인이잖아. 우리 세 명 말이야—엄마, 음악선생님 그리고 나. 내가 이제 못할 일이 있겠어! 정말로 내가 일러바칠 수 있겠어? 절대 아니야, 엄마, 절대로. 기억해봐. 정말로 내가 한 번이라도—아빠한테 이른 적 있어? 없어. 두 사람은 할 일을 해요. 할 일을 하라고요. 난 헝가리 무곡을 연주할 테니까. 우리가 다시 음악선생님에게로 가는 그날을 상상해봐요. 일요일 아침. 아빠는 욕실에서 면도를 하고 있어요. 난 구두를 닦고 있고, 엄마는 우리의 아침식사를 준비하고 있지요. 계란프라이, 핫케이크, 밀크커피. 아빠는 기분이 아주 좋지요. 어제 아빠는 힘든 회의가 있었어요. 아빠는, 지독하게 피곤했지만 대신 모두 성과에 따라 보상을 받았다고 했어요. 그 때문에 면도하면서 아빠는 좋아하는 나폴리 노래를 흥얼거리고 있어요. "나폴리 항구 구멍 난 배 위에 자네타가 삭구를 고쳤네. 하지만 먼 길을 떠나기 전에 해변으로 마차가 떠났네." 흠, 그래, 하러 갈 건가?—아빠는 아침식사를 하며 질문해요. 우리가 하러 가리란 걸 그가 더 잘 알고 있으면서도요. 네, 아빠, 네, 음악하러요. 그 사람은 어떻게 지내지, 네 외눈박이 선생 말이야. 오랫동안 그를 보지 못했어. 이전처럼 음악하며 말도 안 되는 것들을 이것저것 작곡하고 있나? 물론이에요, 아빠. 도대체 그 사람이 뭘 더 할 수 있겠어요. 그는 장애인이잖아요. 그에게는 여유시간이 아주 많아요. 우린 그런 병신들을 좀 알지—아빠가 비웃어요—그런 병신들은 화물선에서 짐을 나르게 해야 해. 바이올린을 연주하게 해서는 안 되지. 내 뜻대로라면 나한테 와서 톱질이나 해야 할걸. 모차르트 나부랭이들. 그런데—엄마가 말을 해요—그는 바이올린을 연주하지 않아요. 그의 주 악기는—트럼펫이에요. 게다가—아빠가 말해요—내 뜻대로라면 그는 정해진 곳에서 나팔을 불어야 할걸. 더 낫게는—아빠는 빵조각으로 남은 달걀프라이를 닦아 먹으며—그는 자기양말이나 빠는 게 더 나을 거야. 여기에 웬 양말이에요—엄마가 대답해요—우리는 음악에 대해 이야기하고 있잖아요. 누구나 약점이 있는 건 당연하잖아요. 그 사람은 독신에다 외롭고 모든 걸 스스로 해야만 하죠. 바로 그거야—아빠는 말해요—당신이 그의 양말이나 빨아주지그래. 그렇게 그 사람이 불쌍하다면 말이야. 생각해봐—그런 천재를 발견했는데, 양말은 빨 수 없는 상태라고! 마침내 우리는 밖으로 나와요. 흠, 어서 가—아빠가 문지방에 서서 배웅해요—어서 가. 그는 그가 가장 좋아하는 유일한 잠옷을 입은 채 겨드랑이에 신문 다발을 끼고 있어요. 그의 큰 얼굴은—거의 주름살이 없고—방금 전에 면도한 덕분에 빛나고 있어요. 난 좀 읽고 있을게—그가 말해요—아코디언 조심해라, 커버에 흠내지 말고. 전차에는 사람들이 가득해요—모두들 어디론가, 어딘가에 있는 다차로 가고 있지요. 앉을 곳이라곤 전혀 없었지만, 우리가 나타나자마자 모두들 우리를 돌아보며 서로서로 말해요. 엄마와 아이가 지나가도록 해줍시다. 그들을 방해하지 마세요. 엄마와 아코디언을 든 아이를 자리에 앉힙시다. 그들은 아코디언을 들고 있으니 앉도록 해줍시다. 우리는 자리에 앉아 창문을 바라봐요. 우리가 음악 공부하러 가는 날이 겨울을 준비해야 하는 때라면, 우리는 창문 밖으로 썰매에 매여 있는 말들과 눈, 눈 위의 다양한 발자국들을 보게 되지요. 그날이 가을날이면, 창문 밖으로는 모든 것이 다른 식으로 보이는데, 말이 수레에 매여 있거나 그냥 호밀밭에서 자기들대로 노닐고 있지요. 엄마, 지금 틀림없이 보아뱀이 들어올 거예요. 넌 그걸 어떻게 아니, 반드시 꼭 그런 건 아니잖니. 이제 보게 될 거예요. 표 검사입니다―보아뱀이 들어오며 말해요. 엄마는 가방을 열어 표를 찾지만 오랫동안 찾지 못하지요. 당황하며 그녀는 자기 무릎 위에다 가방 속에 든 작은 물건들을 다 꺼내놓아요. 그러자 객차 전체가 그녀가 하는 일을 지켜보지요. 객차의 사람들이 물건을 살펴봐요. 손수건 두세 장, 작은 향수병, 립스틱, 수첩, 뭔가를 기념하기 위한 말린 수레국화, 안경갑, 혹은 엄마가 부르는 이름인―안경집, 아파트 열쇠, 반짇고리, 실패, 성냥, 분첩, 그리고 **할머니 무덤** 열쇠. 마침내 엄마는 표를 찾고, 다가와 서 있는 특별한 검은 외투를 입은 뚱뚱한 보아뱀에게 내밀지요. 그는 나른하게 표를 손에서 돌려 빛에 비춰 보고는, 나른하게 한쪽 눈을 감고서 이런 것들과 닮은 검표기로 구멍을 뚫지요. 설탕 집게, 이발 기계, 측력기, 작은 펜치, 치과 집게, '딱정벌레' 손전등. 아코디언을 알아보고는, 뚱보는 나른하게 내게 윙크를 하고 묻지요. 바르카롤라(Barcarolle)? 네―내가 말해요―4분의 3박자 꼬치고기(Barracuda)요. 우리는 공부하러 가요―엄마가 당황하며 덧붙이지요. 객차 전체가 한 마디도 놓치지 않으려고, 노란 래커 칠을 한 벤치에서 약간 일어선 채 듣지요. 선생님이 우릴 기다리고 있어요—엄마는 말을 계속해요—약간 늦었어요. 열 시 차를 놓쳤지요. 하지만 벌충할 거예요 역에서 보통기차보다 더 빠르게 갈 거예요 아들에게는 아주 특별한 선생님이 있어요 그는 작곡가예요 사실 그는 완전히 건강하지는 않아요 아시다시피 전방에 가 있었죠 하지만 아주 재능이 있고 혼자서 작은 옥탑이 있는 오래된 집에서 살고 있어요 그의 집은 안락하지는 않아요 뒤죽박죽이기도 하지요 하지만 그게 무슨 상관인가요 아들의 운명에 관한 거라면요 보시다시피 선생님들이 조언하기를 아들에게 음악 교육을 시키라는군요 입문 교육이라도 말이에요 우리 아들은 괜찮은 귀를 가졌지요 그래서 우리는 선생님을 찾았어요 아는 사람이 한 명 있어요 그래서 그가 우리에게 추천해주었지요 아주 고마워하고 있어요 그들은 함께 전방에 있었다고 해요 아는 사람과 선생님은 이미 여러 해 동안 친하게 지냈다고 해요 그런데 참 당신에게 아들이 있다면 그리고 그 아들이 귀가 좋다면 또 당신이 원하면 주소를 줄 수도 있어요 정직한 사람이고 아주 괜찮은 음악가예요 자신의 일에선 전문가예요 경탄할 만하지요 돈도 많이 받지 않아요 당신이 더 편하다면 협상을 해볼 수도 있어요 그리고 그는 집으로 올 거예요 그에겐 어려운 일도 아니죠 게다가 당신에게는 더 싸게 해줄 거예요 어서요 제가 당신 주소를 적을게요. 그럴 필요 없습니다—나른하게 보아뱀이 말해요— 흠 이 모든 음악이, 예를 들면 바르카롤라가 어디에 필요하겠소. 쓸데없이 엄마는 대답하지요 아코디언은 거기 악기점에서 살 수 있어요 전혀 비싸지 않아요 어떻게 돈 생각을 할 수가 있어요 아들의 운명에 대해 이야기한다면 말이에요 결국 돈을 빌릴 수도 있어요 자 제가 당신 아내와 이야기해볼게요 우리 여

228

자들은 항상 서로를 더 잘 이해하니 말이죠 나와 남편은 당신에게 전부는 아니더라도 어느 정도 돈을 빌려줄 수도 있어요 당신은 차차 갚으면 돼요 우리는 당신을 믿을 테니까요 정말 그럴 수 있어요. 필요 없습니다―보아뱀이 대답해요―전 기꺼이 당신한테서 돈을 빌릴 수도 있겠지요. 하지만 음악에 매달리는 걸 원치 않아요. 선생 한 사람 고용하는 데 무슨 돈이 든다는 말입니까. 게다가 나한테는 아들도 딸도 없어요. 그러니 죄송합니다만, 됐습니다. 나른하게. 보아뱀은 떠나고, 객차 손님들은 다들 자리에 앉아 표를 내밀고 있어요. 우리가 기차에서 내려 플랫폼으로 올 때 난 뒤돌아보지요. 객차 전체가 우리 뒤를 좇으며 보고 있는 걸 보아요. 갈 길을 가는 우리는 점점 속도를 내는 객차 유리창과 사람들의 눈에 비춰지고 있어요. 중키의 엄마는 초원의 병든 여우 털로 만든 깃 달린 갈색 봄외투를 입고 뭐로 만든 것인지는 알 수 없지만 겉으로 보기에 단단한 비늘 모양의 모자를 쓰고 방수 덧신을 신고 있어요. 그리고 저는―마르고 키가 크며, 검사 아버지의 외투를 고쳐 만든, 단추 여섯 개가 달린 어두운 방진복을 입고, 끔찍한 와인색 야구 모자를 쓰고 버클 달린 구두에 덧신까지 신고 있어요. 우리는 역에서 점점 더 멀리 날아가고 있어요. 교외의 건물들, 소리들과 색채들의 세계로 녹아들며, 움직일 때마다 모래 속으로, 나무껍질 속으로 더 많이 투과하며 빛의 거짓, 공상, 아이들의 장난, 빛과 어둠의 유희가 되고 있어요. 우리는 새들과 사람들의 목소리 속에서 파편이 되어요. 우리는 존재하지 않는 것의 불멸을 얻어요. 음악 선생님 집은―마을 끝에 있고 작은 네모상자와 성냥갑들로 만든 배를 연상시켜요. 너는 멀리서 음악선생님을 보고 있어. 그는 유리가 끼워진 베란다 가운데 놓인 보면대 앞에 서 있지. 보통 때는 망원경처럼 보이는 크지 않은 플루트를 연습하면서 게다가 그는 해적 선장처럼 검은 안대를 하고 있어. 정원은 나무들 사이로 부는 검고 기형적인 샛바람으로 가득 차 있고, 멜로디의 섬세함에 감동받은 호수에는 일요일 밤의 차갑고 엄격한 희뿌연 빛 속에서 쪽배들이 떠다니고 있어. 안녕하세요, 음악선생님. 여기 우리가 왔어요. 우리는 음악 공부하러 또다시 여기에 왔어요. 우리는 음악과 당신을, 그리고 당신의 정원을 많이 그리워했어요. 베란다 문이 활짝 열리고, 선장은 서두르지 않고 우리 쪽으로 오고 있어. 엄마, 얼굴이 왜 그 모양이야! 호수의 바람 때문에 얼굴을 그렇게 변했나요? 잠깐만요, 잠깐만. 엄마, 난 엄마를 따라잡을 수가 없어요. 잠깐만요. 지금 우리는 집의 문지방을 밟고 있고 이제 그의 이상한 건축물 속으로 빠져들 거예요. 복도와 층계, 층으로 스며들어요. 이미 우린 들어섰어요. 하나. 둘. 셋.

죄송합니다, 어르신. 우리 대화의 본질에서 너무 많이 벗어난 것 같네요. 저는 사블 페트로비치가 이전처럼 창을 등지고 창문 턱에 앉아 있다는 걸 말하고 싶었어요. 그의 벗은 발이 라디에이터 위에서 쉬고 있고, 선생님은 미소를 지으며 우리에게 이야기하고 있어요. 그래, 페릴로가 나를 갑자기 해고하고 싶어 하던 걸 나는 잘 기억하네. 하지만 잠시 생각한 후 그는 심사 기간을 두 주 주기로 했다네. 일자리에서 쫓겨나지 않으려고 난 최고의 모습을 보여주기로 결심했다네. 노력하고 또 노력하기로 결심했지. 학교에 지각도 하지 않고, 샌들을 사서 신기로 결심을 했다네. 계획에 따라 수업을 엄격하게 진행하기로 맹세도 했다네. 내 친구들이여, 난 자네들과 함께 남을 수만 있다면 다 차에서 보내는 여름날의 절반이라도 아무에게나 넘겨주었을 걸세. 하지만 그때 내가 자네에게 물어보던 바로 그 일이 발생했지. 난 기억이 나질 않네─이해하겠나? 나의 심사 기간 동안, 아마도 그 처음 시작 때 무슨 일이 일어났는지 기억이 나질 않는다네. 내가 기억하는 유일한 것이라곤─시험 기간 바로 직전에 일어난 일이라는 것뿐. 아무개 학생, 호의를 베풀어주게나. 도와주게. 내 기억력은 매일 점점 나빠지고 흐려지고 있다네. 마치 간이식당에 쓸모없이 놓여 있는 은식기들처럼 말일세. 사블 페트로비치, 타일 위에─혹은 이 작은 판석, 거기에서는 이렇게 부르지요─서 있는 우리들은 대답하지요─사블 페트로비치, 우리는 알아요. 우리는 이제 안다고요. 생각이 났어요. 다만 흥분하지는 말아주세요. 그래, 흥분하지 않겠네. 제발 이야기를 해주게나. 제발 이야기해주게. 흥분하며. 사블 페트로비치, 아마도 이건 당신에게는 정말이지 불쾌한 소식일 거예요. 어서-어서─선생님은 우리를 재촉하고 있어요─난 완전히─집중하고 있네. 뭐가 문제였는지 이해하시겠어요. 무슨 일이 있었는지 당신 자신이 이미 알고 있었다고요. 당신이 우리에게 그 일에 대해 당시 상황을 알려주었어요. 흠 그래, 흠, 그래, 내가 말하잖니. 내 기억이 은식기와 비슷하다고 말이네. 그러니 들어보세요. 그날 우리는 마지막 시험을 치러야만 했어요. 아무 수업 시험이었는데 바로 당신의 지리 과목 시험이었지요. 우리는 아침 아홉 시에 시험을 치르기로 되어 있어서 교실에 모여서 열두 시까지 당신을 기다렸어요. 하지만 당신은 끝내 오질 않았지요. 모퉁이마다 굽을 또각거리며 페릴로가 와서는 시험이 내일로 미뤄졌다고 말했어요. 우리 중 아무개가 선생님이 편찮으실지도 모른다는 추측을 했고 그래서 우린 문병을 가기로 했어요. 우리가 교무실로 갔더니, 틴베르겐이 우리에게 당신의 집 주소를 주었어요. 우리는 차를 탔어요. 문을 열어준 건 아무개 여자였는데, 기이하게 창백하고 머리가 센 여자였지요. 솔직히 말해, 우리는 그처럼 백묵 같은 여자는 만나본 적이 없었어요. 그녀는 간신히 들리게 잇새로 말했으며, 시트 색깔의 단추도 소매도 없는 이상한 방진복를 입고 있었어요. 오히려 그건 방진복가 아니라 시트 두 장을 꿰매 붙여―머리 넣을 구멍 하나만 낸 자루였어요―이해하시겠어요? 여자는 자기가 당신의 친척이라고 했고 무슨 말을 전해줄까 하고 물었지요. 우리는 그럴 필요 없다고 대답했고 사블 페트로비치 당신을 만날 수 있는지, 어디에서 당신을 볼 수 있는지를 물었어요. 그러자 여자는 말해요. 그는 이제 여기 살지 않고 교외의 다차에 살아. 봄이니까. 그리고 그녀는 주소를 주겠다고 제안했지만 우리는 다행히도 당신의 다차를 알고 있어서 즉시 떠나기로 했지요. 잠깐만―사블이 끼어들어요―그때 나는 정말로 이미 다차로 이사를 했었네. 하지만 자네들은 다른 아파트를 찾아간 걸세. 왜냐하면 내 아파트에는 그런 여자도 친척도 있을 리 없으니 말이네. 게다가 나는 여자 친척이라곤 없네. 심지어 남자 친척도 없다네. 내 아파트는 봄부터 가을까지 항상 비어 있지. 자네들이 주소를 헷갈렸나보네. 그럴지도요, 사블 페트로비치―우리는 말해요―그러나 그 여자는 웬일인지 당신을 알고 있었고, 그녀는 당신의 다차에 어떻게 가는지 설명해주려고까지 했다니까요. 이상하군―사블은 생각에 잠겨 대답해요―그런데 아파트 주소가 어떻게 되지?―자네들은 잊지 않았겠지?

아무아무 데요, 사블 페트로비치. 아무아무 데? — 선생님이 다시 묻지요. 네, 아무아무 데요. 불안하네 — 사블이 말해요 — 난 아무것도 생각이 나질 않네. 난 불안하다네. 그 여자가 어떻게 거기에 있을 수 있었지? 자네들은 거기 문 옆, 층계에 썰매가 서 있는 걸 알아채지 못했나? 서 있었어요, 사블 페트로비치. 등유 심지로 만든 끈이 달린 노란색 아이용 썰매요. 맞아, 맞네. 하지만 맙소사, 어떤 여자란 말인가? 그리고 왜 머리가 세었으며, 왜 방진복을 입고 있단 말인가? 난 그런 여자들은 모른다네. 불안하군. 그건 그렇고 — 계속하게나. 침울하게. 그리고 우리는 당신 다차로 출발했어요. 아침은 이미 지났어요. 하지만 그럼에도 아랑곳없이 철길 전체를 따라 기차들 너머 조차지대 뒤쪽 덤불에서는 꾀꼬리들이 계속해서 오순도순 노래 부르고 있었지요. 우리는 객차 승강구에 서서 아이스크림을 먹으며 그 소리를 듣고 있었어요 — 그 노랫소리는 세상의 어떤 소리보다 컸어요. 사블 페트로비치, 우리는 당신이 역에서 당신 다차로 가는 법을 잊지 않았을 거라고 생각해요. 그러니 가는 길을 묘사하지는 않을게요. 단지 언급할 것은 길가 도랑에는 아직도 차가운 눈 녹은 물이 있었고 질경이의 새로 난 잎들이 살아남기 위해 그리고 살아가기 위해 서둘러 그 물을 마시고 있었다는 거예요. 또 언급할 수 있는 것은 정원에 이미 맨처음 사람들이 나타났다는 거지요. 쓰레기 태울 모닥불을 피우고, 땅을 파고, 망치를 두드리며 맨처음 벌들을 피하려 손을 휘젓고 있었어요. 그날은 우리 마을의 모든 것이 지난해와 모든 지나간 해들의 그 날짜에 해당하는 날과 정확히 똑같았어요. 그리고 우리 다차는 꽃잎이 여섯 개인 행복한 라일락을 탐닉하며 서 있었지요. 하지만 거기 우리 정원에는 이제는 우리가 아니라 다른 아무 다차 주민들이 있어요. 왜냐하면 그 무렵 우리는 다차를 팔았거나, 아니면 아직 다차를 사지는 않았나봐요. 여기에서 확신을 갖고 이야기할 수 있는 건 아무것도 없어요. 이 경우 모든 것은 시간에 달려 있거나 아니면 반대로—시간과는 아무 관련도 없어요. 우리는 모든 걸 뒤섞을 수 있어요. 우리한테는 그날이 다른 아무 날처럼 보일 수 있지요. 혹은 정말로 그날이 완전히 다른 기한에 속할 수도 있지요. 그것이 아무 체계도 없이 다른 것 위에 쌓인다면 끔찍하게 나빠요. 정당하게, 정당하게, 우리는 지금 심지어 확신을 갖고 말할 수 없는 상태예요. 우리한테 우리 가족한테 아무 다차가 있었는지 말이에요. 아니면 다차가 있었고 지금도 있는지, 아니면 미래에만 있을 것인지 말이에요. 한 학자가 말하길—저는 이걸 학술지에서 읽었는데요—당신이 도시에 있으면서 그 순간에 교외에 당신 다차가 있다고 생각한다고 해도 현실에서 다차가 있다는 뜻은 아니래요. 그리고 반대로, 당신이 다차의 해먹에 누워 저녁식사를 마친 후 가려고 하는 도시가 현실의 한 장소라고 진지하게 생각할 수도 없다는 거예요. 당신이 여름 내내 왔다 갔다 하는 다차도, 도시도, 단지 적당히 무너진 당신 상상력의 소산일 뿐이라고—학자는 썼어요. 그 학자는 또 이렇게 썼지요. 당신이 진실을 알고 싶다면, 그것은 이러해요. **당신에게는 여기 아무것도 없어요**—가족도, 일도, 시간도, 공간도, 당신 자신도요. 당신이 이 모든 걸 생각해낸 거예요. 동의하네—우리는 사블의 목소리를 들어요—난 내가 기억하는 한 절대로 이걸 의심하지 않네. 그래서 여기에서 우리는 말했어요. 사블 페트로비치, 하지만 그럼에도 아랑곳없이 뭔가 있잖아요. 이건 너무나 명백해요. 어쨌든 강은 불리잖아요. 하지만 뭐로요, 도대체 뭐라고 불리죠? 선생님? 여기에서 그는 대답해요. 사랑스러운 친구들이여, 자네들은 아마도 믿지 못할 테지. 일선에서 물러났고 냉소적인 데다 무례하고 경박하며 풍향계인 날 말이지. 하지만 또 다른 나를 믿게나—가난한 시인이요 증오와 자유에 대한 갈망으로 타오르고 머리와 마음에 불꽃을 지피고 있으며 계몽하려고 나타난 시민인 나를 믿게나. 이제 다가오는 복수에 대해 소리치듯 내 모든 피로써 소리친다네. 세상에는 아무것도 없소, 세상에는 아무것도 없소, 세상에는 아무것도 없소, '바람'을 제외하고! '나르는 자' 말인가요?—우리는 물었지요. '나르는 자' 말고는—선생님이 대답했어요. 칠을 하지 않은 라디에이터 내부에서는 물이 끓었고, 창문 너머로는 피할 수도 없고 파괴되지도 않는 천 개의 발이 달린 거리가 걸어가고 있었으며, 지하에서는 우리의 보일러공과 수위가 손에 삽을 들고 이 보일러에서 저 보일러로 내달렸으며, 사층에서는 바보들이 네 명씩 짝을 지어 추는 카드릴 춤소리가 시끄럽게 울려퍼지고 있었어요. 건물 전체의 기반을 흔들면서.

그렇게 우리의 다차는 여섯 꽃잎의 라일락에 푹 빠져 서 있었어요. 그러나 거기 우리의 정원에는 이제 우리가 아닌 다른 이들이 법석댔지요. 어쩌면 그들이 우리였을지도 몰라요. 그런데 우리는 사블 선생님 댁으로 서둘러 가느라고 우리 자신을 알아보지 못했어요. 우리는 거리 끝까지 내려가서 왼쪽으로 돌아서, 그다음에는—흔히 있는 일이지요—오른쪽으로 돌아 호밀밭 끝에 닿았어요. 그 뒤에는 당신이 잘 알다시피 다차의 레테가 자신의 강물을 흘리고 있고 '쏙독새의 땅'

이 시작돼요. 호밀밭을 반으로 가르는 길 위에서 우리는 우체부 미헤예프, 혹은 메드베데프를 만났지요. 그는 천천히 자전거를 탔는데, 바람이 없었는데도 우체부의 턱수염이 흩날렸어요. 그리고 그 수염에서부터—한 움큼 또 한 움큼—한 움큼씩 날아갔어요. 마치 그건 수염이 아니라 폭풍우를 품은 먹구름 같았어요. 우리는 인사를 나누었지요. 하지만 우울했는지—아니면 슬펐는지?—그는 우리를 알아보지 못했고 대답도 하지 않고 더 멀리 배수탑이 있는 방향으로 가버렸어요. 우리는 그의 뒷모습을 바라보았고, 그런데 당신은 노르베고프를 만나지 못했나요? 자전거를 타는 우체부의 이상(理想)이자 큰 바위 같은 사람이자 죽은 듯 안장에 붙어 있는 노예인 미헤예프는 돌아보지도 않고 까마귀처럼 쉰 목소리로 하나의 단어를 외쳤어요. 저기. 그리고 자전거 핸들에서 떨어진 그의 팔은 많은 고대의 성화와 프레스코화에 표현되어 있는 자세를 취했어요. 그것은 축복을 증거하는 팔, 축복을 주는 손, 호소하는 듯 화해하는 손, 팔꿈치와 손목을 굽힌 손이며—나무랄 데 없이 빛나는 하늘을 향해 손바닥을 편 평화 창조자의 자세지요. 우리의 존경하는 우체부를 만났다니 기쁘네. 우리가 사는 곳에서는 그걸 좋은 징조로 친다네. 하지만 난 다시 불안하다네. 다시 그 여자에 대한 대화로 돌아가고 싶네. 좀더 상세한 내용을 기다리고 있네. 말해주게나. 자네들은 그녀를 누구와, 혹은 무엇에 비할 수 있겠는가. 은유를 써보게나. 비유를 해봐. 그러지 않으면 난 그녀를 분명하게 상상할 수 없으니 말이네. 친애하는 퇴직자여, 우리는 그녀를 비유할 수 있을 거예요. 인간의 모습을 한 밤새의 울음에, 아니면 시들어가는 국화꽃에, 아니면 다 타버린 사랑의 재에 말이에요. 그래요,

재에 비유할 수 있어요. 숨 쉬지 않는 자의 숨에, 환영에 비유할 수 있지요. 그리고 또, 우리에게 문을 열어준 그 여자는 할머니 무덤가의 한쪽 날개가 부서진 백묵의 천사였어요. 그 천사를—흠, 당신은 아마도 아시겠지요. 바로 그런 거였군—사블이 반응해요. 난 최악의 일이 일어나지 않을까 하는 의심이 들기 시작한다네. 난 절망에 빠져 있네. 그래, 이런 일은 있을 수 없네. 정말 난 평범하게 여기에서 자네들과 대화를 나누고 있네. 이렇게 나는 자네들의 한 마디 한 마디를 다 듣고, 느끼고, 감촉을 느끼고, 보고 있네. 그런데 그럼에도 나는 자네 묘사대로라면…… 아니네, 하지만 난 믿지 않을, 인정하지 않을 권리가, 아니다—라고 말할 권리가 없다네, 그렇지 않은가? 확고하게. 하얗게 센 흐트러진 머리카락을 하고서. 어떤 포즈를 취하며. 사블 페트로비치, 호밀밭이 끝나는 거기에서는—거기에서는 거의 곧바로 레테가 시작돼요. 그 강변은 높고 가파르죠. 대부분 모래로 이루어져 있어요. 가파른 경사면의 가장 높은 곳, 공터에는 소나무들이 자라고 있어요. 이 공터에서는 강변과 강 전체가 아주 잘 보이지요—흐름을 따라 위로 그리고 아래로요. 강 색깔은 어두운 푸른색이고 깨끗해요. 강은 서두르지 않고 자신의 강물을 조심스레 흘려보내고 있어요. 강 너비에 관해서는, 그 희귀한 새들에게 물어보는 게 제일 좋죠. 새들은 날아가서는 돌아오지 않지요. 경사면에 다가가서 우리는 곧바로 당신의 다차를 보았어요—그것은 여느 때처럼 건너편 강변 풀밭에 서 있었어요. 주위엔 꽃들이 한들거리고 잠자리들이 날아다녔지요. 칼새와 제비들도 있었어요. 그리고 사블 페트로비치, 당신은 물가에 앉아 있었지요. 몇몇 낚시 도구들이 널려 있었고, 낚싯대는 특별한 삼각대에 단단히 묶여 있었어요. 뭔가가 입질을 했고, 낚싯줄에 달린 작은 종이 울려서 당신의 낮잠을 깨웠지요. 잠이 깬 당신은 낚싯대를 당겨 발 없는 도마뱀을, 더 정확히는 꼬치고기를 끌어냈어요. 아니-아니네—지리선생님이 말해요—난 물고기 한 마리도 잡아본 적이 없다네. 우리네 레테 강에는 물고기가 살지 않아. 입질을 한 것은 도마뱀들이었네. 그것들은 꼬치고기나 농어에 비해 절대로 처지지 않지. 심지어 더 낫지. 말린 것들은 맛에서는 카스피해 황어를 연상시키지. 맥주랑 먹으면 아주 좋다네. 난 가끔 역에서 그 생선을 팔곤 했다네. 양동이 하나 가득 가져가 판다네. 거기 맥주 간이판매대 옆에서 말이네. 때로는 그것들은 눈앞 양동이 속에서 곧바로 말라버리곤 한다네. 물론 날씨가 뜨거우면 말일세. 그래서 우리들은 경사면으로 다가서서 건너편 모래 강변에 앉아 있는 당신을 보고 인사했어요. 안녕하세요, 사블 페트로비치! 입질이 있어요? 건강을 비네—당신은 저쪽 강변에서 대답했어요—오늘은 뭔가 그리 좋지는 않아. 날씨가 너무 뜨겁군. 우리는 침묵했고 레테가 거꾸로 흐르는 소리가 들렸어요. 그러고선 당신은 물었지요. 그런데 내 친구들이여, 자네들은 왜 수업을 안 듣고 돌아다니는가? 아니에요, 사블 페트로비치. 우리는 당신을 보러 왔어요. 학교에 무슨 일이라도 있는가? 아니요, 아무 일도요. 더 정확히는요, 당신이 오늘 산맥의 체계, 강과 그 밖의 것에 관한—지리 시험에 오지 않은 것이 바로 그 무슨 일이지요. 저런—당신은 대답했어요—하지만 난 오늘 갈 수 없었네. 몸이 좋지 않아. 무슨 일이세요—후두염이세요? 더 나쁘다네, 자네들, 훨씬 더 나쁘지. 사블 페트로비치, 당신은 우리가 있는 이쪽 강변으로 건너오고 싶지 않으세요. 당신은 쪽배가 있잖아요. 여기 우리한테는 아무것도 없어요. 우리 쪽배가 있긴 하지만 노가 헛간에 있어요. 우리에겐 당신에게 드릴 선물이 있어요. 케이크를 가져왔어요. 자네들이나 먹게, 친구들이여—당신은 말했어요—난 식욕이 전혀 없네. 그리고 난 단것을 좋아하지 않네. 고맙네. 사양하지 말게나. 좋아요—그럼 우리는—우리는 아마도 지금 다 먹어치울 거예요. 우리는 상자를 열어 케이크를 주머니칼로 똑같이 두 조각으로 잘라 먹기 시작했지요. 화물선이 옆으로 지나갔는데 갑판 위에는 속옷이 밧줄에 널려 있었고, 평범한 소녀가 그네를 타고 있었어요. 우리는 그녀에게 케이크 상자 뚜껑을 흔들었지만, 소녀는 하늘을 쳐다보고 있었기 때문에 알아채질 못했지요. 우린 케이크를 빨리 다 먹고서는 물었어요. 사블 페트로비치, 틴베르겐과 페릴로에게 전할 말은요? 언제 학교에 올 건가요? 이해가 안 되네. 안 들린다네—당신은 대답했지요—화물선이 지나간 다음에 하게나. 우리는 화물선이 지나가길 기다렸다가 다시 말했지요. 틴베르겐에게 뭐라고 전할까요. 당신은 언제 올 건가요? 어떻게 될지 모르겠네, 자네들. 문제는 내가 확실히 가지 않을 거라는 점이네. 이번 화요일부터 자네들 학교에서 일하지 않는다고 전해주게나. 정산을 할 거라네. 뭐라고요, 사블 페트로비치. 너무 아쉬워요. 당신이 없으면 그리울 거예요. 이건 예상하지 못한 일이에요. 슬퍼하지 말게나—당신은 미소를 지었어요—특수학교에는 내가 없어도 자격을 갖춘 선생님들이 많다네. 하지만 종종 난 둘러보려고 날아갈 거라네. 우리는 다시 만날 거야. 대화도 나눌 걸세. 제기랄. 사블 페트로비치, 우리 학급 전체가 그 주에 저쪽 강변에 있는 당신을 방문해도 될까요? 그러게나. 기쁘게 기다리고 있겠네. 다만 남은 학생들에게 미리 알려주게나. 간식은 하나도 필요치 않다는 걸 말일세. 식욕을 완전히 잃었다네. 어떤 병이에요? 사블 페트로비치? 병이 아니네, 친구들이여, 이건 병이 아니라네―당신은 일어나서 무릎까지 걷어올린 바지를 털며 말했어요― 문제는 바로 내가 **죽었다는** 것이네―당신은 말했어요―그래, 그럼에도 아랑곳없이 죽었네. 빌어먹을, 죽었어. 우리네 의술은 당연히 매우 형편없지만, 죽음에 관해서는―항상 옳다네. 실수가 없지. 진단은 진단인 거야. **죽었네**―당신은 말했어요― 우라질. 격앙되어서. 난 그렇게 생각했네―라디에이터에 벗은 발을 녹이고 있는 사블이 말해요―자네들이 문을 열어준 여자에 대해 말했을 때, 나한테 뭔가 좋지 않은 예감이 떠올랐네. 흠, 명백해졌네. 이제 모든 게 떠올랐어. 이 사람은 내가 아는 여자였네. 오히려 심지어 친척 여자라 해야 되겠지. 그런데 그 이후에 무슨 일이 있었는가? 아무개 학생? 우리는 도시로 돌아와 학교로 가서 우리한테, 더 정확히는 당신한테 일어난 일을 모두에게 말했어요. 웬일인지 즉각 모두들 슬퍼했어요. 많은 아이들이 굳은 얼굴로 울었지요. 특히 소녀들이요. 특히 로자가요. 오, 로자!―사블이 말해요―불쌍한 로자 베트로바. 그러고 나서 장례식이 거행되었어요, 사블 페트로비치. 목요일에 당신의 장례를 치렀지요. 당신은 강당에 누워 있었어요. 아주 많은 사람들이 작별인사를 하러 왔어요. 모든 학생, 모든 선생님, 그리고 거의 모든 학부형들이요. 당신을, 이해하시겠지요, 끔찍이도 사랑했어요. 특히 특수학교 학생들인 우리가요. 아세요, 흥미롭게도 당신 머리맡에는 학교에서 제일 큰 지구의가 놓여 있었어요. 그리고 존경해 마지않는 보초 선 사람들은 순서대로 그걸 돌렸어요―아름답고

240

장엄했지요. 장례식 내내 대여섯 명으로 구성된 우리의 관악 오케스트라가 연주를 했어요. 두 명은 트럼펫이고요. 나머지는―큰북과 작은북이에요. 상상이 되세요? 페릴로가 울면서 인민 **규율** 부서에 학교 이름을 '노르베고프 학교'로 바꿔달라고 요청하겠다고 맹세했다는 말이 나돌았지요. 그리고 로자―당신은 아시죠?―로자는 당신을 위해 놀랍고도 아름다운 시를 낭독했어요. 그녀는 밤새도록 자지도 않고 시를 지었다고 말했어요. 어떠했냐고요? 하지만 저는 뭔가 흐릿하게…… 한 줄이라도 상기시켜주세요. 잠깐만요, 잠깐만, 아마도 대략 이런 거예요.

어제 난 일곱 바람의 소음 속에 잠이 들었네,
차가운 무덤의 일곱 바람의 소음 속에.
그리고 사블 페트로비치는 일곱 바람의 소음 속에 죽었다네.
난 우리 집에서 잠을 이루지 못하네 일곱 바람의 소음 속에.
개가 짖고 있네 일곱 바람의 소음 속에.
누군가 아주 가까운 사람이 눈을 밟으며 왔네, 바람을 따라,
누군가 내 목소리를 듣고 왔네, 그는 내게 무언가를 속삭였네,
그리고 난, 대답하려고 그의 이름을 불렀다네―
그는 내 무덤 쪽으로 왔네.
그리고 갑자기 날 알아보았네.

오, 로자―사블은 고통스럽게 말해요―불쌍한 나의 소녀, 부드러운 나의 사람, 난 널 알아보았지, 알아보았어. 너에게 감사해. 아무개

학생, 제발 날 위해, 그리고 나와 자네의 이상한 우정을 위해 그녀를 보살펴주게나. 로자는 매우 아프다네. 그녀에게 길도 주소도 상기시켜주게나. 그녀가 잊지 않고 방문하도록 말일세. 난 여전히 거기, 풍차들이 서 있는 저쪽 강변에 살고 있다네. 말해주게나, 그녀는 이전처럼 뛰어난가? 네-네, 최고점만 받아요. 바로 그때 우리는 사층에서, 그다음엔 모든 층계를 따라—위에서 아래로—웃고 소리치고 외치는 소리를 들었지요. 그건 예행연습이 끝났다는 뜻이었어요. 강당에서 뛰어나와 거리 쪽으로 나가고 있어요. 댄스 앙상블의 바보들은 무리를 지어 곧장 옷 보관소로 돌진했어요. 서로의 얼굴에 침을 뱉으며, 아우성을 치며, 몸을 비틀며, 다리를 걸어 넘어지게 하면서, 꿀꿀거리고 깔깔대면서요. 우리가 다시 사블 페트로비치에게로 고개를 돌렸을 때 그는 이미 우리와 함께 있지 않았어요—창턱은 비어 있었지요. 그리고 창문 너머로 피할 수 없는 천 개의 발이 달린 거리가 걸어가고 있었어요.

정말로 아름다운 이야기구먼, 젊은이. 난 자네의 심정이, 좋아하는 선생님을 잃은 학생의 심정이 이해가 되네. 그런데 뭔가 그 비슷한 일이 내 인생에도 있었다네. 내가 바로 학술원 회원이 된 것도 아니고 그전에 난 선생들 몇십 명을 묻어야만 했다는 걸 믿을 수 있겠는가? 하지만 어쨌든—아카토프가 말을 계속해요—자네는 나한테 아무 책에 대해 이야기해주기로 약속했었네. 그 책은 자네 선생님이 자네에게 준 것이라고 했던 것 같은데. 전 완전히 잊어버리고 있었어요, 어르신. 그는 그 책을 제게—조만간에—다른 날 만났을 때 주었어요.

하지만 허락하신다면 지금 그 이야기해드릴게요. 사블 페트로비치는 또다시 거기 창턱에 발을 덮히며 앉아 있었지요. 우리는 생각에 잠겨서 들어갔어요. 친애하는 선생님, 우리의 생물 및 식물학선생님인 베타 아르카디예브나에 대해 우리가 키우고 있는 감정이 의미와 근거를 상실하지 않았다는 걸 당신은 아마 아시겠지요. 아마도 우리의 결혼은, 이렇게 말하는 걸 허락하신다면, 산맥 체계를 따르는 것은 아니에요. 하지만 우리는 몇몇 미묘한 문제들에 관해서는 완전히 순진하지요. 당신이―간단히 말씀드리면, 당신이 말씀해주세요, 어떻게 그걸 해야 하는지를요. 당신은 여자들이 있었잖아요. 여자들?―사블이 되물어요―그래, 내가 기억하는 한, 나한테는 여자들이 있었지. 하지만 거기에는 한 가지 골칫거리가 있다네. 이해하겠나, 난 아무것도 알기 쉽게 설명해줄 수 없다네, 나 자신이 그게 어떠했는지 이미 잊었다네. 그것이 끝나자마자 곧바로 모두 잊어버린다네. 난 나한테 있었던 모든 여자들 중 한 명도 기억이 나질 않네. 다시 말하면 난 그들의 이름과 얼굴, 옷, 그들이 했던 말들, 미소, 눈물, 그들의 분노만을 기억한다네. 그러나 자네가 물어보는 것에 관해서는 아무것도 말할 수 없네―기억이 나질 않아, 기억이 안 나. 이 모든 것이 건강한 이성에 의해서가 아니라 감정과 느낌에 의해 이루어졌기 때문일세. 그리고 감정들은―웬일인지 빨리 지나간다네. 내가 말할 수 있는 건 이렇다네. 그건 매번 정확히 똑같지. 그러나 동시에 완전히 다르고 새롭다네. 하지만 어느 때도 그 첫번째 유일한 시기, 첫 여자와는 같지 않다네. 하지만 첫번째 시기에 대해서는 한 마디도 하지 않겠네. 왜냐하면 그건 절대로 그 어느 것과도 비교가 안 되는 거니까. 그리고 굳이 이야기한다면 우리는 그것에 대한 한 마디의 말도 아직 생각해내지 않았다네. 환희에 차서. 불가능한 것을 꿈꾸는 자의 미소를 지으며. 하지만 여기 자네에게 줄 책이 있네―노르베고프는 품 안에서 책을 꺼내며 말을 계속해요―나는 이 책을 우연히 가지게 됐다네. 이건 내 책이 아니야. 누군가 이틀간 내게 이 책을 빌려주었지. 그러니 이 책을 받게나. 읽어보게. 아마도 자네는 거기서 자네 자신을 위한 뭔가를 발견할 걸세. 고맙습니다―우리는 말하고 나서 책을 읽으며 나갔지요. 어르신, 그건 어느 독일 교수가 쓴 걸 번역한 뛰어난 소책자였어요. 가족과 결혼에 관한 책이었어요. 그걸 펼치자마자 모든 걸 금세 이해하게 되었지요. 전 단지 무턱대고 펼친 한 쪽, 대략 아무 한 쪽만 다 읽었어요―그리고 곧바로 책을 사블에게 돌려주었어요. 왜냐하면 모두 다 이해했기 때문이에요. 도대체 무엇을, 젊은이? 저는 저와 베타 아르카디예브나의 삶을 어떻게, 어떤 기반에서 이루어가야 하는지를 이해하게 되었어요. 거기엔 이렇게 쓰여 있었지요. "그는(그러니까 저예요, 어르신) 며칠간 떠나 있었다. 그는 그녀를 그리워했으며, 그녀(다시 말해 베타 아르카디예브나) 역시 그를 그리워했다. 그들은(다시 말해 우리들) 잘못된 양육의 결과로 종종 일어나는 일처럼 이 그리움을 서로에게 숨겨야만 할까? 아니다. 그가 집으로 돌아와보니 모든 것이 아주 보기 좋게 정돈되어 있다(아르카디 아르카디예비치, 우리의 거실에는 반드시 당신이, 다시 말해 당신의 전신 초상화가 걸려 있을 거예요. 그날에 초상화는 꽃으로 장식될 거예요). 그녀는 이렇게 말할 것이다. '목욕물이 준비되었어요. 속옷은 이미 찾아놨어요. 전 벌써 목욕을 했어요.' (상상이 되세요, 어르신?) 그녀가 기뻐하며 사랑을

맛보려고 모든 걸 미리 준비해놓았다니 얼마나 멋진 일인가. 그가 그
녀를 원하듯 그녀 역시 그를 원하며 거짓된 부끄러움 없이 명백하게
이것을 알려준다……" 이해되세요, 어르신? 그녀는 나를 원해요. 베
타는 원해요, 원하고 있어요, 거짓됨 없이요. 난 이해하네, 젊은이, 이
해해. 그러나 자네가 내 생각을 완전히 올바르게 포착한 건 아니라네.
난 다른 걸 염두에 두었다네. 난 자네들 관계의 정신적, 생리적 근거
보다는 물질적인 근거를 암시한 것일세. 간단히 말해 자네는 무엇으
로, 무슨 돈으로 살아갈 건가. 자네의 소득은 어떠한가? 예를 들어보
지. 베타가 가까운 시일 내에 자네와의 결혼에 동의한다면, 흠, 그다
음은 뭔가? 자네는 어떻게―일을 할 생각인가 아니면 공부를 할 생
각인가? 앗! 바로 그 점을 염려하시는군요, 어르신. 어쨌든 저는 그
점에 대해 물으실 거라고 짐작하고 있었어요. 하지만 보세요, 아마도
조만간 저는 우리 특수학교를 졸업할 거예요. 확실히 조기졸업할 거
예요. 그리고 기술학교 아무 학과에 입학해요. 저는 모든 동급생들처
럼 기술자가 되길 꿈꾸고 있지요. 저는―순식간은 아니더라도, 빨리
기술자가 되어서 자동차 등등을 사요. 그러니 걱정하지 마세요. 당신
이 더도 말고 덜도 말고 잠재적인 대학생으로 저를 봐주신다면 기쁠
텐데요. 미안하네만, 자네의 나비에 대한 연구는 전부 어떻게 된 건
가? 자네는 커다란 표본집에 대해 정보를 구했고, 나는 내 앞의 젊은
동료가 전도유망하다고 확신했다네. 오, 제가 실수했어요, 어르신. 기
술자가 되길 꿈꾸는 건, 지금 여기엔 없지만 매순간 여기에 들를 수
있는 다른 아이예요. 저는―절대 아니에요. 차라리―홰 위의 수탉이
더 낫지요. 길거리 구두수선공의 도제가―더 낫지요. 중년의 흑인이

되는 게—더 나아요. 하지만 기술자는—아니에요, 절대로요. 부탁도 하지 마세요. 저의 결정은 확고해요. 당신처럼, 베타 아르카디예브나처럼 오직 생물학자가 되기로요. 평생—생물학자가 되기로요. 그리고 주로—나비 분야에서요. 저한테는 당신을 깜짝 놀라게 할 작은 뭔가가 있어요, 아르카디 아르카디예비치. 최근에 저는 학술원 곤충학 경연대회에 나비 몇천 마리를 채집한 제 표본집을 보낼 계획을 세웠어요. 편지는 이미 준비해놓았어요. 성공이 감히 절 오래 기다리게 하지 않을 거라 기대하고 있어요. 그리고 제 미래의 성과에 대해 당신도 무관심하지는 않으며 저와 함께 기뻐하실 거라 확신해요. 어르신, 베타와 제가 나란히 맞게 될 아침들 중 하나를 상상해보세요. 어딘가 여기, 다차에서—당신 집이든 우리 집이든, 그건 중요하지 않아요. 희망과 행복한 예감들로 가득 찬 아침, 저에게 학술원 수상 소식이 전해지는 그 아침 말이에요. 우리가 절대 잊지 않을 그 아침을요. 왜냐하면—흠, 그 이유를 당신께 설명할 필요는 없지요. 학자로서 그 같은 영애의 순간을 어떻게 잊을 수 있겠어요! 아침들 중 하나.

아무개 학생, 저자인 나는 자네가 오랫동안 기다려온 학술원의 편지를 받는 순간을 상상해보았다네. 내가 자네 말을 끊고 그 이야기를 할 수 있도록 양해해주게. 자네와 마찬가지로 나에게도 꽤 괜찮은 상상력이 있다네. 난 할 수 있을 거라 생각하네. 물론이에요, 이야기해주세요—그가 말한다.

예를 들어보세. 어느 날 아침에—예를 들어 칠월의 어느 토요일 아침에—미헤예프, 아마도 메드베데프라는 성을 가진 우체부(그는 나이가 지긋이 들었네. 확실히 쉰 아래는 아니지. 퇴직연금을 받고 살지만 아직도 우체국에서 신문과 편지를 나르는 배달부, 전보와 다양한 소식을 전하는 배달부가 받는 급여의 반을 받고 있다네. 그런데 그는 이 우편물들을 평범한 우체부 가방이 아니라 우체부에게서는 보기 드문 특별한 가방에 넣어 나르고 있네—그의 가방은—일반적으로 가정에서 쓰는 검은색 인조가죽으로 만들어진 평범한 가방으로—어깨끈 대신 자전거 핸들에 걸 수 있는 손잡이가 달려 있다네), 그런데 칠월의 어느 토요일 아침 우체부 미헤예프는 자전거를 자네 집 근처에 세우고는 연금 생활을 하는 노인네처럼 어설프게 자전거에서 쓰디쓴 먼지, 노란 흙먼지, 폴폴 날리는 길 먼지 속으로 뛰어내리며, 녹슨 자전거 경적을 누르네. 경적을 울리려 하지만 소리는 거의 안 나지. 경적이 거의 죽었기 때문이야, 그 안에 있는 꼭 필요한 많은 톱니들이 너무나 닳았고, 오랫동안 서로를 갉아먹었기 때문이지. 스프링을 고정해주는 해머는 녹이 슬어 움직이지도 않는다네. 하지만 그럼에도 아랑곳없이 이 아침에 너는 즐겁게 재잘거리는 네 아버지의 정원으로 둘러싸인 열린 베란다에 앉아 죽어가는 자전거 경적의 목쉰 소리를 듣고 있지. 더 정확히 말하면 듣는 게 아니라 그 소리를 느끼는 거지. 너는 베란다의 계단을 내려와서는 즐거운 벌들의 정원을 지나 쪽문을 열고 미헤예프와 인사를 나누지. 안녕하세요, 우체부 미헤예프(메드베데프). 안녕하세요, 그는 말하지. 학술원에서 당신에게 보낸 편지를 갖고 왔습니다. 어서 주세요. 고맙습니다. 넌 미소를 지으면서 말하지. 네 미소는 아무 쓸모도 없지만 말이야. 왜냐하면 네 미소는 자네들의 평범한 관계에도, 늙은 우체부의 운명에도 어떤 변화도 일으키지 못하기 때문이야. 매일 몇백 채의 다차와 다차가 아닌 집의 쪽문에서, 현관에서, 대문에서, 울타리 개구멍에서 그를 맞이하는 그런—어떤 것도 강요하지 않는 그런 각각의 미소 몇천이 그의 운명을 바꾸지 못하는 것처럼 말이야. 너는 나에게 동의하지 않을 수 없지. 넌 이 모든 걸 잘 알지만, 어린 시절부터 학교와 집에서 너에게 주입시킨 예의 바른 행동 습관은 무의식적으로 작동하지. 미헤예프에게 어서 주세요, 고맙습니다라고 말하면서, 너는 그의 늙고 핏줄이 두드러진 손에서 노란 봉투를 건네받고는—미소를 짓지. 두 사람의 짧은 만남의 순간들, 두 사람의 전통적인 만남, 다시 말하면 둘 중 누구에게도 필요하지는 않지만 그럼에도 불가피한 대화들("안녕하세요, 우체부 미헤예프" "안녕하세요, 학술원에서 당신에게 보낸 편지를 갖고 왔습니다" "어서 주세요, 고맙습니다") 중 하나에서 너와 그의 인생의 한순간에, 네 등 뒤 정원에 노래하는 파란 새들이 존재하는 순간에도, 즐거운 밝은 파란색 쪽배가 여기에서는 보이지 않는 레테 강과 다른 보이지 않는 강들을 따라 미끄러져 가는 시간에, 태어날 때부터 못생긴 데다 나이 때문에 검버섯이 핀 그의 푸르스름한 손이 내민 노란 봉투가, 너의—젊고 태양에 그을고, 본질적으로 주름살 하나 없는 손에 닿을락 말락 하고 있어. 정말로—너는 이 순간 생각하지—정말 내 손도 언젠가는 저렇게 된단 말인가? 하지만 그 순간 너는 스스로를 안심시키지. 아니-아니야, 저렇게 되진 않을 거야. 난 학교에서 체력단련 크로스컨트리를 달리지만 미헤예프는 달리지 않지. 그래서 그의 손이 저런 거야—너는 미소를 지으며 결론을 내리지. "어서 주세요, 고맙습니다."천만에요."— 알아들을 수 없게 그리고 미소를 짓지도 않고, 교외의 편지 및 전보 배달꾼이자 소식 및 신문 배달꾼이요, 노인이자 퇴직연금을 받는 우체부요, 핸들에 평범하지 않은—평범한 가방을 매단 즐겁지 않은 자전거 타는 사람이자 꿈꾸는 우울한 술꾼인 미헤예프(메드베데프)가 말하지. 너도, 파란 새들로 가득 찬 정원도 보지 않은 채, 여기 그는 조금 전에 내려왔던 것처럼 어설프게 자전거에 올라타고서, 서투르게 페달을 밟으며 자신의, 더 정확히는 남의 편지들을 휴양소와 배수탑 방향으로, 마을 경계와 꽃이 핀 들판과 나비들, 은빛 개암나무들이 있는 방향으로 나르지. 그는 숙취가 약간 남은 상태로, 이 모든 편지들이 쓸모가 없다는 듯 남은 편지들을 배달하고 나서는 집으로 가서 적은 양의 알코올에 물을 섞지—그의 늙은 마누라는 지역 병원에서 잡역부로 일하고 있어서 집에는 알코올이 절대로 떨어지지 않고 떨어질 일이 없지—그런 다음 작은 참나무통에서 소금에 절인 토마토를 꺼내 먹으며(그 나무통이 놓여 있는 지하실에는 거미들과 서늘함, 싹이 난 감자가 있고 곰팡이 냄새가 진동하지) 소나무와 마가목 들이 있는 어딘가나 배수탑 뒤쪽에 호두나무들이 있는 곳으로 가서는 태양이 내리쬐지 않는 그늘에서 잠을 자곤 하지. 우체부가 일흔 살이 넘으면, 그런 땡볕 더위에 하루 종일 자전거를 타는 것은 안좋아. 휴식을 취해야만 해. 하지만—가방에는 아직도 이런저런 편지들이 있어. 아무개가 아무개에게 편지를 쓰고 아무개는 답장 쓰는 걸 게을리하지 않지. 매번 이웃 사람에게 편지봉투를 빌리고, 우표를 사고, 주소를 기억해내서는 더위에도 우체통에 편지를 넣으러 가지. 그래, 아직도 이런저런 편지들이 남았고, 그걸 배달해야만 해. 그래서 그는 지금 배수탑 쪽으로 자전거를 타고 가고 있어. 무성한 풀숲 사이로 간신히 보이는 오솔길은 산으로 이어지고, 여자 구두굽처럼 높은 굽이 달린 검은색 구두를 신은 미헤예프의 발이 페달에서 떨어지고, 핸들은 편지배달부에게 복종하길 멈추지. 앞바퀴는 이 단순한 기계의 남은 부분들의 움직임에 역행하여 들리려 하지. 바퀴는 브레이크가 걸린 채 미끄러지고, 바퀴살은 민들레꽃들을 꺾으며 굴러가고 있어―작은 하얀 홀씨 낙하산들은 위로 휙 날아올랐다가 천천히 미헤예프(메드베데프) 위로 내려앉아 늙은 우체부를 뒤덮지. 더운 날에 입기에는 너무 두꺼운 그의 검은색 셔츠와 두꺼운 펠트 모자를 홀씨로 수태시키려는 듯이 말이지. 작은 낙하산들은 고무 입힌 천으로 만든 바지 위에도 내려앉지. 미헤예프는 바지 한쪽―오른쪽―을 발목 위까지 걷어올려 보리수나무로 만든 빨래집게로 고정해놓았는데, 이는 행여나 바지 끝이 자전거 기어 장치―사슬, 뒷바퀴 축받이에 연결되어 있는 작은 사슬바퀴, 페달이 연결되어 있는 큰 사슬바퀴―에 끼는 걸 막기 위해서지. 그렇게 해놓지 않으면 미헤예프는 편지를 전부 쏟으며 곧장 풀숲에 처박힐 테니까 말이야. 그러면 바람이 편지들을 잡아채서는 강 저편 초원으로 가져가버리겠지―늙은 우체부는 나루터지기에게 쪽배를 빌려 강 저편으로 배를 저어 자신의, 더 정확히는 남들 편지를 그러모을 수밖에. 사람들은 편지를 쓸 시간을 내고, 아무개는 인내심이 충분하지만, 그들의 바보 같은 편지글들, 축하엽서와 긴급해 보이는 전보들이 모두 미헤예프가 풀숲에 처박힌 어느 맑은 날 아침에 강 저편으로 날아가버릴 수 있다는 것―이 점에 대해서는 그들 중 누구도 생각해보지 않았던 거지. 왜냐하면 사람들은 저마다 자신들의 자전거에서 떨어지지 않도록 노력하고 있고, 그들에게는 평생 동안 집집마다 바보같이 쓴 불행한 편지들을 배달해주는 일밖에 몰랐던 우편배달부 노인에게 신경을 쓸 여유가 없기 때문이지. 바람이—미혜예프(메드베데프)가 낮게 중얼거리지—바람이 위쪽으로 부는군. 비를 불러들이겠어. 하지만 이건 거짓말이야. 바람 한 점 없고— 위로 부는 바람도, 밑으로 부는 바람도 없어. 일주일이나 지나야 마을에 비가 쏟아질 것이고 그전까지 날씨는 내내 맑고 바람은 안 불 것이고 낮 동안 하늘은 밀초를 먹인 파란 도화지가 될 거고 밤하늘은 알록달록 커다란 금박 별들이 달린 검은색 카니발 비단이 될 거야. 하지만 미혜예프—그는 그저 자신을 속이고 있어, 그저 이 무더위, 편지 다발, 이 자전거, 그리고 사과가 익어가는 소리가 들리는 정원 문턱에 서서 항상 똑같은 미소를 지으며 그를 맞이하는 이 한결같이 공손한 편지 수신자들에게 지쳐버린 거야. 그리고 그, 미혜예프는 이 무덥고 몹시도 지루하고 단조로운 다차의 삶에 조금이라도 변화가 있었으면 하고 바라지. 마치 그가 다차의 삶에 속하기라도 한 것처럼 말이야. 하지만 그는 다차의 삶에 참여하지 않아, 이곳과 강 건너편에 사는 모든 이들이 그의 얼굴을 알고 있긴 하지만 말이야. 그리고 그가 소리 나지 않는 경적이 달린 오래된 자전거를 타고 지나갈 때면, 맞은편에서 오는 다차 주민들은 미혜예프에게 미소를 짓지만, 그는 음울하게 혹은 슬프게, 아니면 노인네의 꿈꾸는 듯한 눈으로, 마치 넋을 잃은 듯 말없이 그들을 바라보고는 자전거를 타고 나아가지—역 쪽으로, 나루터 쪽으로 혹은—지금처럼 배수탑 쪽으로. 말없이. 미혜예프는 근시라서 무테안경을 썼고 때때로 턱수염을 길렀다가 면도를 했다가

하곤 하지. 아니 어쩌면 바람이 턱수염을 잡아채서인지도 몰라. 그러나 수염이 있든 없든 다차 주민들 생각에 그는 보기 드문 유형의 초로의 몽상가이자 자전거 타기를 좋아하는 사람, 우편 업무의 달인이지. 바람이―그는 자기 자신에게 계속 거짓말을 하고 있어―저녁 무렵엔 폭풍과 뇌우가 칠 거야. 정원 전체를 헝클어놓을 텐데. 정원들이 젖고 흐트러질 테지. 고양이들도―털이 헝클어지고 젖지. 다락이나 다차 건물 아래로 숨어들어서는 울부짖겠지. 강은 넘치고 강변에서부터 물이 차고 넘쳐 다차들을 집어삼키겠지. 베란다에서 끓고 있는 모든 찻주전자와 탄내 나는 석유 화로들은 물에 잠기겠지. 울타리 위에 달린 편지함들과 지금은 그의 가방 안에 있지만 곧 그가 편지함에 넣을 모든 편지들을 집어삼켜 무(無)로, 지워져 의미를 잃어버린 말들이 적힌 빈 종잇조각으로 바꾸겠지. 그리고 쪽배들―휴양소에서 나온 할 일 없는 놈팽이들과 다차에 사는 건달들이 타는 이 바보 같은 낡고 바닥이 평평한 배―이 쪽배들은 뒤집혀 강물을 따라 흘러흘러 바다까지 가겠지. 그래―미혜예프는 꿈을 꿔―바람은 이 모든 정원과 찻주전자가 있는 삶을 뒤엎어버릴 거고 잠깐이겠지만 먼지를 가라앉히겠지. "먼지―이 퇴직연금자는 갑자기 언젠가 어디선가 읽은 구절을 기억해내지―미풍이 먼지로 은빛 배 밑바닥을 만들고 있네." 바로 이거야, 먼지로. 미혜예프는 분석하지. 바로 배 밑바닥, 그러니까 쪽배의 밑바닥, 다시 말해, 바닥이 평평한 배―이 배에 탄 자들이 전부 없어지기를―가 아니라. "들판에 바람, 백양나무에 실바람"―또다시 미혜예프는 머릿속으로 인용하고 있어. 그러는 사이 오솔길은 오른쪽으로 돌아 산 아래로 가는 낮은 내리막길에 접어들지. 이제 우엉이 지천으로 자라며 아마 뱀도 살고 있을 계곡을 지나는 다리까지는 편안히 페달을 내버려두고는 다리를 쉴 수 있겠지. 그냥 다리가 자유롭게 자전거에 매달려 흔들리게, 페달을 안 건드리게 하지 뭐. 자전거가 저절로 굴러가게 내버려두지 뭐―바람을 맞으며. '바람을 나르는 자'?―너는 미혜예프에 대해 생각하지. 너에겐 이미 그가 보이지 않아. 흔히 말하듯이 모퉁이 너머로 사라져버린 거야―다차의 칠월 신기루 속으로 녹아버린 거지. 날아다니는 민들레 홀씨들을 뒤집어쓴 채 자전거를 타고 가는 길마다 할 일 없이 쓰인 여름엽서들을 잃어버릴지도 모를 위험을 무릅쓰고, 핏줄이 불거져나온 노인의 손을 가진 그는 이제 몽상과 마주하며 내달리고 있어. 그는 염려와 걱정으로 가득 차 있지. 그는 다차의 삶에서 거의 내버려진 존재이고, 이 점이 그는 못마땅하지. 불쌍한 미혜예프―너는 생각하지―곧, 곧바로 네 고통은 사라질 거고 너는 금속성의 맞바람, 산의 민들레, 여섯 살 난 소녀의 작은 공, 고속도로용 자전거 페달, 필수적인 병역 의무, 비행장의 알루미늄, 숲에 난 화재의 재, 연기가 될 거야. 리듬감 있는 음식과 섬유 공장들의 연기, 육교의 삐걱거림, 해안의 조약돌, 낮의 빛과 가시가 많은 아카시아의 꼬투리가 될 거야. 아니면―길, 길의 일부분, 길의 돌, 길가의 덤불, 겨울 길 위의 그늘이 될 거야. 죽순이 될 거야. 영원할 거야. 행복한 사람 미혜예프. 메드베데프?

내 생각에 당신은 우리의 우체부에 대해 아주 잘 말했어요, 친애하는 작가님. 그리고 편지를 받는 아침을 썩 괜찮게 묘사했어요. 저는 절대로 그렇게 명료하게 말할 수는 없을 거예요. 당신은 아주 재능이 있네요. 그리고 저는 기뻐요. 바로 당신이 저에 대한, 우리 모두에 대한 이런 재미있는 소설을 써주셔서요. 정말이지 어느 누가 이처럼 성공적으로 이 일을 해낼 수 있을지 모르겠어요. 고마워요. 아무개 학생, 내 소박한 작품에 대한 자네의 높은 평가에 무척이나 기분이 좋네. 자네는 아는가, 내가 최근에 적잖은 노력을 기울였다는 걸 말일세. 하루에 몇 시간씩 쓴다네. 그리고 나머지 시간에는—즉 글을 쓰지 않을 때는—내일은 어떻게 더 잘 쓸 수 있을까, 모든 미래의 독자들 마음에 들려면 어떻게 써야 할까 고심한다네. 그리고 당연하지만 마음에 들지 내가 제일 고민하는 사람들은 책 주인공들인 자네들이라네. 사블 페트로비치, 베타 아르카디예브나, 아르카디 아르카디예비치, 자네, 님페야, 자네 부모, 미혜예프(메드베데프) 그리고 심지어 페릴로. 하지만 니콜라이 고리미로비치, 그 사람 마음엔 들지 않을 것 같아서 두렵다네. 그럼에도 아랑곳없이 그는 이전 소설들에 쓰인 것처럼, **조금** 너무 피곤하고 음울하다네. 내 생각에는 내 책이 그 사람 손에 들어가기만 하면, 자네 아버지에게 전화를 걸 것이네—그와 자네 아버지는 내가 알기론 오랜 전우라네. 그들은 쿠투조프와 함께 복무했지—그러곤 이렇게 말할 걸세. 나와 자네에 대해 어떤 풍자가 만들어졌는지 아는가? 모른다네, 검사는 말하겠지. 그런데 어떤 풍자 말인가? 우리에게 적대적인 풍자라네, 교장은 말하겠지. 그러면 작가는 누구요?—검사는 궁금해하겠지—작가 이름을 대게나. 아무개 작가요—교장은 보고할 것이네. 난 두렵네. 이 일 이후 내게 좋지 않은 일들이 많이 생길 거 같아서 말일세. 맞아요, 친애하는 작가님. 우리 아버지는 바로 그런 분이세요. 좋지 않은 분야에서 일해요. 하지만 당신은 무엇 때문에 제목에 당신의 진짜 이름을 꼭 명시하길 원하지요? 왜 당신은 명가*를 쓰지 않나요? 그러면 대낮에 등불을 들고도 절대 당신을 찾아내지 못할 거예요. 일반적으로 말해 나쁘지 않은 생각이군. 아마도 그렇게 해야겠지. 하지만 그렇게 하면 난 사블 앞에서는 불편해질 걸세. 용감하고 굽힘 없는 사람은 삶에서 절대 그렇게 행동하지 않을 테니 말일세. 용기와 덕을 겸비한 지리선생은 모든 사람에게 맞서 투구를 쓴 채 홀로 나아갔네. 격분하며. 그는 나에 대해 나쁘게 생각할지도 모르고, 아마도 내가 아무 데도—시인으로서도, 시민으로서도—쓸모가 없다고 생각할 걸세. 그런데 그의 의견은 나한테는 아주 소중하다네. 아무개 학생, 이제 어떻게 해야 하는지 제발 조언을 해주게나. 친애하는 작가님, 제 생각으로는, 사블 페트로비치는 우리와 함께 존재하지 않아요. 그래서 아마 그는 당신에 대해 이미 아무 생각도 하지 않을 거예요. 그럼에도 그 비슷한 경우에 그가 처신할 법한 대로 당신도 처신하면 좋을 듯해요. 그는 가명을 사용하지는 않을 거예요. 알겠네, 고맙네. 그럼 이제 책 제목에 관해 자네의 의견을 듣고 싶다네. 모든 것을 두고 판단해보건대, 우리 이야기가 결말에 가까워지고 있으며, 우리가 표지에 어떤 제목을 달 것인지를 결정할 시간이 되었다네. 친애하는 작가님, 저라면 당신 책을 **바보들을 위한 학교**라 부를 거예요. 포르테피아노 연주학교, 꼬치고기 놀이학교가 있는 거 아시죠. 하지만 당신은 **바보들을 위한 학교**라고 하세요. 게다가 그 책은 저에 대한 혹은 **다른 애인** 그에 대한 것일 뿐만 아니라 학생들

---

* '가명(假名)'이라는 단어를 거꾸로 한 언어유희.

과 선생님들을 다 합친 우리 모두에 대한 거잖아요, 그렇지 않나요? 그래, 여기에는 자네 학교의 몇몇 사람들이 등장하고 있네. 하지만 내 생각에는 **바보들을 위한 학교**라 부른다면, 몇몇 독자들이 놀랄 텐데. 학교라고 부르면서도 겨우 학생 두서너 명에 관해 이야기한다면, 그들은 말하겠지, 도대체 다른 학생들은 어디 있냐고 말이야. 오늘날 우리네 학교들에 그처럼 풍부하게 존재하는, 놀라울 정도로 다양한 성격을 지닌 어린 학생들은 다 어디 있느냐고 말일세! 걱정 마세요, 친애하는 작가님. 독자들에게 전하세요. 그래요, 그냥 곧바로 아무개 학생이 전하라고 부탁한 대로 말하세요. 학교 전체에는 그들 둘 하고, 또 로자 베트로바 말고는 아마도 그 어떤 재미있는 것도, 그 어떤 놀랄 만한 다양성도 없다고요. 모두가―끔찍한 바보 천치들이라고요. 님페야가 말한 그대로 말하세요. 오직 그에 대해서만 글을 쓸 수 있다고 말이에요. 오직 그에 대해서만 써야만 하니까요. 다른 애들보다 훨씬 낫고 똑똑하기 때문에, 심지어 페릴로조차도 이를 알고 있기 때문이라고요. 그러니 바보들을 위한 학교에 대해 말할 때는, 아무개 학생에 대해 이야기하는 것만으로 충분하다고요―그러면 모든 것이 금방 명확해질 테니, 그렇게 전하세요. 거기서 누가 무얼 말하든지 혹은 무슨 생각을 하든지 그게 왜 당신을 괴롭히나요. 정말이지 그 책은 당신 거잖아요, 친애하는 작가님. 당신은 우리를 주인공으로 정하고 당신 마음에 드는 제목을 달 권리가 있잖아요. 그러니 우리가 케이크에 대해 사블 페트로비치에게 물어봤을 때 그가 말한 것처럼―**마음대로 하세요. 바보들을 위한 학교**로 말이에요. 좋아, 동의하네. 그러나 만약의 경우에 대비해 아무거나 학교에 관한 것으로 몇 쪽 더 채워 넣어보세

나. 예를 들면 독자들에게 식물학 수업에 대해 알려주게. 그 수업은 자네가 그토록 오랫동안 감정을 키워온 베타 아르카디예브나 아카토바가 진행하고 있잖은가. 네, 친애하는 작가님, 기꺼이 그러지요. 기분이 좋네요. 제 생각에는 모든 것이 곧 확정적으로 결정이 날 것이고, 우리의 관계도 더 많이, 훨씬 더 선명하게 규정할 수 있을 거예요. 마치 이것은 관계가 아닌 것처럼 말이죠. 하지만 이른 아침 안개 긴 레테 강에 떠가는 쪽배 역시 안개가 모두 걷힐 때 훨씬 더 가벼워질 거예요. 그래요, 저의 베타에 대해 몇 쪽 더 쓰도록 해요. 종종 있는 일이긴 하지만 저는 이해가 가질 않아요. 무엇부터 어떤 말들로 시작해야 할지 말이에요. 살짝 가르쳐주세요. 아무개 학생, 내 생각으로는 무엇보다도 이 말로 시작하는 게 제일 좋을 듯하네. 그리고 여기.

그리고 여기 그녀가 들어오고 있었어요. 그녀는 구석에 인체 골격 모형 두 개가 서 있는 생물실로 들어오고 있었어요. 하나는 인공이고, 다른 하나는—진짜지요. 학교 당국은 그것들을 우리네 도심에 있는 전문점 뼈에서 구입했대요. 게다가 그곳에서 진짜 골격 모형은 인공 모형보다 훨씬 더 비싸요—이해할 만하죠. 그와 같은 자정*에 동의하지 않을 수 없지요. 언젠가 우리의 선하고 사랑스러운 어머니와 함께 뼈 가게 앞을 지나가면서—사블 페트로비치가 죽은 직후였어요—우리는 본보기 상품들이 늘어서 있고 여기서는 주민들의 뼈를 접수합니다라는 팻말이 걸린 진열장 옆에 그가 서 있는 걸 보았지요. 너는 기억

---

* '사정(事情)'에 대한 언어유희.

나지. 가을이 다가와 있었고, 거리 전체는 총사들의 긴 망토에 싸여 있었고, 장엄함을 잃은 사륜마차들의 얼어버린 바퀴와 말발굽이 거리에 흙탕물을 튀기고 있었고, 모두들 잃어버린 세월을 아쉬워하며 날씨에 대해서만 이야기를 했지. 그런데 사블 페트로비치는—면도도 하지 않고 비쩍 마른 모습으로—셔츠와 무릎까지 걷어올린 범포 바지를 입고서 진열장 옆에 서 있었지. 그리고 그의 차림새에서 유일하게 가을에 어울리는 것이라곤—맨발에 신은 장화였지. 엄마는 선생님을 보고는 검은 털실 장갑을 낀 채 손바닥을 쳤어. 어머나, 파벨 페트로비치, 당신은 이런 날씨에 여기에서 뭘 하세요. 얼굴이 말이 아니네요. 셔츠와 바지만 입으셨네요. 폐렴에 걸리겠어요. 우리가 작별 선물로 당신께 드린 멋지고 따뜻한 양복과 모직 외투는 어디 있나요. 또 모자는요. 학부모위원회 회원 전체가 얼마나 오랫동안 고심해서 그걸 골랐는데요! 아하, 어머님—사블이 미소를 지으며 대답했어—제발 염려하지 마세요. 모든 것이 잘될 거예요. 아드님이나 잘 보살피세요. 저애는 벌써 콧물을 흘리네요. 제 옷에 대해 저는 이렇게 이야기할 겁니다. 제기랄, 숨이 막혀서 입을 수가 있어야지요. 으깨지고 짓눌리고 숨이 막힌답니다. 이해하시겠어요? 그건 남의 옷 같고 일하는 데도 적합하지 않았어요. 제 돈으로 산 것도 아니죠—그래서 팔아버렸지요. 조심하세요—노르베고프는 엄마의 손을 붙잡았어. 합승마차가 당신에게 흙탕물을 튀기겠어요. 가장자리에서 물러나세요. 그런데 왜요—그가 잡은 손을 한시라도 빨리 빼려고 하면서, 그녀는 물었지. 하지만 싫어하는 티가 너무 났어—왜 당신은 여기, 이런 이상한 가게 옆에 있는 거죠? 방금 제 뼈를 팔았답니다—선생님은 말했어—유언을 남기면서 그걸 할부로 팔았지요. 페릴로에게 자동차를 타고 오라고 전해주세요. 전 제 뼈를 학교에 유산으로 남겼어요. 하지만 무엇 때문에요—엄마는 놀랐지—정말로 당신에겐 이것이 소중하지 않나요? 소중합니다, 어머님, 소중하지요. 하지만 어떻게든 먹고살 빵을 벌어야만 하지요. 살고자 한다면—뱅글뱅글 돌 줄 알아라. 그렇지 않나요? 당신은 알고 있지요—저는 더이상 학교 소속이 아닙니다. 과외로 근근이 살아가는 것도—그리 오래가지는 않겠고 그러다 죽겠죠. 생각해보세요, 요즘 학교에서 제 과목 낙제생들이 많을까요? 흠, 그렇죠, 흠, 그래요—엄마가 말했어—흠, 그래요. 엄마는 더는 말을 하지 않았고, 우리는 뒤돌아서 갔지. 안녕히 계세요, 사블 페트로비치! 우리가 당신처럼 되면, 그러니까 우리가 더이상 존재하지 않게 되면, 우리 역시 뼈를 우리의 사랑하는 학교에 유산으로 남길게요. 그러면 모든 세대의 바보들은—5점을 받은 성적 최우수자들, 4점을 받은 성적 우수자들, 2점을 받은 보통 학생들—썩지 않는 우리의 뼈를 통해 인체 골격 구조를 공부하게 되겠죠. 친애하는 사블 페트로비치, 이것이야말로 우리 모두가 명예만을 위해 그토록 오랫동안 열광적으로 생각해온 불멸에 이르는 최고의 지름길이 아닌가요! 그녀가 들어왔을 때, 우리는 일어나서 몸으로 인체 골격을 가렸어. 그래서 그녀는 그걸 볼 수가 없었지. 하지만 우리가 앉았을 때 인체 골격은 계속 서 있었고, 그래서 그녀는 그걸 보게 되었지. 맞아, 그것은 항상 서 있었어—검은색 금속 삼각대 위에 말이야. 넌 그 골격 모형들, 특히 진짜 인체 골격모형을 조금 좋아했다는 걸 인정해라. 난 숨기지 않아. 난 정말로 좋아했어. 그리고 몇년이 지난 지금까지도 그것을 좋아해. 그것은 왠지 어떤 상황에서도 그 자체로 독립적이며 고요하기 때문이야, 우리가 사블이라 부르는, 왼쪽 구석에 서 있는 골격 모형은 특히나 그래. 들어봐. 방금 넌 왜 이해할 수 없는 무슨 말을 했지. 몇년이 지난 지금까지도—넌 뭘 말하고 싶은 거야. 난 이해가 안 돼. 우리가—정말로 더는 학교에 다니지 않는 거니. 식물학도 공부하지 않고 체력단련 크로스컨트리도 하지 않으며, 주머니에 하얀 실내화를 넣어 다니지도 않으며, 잃어버린 신뢰에 대한 사유서도 쓰지 않는 거니? 아마도 그래. 아마도 우린 쓰지도 달리지도 다니지도 않아. 우린 오래전부터 학교에 없어. 우린 학교를 최우수 5점을 받고 졸업했던가, 아니면 성적부진으로 쫓겨났던가—지금은 기억이 나질 않아. 좋아. 그렇다면 너와 나는 학교를 떠난 이후의 세월 동안 도대체 뭘 하고 지냈니? 우린 일했어. 어떻게 말이니, 어디서 뭘 하면서? 오, 이런저런 곳에서. 처음에 우린 아버지 검사실에서 일했어. 아버지는 우릴 데려다 연필 깎는 직책을 맡겼지. 그래서 우린 재판 회의에도 많이 참석했어. 당시 우리 아버지는 고(故) 노르베고프를 상대로 소송을 걸었어. 무슨 일로 말이야. 정말 선생님이 뭔가 해선 안 될 일을 한 거니? 응, 사블은 개인 주택의 지붕이나 마당에 있는 풍향계를 제거해야 한다는 풍향계에 관한 새로운 법률에도 아랑곳하지 않고 풍향계를 치우지 않았거든. 그래서 우리 아버지는 판사와 배심원 들에게 가장 엄격한 조항을 적용해 지리선생을 재판하도록 요구했어. 그는 비공개로 재판을 받았고 최고형을 선고받았지. 이런 망할. 그런데 왜 아무도 그를 변호하지 않았지? 노르베고프 소송건은 여기저기 알려졌고 시위도 있었지만 선고는 그대로 유효했어. 그런 다음 우리는 소방방재부 공무원으로 일했어. 장관 한 명이 종종 우리를 자신의 방으로 불러 차를 마시며 날씨에 대한 조언을 구했지. 우리를 존중해주었고 우리 평판은 좋았으며 중요한 동료로 여겨졌어. 왜냐하면 소방방재부에는 우리만큼 불안에 떠는 얼굴을 가진 사람이 없었기 때문이야. 우리의 승진은 이미 예정되어 있었고, 우리는 승강기 기사 업무를 맡게 되어 있었지. 하지만 우리는 갑자기 청원서를 내고 의사 자우제의 권고에 따라 레오나르도의 작업실에 들어갔어. 우리는 밀라노 성의 해자에 있는 그의 작업실의 학생이었어. 우린 그저 보잘것없는 학생이었지만 그처럼 유명한 화가는 아무개 학생들인 우리에게 의존하고 있지! 우린 그가 네 개의 날개로 나는 것을 관찰하도록 도와주었고, 점토를 이기고, 대리석을 나르고, 철제 구조물을 세웠지. 그러나 우리가 주로 한 일은—작은 마분지 상자를 풀로 붙이고 수수께끼를 알아맞히는 것이었어. 그런데 언젠가 그는 우리에게 부탁했지. 젊은이, 난 지금 여자 초상화 한 점을 그리고 있는데 얼굴 빼고는 전부 다 그렸다네. 난 늙었고 갈피를 못 잡겠네. 환상이 나에게 발현되는 걸 거부하기 시작했지. 자네 생각에는 이 여자 얼굴이 어떠해야 할지 조언을 해주게나. 그래서 우린 이야기했지. 그 얼굴은 정해진 수업 시간에 들어오는 우리의 사랑하는 선생님 베타 아르카디예브나 아카토바의 얼굴이어야 해요. 그거 괜찮은 생각이군, 늙은 거장은 말했지. 그러면 나에게 그녀의 얼굴을 묘사해주게나, 묘사해줘. 난 그 사람을 보고 싶네. 그래서 우리는 묘사를 했지. 얼마 안 있어 우리는 레오나르도 작업실에서 일하는 걸 그만두었어. 계속해서 물감을 지겹도록 갈아야 하고 손을 씻을 만한 곳도 없었지. 그다음에 우리는 검표원, 차장, 차량 연결수, 철도우편국의 검표원, 잡역부, 굴착기 기사, 유리 끼우는 기사, 야간 경비원, 강 나루의 사공, 약사, 사막의 목수, 석탄 운반꾼, 보일러공, 선동자, 더 올바르게는―깎는 사람, 더 정확히는―연필 깎는 사람으로 일했지. 우리는 여기저기, 이곳저곳―우리는 손을 댔지, 다시 말하면 우리 손 으로 일할 기회가 있는 모든 곳에서 일을 했지. 그래서 어딜 가든 우 리에 대해 이렇게들 말했지. 보세요, 여기 그들―'왔던 사람들'이 있 어요. 지식욕이 왕성하고 용감한 진리애호자이자 사블의 원칙과 말을 따르는 사블의 계승자인 우리들은 서로를 자랑스러워했지. 이 모든 세월 동안 우리의 삶은 특별히 재미있었고 충만했어. 하지만 세월의 모든 굴곡 속에서 우리는 우리의 특수학교, 우리의 선생님들, 특히나 베타 아르카디예브나를 잊고 있었어. 보통 그녀가 교실에 들어오고 우리가 서서 바라보던 바로 그 순간의 그녀를 떠올리면, 이때까지 우 리가 알고 있던 모든 것은 완전히 불필요하고 어리석으며 의미를 상 실한 게 되어 순식간에 껍데기, 껍질 혹은 새처럼 날아가버리지. 그런 데 너는 교실에 들어올 때 그녀가 어땠는지 도대체 왜 이야기하지 않 는 거니. 왜 '배수탑' 선생님이 말하는 것처럼 초상화 같은 특징을 말 해주지 않는 거니? 아니-아니야, 불가능해. 소용없어. 이건 단지 우 리 대화를 가로막을 뿐이야. 우린 정의(定義)와 미묘한 세부사항들에 대해서는 혼란스러워하잖아. 하지만 넌 방금 레오나르도의 부탁을 떠 올렸잖아. 그때 그의 작업실에서 우리는 간신히 베타를 묘사할 수도 있었겠지. 자세히 할 수도 있었지만 우리의 묘사는 간략했어. 왜냐하 면 그때도 우리는 이렇게 대답할 수밖에 없었기 때문이야. 친애하는 레오나르도, 여인을 상상해보세요. 그녀는 매우 아름다워서 당신이 그녀를 잘 살펴보면 당신은 흘러내리는 기쁨의 눈물에게 아니야라는 말을 할 수 없을 거예요. 그러자—고맙네, 젊은이, 고마워—화가는 대답했어—이것으로 충분하다네. 난 이미 그녀가 보이네. 좋아. 하지만 그런 경우에 생물실이랑 처음엔 서 있다가 나중엔 앉았던 우리들이라도 묘사해줘. 수업에 참석했던 동급생들에 대해 짧게 이야기해줘. 새들의 박제가 거기 있었고 수족관들과 작은 동물 사육장들이 있었고, 자전거를 타고 산책을 다니는 아흔 살의 학자 파블로프의 초상화가 걸려 흔들리고 있었으며, 창틀 위에는 화분들과 풀과 꽃들이 담긴 상자들이 놓여 있었고, 백악기에서 온 듯한 오래된 고대 식물들도 있었지. 게다가—몇 세대의 노력으로 채집한 나비와 식물 표본집도 있어. 우리도 거기 있었지. 천막들과 밀림, 풀숲에서 길을 잃은 채, 현미경들과 떨어지는 나뭇잎들, 인간과 동물의 내장 모형들 사이에서—우리는 공부를 했지. 강의 목록에 있는 배들을 열거해줘. 더 정확히는—앉아 있는 우리에 대해 이제 이야기해줘. 지금 나는 아이들 대부분의 성이 기억 안 나. 기억나는 것도 있긴 해. 예를 들면 우리 중에는 내기를 걸면 파리를 몇 마리씩 먹어치울 수 있는 소년도 있었고 갑자기 일어나 알몸이 될 때까지 옷을 벗는 소녀도 있었지. 자신에게—벌거벗으면 아름다운 몸매가 있다고 생각했기 때문이지. 주머니에 손을 계속 넣고 있던 소년도 있었어. 그는 그렇게 할 수밖에 없었는데, 의지가 약했기 때문이야. 또 자신에게 편지를 쓰고는 또 자신에게 답장을 쓰는 소녀도 있었어. 아주 작은 손을 가진 소년도 있었지. 그리고 아주 큰 눈과 길게 딿은 검은 머리와 긴 속눈썹을 가진 소녀도 있었어. 그녀는 최우수 5점만을 받으며 다녔지만 아마 칠 학년일 때

죽었지. 그녀가 행복하고도 괴로운 감정을 키워가던 노르베고프가 죽은 직후에 말이야. 그런데 우리의 사블 페트로비치 역시 그녀를 사랑했어. 그들은 서로 사랑했지. 그의 다차에서, 매혹적인 레테 강변에서, 그리고 여기 학교에서, 폐기처분된 체조 매트 위에서, 페릴로 사무실의 일정한 추의 울림에 맞춰 검은 사다리 층계에서 말이야. 아마도 나와 사블 선생님은 이 소녀를 로자 베트로바라고 불렀지. 그래, 아마도. 그런데 그런 소녀가 아예 없었을 수도 있어. 우리가 그녀를 상상해낸 것인지도 몰라. 이 세상의 다른 모든 것들을 상상해낸 것처럼 말이야. 그 때문에 너의 인내심 많은 어머니가 네게 이렇게 물었던 거야. 그런데 그 소녀, 그애는 정말 죽은 거니?—그러자 몰라요, 그 여자애에 대해서는 아무것도 몰라요—라고 넌 대답해야 했지. 그리고 여기 그녀가 들어오고 있었어. 우리의 사랑스러운 베타 아르카디예브나가. 강단에 올라선 후, 그녀는 출석부를 펼치며 아무 이름이나 부르지. 아무개 학생, 불로초에 대해 이야기해보세요. 그는 뭔가를 이야기하기 시작하지만, 무엇을 이야기하든 다른 사람들과 식물학 학술 서적이 불로초에 대해 뭐라고 하든지 간에 불로초에 대한 가장 중요한 것은 아무도 이야기하지 않았지—당신은 제 말을 듣고 있나요, 베타 아르카디예브나?—가장 중요한 것이 뭐냐면, 알프스 산맥의 풀밭 어딘가에서 매순간 끊임없이 자라고 있는 불로초는 우리보다 훨씬 더 행복하다는 거예요. 왜냐하면 그 불로초들은 사랑도 미움도 페릴로의 실내화 시스템도 모르기 때문이지요. 심지어 죽지도 않아요. 인간을 제외하고 모든 자연은 죽지 않고 파괴되지 않는 단일한 전체니까요. 숲속 어딘가에서 나무 한 그루가 늙어 죽는다면 그 나무는 죽기 전에 바람에 많은 씨들을 날려보내지요. 그만큼 새로운 나무들이 주위 땅에서, 가까이 그리고 멀리서 자라게 되는 거지요. 그렇게 되면 늙은 나무는, 특히나 불로초는—베타 아르카디예브나, 실제로 불로초, 아마도 이것은 작은 대야만 한 크기의 잎을 가진 거대한 나무일 거예요—죽는 게 모욕적이지 않아요. 나무는 상관없어요. 나무는 거기 은빛 언덕에서 자라고 있어요. 혹은 그 나무의 씨앗들이 자라난 새로운 나무가요. 아니, 나무는 모욕적이지 않아요. 그리고 풀도, 개도, 비도 그렇지요. 오직 자기 자신에 대한 이기적인 연민으로 괴로워하는 인간만이 죽는 것이 모욕적이고 괴롭지요. 기억하나요, 자신의 모든 것을 학문과 학생들에게 바친 사블마저도 죽고 나서 이렇게 말했지요. 죽었네, 우라질.

아무개 학생, 작가인 내가 다시 자네의 이야기를 끊는 걸 허락해주게나. 문제는 바로 책을 끝내야 할 시간이 되었다는 점일세. 내 종이가 다 떨어졌거든. 사실 자네가 여기에 자네 삶의 이야기 두서너 개를 덧붙이고자 한다면, 난 곧장 가게로 달려가 종이 몇 뭉치를 사겠네. 친애하는 작가님, 저도 기꺼이 그러고 싶어요. 하지만 당신은 어쨌든 믿지 않을 거잖아요. 저는 베타 아르카디예브나와 저의 결혼식에 대해, 그녀와 저의 커다란 행복에 대해, 그리고 '나르는 자'가 마침내 일을 시작했던 어느 날에 우리의 다차 마을에 무슨 일이 있었는지에 대해 이야기할 수 있을 거예요. 바로 그날 강물이 강둑을 넘어와 모든 다차를 집어삼켰으며 쪽배란 쪽배는 모두 쓸어가버렸어요. 아무개 학생, 이 이야기는 충분히 흥미롭고 믿을 만한 것 같군. 그러니 나와 함께 종이를 사러 가세나. 그리고 자네는 가게로 가는 길에 모든 것을 순서대로 세밀하게 이야기해주게나. 그러자고요— 님페야가 말한다. 즐겁게 수다를 떨며. 주머니 속 잔돈을 세어보며, 서로의 어깨를 두드리며 바보 같은 노래들을 휘파람으로 불며, 우리는 천 개의 발을 가진 거리로 나와 기적처럼 행인들로 변해버린다.

포스트모더니즘 시대의 동화

러시아 포스트모더니즘 문학계의 대표 작가이자 러시아 망명 3세대 중 가장 뛰어난 소설가 중 한 명이라는 명성을 떨치고 있는 사샤 소콜로프는 1943년 캐나다 오타와의 외교관 집안에서 태어났다. 그의 아버지는 소련의 전문 스파이로 활동하다 1947년 정찰활동이 적발되어 캐나다에서 추방당한다. 모스크바로 돌아오면서 소콜로프의 집안은 특권층으로서의 삶을 영위하며 크렘린과도 긴밀한 관계를 유지했지만 몽상적이고 자유로운 기질의 소콜로프는 언제나 공립학교에서 말썽을 일으켜 여러 번 '특수학교'로의 전학을 권유받기도 했다.

열두 살 때부터 글을 쓰기 시작한 소콜로프는 학교 선생님들에 대한 패러디와 에피그램을 써서 동급생들 사이에서 인기가 있었다. 고등학교를 졸업한 후 잠시 동안 시체 공시소의 잡역부와 선반공, 연구소 조수로 일했고 이때의 경험은 첫 소설 『바보들을 위한 학교』에 녹아들어 있다. 다양한 경험을 한 후 소콜로프는 외국어군사학교에 입학하지만, 군복무 면제를 위해 정신병을 가장해 3개월간 군 병원에 입원했다. 하지만 결국 그곳에서 오래 견디지 못하고 나온 그는 모스크바의 젊은 문학 보헤미안들의 모임 '스모그(СМОГ)'의 일원으로 활동을 시작한다. '스모그'는 '용기, 사상, 형상, 깊이'를 뜻하는 단어의 앞 글자를 따 만든 이름이지만, 동시에 '가장 젊은 천재들의 모임'이라는 뜻도 가지도록 의도된 것이다. 이 시기에 그는 소련과 접한 이란 국경선을 넘어 국외 망명을 시도했는데 그의 이런 무모한 시도는 다행히 당국에 적발되지는 않았다. 이후 1967년에 모스크바 국립대학교 언론학부에 입학한 소콜로프는 주로 통신강의를 수강하며 낮에는 지역 신문사에서 일하며 기자로서 경험을 쌓아갔다.

대학을 졸업한 뒤로도 그는 계속해서 모스크바와 지방을 오가며 살았다. 모스크바에서 기자로서의 삶은 그가 사람들을 관찰함으로써 리듬감 있는 소설에 각인시킬 수 있는 여유와 특별한 자유를 주었다. 『바보들을 위한 학교』는 바로 이 시기의 주요한 결과물이다. 또한 지방에서는 주로 볼가 강 주변에서 살았는데, 칼리닌 주(현 트베리 주)의 산림청에서 수렵 감시관으로 일하게 될 기회를 얻자, 모스크바에서의 삶을 버리고 외딴 볼가 강 상류의 자연 속에서 은거의 삶을 시작했다. 이 시기에 사냥꾼으로서 얻은 체험과 인상에 영감을 얻어 두번째 소설 『개와 늑대 사이』를 완성했다.

젊은 시절부터 조국 소련을 벗어나고자 했던 그는 오스트리아 시민권자 요한나 슈타이들과의 결혼으로 국외 망명을 시도했다. 하지만 이를 국가가 금지하자 단식투쟁을 시작했다. 슈타이들과 소콜로프가 각각 오스트리아와 소련에서 단식투쟁을 한다는 소식이 서방 언론에 보도되어 소련 정부에 대한 비난 여론이 거세지자, 소콜로프는 명목상 3개월짜리 출국 비자를 받을 수 있게 되었다. 결국 1975년 10월 오스트리아 빈에서 슈타이들과 결혼함으로써 그의 오랜 염원이었던 국외 망명은 성공했다.

『바보들을 위한 학교』는 삶을 묘사하는 방식이 지나치게 전위적이라는 이유로 소련에서 출판되지 못했다. 그리하여 이 소설은 그가 망명한 이후인 1975년 10월 미국에서 첫 출간되었고 소련에서는 이후 '페레스트로이카'의 덕택으로 1989년이 되어서야 출판되었다. 미국에서 출간된 이 작품을 읽은 블라디미르 나보코프는 "매력적이며, 감동적이며, 비극적인 책"이라고 말하며 호평을 아끼지 않았다. 1980년에 두번째 소설인『개와 늑대 사이』역시 미국에서 먼저 출간되었으며, 이듬해인 1981년에 레닌그라드(현 상트페테르부르크)의 사미즈다트(자비출판) 잡지인『시계』는 이 소설을 '1981년 최고의 소설'로 선정했다. 이어 세번째 소설『팔리산드리야』가 1985년에 세상에 나왔으며, 소품인「스모그의 공동 노트 혹은 그룹의 초상화」「불안한 번데기」「불빛 자국. 플롯 소설의 시도」가 러시아에서 1989년과 1991년 사이에 발표되었다. 1996년 사샤 소콜로프는 '푸시킨 상'을 받았는데, 1989년부터 러시아의 주목받는 현대작가들에게 수여되는 이 상이 러시아가 아닌 다른 국적 작가에게 돌아간 것은 소콜로프가 처음이었다.
『바보들을 위한 학교』의 주인공 비차 플랴스킨은 지적장애아들을 위한 특수학교에 다니는 소년으로, 자신을 두 명이라고 생각한다. 하지만 실제로 이 작품에서는 그의 떼어놓을 수 없는 또 다른 분신 이외에도 여러 다른 분신들이 존재한다. 그는 바보들을 위한 특수학교의 어린 학생이자, 이 소설 속에 등장하는 '작가'일 수도 있으며, 때로는 강의 하얀 수련 님페야 알바로 변신하기도 하며, 결혼을 앞둔 어엿한 성인 엔지니어이기도 하다.

정신분열을 앓는 이 소년은 두 세계를 동시에 살아가고 있다. 첫번째 세계는 평범하고 일상적인 현실의 세상이요, 검사인 아버지와 특수학교 교장인 페릴로, 아파트 이웃이자 특수학교 교무주임인 트라흐텐베르크, 의사 자우제가 속한 곳이다. 두번째 세계는 주인공 소년이 상상하고 꿈꾸는 동화의 세상이자 주인공 비챠 플랴스킨과 그의 분신인 지리선생님 파벨 노르베고프, 소년이 연모하는 생물선생님 베타 아카토바, 학술원 회원인 베타의 아버지 아카토프가 속한 곳이며 겨울에도 발견할 수 있는 눈나비와 '외로운 쏙독새의 땅'이며, 삶과 죽음의 공간을 연결하며 거꾸로 흐르는 레테 강의 영역이다. 이 두번째 세계는 세상과 삶에 대한 애정과 기쁨으로 가득 차 있으며 시적이며 순결하며 밝고 아름답고 기적과 변신이 가득한 마법의 세계다. 이 세계는 루이스 캐럴의 『이상한 나라의 앨리스』의 세계를 연상시킨다. 이 작품의 다양한 변신과 동화적 변용은 이상한 나라의 앨리스의 모험처럼, 비챠 플랴스킨의 정신분열적 세계 속에서 자연스럽게 인물과 언어의 상호변주를 드러낸다. 신체의 크기가 자유자재로 변하는 앨리스처럼, 비챠 플랴스킨이 자유자재로 여러 가지 모습으로 변신하면서 겪는 현상은 개별 정체성의 실종이다. 앨리스처럼 비챠 플랴스킨은 자신의 이상한 세계 속에서 이름을 잃게 된다. 그래서 비차 플라스킨의 이름이 제사(題詞) 외에는 소설 속 어느 곳에도 나오지 않는 것이다. 또한 이 소설의 모든 사물들이 원래의 이름을 상실한다. 비차 플라스킨을 둘러싼 레테 강과 기차역은 그 이름을 잃은 채 그저 "강이라 불리고", "역이라 불리고" 있을 뿐이다. 이름뿐만 아니라 비차 플라스킨은 레테 강에서 쪽배를 타다가 순간적으로 수련으로 변신하기도 하고 이미 죽었지만 레테 강을 건너와 다시 부활한 지리선생 노르베고프와 대화를 나누며 또 화가 레오나르도 다 빈치의 화실에서 조수로 일하는 등 개별 정체성을 실종하는 것이다.

이 소설에서의 시간은 레테 강처럼 흐른다. 주인공이 사는 다차 마을을 흐르는 레테 강은 일반적인 흐름에 역행하여 거꾸로 흐르는 강으로 이 강에서는 망각 속에서의 평온, 상상과 변신의 자유를 발견할 수 있다. 이 소설에서는 레테 강뿐만 아니라 바람과 자전거 역시 상상의 자유에 대한 메타포이자 가장 주요한 라이트모티프로 등장한다. 비차는 종종 자전거를 타고서 아버지의 세상에서 도망쳐 레테 강둑으로 달려가며, 자전거를 타고 편지를 배달하는 우체부 미혜예프, 혹은 메드베데프 역시 '바람을 나르는 자'로 불린다. 레테 강 저편 풍차가 돌아가는 쑥 언덕에 있는 다차에서 사는 지리선생 노르베고프 역시 '바람둥이', 혹은 '풍향계'로 불리며, 여주인공인 로자 베트로바 역시 바람을 연상시키는 이름이다.

이 소설의 공간은 또 다른 포스트모더니즘 작가 베네딕트 예로폐예프가 쓴 소설 『모스크바-페투시키』와 매우 비슷하다. 두 소설에 나타나는 기차들은 모두 순환 철로를 따라 움직인다. 그리하여 소설의 공간은 완전히 닫힌 원을 이루어, 도시 전체를 쇠 올가미처럼 옥죄며 승객이 처음 탄 곳으로 되돌아오게 만든다. 비차의 집을 지나가는 기차는 두 종류다. 하나는 시계 방향으로 지나가는 기차요, 다른 하나는 시계 반대 방향으로 지나가는 기차다. 비차의 집을 지나가는 두 종류의 기차는 모두 폐쇄된 끝없는 곡선을 따라 돌기 때문에, M지점을 벗어나는 것은 거의 불가능한 듯 보인다.

이 소설의 플롯은 두 기차처럼 움직인다. 두 기차가 서로의 운동과 시간을 상호 파괴하는 것처럼, 소설의 서술 형식은 두 가지 방식을 지니고 있다. '지금. 베란다에서 쓰인 이야기들'이라는 소제목이 붙어 있는 소설 2장은 첫번째 기차처럼 시계 방향으로 움직이는 전통적인 서술 방식을 택하고 있으며, 나머지 장들은 두번째 기차처럼 반시계 방향으로 움직이는 서술 방식을 택하고 있다. 특수학교 교장인 페릴로의 사무실에 걸린 괘종시계 추가 소설 속 시간을 몇천 개의 조각들로 잘라내는 까닭에, 이 소설의 플롯은 깨진 거울 조각들처럼 어지럽게 흩어져 있다. 레오나르도 다 빈치의 화실에서 조수로 일하면서 비차는 시간에 대해 다음과 같이 이야기하고 있다.

우리 달력은 너무 관습적이고 거기 씌어 있는 숫자는 마치 위조지폐처럼 아무 의미도, 효력도 없어. 가령 왜 1월 1일 다음에는 1월 2일이 마땅히 따라오는 양 생각하는 거지? 곧바로 1월 28일이 아니고 말이야. 도대체 서로서로 차례를 지켜 날짜가 온다고 할 수 있느냐는 말이야. 날짜들의 순서란 것은 무슨 시적인 헛소리 같단 말이지. 그 어떤 순서도 없어. 날짜는 누군가 생각이 나면 오는 거야. 때론 한 번에 여러 날이 곧바로 오기도 하지. 혹은 오랫동안 하루도 오지 않는 때도 있어. 그때는 넌 공허 속에 살아. 아무것도 이해하지 못하고 심하게 아프게 돼. 다른 이들도 역시, 역시 아파. 하지만 침묵하지. 내가 또 하고 싶은 말은, 각 사람에게는 누구와도 닮지 않은 자신만의 특별한 삶의 달력이 있다는 거야. 친애하는 레오나르도, 당신이 제 삶의 달력을 만들어보라고 저한테 요청한다면, 전 많은 점이 찍힌 종이 한 장을 가져올 거예요. 종이 전체는 점으로 덮여 있을 거고, 각 점은 하루를 뜻하지요. 몇천의 날은 몇천 개의 점이에요. 하지만 어떤 날이 어떤 이런저런 점과 상응하는지는 제게 묻지 마세요.

정신분열적 주인공의 시간관이 이처럼 몇천 개의 비연속적 점에 비유되기 때문에 그의 인식의 흐름은 과거, 현재, 미래의 시제를 벗어나거나, 혹은 이 모든 시제를 동시에 취하는 형태로 나타난다.

친애하는 레오나르도, 얼마 전에(바로 지금, 조만간) 저는 큰 강을 따라 즐거운 배를 타고 내려왔어요(내려와요, 내려올 거예요). 이전에 (이후에) 저는 여러 번 거기에 있었고(있을 거고), 그 근방을 잘 알아요. 날씨가 아주 좋았고(좋고, 좋을 것이고), 강은 조용하고 넓으며, 강변에는, 강변 한쪽에서는 뻐꾸기가 울었어요(울어요, 울 거예요). 그 뻐꾸기는 제가 쉬려고 노를 집어던졌을(집어던질) 때, 저에게 삶의 여러 세월을 노래로 불러주었어요(불러줄 거예요). 그러나 이것은 그 새의 입장에서 보면 어리석은 것이었어요(것이에요, 것일 거예요). 왜냐하면 제가 이미 죽지 않았다면, 이제 곧 죽을 거라고 저는 완전히 확신했기 (확신하기, 확신할 것이기) 때문이에요.

소설에서의 자유로운 시간은 자유로운 상상 그리고 변화무쌍한 변신과 결합한다. 소설 앞머리에 제사(題詞)로 인용된 성경의 「사도행전」과 에드거 앨런 포의 「윌리엄 윌슨」의 문구는 이 소설 안에 기적 같은 변신들이 얼마나 넘쳐나는지, 그리고 이 마법적 변신이 결국 "같은 이름! 같은 형상!"임을 암시하고 있다.

소콜로프가 이 소설의 주인공으로 정신분열증을 앓고 있는 소년을 택한 서술적 전략은 소설 속 모든 인물과 현실의 분열성을 나타내려는 작가의 의도와 주제의식에 닿아 있다. 지리선생님 파벨 노르베고프는 박해자 사울이 사도 바울로 변신하는 성경적 변신의 기적을 명명적 차원에서 반복해서 보여주고 있으며, 죽은 후에도 다시 살아나 자신의 뼈를 상점에 파는 모습에서 불멸과 부활의 테마를 희화적으로 반복해서 보여준다. 또한 화장실 창문턱에 앉아 있을 때는 사블-파벨 선생님이다가 '사막의 목수' 이야기를 할 때는 갑자기 로마 군인이자 원로원 의원, 배의 선장 등으로 변신하고 '사막의 목수'는 십자가를 다 만들고 나서 너무나 기쁜 나머지 새로 변신한다.

소설을 관류하는 이러한 변신의 마법은 자유로운 상상력과 예술에 대한 옹호를 보여주지만, 한편으로는 포스트모더니즘 시대의 예술이 지니는 부정적 성격을 암시하기도 한다. 소설 속에 등장하는 '사막의 목수'에 대한 이야기는 존재의 끝없는 윤회적 본질에 대한 생각과 함께 포스트모더니즘 시대의 '예술의 죽음'에 대한 동화다. 사막의 목수를 찾아온 사람들은 그에게 어느 남자의 십자가 처형을 도와달라고 요청하고 십자가를 주문하는데, 때마침 완성해놓은 십자가에 어떤 사람을 못 박는 것을 도운 목수는 곧 그 처형당한 이가 바로 사막의 목수 자기 자신임을 깨닫는다. 이 이야기는 포스트모더니즘 예술의 본질에 대해 이야기한다. 사막의 목수는 자기 자신에게 죽음을 가하는 포스트모더니즘 시대의 '예수-예술가'이다. 성경 속 예수 그리스도 역시 목수였기에 소설 속 사막의 목수는 그리스도를 연상시킨다. 목수는 판자 하나, 못 하나도 없는 황량한 사막에서는 무엇도 만들어갈 수 없기에 좌절하고 권태에 빠져 있다. 사막의 목수가 처한 이러한 상황은 포스트모더니즘 시대의 예술가들의 상황과 일치한다. 포스트모더니즘 시대의 예술가 역시 예술의 창조력과 혁신 에너지의 고갈이라는 상황에 처해 있기 때문이다. 자기 자신을 십자가에 처형시킨 예수-예술가는 자신이 창조한 예술 작품 속에서 자신의 죽음을 창조한다. 저자의 죽음, 예술가의 죽음, 예술의 죽음을 이야기하는 포스트모더니즘의 본질이 이 이야기에 담겨 있다.

이 '사막의 목수' 이야기에는 포스트모더니즘 예술에 대한 또 다른 암시가 있다. 끝없는 반복, 시간과 공간과 인물의 끝없는 반복이 바로 그것이다. 작은 얼룩말을 타고 사막 전체를 돌아다니며 재료와 할 일을 찾아 헤매지만 아무것도 찾아내지 못한 사막의 목수가 결국 맞닥뜨린 것은 자신과 똑같은 이름, 자신과 똑같은 형상이었다. 이는 불교의 윤회사상이나 니체의 영원회귀론과 닮아 있다. 하지만 포스트모더니즘 시대의 예술이 보여주는 이러한 끝없는 윤회 모티프는 불교가 지향하는 해탈이라는 탈출구도 없고, 니체가 제안하는 모든 본질적인 것의 목적도 의미도 없는 영원한 반복과 회귀를 가능하게 하는 초월적인 힘을 가정하지도 않는다. 이는 예술적 내용의 출구 없는 반복이며, 끝없이 재신화화를 반복하는 닫힌 세계다.

그 어떤 출구도, 열반도, 안식도 없는 끝없는 재신화화, 재체현의 닫힌 공간에서 작동하는 포스트모더니즘 세계는 문학을 끝없는 재인용과 착종이라는 글쓰기의 흐름으로 바꾸어놓는다. 이와 관련하여 미셸 푸코는 "아무도 천일야화를 끝낼 수 없다. 이 밤들은 시간의 경계를 알지 못한다. 세에라자드가 이야기를 하는 한, 시간이 죽지 않는 한, 읽을 수 있다"라고 했으며 질 들뢰즈는 포스트모더니즘의 문학을 헤라클레스의 끝없는 모험에 비유했다. 또한 호르헤 루이스 보르헤스는 세계상을 주기적이고 폐쇄적인 끝없는 환생과 연결해서 윤회를 이해한다. "이 시간의 흐름 속에서 나라고 불렸던 모든 이들이 나였다"라는 유명한 쇼펜하우어의 말을 보르헤스는 이렇게 바꿔놓았다. "셰익스피어의 어구를 반복했던 모든 이들이 셰익스피어가 된다. 나의 재생이 아닌 셰익스피어의 재생이다."

사샤 소콜로프는 주요한 세 작품에서 윤회적 성격의 인물들을 주인공으로 삼고 있다. 『바보들을 위한 학교』에 등장하는 사막의 목수와 『개와 늑대 사이』의 주인공 대부분이 그러하며, 또 예카테리나 여제 시대의 사제였던 『팔리산드리야』의 주인공은 남자 혹은 여자, 아이혹은 어른이었던 전생의 수많은 기억들을 간직하고 있다. 이러한 인물들은 고대의 '재사용 양피지'에 비유될 수 있다. 재사용 양피지 위에 새로운 글을 적더라도 이전 글자들이 부분적으로 지워지기는 해도 그대로 보이듯, 포스트모더니즘 시대의 문학은 재사용 양피지처럼 이전 텍스트들의 흔적을 그대로 드러내는 문화이며 사샤 소콜로프의 인물들은 이러한 특성들이 전면화되었기 때문이다.

이러한 '재사용 양피지'와 같은 인물들, 혹은 윤회적 사유는 언어적 측면에서도 잘 드러난다. 사샤 소콜로프의 언어는 비트겐슈타인의 '가족유사성'처럼 엇갈리고 겹치는 시적인 언어유희를 극명하게 보여준다. 각각의 소리와 단어는 그 각자의 개별적인 의미와 차이에도 아랑곳없이 음성적, 의미적 유사성에 의해 서로서로 연결되고 착종된다. 각각의 단어는 카니발적 혹은 대화적 연관성 속에 놓이기보다는 환유적, 가족적 유사성 속에 놓이게 되며 단어의 각 소리들은 서로서로의 이름을 부르며 상호유사성을 즐기게 된다. 이렇게 소리는 비슷하나 의미가 다른 말을 사용하는 소콜로프식 언어유희는 번역 자체를 매우 어렵게 하는 주요 원인이기도 하다. 그 예를 들면 다음과 같다.

나를 베트카라고 부르지 나는 아카시아의 베트카 나는 철도의 베트카 나는 나이팅게일이란 이름의 상냥한 새의 아이를 임신한 베타 나는 다가올 여름과 화물차의 전복으로 임신했어 (……) 이건 반대쪽에서 오는 사람이 소리치는 거예요 트라 타 타 뭐가 문제죠 트라 타 타 뭐요 트라 탐 누구요 타 탐 어디요 탐 탐 베타(Veta) 하얀 버드나무(vetla) 하얀 버드나무들(vyotly) 베트카(Vetka) 거기 창문 너머 저 집에 트라 타 톰 누구에 대해(o kom) 무엇에 대해(o chom) 버드나무들의 베트카에 대해(o Vetke vyotly) 바람에 대해(o vetre) 타라람 전차(tramvay) 전차 아아 좋은 저녁(vecher) 표(bilety) 비 레트(bi lety) 뭐가 없지 레테 강(lety reky)이 레테 강이 없다 당신에게 샴페인 색깔들(tchveta) 츠 베타 츠 알파 베타 감마 기타 등등

위의 예로 든 단락에서 처음 나오는 단어인 '베트카(Vetka)'는 소설의 여주인공 '베타 아카토바(Veta Akatova)'를 연상시키며 동시에 아카시아의 '나뭇가지(Vetka)'와 철도의 '지선(Vetka)'으로 변주되고 있다. 또한 이 '베트카'는 '바람(Veter)'과 그리스어 '베타(Veta)'로 계속 변주된다. 하나의 단어는 음성학적 유희와 시적 운율의 도움을 받아 다양한 의미를 지니게 된다. 사샤 소콜로프의 주인공들과 마찬가지로, 그의 언어 역시 '재사용 양피지'처럼 하나의 단어가 여러 가지 의미를 겹겹이 보여주는 것이다. 이러한 언어유희가 자크 데리다가 말한 바와 같이 단어들이 끝없이 '미끄러지는' 언어유희이다. '무도병'이란 뜻의 이름은 비차 플랴스킨은 마치 안데르센 동화 「빨간 구두」에 나오는 소녀처럼, 언어유희라는 영원한 춤을 추도록 운명 지어졌는지도 모르겠다. 자전거를 타고 실내화 시스템과 학교 문법이 군림하는 현실의 세계를 벗어나 자유롭고 유희로 가득 찬 마법의 춤의 세계로 끝없이 춤추며, 달리며, 변화하며 언어를 따라 미끄러지는 것이다. 이름과 정체성을 잃어버린 인물들과 하나의 단어에서 다른 단어로 끝없이 미끄러지는 동일성을 상실한 언어들이 바로 사샤 소콜로프 문학의 진정한 주인공들이다.

권정임

1943년	11월 6일 캐나다 오타와에서 캐나다 주재 소련대사관에서 무역참사관으로 재직하며 핵관련 기밀정보를 유출하는 KGB 고위간부의 아들로 출생함.
1947년	아버지의 스파이 활동이 발각되어 캐나다에서 추방당해 모스크바로 이주.
1950년	상류층의 삶을 누리지만 몽상적이고 자유로운 기질로 인해 공립학교에서 많은 말썽을 일으킴. 결국 여러 차례 '특수학교'로의 전학을 권유받음.
1954년	열두 살이 되는 해에 첫 모험소설을 씀. 학교 선생님들에 대한 패러디와 에피그램을 써서 동급생들에게 많은 인기를 누림.
1961년	고등학교를 졸업 후, 시체 공시소 잡역부와 공작기계 선반공, 연구소 조수 등으로 일함.
1962년	외국어군사학교에 입학. 군복무 면제를 위해 정신병을 이유로 3개월 동안 군 병원에 입원.
1965년	모스크바 젊은 문학도들의 문학그룹 '스모그(CMOΓ)'의 일원이 됨. 이란 국경선을 넘어 망명을 시도했으나 실패.
1967년	모스크바 국립대학교 언론학부에 입학함. 잡지『우리의 삶 Наша жизнь』에 단편「늙은 항해사 Старый штурман」를 발표해 '눈먼 자들을 위한 최고의 단편상'을 수상.
1971년	모스크바 국립대학교 언론학부 졸업.
1972년	칼리닌 주 산림청에서 수렵 감시관으로 일하며 자연 속에서 생활함. 여기에서『바보들을 위한 학교Школа для

дураков』를 집필. 하지만 소련에서는 너무나 전위적인 책이라는 이유로 출판되지 못함. 잠시 코카서스 지방의 〈레닌 기치〉라는 신문사에서 기자로 일하지만 편집장과의 불화로 곧 해고됨. 모스크바로 돌아와 캐나다 대사관에서 오스트리아 시민권자 요한나 슈타이들과 결혼하면 소련을 떠날 수 있다는 정보를 얻고 망명을 계획함. 이로 인해 KGB의 지속적인 감시를 받음.

1973년   『바보들을 위한 학교』 탈고.

1974~   모스크바 근교에서 보일러공으로 일함. 소콜로프와의 결혼
1976년   를 몇 차례 시도했던 요한나 슈타이들이 소련 입국비자를 상실함. 이에 슈타이들은 오스트리아에서, 소콜로프는 소련에서 각각 단식투쟁을 시작함. 투쟁 소식이 서방 언론에 보도되면서 소련 정부에 대한 비난 여론이 거세지자, 소콜로프는 명목상 3개월짜리 출국 비자를 얻게 됨. 1975년 10월 빈에서 슈타이들과 결혼. 가구공장에서 목수로 일하기 시작함.

1976년   소련의 대표적 망명인사들과 거의 교제가 없었으나 예외적으로 동유럽과 소련에서 일어나고 있는 언론 자유에 대한 위협을 주제로 하는 포럼에 참가함. 이 포럼에서 갈리치, 막시모프, 고르바넵스카야, 아마릴리크 등과 사귐.『바보들을 위한 학교』가 미국에서 러시아어로 출간됨.

1977년   캐나다 시민권 획득. 영어로『바보들을 위한 학교』출간됨.

1978년   『바보들을 위한 학교』의 출간으로 명성을 얻음. 미국과 캐나다에 번갈아 체류하면서 수렵 감시관으로 일할 때 생각해두었던 두번째 소설『개와 늑대 사이Между собакой и волком』탈고.

1980년   『개와 늑대 사이』가 미국에서 출간됨. 봄에 동료 작가 리모

	노프와 츠베트코프와 더불어 미국과 캐나다에서 강의함. 미국 캘리포니아로 거처를 옮기고 새 작품에 대한 구상 시작.
1981년	『개와 늑대 사이』로 평단의 환호를 받음. 소련 잡지 『시계』에 발표해 그해 최고의 소설에 수여되는 안드레이 벨리 상을 수상.
1984년	4월 '슬라브어 및 동유럽 언어교사 연합회'에서 '사샤 소콜로프와 문학적 아방가르드'라는 주제로 특별학회를 개최.
1985년	세번째 소설 『팔리산드리야Палисандрия』 출간. 그해 가을에 샌타 바바라에 있는 캘리포니아 대학교에서 러시아문학을 강의함.
1986년	버몬트에서 스키 강사로 일함.
1989년	'페레스트로이카' 덕분에 모스크바를 방문해 여러 문화행사에 참여. 『바보들을 위한 학교』와 단편 「SMOG의 공동 노트 혹은 그룹의 초상화Общая тетрадь или групповой портрет СМОГа」가 소련에서 출간됨.
1990년	단편 「불안한 번데기Тревожная куколка」 발표.
1991년	단편 「불빛 자국. 플롯 소설의 시도Знак озарения. Попытка сюжетной прозы」 발표.
1996년	5월 모스크바 '알프레드 테플러 재단'이 수여하는 '푸시킨 메달'을 수상.

세계문학은 국민문학 혹은 지역문학을 떠나 존재하는 문학이 아니지만 그것들의 총합도 아니다. 세계문학이라는 용어에는 그 나름의 언어와 전통을 갖고 있는 국민문학이나 지역문학의 존재를 인정하면서 그것을 넘어서는 문학의 보편적 질서에 대한 관념이 새겨져 있다. 그 용어를 처음 고안한 19세기 유럽인들은 유럽문학을 중심으로 그 질서를 구축했지만 풍부한 국민문학의 전통을 가지고 있는 현대의 문학 강국들은 나름의 방식으로 세계문학을 이해하면서 정전(正典)의 목록을 작성하고 또 수정한다.

한국에서도 세계문학 관념은 우리 사회와 문화의 변화 속에서 거듭 수정돼왔다. 어느 시기에는 제국 일본의 교양주의를 반영한 세계문학 관념이, 어느 시기에는 제3세계 민족주의에 동조한 세계문학 관념이 출현했고, 그러한 관념을 실천한 전집물이 출판됐다. 21세기 한국에 새로운 세계문학전집이 필요하다는 것은 명백하다. 우리의 지성과 감성의 기준에 부합하는 세계문학을 다시 구상할 때가 되었다.

문학동네 세계문학전집은 범세계적으로 통용되는 고전에 대한 상식을 존중하면서도 지난 반세기 동안 해외 주요 언어권에서 창작과 연구의 진전에 따라 일어난 정전의 변동을 고려하여 편성되었다. 그래서 불멸의 명작은 물론 동시대 세계의 중요한 정치·문화적 실천에 영감을 준 새로운 작품들을 두루 포함시켰다.

창립 이후 지금까지 한국문학 및 번역문학 출판에서 가장 전문적이고 생산적인 그룹을 대표해온 문학동네가 그간 축적한 문학 출판 경험을 바탕으로 새로운 세계문학전집을 펴낸다. 인류가 무지와 몽매의 어둠 속을 방황하면서도 끝내 길을 잃지 않은 것은 세계문학사의 하늘에 떠 있는 빛나는 별들이 길잡이가 되어주었기 때문이다. 우리가 자부심과 사명감 속에서 그리게 될 이 새로운 별자리가 독자들의 관심과 애정에 힘입어 우리 모두의 뿌듯한 자산이 되기를 소망한다.

문학동네 세계문학전집 편집위원
민은경, 박유하, 변현태, 송병선, 이재룡, 홍길표, 남진우, 황종연

지은이 **사샤 소콜로프**
1943년 캐나다에서 태어났다. 1947년 KGB 고위 간부였던 아버지의 간첩활동이 발각되어 추방된 후 소련에서 자랐다. 1967년 모스크바 국립대학교에 입학하면서부터 본격적인 창작 활동을 시작했다. 억압적인 체제에 불만을 느껴 수차례 망명을 시도한 끝에 1977년 캐나다 시민권을 획득하고 이후 미국과 캐나다를 오가며 집필활동을 하고 있다.

옮긴이 **권정임**
서울대학교 노어노문학과를 졸업하고, 동 대학원에서 문학 석사, 모스크바 국립대학교에서 문학 박사 학위를 받았다. 현재 선문대학교 노어러시아학과 교수로 재직 중이다. 저서로 『코레야 1903년 가을』(공저)이 있으며, 논문으로는 「사샤 소콜로프의 바보들의 학교」「포스트모더니즘 시대의 푸시킨」「포스트모더니즘의 세계상: 베네딕트 예로폐예프론」등이 있다.

세계문학전집 058
바보들을 위한 학교

양장본 초판 인쇄 2010년 12월 3일
양장본 초판 발행 2010년 12월 10일

지은이 사샤 소콜로프 | 옮긴이 권정임 | 펴낸이 강병선
책임편집 손은주 | 편집 김소원 이은현 | 독자모니터 유중모
디자인 랄랄라디자인 송윤형 한충현 김민하 | 저작권 김미정 한문숙
마케팅 정민호 김도윤 장선아 박보람 | 온라인 마케팅 이상혁 한민아 정진아
제작 안정숙 서동관 정구현 김애진 | 제작처 한영문화사(인쇄) 우진제책사(제본)

펴낸곳 (주)문학동네
출판등록 1993년 10월 22일 제406-2003-000045호
주소 413-756 경기도 파주시 교하읍 문발리 파주출판도시 513-8
전자우편 editor@munhak.com | 대표전화 031) 955-8888 | 팩스 031) 955-8855
문의전화 031) 955-3576(마케팅), 031) 955-2687(편집)
문학동네카페 http://cafe.naver.com/mhdn

ISBN 978-89-546-1320-0 04890
       978-89-546-1020-9 (세트)

www.munhak.com

문학동네 세계문학전집

● 문학동네 세계문학전집은 계속 출간됩니다